KILLING ME

MICHELLE GAGNON

KILLING ME

Traduit de l'anglais (États-Unis)
par Laura Contartese

fleuvenoir

Titre original :
Killing Me

Éditeur original :
G. P. Putnam's Sons

Fleuve Éditions
92, avenue de France – 75013 Paris
serviceclients@lisez.com

ISBN : 978-2-265-15728-6

Dépôt légal : juin 2024

À tous ceux qui ont eu un jour à se relever,
s'épousseter, et tout recommencer.

« *You better run* »

Pat Benatar

1

J'ai le droit de vivre

Le pire dans tout ça, c'est que je me sentais bête.

Non, ce n'est pas tout à fait exact. Le pire, en vrai, c'est que j'étais ligotée à l'arrière d'une camionnette avec un sac sur la tête, et qu'à en croire les actualités des dernières semaines, j'étais affreusement mal barrée.

Mais me sentir bête, ça venait en second.

J'avais suivi tous les exercices de sécurité du campus et lu de manière obsessionnelle le moindre article de presse. Johnson City, petite ville du Tennessee, était le genre de bled où il ne se passait jamais rien, et tout d'un coup, bam ! elle devenait le terrain de chasse d'un tueur en série. Sa population de soixante-six mille habitants semblait avoir doublé en une nuit : des camions satellites s'alignaient le long de Main Street (oui, une vraie Main Street traditionnelle à l'américaine), le Holiday Inn affichait complet, et le *Johnson City Tribune* abordait enfin d'autres sujets que le comité d'administration de l'école ou le conseil municipal. Dans la queue du supermarché, autour des tables du Crow Bar, et même dans le club de strip-tease du coin (autant dire que j'avais fait le tour des distractions réservées aux plus de dix-huit ans), tout le monde ne parlait que des meurtres.

Les victimes étaient toutes, comme moi, des petites brunes d'une vingtaine d'années. Particularité qui m'avait causé un certain trouble, le même que lorsqu'on apprend que l'avion parti sans nous s'est écrasé et qu'on se dit « ça aurait pu être moi ». Ce qui ne m'empêchait pas de penser que seule une idiote pouvait être la proie d'un tueur en série. Ce genre de drame n'arrivait qu'aux cruches assez naïves pour proposer à un type qui porte un plâtre factice de l'aider à charger sa camionnette. Jamais je ne me ferais avoir par la bonne vieille combine du mec qui cherche son chemin ou du faux éclopé qui demande de l'aide. Non, pas moi !

Et voilà, je faisais moins la maligne maintenant. En fin de compte, j'étais aussi stupide que ces filles-là.

Est-ce que je serai sa cinquième, ou sa sixième victime ? C'était un drôle de sujet de réflexion, mais tandis que, couchée sur le plancher de la camionnette (parce que, évidemment, c'était une camionnette), je me faisais brinquebaler dans tous les sens par les cahots d'une route accidentée, ce chiffre me paraissait de la plus haute importance.

Du calme, me dis-je. Il y avait toute une unité du FBI sur l'affaire ; selon le *Tribune*, ils avaient même supplanté la police de Johnson City. Un agent intrépide était sans doute déjà sur ma piste et trouverait un indice crucial juste à temps pour me sauver.

Sauf qu'il n'existait aucun indice ; il n'y avait pas eu de lutte, et je n'avais rien laissé tomber. *Quelle gourde !*

Ce salaud ne m'avait même pas vraiment tendu de piège. Peu après la tombée de la nuit, alors que je rentrais à mon appartement miteux dans la résidence des Confins – ainsi nommée parce qu'elle avait le malheur de se situer au point le plus éloigné du campus de l'université –, je méditais sur le maigre contenu de mon frigo, me demandant si un reste de riz nappé de confiture de fraise pouvait mériter le titre de dîner. Toute à mes pensées, j'avais à peine calculé la camionnette blanche qui se garait une quinzaine de mètres devant moi. Un type en tenue de livreur en était sorti et avait fait le tour jusqu'à la porte latérale, sans me prêter la moindre attention. Je me souviens d'avoir été tentée de changer de trottoir, mais en le voyant attraper un vase rempli de fleurs puis se tourner vers la maison d'en face, je m'étais traitée de grosse parano. Et j'avais continué ma route.

C'est là qu'il m'avait balancée à l'intérieur du véhicule en me poussant carrément d'un coup de hanche. Au début, j'avais cru à un malencontreux accident. Alors que je me préparais à lui sonner les cloches, la porte coulissante s'était refermée et il s'était jeté sur moi. Je m'étais débattue, mais en quelques secondes il m'avait collé une bande de chatterton sur la bouche et enfoncé une aiguille dans le cou. Quand j'étais revenue à moi, j'étais ficelée comme un rôti.

Si ça n'avait pas été si terrifiant, ça aurait pu être comique. Vous imaginez l'enregistrement de la caméra de surveillance ? (Non qu'il y en ait dans ce patelin paumé.) Une fille catapultée dans une fourgonnette par un coup de cul. Si les tueurs en série diffusaient des bêtisiers de leurs frasques, cette scène figurerait en bonne place.

J'allais me mettre à rigoler quand mon cerveau me rappela obligeamment : *Tu vas bientôt mourir.*

Je commençai à hyperventiler, ce qui, croyez-moi, n'est pas une partie de plaisir lorsqu'on est bâillonnée, cagoulée, et qu'on a du mal à respirer par le nez. En plus, je récupérais tout juste d'un rhume, si bien que ma survie dépendait de ma narine gauche, la moins congestionnée des deux.

Calme-toi, nom d'un chien, céder à la panique ne résoudra rien ! J'essayais de ne pas penser aux autres victimes, mais pas facile avec une roue de secours qui vous rentre dans le dos. Des images horribles surgissaient par paquets dans ma tête. (Je n'avais pourtant rien vu, mais ne pas savoir peut rendre l'imagination encore plus fertile.) Tout ce que je savais, c'est qu'on leur avait rasé le crâne – là-dessus, pas de problème, j'en avais déjà fait l'expérience au lycée. Le FBI s'était montré assez vague quant au reste, mais a priori d'autres zones avaient été rasées (*ne pas y penser !*), et leur corps tout entier avait été peint pour ressembler à des Pokémon.

Oui, sérieusement. Des Pokémon. Genre, des lézards et tous ces trucs-là.

Le FBI n'avait pas non plus divulgué la manière dont ces femmes avaient été tuées, mis à part qu'il y avait eu strangulation. Une strangulation super rapide et indolore, j'espérais.

Après leur mort, le « Pikachu tueur » (c'est comme ça qu'il avait été baptisé) déposait leur cadavre dans des endroits insolites – un parking de centre commercial, le terrain de football d'un lycée – puis envoyait les coordonnées GPS à la chaîne d'information locale.

Vous avez pigé ? Comme s'ils jouaient à Pokémon GO. Voilà le type de connard qui s'apprêtait à me trucider. Un type obsédé par une appli que plus personne n'utilisait.

Pas moi, me promis-je en serrant les dents. Quand cette ordure ouvrirait la porte, je me battrais comme une lionne. Je m'échapperais et ensuite je mènerais le FBI jusqu'à lui. Je serais une héroïne, la femme qui a eu raison du Pikachu tueur. Je serais l'invitée de tous les talk-shows, où je raconterais mon calvaire en affichant un sourire vaillant. J'écrirais peut-être même un best-seller. À la fin, cette histoire ne serait plus qu'un mauvais souvenir que j'aurais surmonté avec le concours d'un psychologue célèbre.

La camionnette fit une violente embardée, me projetant contre la paroi, puis elle ralentit. Mon pouls, lui, s'accéléra : *Voilà, ça y est.* Nous arrivions à l'horrible cabane/entrepôt/repaire souterrain/autre lieu où le tueur avait établi sa chambre des tortures.

Mon front se couvrit de sueur. Je tentai désespérément de me remettre en mémoire le cours d'autodéfense auquel j'avais assisté l'année précédente. Fallait-il viser les yeux en premier, ou plutôt les burnes ? Je savais que j'aurais dû être plus attentive ce jour-là, mais une fille super mignonne m'avait déconcentrée.

Dans un grincement de freins, le véhicule s'arrêta. Mon cœur battait si vite que j'avais peur de m'évanouir, ce qui ne m'aiderait pas du tout.

J'avais certes oublié mes gestes d'autodéfense, mais j'avais toujours été douée pour concevoir des plans, et les évasions étaient ma spécialité. *Vas-y alors, toi qui es si forte, trouve un plan !*

Une sensation désagréable m'apprit que mes mains et mes pieds étaient également entourés de chatterton. Je me rappelais vaguement avoir vu un mec à la télé montrer comment couper ce type de liens, mais comme j'étais défoncée à ce moment-là et que je ne pensais pas avoir un jour besoin de cette information, je n'avais pas mémorisé la technique. J'eus beau me démener, le ruban tint bon. Dommage qu'il ne se soit pas servi de menottes ; j'aurais pu m'en libérer en cinq secondes chrono.

Bon. Mes mains et mes pieds, impossible de compter dessus. Ce qui n'était pas franchement idéal.

Il me restait toutefois ma tête, et je savais d'expérience (douloureuse, l'expérience) qu'elle était exceptionnellement dure et résistante. Je pourrais renverser l'homme d'un grand coup de boule dans le torse et ensuite… ensuite quoi ? M'enfuir en sautillant à pieds joints ? Ben oui, s'il le fallait.

Cinq. Il a déjà tué cinq filles qui me ressemblent. Je ressentis une étrange satisfaction à l'instant où ce chiffre me revint à l'esprit, puis la porte de la camionnette s'ouvrit, livrant passage à un courant d'air froid. *Allez, Amber*, me dis-je. *C'est maintenant ou jamais. Dès qu'il te touchera, tu…*

Une brusque piqûre dans ma cheville me fit pousser un cri derrière la bande de chatterton. Eh merde, il me droguait à nouveau.

Ce qu'il y avait de bien, c'est qu'en me réveillant, j'avais cessé de me sentir bête. Hélas, cette émotion avait été remplacée par une terreur indicible, ce n'était donc pas franchement mieux.

Le sac avait disparu. Je me trouvais dans une pièce obscure, éclairée par une ampoule nue. Le sol était en béton, les murs et le plafond tapissés de mousse acoustique. Le pourtour de la pièce était plongé dans la pénombre, mais le cercle de lumière révélait à lui seul de quoi me donner des cauchemars tout le reste de ma vie. Laquelle, vu la tournure que prenaient les événements, ne serait sans doute pas très longue. On aurait dit le décor d'un film d'horreur à petit budget ; ça aurait paru kitsch si ça n'avait pas été aussi abominable.

Juste en dessous de l'ampoule se dressait une grande table métallique garnie de sangles au niveau des mains et des pieds ; elle était couverte de traînées de sang (un tueur en série soigneux, c'était trop demander ?). À côté, un chariot chirurgical débordait d'instruments pointus et coupants, dont une scie circulaire raccordée à une rallonge.

J'étais scotchée à une chaise à deux mètres de tout cet attirail, ce qui, à bien y réfléchir, n'avait aucun sens. Pourquoi ne pas m'avoir installée directement sur la table ? L'organisation n'était clairement pas le fort de ce monsieur.

Une vague de nausée me submergea, et je luttai contre ; mes lèvres étant toujours scellées, si je gerbais, je mourrais étouffée dans mon propre vomi. *Concentre-toi, Amber !* Combien de temps étais-je restée inconsciente ? Plusieurs heures ? Plusieurs jours ? J'avais la tête lourde et encotonnée. À présent, quelqu'un s'était peut-être aperçu de mon absence et avait alerté le FBI. (Le portrait de mon agent rebelle se précisait : une femme splendide aux cheveux de jais, la petite trentaine, vêtue d'un tailleur pantalon, dont les manières cassantes masquaient une très grande sensibilité.)

Une équipe entière était dévolue à la recherche de ce type, non ? Sitôt que je serais déclarée disparue…

Sauf qu'on était en plein congé pascal. Ma colocataire Joanie avait rejoint sa famille, et le campus était désert. Personne ne m'attendait nulle part. Mon seul espoir reposait sur le livreur de pizzas qui trouverait bizarre que je n'aie rien commandé depuis plusieurs jours ; mais il penserait sans doute que j'étais partie moi aussi.

Bon sang, je donnerais cher pour une quatre fromages, là tout de suite.

Mon estomac gargouilla. La dernière chose que j'avais mangée était un vieux donut rassis fauché à la cafétéria de la fac en début de matinée. Alors ce serait ça, mon dernier repas ? Il n'était même pas bon, il était farineux et sans glaçage.

Cette pensée déclencha une nouvelle crise de larmes. *Allons bon, voilà que tu chiales à cause d'un mauvais donut !*

Un gros *bonk* au-dessus de moi. Je fixai le plafond insonorisé en tendant l'oreille. Je perçus une série de pas lourds, qui s'atténuèrent peu à peu. Il pouvait revenir n'importe quand ; le temps pressait. J'explorai la pièce du regard avec frénésie, bataillant contre mes liens. Dans les films, c'était le moment où l'héroïne trouvait un moyen de s'échapper grâce à une épingle à cheveux ou un truc dans le genre.

J'étais assise sur une chaise en plastique pour enfants, si petite que mes genoux étaient pliés en un angle inconfortable. Mes bras étaient scotchés aux pieds de derrière, mes chevilles et mes mollets à ceux de devant. Le chatterton devait être en promo, parce que le gars n'avait pas lésiné sur la quantité. Mes membres étaient totalement immobilisés.

Pour autant, ce n'était pas un siège très solide, alors avec un peu de chance… J'entrepris de me balancer d'avant en arrière de toutes mes forces, jusqu'à ce que je dépasse le point d'équilibre et bascule au sol. C'est mon dos qui encaissa le plus gros de l'impact ; j'en eus le souffle coupé. La chaise ne se cassa pas.

Je ne m'étais pas blessée en tombant, mais j'avais super mal et je me retrouvais coincée sur le dos comme une tortue, les quatre fers en l'air.

Sur ma gauche, une porte s'ouvrit en grinçant. Je me figeai, tous les muscles soudain contractés ; même mon cœur parut se bloquer. *Respire, Amber !* m'ordonnai-je. *Et tiens-toi prête.*

Il y eut un long moment de flottement. Je scrutai les ombres mouvantes, cherchant à y discerner des formes. Malgré le silence absolu, je percevais sa présence et ses yeux sur moi. Je me sentais nulle et impuissante. Je me mis à hyperventiler, mes narines encombrées se dilatant pour aspirer le maximum d'oxygène.

Le tueur fit un pas dans la lumière.

Plus tôt, alors que je m'approchais de la camionnette, il m'avait fait l'effet d'un type entre deux âges, le dos voûté, avec un peu d'embonpoint. Il portait une salopette blanche, une casquette de baseball et des lunettes de soleil. Inoffensif en apparence, totalement insignifiant.

Plus maintenant. Il mesurait facile un mètre quatre-vingt-dix, voire plus. Il avait les épaules larges, le torse bombé, de puissantes jambes poilues.

Si j'étais à même de donner tous ces détails, c'est parce qu'il était pratiquement nu, à l'exception d'un minuscule tablier en cuir ceint sur les hanches. Deux pensées me traversèrent l'esprit. La première : quel intérêt ? Après tout, un tablier aussi peu couvrant ne le protégerait pas de la saleté (ni du sang). Et la seconde : mais où est-ce qu'on vendait des trucs pareils ?

Le caractère effrayant de ce spectacle était tempéré par l'autre accessoire dont il était affublé : un masque de Pikachu. Le même type de masque que les mômes portent le soir d'Halloween.

C'en était trop pour mon cerveau. Le côté terrifiant, absurde et désopilant de la scène s'ajoutait à ma position incongrue. Un seul mot me vint en tête : *Hein ?*

Le tueur se tint immobile quelques longues secondes, comme pour m'inviter à le contempler, même si je ne voyais pas trop où il voulait en venir. Puis il s'avança d'un pas résolu. Je me tortillai avec fougue, cherchant à m'éloigner, mais tout ce que je réussis à faire, c'est m'écorcher l'arrière des bras. Il me traita comme un poisson agaçant qui aurait sauté du filet pour atterrir sur le pont de son bateau : il se pencha, puis empoigna le dossier de la chaise qu'il redressa en tirant d'un coup sec, faisant partir ma tête en avant.

Il resta derrière moi, si près que je sentais son souffle sur ma nuque. Tous les poils de mon corps se hérissèrent. Je me dévissai le cou pour voir ce qu'il fabriquait, mais il se trouvait hors de mon champ de vision.

Il fit courir un doigt du sommet de mon crâne jusqu'en haut de mon dos. Ce geste abominablement intime et possessif me flanqua des frissons. Les larmes ruisselèrent sur mon visage, et je me mis à sangloter derrière le ruban adhésif. La peur balayait toute pensée cohérente. Quand je sentis la piqûre d'une aiguille dans mon bras, j'accueillis avec soulagement les ténèbres qu'elle m'offrait.

Cette fois, quand je repris connaissance, mon cuir chevelu était anormalement gelé, et j'étais allongée sur le dos. La douleur qui me broyait le crâne était encore plus insupportable ; j'avais l'impression qu'on me cognait dessus avec un maillet. La lumière semblait plus vive aussi, mais c'était peut-être simplement à cause de la migraine. Je tremblais comme une feuille ; soit la température avait chuté dans la pièce, soit...

Ma vision finit par s'ajuster, confirmant mes pires craintes : j'étais nue. Il m'avait attachée à cette table immonde, et l'ampoule brillait en plein dans mes yeux. Les sangles en cuir étaient si serrées autour de mes poignets et de mes chevilles que je ne pouvais pas les bouger d'un millimètre.

En revanche, je pouvais soulever la tête, assez pour remarquer que mon corps était intégralement peint en bleu. Des entrelacs compliqués dessinaient des sortes d'écailles sur ma peau ; c'était plutôt joli, à vrai dire, et ça avait dû demander un sacré boulot. *Bon sang, combien de temps je suis restée inconsciente ? Et qu'est-ce qui va m'arriver maintenant ?*

Je me rendis compte qu'on m'avait retiré mon bâillon. Je fis jouer ma mâchoire, savourant la redécouverte de ma capacité à respirer comme un être humain normal. Puis j'ouvris la bouche pour crier… mais hésitai. Ça ne servirait qu'à le faire rappliquer au galop, et s'il m'avait enlevé le chatterton, c'est qu'il n'y avait sûrement personne dans les parages pour m'entendre, non ? Sans parler de l'isolation acoustique. Il n'était pas si laxiste pour ce qui était des choses essentielles.

Le chariot chirurgical se trouvait près de mon coude droit. Je tendis le cou plus haut : la pièce paraissait vide. Tablier-en-cuir s'envoyait peut-être un casse-croûte avant de s'y coller.

Aussi absurde que cela puisse paraître, cette pensée me provoqua des gargouillis dans le ventre. *Bon Dieu, je tuerais pour un sandwich !*

« Je tuerais. » Ah ah, très drôle. Je tirai de nouveau sur les sangles, mais elles ne firent que s'enfoncer dans ma chair. Même si j'avais réussi à les libérer, mes mains étaient tellement engourdies qu'il m'aurait sans doute été impossible de les utiliser.

C'est la fin, pensai-je. *Victime numéro six, parée pour le service.*

Un calme étrange m'envahit ; me résigner à mon sort me procurait un certain sentiment de paix. Voire de soulagement. Je n'avais pas eu une vie facile, et j'avais fait pas mal de conneries. Des personnes avaient souffert par ma faute ; l'une d'elles avait péri, même. C'était peut-être une manière pour le destin de rétablir l'équilibre.

Et puis si ça se trouve, le tueur avait commis une erreur cette fois-ci. Un de mes voisins avait pu assister à mon enlèvement depuis sa fenêtre (je misais sur le cinglé d'en face qui tondait sa pelouse affublé d'un short en jean). Il était sans doute trop tard pour me sauver, mais des tas d'autres petites brunes n'auraient pas à subir la même infortune, et mon sacrifice n'aurait pas été vain.

La porte s'ouvrit de nouveau en grinçant. Il était de retour.

Je fermai les yeux et formulai une courte prière, demandant à ce que ma mort soit, autant que possible, rapide et sans douleur. Puis je levai la tête pour toiser mon ravisseur.

Quand il s'avança, ma confusion redoubla. Pas de tablier, pas de Pikachu. Cet individu était de surcroît plus petit, tout de noir vêtu, et équipé d'un masque de ski. Il tenait à la main un bâton long et mince.

— Mais vous êtes qui ? croassai-je.

L'individu m'ignora, ce que je trouvai assez vexant compte tenu des circonstances.

— Euh, bonjour ? dis-je encore.

— La ferme !

Je me renfrognai. Sa voix était sans conteste féminine. J'avais peut-être affaire à un de ces couples malsains qui commettaient des meurtres ensemble au lieu de se livrer à des activités normales telles que le bowling ou le cosplay de *Star Wars*.

— Où est-il ? questionna-t-elle en approchant de la table.

— Sérieusement ? (J'étouffai un éclat de rire.) Comment je le saurais ?

La femme balaya la pièce de ses yeux bleu azur derrière son masque de ski. Je l'observai, puis dis :

— Juste par curiosité, j'aimerais bien connaître la suite du programme.

— Bon Dieu, ça t'ennuierait d'obéir ? Boucle-la !

À ce stade, j'aurais dû l'implorer de me laisser la vie sauve, mais je n'appréciais guère le ton qu'elle employait avec moi.

— Espèce de pétasse, je me fous…

Elle tendit le bras, enfonçant le bout de son bâton dans mon ventre. J'identifiai un aiguillon électrique à bétail, et ravalai la fin de ma phrase.

— C'est bon, je me tais.

— Sinon je te scotche la bouche, menaça-t-elle.

Je te rescotche la bouche, vous voulez dire, faillis-je rétorquer, mais à cet instant la porte s'ouvrit à la volée derrière elle, inondant la pièce de lumière.

Et là, tout alla très vite.

Tablier-en-cuir fonça en rugissant sur Masque-de-ski, laquelle l'esquiva d'un bond, et il emplafonna la table assez violemment pour la faire déraper, me ballottant entre les sangles. Comme il repartait à la charge en agitant ses énormes battoirs, Masque-de-ski se baissa avant d'exécuter une sorte de figure acrobatique qui l'amena pile derrière lui. Mon champ de vision étant limité, je distinguai mal ce qui advint ensuite, mais au bout du compte, Tablier-en-cuir termina affalé en travers de ma poitrine (nue), m'écrabouillant les poumons sous son poids et me brisant probablement quelques côtes au passage.

Alors, je vis l'aiguillon électrique entrer en action. Avant que j'aie le temps de protester, Masque-de-ski le ficha à la base de son cou. Le courant traversa son corps et afflua dans le mien. Un spasme me saisit. La douleur était indescriptible, comme si chacune de mes terminaisons nerveuses avait pris feu d'un seul coup. À deux doigts de tomber encore dans les pommes, je luttai pour rester consciente, cherchai mon souffle sous la masse qui me pesait dessus et haletai :

— Putain… mais… qu'est-ce… qui… se passe… ?

Masque-de-ski avait reculé dans les ombres, l'aiguillon brandi à la manière d'une épée. Le type écroulé sur moi, lui, ne bougeait plus. Il ne respirait pas non plus, apparemment.

— Il est mort ? demandai-je d'une voix étranglée.

L'inconnue s'approcha et le poussa du bout de son arme. Ça le décala un peu, mais il ne réagit pas pour autant. Tout en maintenant la pointe sur son cou, elle attrapa son poignet ballant de l'autre main pour tâter son pouls.

— Eh mince, grogna-t-elle, c'est le deuxième cette année. (Elle examina l'aiguillon.) Je devrais peut-être en racheter un nouveau.

— Le deuxième quoi ?

Mon cerveau drogué et électrocuté avait un peu de mal à suivre, et le manque d'oxygène n'arrangeait rien.

Faisant la sourde oreille, la femme retira son masque de ski. Elle devait avoir dans les trente-cinq ans. Cheveux blonds coupés très court. D'une beauté désarmante, malgré la grimace sévère qui tordait ses traits fins. Elle soupira.

— J'ai horreur de ça, quand ils me claquent entre les doigts. Ça flanque en l'air tous mes plans.

— Quels plans ? balbutiai-je, déroutée.

N'était-elle pas de mèche avec Tablier-en-cuir ? Sinon, qu'est-ce qu'elle fichait ici ?

— Écoutez, si vous n'êtes pas une tueuse en série, vous pourriez enlever ce connard de sur moi, bordel ?

Elle arqua un sourcil.

— Mais c'est qu'on est mal embouchée, dis donc !

— Je suis peinte en bleu, attachée à une table, et il y a un psychopathe mort étalé sur moi. Je pense que j'ai le droit à quelques gros mots.

— Je te l'accorde.

D'un ample mouvement de sa jambe droite, elle balaya celles du tueur. Lentement, sans aucune grâce, il glissa de la table, laissant son masque derrière lui, et atterrit lourdement sur le sol. Elle le considéra en plissant le nez avec dégoût.

— Qu'est-ce qu'il y a ? fis-je tout en gorgeant avec bonheur mes poumons de grandes bouffées de ce doux air vicié.

— Son tablier s'est défait. Cette image me poursuivra toute ma vie.

La mine agacée, elle détacha sans ménagement les lanières qui m'entravaient.

Je m'assis avec précaution, grimaçant à cause des douleurs qui s'éveillaient dans tout mon corps. Mon corps parfaitement nu et glacé. Claquant des dents, je croisai les bras sur ma poitrine et demandai :

— Alors… je ne vais pas mourir ?

— Si, comme tout le monde, répondit-elle d'un ton léger, se penchant pour chercher le pouls de mon ravisseur sur le côté de son cou. Mais pas dans l'immédiat. À moins que tu te fasses renverser par un bus en sortant d'ici. (Elle se releva.) Zut. Il devait avoir des problèmes cardiaques.

C'est seulement là que ça fit tilt dans ma tête. Je m'étais échappée – enfin, j'avais été secourue. C'était terminé. Submergée par l'émotion, je sautai de la table et me jetai à son cou.

— Oh mon Dieu, vous m'avez sauvée ! Je ne sais pas comment vous remercier, je… je…

J'éclatai en sanglots, larmes et morve dégoulinant sur mes joues.

Masque-de-ski me repoussa en lorgnant d'un air dépité les traces bleues sur sa tenue.

— Si tu pouvais éviter de ruiner mes fringues… (Elle désigna d'un signe de tête un tas de vêtements dans un coin.) J'imagine que c'est à toi ?

— Oh, oui. Super, bredouillai-je en m'y précipitant.

Tout ce que j'avais sur le dos pour aller à la bibliothèque ce matin-là s'y trouvait, relativement intact hormis des bouts de chatterton restés collés aux manches et au bas du pantalon. J'essuyai la peinture bleue avec mon caraco, mais cela ne fit que l'étaler. Lâchant l'affaire, je passai mon sweat et mon jean. Franchement, jamais de ma vie je n'avais été aussi heureuse de m'habiller.

Mon cerveau mettait du temps à redémarrer ; les effets de la drogue que ce type m'avait injectée tardaient à se dissiper, et tout semblait se produire au ralenti. Je regardai ma sauveuse arpenter les recoins de la pièce.

— Qu'est-ce que vous faites ?

— Je veux être sûre de ne rien oublier.

— Genre quoi ?

— Des indices.

— Euh... (Je désignai le mec à poil.) Je crois que c'est plus trop la peine. Hé, vous avez un téléphone ? On devrait appeler quelqu'un... à moins que vous l'ayez déjà fait ?

Je n'arrivais pas à détacher mon regard de Tablier-en-cuir. Même mort, il en imposait. Je lui donnais une petite quarantaine d'années. Bronzage agricole, crâne rasé. Super baraqué, avec des paluches immenses. Ses yeux ouverts étaient tournés vers la droite, comme si quelque chose l'intriguait derrière mon épaule.

— Il allait me tuer, déclarai-je d'une voix blanche.

— En effet. Il a passé des heures à étrangler ses autres victimes. Il les amenait au seuil de la mort, et s'arrêtait pile avant de leur broyer le larynx. Encore et encore, jusqu'à l'asphyxie totale. Alors, il les poignardait. Le travail de peinture est magnifique, tu ne trouves pas ?

— Quoi ?

Bien qu'habillée, je commençai à frissonner. Si elle n'était pas sa complice, comment connaissait-elle tous ces détails ? Rien de ce qu'elle disait ne paraissait avoir de sens. Je secouai la tête pour tenter de remettre mes idées en place, et un étourdissement me coupa les jambes.

Elle le remarqua, et dit :

— Tu entres en état de choc.

— Ouais, c'est possible. (Je frictionnai mes bras pour rétablir la circulation du sang.) Alors, la police est en route ?

Elle agita dédaigneusement la main.

— Pas besoin, quand ils sont morts. Quelqu'un finira bien par le retrouver.

— Pas besoin ? m'indignai-je. Vous êtes sérieuse ? Vous m'avez sauvé la vie et vous avez réglé son compte à un tueur en série. Vous êtes carrément une héroïne !

— Je n'avais pas l'intention de le tuer, contra-t-elle d'un ton irrité.

— Mais… on devrait au moins prévenir des gens, non ?

J'avais beau être dans le pâté, j'étais à peu près certaine que c'était la marche à suivre. Même si je n'étais pas une fan inconditionnelle des flics, ce genre de truc, c'était leur domaine.

— Si tu veux t'en charger, vas-y, je t'en prie. (Elle consulta sa montre.) Mince, j'ai déjà une heure de retard.

Sur ce, elle tourna les talons et me planta là.

2

Les passagers de la nuit

Je restai bouche bée, puis trottinai pour la rattraper.

— Vous partez ?

Sans daigner répondre, elle s'engagea dans un couloir obscur. Je compris que nous nous trouvions dans une cave. Les murs en béton brut étaient peints en noir et ornés de gigantesques autocollants phosphorescents en forme d'émojis. Ils nous reluquaient, luisant dans la pénombre. C'était la déco la plus flippante et la plus grotesque que j'aie jamais vue. Devant nous, un escalier croulant montait vers un rectangle de lumière. Je fus saisie d'une peur soudaine et irrationnelle à l'idée que la porte se referme, m'emprisonnant ici pour toujours. Il me fallut sacrément prendre sur moi pour ne pas m'y ruer en bousculant ma sauveuse au passage.

Je parvins de peu à me maîtriser. Tout me semblait encore irréel ; c'était sûrement un cauchemar, pas vrai ? Une partie de moi se demandait si j'allais bientôt me réveiller, en nage, dans mon lit.

Masque-de-ski s'arrêta brutalement, et je vins buter contre son dos.

— Merci de respecter mon espace vital, grogna-t-elle. Et si tu décides d'appeler les secours, j'aimerais autant que tu ne leur parles pas de moi.

— Pardon ?

— Il y a un téléphone dans la cuisine. Tu n'as qu'à dire qu'il te torturait avec un aiguillon, qu'une des attaches qui te retenaient les mains s'est défaite et que tu as réussi à t'emparer de l'engin pour te défendre. Noté ? (Retournant l'ustensile, elle me le tendit par le manche.) De toute façon, il fallait que j'investisse dans un neuf, visiblement.

— Euh, est-ce qu'on pourrait… continuer cette conversation en haut ? (J'avais l'impression que les parois du couloir se resserraient sur moi en pulsant.) Je ne suis vraiment pas à mon aise dans les espaces confinés.

— Si tu veux.

Elle escalada les marches deux à deux et je courus derrière elle. Nous émergeâmes dans une pièce brillamment éclairée. Je plissai les paupières, éblouie ; c'était comme sortir d'une grotte en plein soleil. Comme être tirée hors d'un puits. Comme…

— Berk ! fis-je une fois ma vision rétablie.

Nous étions dans une cuisine. Fixé au mur d'en face se trouvait le téléphone qu'elle m'avait promis, un vieil appareil à cordon d'un marron affreux tout droit sorti des années quatre-vingt. Il paraissait plus ou moins propre, mais tout le reste était dégueulasse. Des piles de cartons à pizza, des boîtes de plats chinois à emporter, des canettes vides et des assiettes sales s'entassaient en équilibre précaire sur les plans de travail et la table. Des mouches volaient partout. Je me couvris le nez, réprimant un haut-le-cœur.

— La plupart ne sont pas aussi bordéliques, commenta Masque-de-ski. Attends cinq minutes avant de passer ton appel.

La lumière me permit de mieux la voir. Elle était beaucoup plus grande que moi, et son attitude blasée et sa mine peu commode n'inspiraient guère la sympathie. Son col roulé noir et son jean sombre épousaient sa silhouette longiligne. En la croisant dans la rue, je l'aurais cataloguée comme une femme à poigne ayant lâché son boulot de cadre sup pour régenter l'association de parents d'élèves de l'école de ses mioches entre deux cours de Pilates.

Elle tapota mon bras avec l'aiguillon.

— Youhou ?

— Hein ? Quoi ? (Regard vide.)

— Attends cinq minutes, puis appelle les secours, répéta-t-elle en détachant bien les syllabes comme si elle s'adressait à une demeurée. Quand ils arriveront, dis-leur que tu as eu de la veine et que tu as réussi à l'électrocuter. Ou alors tu peux partir. C'est toi qui vois.

Elle me tendit à nouveau l'aiguillon d'un geste insistant.

Hébétée, je le pris.

— Mais… je ne comprends pas. Vous allez où ?

— Ça ne te regarde pas. Bonne chance !

Elle me tourna de nouveau le dos et passa dans la pièce voisine.

— Bon sang, attendez !

Je m'élançai à sa suite à travers un dédale de piles de journaux qui s'élevaient jusqu'au plafond. Elle slalomait devant moi avec assurance, comme si elle connaissait le chemin par cœur.

— S'il vous plaît, attendez !

— Pourquoi ? demanda-t-elle sans s'arrêter.

— Parce que… parce que… ben, j'ai failli mourir là-dessous ! Et je sais pas qui vous êtes, ni comment vous m'avez trouvée.

— C'est lui que je pistais. Je suis tombée sur toi par hasard.

— Mais… pourquoi ? (Mon front se plissa.) Pourquoi vous n'avez pas simplement appelé la police, ou le FBI… ?

— J'ai déjà essayé. Ça ne sert à rien.

Avisant un mouvement du coin de l'œil, je sursautai. *C'est juste un miroir*, constatai-je avec soulagement, tout en peinant à reconnaître mon reflet. J'avais oublié la peinture bleue, mais ce n'était pas le plus affolant. J'étais tondue – et quand je dis tondue, c'est intégralement, les sourcils aussi. Je passai la main sur mon crâne, percevant sous mes doigts des bosses et des creux inconnus. Avec circonspection, je tirai sur la ceinture de mon pantalon pour jeter un coup d'œil plus bas : rasée. J'avais été si pressée de m'habiller que je ne m'en étais pas rendu compte.

De tout ce qui m'était arrivé, c'est ce que je ressentis comme la plus grande violation. J'avais eu la trouille toute la journée ; maintenant, j'étais furax.

— L'enfoiré ! Je ressemble à un Schtroumpf après une chimio.

— Ça repoussera, ne t'en fais pas, lança-t-elle par-dessus son épaule, avançant toujours.

— Hé !

Je sortis derrière elle sur un porche branlant. Cette maison était exactement telle que je l'avais imaginée : une baraque délabrée prête à tomber en miettes au moindre coup de vent. Masque-de-ski dévala les marches d'un pas léger. La fausse camionnette de fleuriste était là, garée en épi dans l'allée de gravier ; je tressaillis en la voyant. Mon sac à dos se trouvait sans doute encore à l'intérieur. Il contenait tout ce à quoi je tenais le plus : mon téléphone, mon ordinateur et les clés de mon appart.

Mais rien que l'idée d'y entrer pour le récupérer me terrifiait.

Fais vite, c'est tout. D'un geste rapide, j'ouvris la porte latérale. En vrac sur le plancher traînaient une roue de secours, des fleurs fanées, des bandes de chatterton tailladées et une cagoule noire ; je repérai mon vieux sac à dos contre la paroi du fond. J'inspirai un grand coup, m'élançai, l'attrapai puis m'extirpai de là fissa en m'éclatant le tibia contre le marchepied. Mon sac était intact ; je le jetai sur mon épaule, retrouvant son poids familier, et fis coulisser la porte pour ne plus voir à l'intérieur.

Masque-de-ski était déjà à mi-chemin des premiers arbres. Je courus la rejoindre et lui demandai, légèrement essoufflée :

— Où on est ?

— Les flics te le diront quand ils seront là, répondit-elle en descendant l'allée à grandes enjambées. Retourne à l'intérieur.

— Mais... elle est où, votre voiture ?

Elle s'arrêta et leva une main.

— Écoute, je sais que tu as eu une journée compliquée...

— Compliquée ? m'offusquai-je.

— Tu es en état de choc, tu n'as pas les idées claires. Fais bien attention à ce que je te dis. Tu es indemne, mis à part ta... (Elle indiqua ma tête.) Ta calvitie. Il est mort, tu ne risques plus rien. Alors fais ce que je te demande : tu attends cinq minutes, tu appelles les flics, et ensuite tu pourras rentrer chez toi. D'accord ? Allez, hop ! (Elle me chassa d'un geste impatient.) Retourne dans la maison.

Je suivis son regard vers la porte béante et frémis.

— Pas question que je remette les pieds là-dedans. Jamais de la vie !

— Oh, le mélodrame ! (Elle poussa un soupir.) Il y a une belle trotte jusqu'à la civilisation, mais je peux t'indiquer le chemin.

— Vous ne pourriez pas m'emmener, plutôt ?

Mon ton suppliant me faisait horreur, mais l'idée de marcher seule dans le noir me donnait des palpitations.

Ma sauveuse secouait déjà la tête.

— Non.

— Pourquoi ?

— Est-ce que tu es toujours aussi pénible ?

— Est-ce que vous êtes toujours aussi méchante ?

Elle arqua un sourcil, fit demi-tour puis reprit sa marche.

— Hé, attendez ! Je suis désolée. Je ne voulais pas...

— M'en fiche.

— Mais...

— Bonne continuation. Au revoir.

Elle fit encore quelques mètres, ses talons crissant bruyamment sur le gravier.

— Je leur raconterai tout, lâchai-je.

Elle stoppa net, mais ne se retourna pas.

— Pardon ?

Sa voix était glaciale, lourde de menace.

Rien à foutre. C'est moi qui tenais l'aiguillon maintenant, défectueux ou pas.

— Vous voulez que je ferme ma bouche ? Conduisez-moi en ville.

Elle fit volte-face et répondit d'un ton exaspéré :

— Mais Johnson City est dans la direction opposée !

— Une minute, comment vous savez où j'habite ? (Devant son mutisme, je repris :) Pas grave. Franchement, vous pouvez me déposer où ça vous chante, du moment qu'il y a un téléphone et peut-être de quoi manger un bout. Mais je ne retournerai pas là-dedans... (Je pointai un doigt vers la maison.) Et j'aimerais mieux éviter de passer le reste de la nuit à marcher toute seule dans les bois. Avec le bol que j'ai, je me ferais enlever par un autre détraqué.

— Avec ce look ? Il y a peu de chance. C'est très particulier, comme goût, dit-elle, pince-sans-rire.

— Je vous en prie, ramenez-moi juste à la civilisation.

Elle soupira et fit la grimace.

— Bon, d'accord. À condition que tu descendes là où je te le dirai. Compris ?

— Oui. Absolument. Merci !

L'air mécontent, elle reprit sa route. Je lui emboîtai le pas, l'aiguillon battant contre mon tibia.

Nous longeâmes un chemin de terre tortueux pendant près d'une demi-heure. Masque-de-ski garda sa langue dans sa poche durant tout le trajet. Moi, par contre, un vrai moulin à paroles. J'avais l'impression que si je me taisais, les derniers lambeaux de ma santé mentale se désintégreraient. Des souvenirs cauchemardesques défilaient sans interruption dans mon esprit : le type au tablier, la puanteur âcre de son corps, si forte qu'elle était imprimée dans mes narines. Mon séjour sur le plancher de la camionnette. La vue de mon crâne chauve dans le miroir.

Pour repousser ces souvenirs, je causais de tout et de rien, de mes ex-copines à mes groupes de musique préférés. Je n'arrivais pas à me défaire du sentiment que nous nous étions peut-être trompées, que le tueur n'était pas mort. Si ça se trouve, il avait repris connaissance et nous observait en ce moment même. Dans les films d'horreur, c'était pile dans ce genre de moment qu'on nous plaçait un bon coup de flippe ; je m'attendais à ce qu'il jaillisse de derrière un tronc d'un instant à l'autre pour finir ce qu'il avait commencé. Je sentais presque ses mains gigantesques enserrer mon cou. La gorge nouée, je m'appliquais à marcher bien au milieu du sentier.

La voiture était planquée dans une petite trouée entre les arbres, recouverte d'une bâche verte et de branchages. Ma sauveuse avait clairement préparé son opération. La brise fraîche de ce début de printemps me remettait les idées en place, et à mesure que mon cerveau reprenait du service, il se peuplait d'une foule de questions. Je m'éclaircis la voix et demandai :

— Alors, comment vous vous appelez ? Et comment vous savez où j'habite ?

Elle s'arrêta net, et je faillis lui rentrer dedans. Mais ça n'avait pas l'air d'être à cause de moi. Elle inspectait les arbres alentour, les yeux plissés.

— Qu'est-ce qu'il y a ? m'inquiétai-je. Vous croyez... qu'il avait un complice ? Qui rôderait dans le coin ?

— Non, dit-elle sèchement. Il travaillait seul, c'est sûr.

— Alors quoi ?

Elle continua de scruter la forêt un petit moment. Puis elle grommela dans sa barbe un truc que j'eus du mal à distinguer, mais qui ressemblait fort à : « Putain de merde. »

Mon cœur recommença à palpiter. J'essayai d'avaler ma salive, mais ma gorge était comme remplie de sable. Je serrai les fesses, prête à abandonner mon sac et partir en courant.

Elle se contenta de secouer la tête, l'air ennuyé, et de dire :

— Filons d'ici.

Elle entreprit de retirer les branchages. Je voulus l'aider, mais elle me fit signe de m'écarter.

— Tu vas mettre de la peinture partout. Mieux vaut que la police scientifique ne trouve pas de traces, même aussi loin.

— OK, fis-je d'une toute petite voix.

Je ne tenais pas à lui donner des raisons de me laisser en plan, surtout s'il y avait quelqu'un tapi dans les parages. Elle tira la bâche d'un grand mouvement fluide, révélant une berline sombre de taille moyenne.

— Je vais la sortir d'abord, et tu pourras monter.

J'opinai et reculai un peu tandis qu'elle rangeait soigneusement la bâche dans le coffre par-dessus un gros sac en toile. Puis elle s'installa au volant et enclencha la marche arrière, approchant lentement la voiture de moi.

Je me dépêchai de grimper à bord, et calai comme je pus l'aiguillon à bétail dans l'espace entre le siège et la portière. Les phares s'allumèrent, illuminant le feuillage impénétrable. Je frissonnai, m'imaginant toutes sortes d'horribles créatures cachées là-dedans.

Ça suffit, me secouai-je. *Tu es en sécurité maintenant.*

Mais tout au fond de moi, je savais que je ne me sentirais plus en sécurité avant un bon moment.

La voiture s'ébranla sur le sentier en écrasant les branches coupées. Nous roulâmes une dizaine de minutes en silence, puis les bois s'ouvrirent brusquement devant nous et les cailloux cédèrent la place à de l'asphalte lisse. Masque-de-ski actionna le clignotant droit et regarda des deux côtés de la route avant de s'engager. Un gloussement m'échappa face à l'absurdité de son geste.

— Quoi ?

— Rien. C'est seulement que… non, rien.

Sa voiture tranchait avec le taudis de Tablier-en-cuir : elle était propre comme un sou neuf, et des autocollants témoignaient d'un véhicule de location. L'horloge indiquait 4 heures du matin ; à moins d'avoir perdu plus d'une journée, j'avais été enlevée moins de douze heures auparavant. Ça me semblait difficile à croire, j'avais l'impression d'être restée là-bas une vie entière. Je me raclai la gorge et dis :

— Jolie bagnole.

— Bof. Elle roule, c'est le principal. Il y a une serviette de toilette sur la banquette arrière. Tu peux la prendre pour t'essuyer.

Je me contorsionnai pour l'attraper et ôtai le plus de peinture bleue possible en m'aidant du miroir de courtoisie. La matière qu'il avait utilisée était épaisse et pâteuse ; seuls de l'eau et du savon parviendraient à en venir à bout, mais je fis de mon mieux. De part et d'autre de la route, les bois se transformèrent peu à peu en champs cultivés. Je ne reconnaissais pas le paysage. Il faut dire que je n'avais pas vraiment visité la région. Je n'étais là que pour ma dernière année d'études, et je me partageais pour l'essentiel entre mon appart, mon job et la fac.

Plus les kilomètres défilaient, plus mes muscles se décrispaient et plus je respirais librement.

— Je m'appelle Amber, dis-je en m'enfonçant dans mon siège.

— Je m'en fiche, répondit Masque-de-ski.

Elle tendit le bras pour allumer la radio, réglée sur une station AM. Bien entendu, les auditeurs téléphonaient pour parler du Pikachu tueur.

« Je n'ai même plus envie d'y jouer, disait une femme à la voix nasillarde. Ça m'a gâché tout le plaisir.

— Oui, l'entreprise a perdu beaucoup d'argent à cause de ça, renchérit l'animateur. Un tueur en série, c'est mauvais pour les affaires, n'est-ce pas ? Surtout sur le marché des jeux pour enfants ! »

J'appuyai sur le bouton « off ».

— Vous avez dit : « quand ils me claquent entre les doigts ».

— Et alors ?

— Alors ce n'est pas la première fois que vous faites ça, déclarai-je, finissant par raccrocher les wagons (son attitude étrangement blasée, l'aiguillon à bestiaux, son intervention à point nommé). Vous avez dit que c'était le deuxième cette année.

Elle ne répondit pas. Des constructions commençaient à apparaître par intermittence entre deux champs ; nous avions atteint les abords de la ville. La nuit s'éclaircissait, l'horizon virant au bleu pâle. Nous croisâmes un panneau indiquant « BURNSVILLE : 15 MILES ». Si je ne me trompais pas, cette ville se trouvait à environ une heure de mon université, au sud.

Les événements tournaient en boucle dans ma tête : la camionnette, la table, la façon dont elle l'avait liquidé. Elle avait agi avec un calme ahurissant, presque avec nonchalance. Comme si c'était la routine pour elle. *Oh là là, ce que j'ai mal au crâne !*

— C'est votre spécialité ? demandai-je en me massant les tempes. Traquer les tueurs en série et sauver leurs victimes ?

Elle freina brusquement et se rangea sur le bas-côté, mettant le levier de vitesse au point mort.

— Voilà, c'est assez loin. Descends !

— Quoi ? Non ! protestai-je, mon cœur s'emballant à nouveau.

La perspective de rester toute seule dans le noir au bord de la route me terrifiait. Étranglée par la panique, je suppliai :

— S'il vous plaît ! Vous aviez promis de m'amener en ville !

— Non, j'ai dit que je te reconduirais à la civilisation, et nous y sommes. (Elle me lança un regard appuyé.) Et tu as accepté de descendre quand je te le dirais.

— Non, grognai-je en croisant les bras et en me renco-gnant dans mon siège.

Elle leva les yeux au ciel et se pencha en avant pour fouil-ler sous l'assise.

— Je ne voulais vraiment pas en arriver là.

Lorsqu'elle se releva, elle avait un pistolet dans la main. Elle le braqua sur moi.

— Dehors !

— Sérieusement ? (Je secouai la tête.) Vous n'oserez pas tirer.

— Tu veux parier ?

— Si vous aviez un flingue, pourquoi vous ne l'avez pas emporté là-bas ?

— Bon Dieu, t'en as pas marre de poser des questions ? Tu n'as qu'à faire du stop pour rentrer ! (Voyant ma réaction, elle ajouta :) Il y a très peu de risques que tu tombes encore sur un tueur en série.

— Je suis désolée.

Elle parut déroutée.

— Désolée de quoi ?

En guise de réponse, je fis pivoter l'aiguillon électrique dans sa direction et pressai l'extrémité contre sa cuisse. Alors qu'elle écarquillait les yeux, j'appuyai sur le bouton.

3

Discrétion assurée

Nous approchions de la lisière de la ville quand elle revint à elle.

— Ah, salut, dis-je. Toutes mes excuses.

Elle me fusilla du regard.

— Qu'est-ce qui t'a pris de faire ça ?

— Tiens, tiens. Qui est-ce qui pose des questions maintenant ? ironisai-je en imitant son air condescendant.

Dans le rétroviseur, je la regardai se tortiller sur la banquette.

Elle avait dû ajuster la puissance de l'aiguillon au gabarit de Tablier-en-cuir, parce qu'au moment du choc, ses yeux s'étaient révulsés dans leurs orbites. Pendant une seconde, j'avais eu peur de l'avoir tuée. Elle s'était effondrée et son flingue était tombé par terre. J'avais plongé pour le récupérer en poussant ses pieds. Tout en le lui collant sur la tempe, j'avais cherché son pouls et savouré un bref instant de soulagement en le détectant. Puis j'avais retiré les clés du contact et j'étais sortie en vitesse inspecter le coffre.

Elle avait eu l'obligeance de remplir le sac en toile de rouleaux de chatterton, entre autres babioles ; il y avait toute une quincaillerie là-dedans. Au prix d'un effort considérable, je l'avais extraite du siège du conducteur pour la transférer à l'arrière. Lui ligoter les bras et les jambes m'avait fait mal au bide : ça me rappelait trop le traitement que Tablier-en-cuir m'avait infligé. Mais c'était indispensable. Du moins, c'est ce que je me répétais.

Du reste, elle l'avait dit elle-même : j'avais été droguée et j'étais probablement en état de choc. Ce qui signifiait que mon jugement était altéré et que je ne pouvais pas être tenue pour responsable de mes actes.

— Saloperie ! siffla-t-elle. J'aurais dû te buter.

— C'est marrant, parce que j'ai examiné le flingue, et il n'était pas chargé.

À titre de réplique, elle ramena ses jambes contre elle et les détendit pour frapper l'arrière de mon dossier.

— Aïe ! Relax ! Tout ce que je veux, c'est des réponses à mes questions.

Une voiture arriva derrière nous. Elle nous prit dans ses phares, déboîta sur la voie opposée afin de nous doubler et s'éloigna.

— Je t'emmerde !

— Bon, on va continuer à rouler jusqu'à ce que vous soyez de meilleure humeur. (Je scrutai la route.) Il doit y avoir un endroit où tourner…

— Nom de dieu…

Avec force grognements, elle se redressa tant bien que mal en position assise. Ses mains étaient liées dans son dos, l'obligeant à s'incliner en avant.

— Je pourrais t'arracher l'oreille avec mes dents, tu sais.

— C'est vrai, mais on partirait sûrement dans le décor. (Je mis le pied au plancher et la voiture bondit, la renversant contre le dossier. Elle poussa un petit cri.) Moi, j'ai un airbag, mais vous, vous seriez projetée à travers le parebrise. Alors détendez-vous et laissez mon oreille tranquille, d'accord ?

— Espèce de sale petite ingrate !

— Oh non, je vous suis très reconnaissante, même. C'est juste que j'avais la flemme de me taper une longue marche.

— Où est mon flingue ?

— En lieu sûr. (Je l'avais rangé dans le coffre, à l'intérieur de la roue de secours.) Ne vous en faites pas, je vous le rendrai.

— Quand ?

— Quand je l'aurai décidé.

Il me fallait bien l'avouer, une partie de moi prenait plaisir à avoir recouvré le contrôle. Pas une partie très sympathique, je l'admets, mais c'est comme ça.

Ses yeux lançaient des éclairs. Calquant ses méthodes, je la snobai.

— Vous savez comment il s'appelait, le type en tablier ? (Long silence.) Allez, je finirai par l'apprendre, de toute façon ! Je parie que c'est un bon nom de plouc américain, j'ai raison ou pas ?

— Beau Lee Jessop.

— Bingo ! Et comment vous nous avez trouvés ?

Elle se tourna vers la vitre, le visage fermé.

— Parce que franchement, votre timing était parfait. Quelques minutes de plus et j'étais morte.

— Je ne ferai pas deux fois la même erreur, grommela-t-elle.

Je me sentis vexée, mais décidai de laisser couler. J'avais des interrogations plus importantes. J'avais passé une bonne partie de ma vie à étudier les gens, et je trouvais cette femme… déconcertante. Elle m'intriguait.

Accessoirement, me concentrer sur elle m'empêchait de penser au tueur, ce dont j'avais grand besoin.

— Est-ce que vous êtes une sorte de justicière qui pourchasse les tueurs en série ?

Après un temps, elle répondit à contrecœur :

— On pourrait dire ça, je suppose.

— Ah.

Je retournai cette idée dans ma tête. Personne ne se mettrait en danger de cette façon sans une bonne raison. La vengeance, peut-être ? Comme dans les genèses de superhéros ?

— Vous êtes une ancienne du FBI ? Une flic ?

— Est-ce que j'ai l'air d'une flic ? rétorqua-t-elle d'un ton débordant de mépris.

— Pas vraiment, non. (Je lui jetai un coup d'œil.) Vous avez plutôt le style avocate d'affaires.

— Je ne suis pas avocate.

— Alors vous êtes quoi ?

Pas de réponse.

— D'accord, soupirai-je. (Elle était encore plus secrète que mon ex-copine, et c'était pas peu dire.) Pourquoi vous faites ça ?

— En quoi ça t'intéresse ?

— C'est une activité bizarre, c'est tout. Dangereuse, avec ça. Vous n'avez pas peur ?

— Tu n'arrêtes jamais, hein ?

— Ben, j'ai passé des heures à croire que j'allais mourir, et d'un coup vous déboulez comme une espèce de ninja…

— Je n'ai pas « déboulé ».

— Comme vous voulez. Et puis vous zigouillez ce type… par accident, m'empressai-je d'ajouter en levant une main pour parer à ses objections. Quoique, si ça n'avait tenu qu'à moi, sa mort aurait été plus lente et plus douloureuse. Et après, vous mettez les voiles comme si de rien n'était, ce qui n'est pas franchement normal. Sans compter que vous me demandez de ne pas parler de vous aux flics. Alors oui, je me pose des questions.

Masque-de-ski ne dit rien pendant quelques minutes. Les premiers rayons du soleil apparurent, couvrant sa peau d'une teinte dorée.

— Si je réponds à tes questions, tu me rendras ma voiture ?

— Absolument. Et je tiendrai ma langue.

— Il y a un restaurant un peu plus loin, et j'ai besoin de caféine. Arrête-toi et détache-moi.

— Super, fis-je en tentant vainement de réprimer un sourire satisfait.

— Tu es une sacrée emmerdeuse, tu sais ?

— On me l'a déjà dit, oui. Pas qu'une fois.

Dix minutes plus tard, nous étions assises l'une en face de l'autre au Blue Moon Diner. Une vraie gargote comme on les aime, avec des menus qui collent aux doigts. Sur le côté droit de la salle courait un long bar flanqué de tabourets pivotants ; à gauche, une rangée de box avec des banquettes en vinyle craquelé et des tables au plateau délavé. La serveuse, une femme d'une cinquantaine d'années, était coiffée d'une natte plaquée et avait une voix rocailleuse de fumeuse invétérée. Mis à part un vieux type qui somnolait dans le fond, nous étions les seules clientes. J'espérais que c'était à mettre sur le compte de l'heure matinale et pas de la qualité de la bouffe ; ce serait bête de crever d'une salmonellose juste après avoir échappé à un tueur en série.

La serveuse (Bea, d'après son badge, prénom bien trop proche de « Beau » à mon goût) remplit deux mugs de café avant de prendre notre commande : un petit déjeuner campagnard pour moi, parce que je n'allais quand même pas lésiner sur les calories après la nuit que j'avais passée, et des toasts pour mon ex-sauveuse/prisonnière. Sans rien dessus, notez. Pas étonnant qu'elle soit si mince.

Bea ne tiqua même pas en voyant mon crâne rasé et mon teint quelque peu schtroumpfesque, ce qui me laissa penser qu'elle avait sûrement l'habitude d'en voir des vertes et des pas mûres.

— Tu devrais finir de te nettoyer, me conseilla Masque-de-ski tandis que la serveuse s'éloignait d'un pas las. Les toilettes sont là-bas.

— Je ne voudrais pas que vous vous sentiez seule.

J'avais ses clés de contact dans ma poche, mais pour ce que j'en savais, voler des voitures était peut-être son deuxième job.

— Très bien. Plus vite on en aura terminé, mieux ce sera.

Elle retroussa sa manche pour consulter sa montre : si je ne me méprenais pas, elle portait carrément une authentique Rolex sous ses gants en latex beige.

— Vous ne les enlevez pas ? m'étonnai-je en indiquant ces derniers.

— Pour laisser mes empreintes partout ? Certainement pas.

— Vous allez manger vos toasts avec des gants ?

— Pose tes questions, ordonna-t-elle, agacée.

— D'accord, ça va ! Oh là là ! (Je réfléchis, puis demandai :) C'est quoi, votre nom ?

— Ça n'a pas d'importance. Question suivante.

— Sérieux ?

Devant sa mine impassible, je pris une gorgée de café, fis la grimace et ajoutai du sucre pour tenter de le rendre moins amer. Tout en touillant, je poursuivis :

— Je suis sûre que c'est très classe, vu votre accent. Milieu friqué, mais pas tape-à-l'œil, même si le pull St. John que vous portez vous a coûté dans les cinq cents dollars. Je chauffe ?

— Pas vraiment, dit-elle, mais à en juger par son expression, j'avais visé juste.

— Étudier les gens, c'est mon petit truc à moi.

Plutôt mon super pouvoir, en fait, mais je n'allais pas lui sortir ça.

— En effet, tu as parfaitement cerné M. Jessop.

— J'ai pas trop eu le temps, contrai-je en me ratatinant à l'évocation de ce souvenir.

Nous nous tînmes coites pendant que Bea jetait nos assiettes devant nous et faisait le plein de nos mugs. Le parfum des œufs baveux, du bacon et des galettes de pomme de terre me donna presque envie de fondre en larmes. Ce n'était pas le plus joli plat que j'aie vu, mais c'était de loin le plus extraordinaire. Meilleur, en tout cas, que le donut rassis de la veille. Prenant soudain conscience qu'une vie entière de donuts rassis m'attendait, je me sentis submergée par l'émotion.

— Tu pleures, constata Masque-de-ski, qui tira une poignée de serviettes en papier du distributeur et me les tendit. Tiens.

— Merci.

Le plus étrange, c'est que je ne m'en étais même pas rendu compte. Je m'essuyai la figure, colorant d'un bleu insolite les serviettes trop fines, puis me mouchai dedans. Sous le regard dégoûté de Masque-de-ski, je la fourrai dans ma poche, gênée.

— Alors, comment vous m'avez trouvée ?

— Je te l'ai déjà dit : c'est lui que je cherchais, pas toi.

C'était un peu insultant, mais passons.

— Et pourquoi vous le poursuiviez ?

— C'était mon suspect numéro un.

— Votre suspect numéro un ? Vous êtes sûre que vous êtes pas flic ?

— Tout à fait sûre. Question suivante. (Nouveau coup d'œil à sa montre, soupir.) Il faut vraiment que je parte, je suis attendue ailleurs.

— Où ça ?

— Elle nous regarde, mange ! siffla-t-elle à voix basse, avant de découper son toast et de porter délicatement un morceau à sa bouche.

Je tournai la tête et vis Bea qui nous matait sans vergogne depuis la porte des cuisines. Obéissante, j'engouffrai quelques bouchées puis levai le pouce dans sa direction – même si j'avais déjà goûté des galettes surgelées meilleures que ça –, ce qui la fit partir. Je bus une bonne lampée de café pour faire couler mes patates, puis reformulai ma question :

— Comment vous l'avez trouvé ?

— Grâce à un algorithme informatique. (Voyant ma tête, elle haussa les épaules.) Je suis douée en informatique. C'est ça, mon petit truc à moi.

Je ne relevai pas la pique.

— OK, vous avez donc développé un algorithme pour attraper un tueur en série. C'est… assez cool, je trouve. (Insensé et inquiétant, devrais-je plutôt dire, mais bon.) Et ça vous a orientée vers lui ?

Elle pencha la tête sur le côté, comme si elle hésitait à répondre.

— Il n'était pas le seul que je surveillais, lâcha-t-elle finalement. Il y avait d'autres candidats, il m'a fallu du temps pour réduire les possibilités.

— Combien de temps ?

— Environ deux mois.

— Deux mois ! (Je faillis m'étouffer sur mes œufs.) Mais le FBI bosse dessus depuis quelques semaines seulement !

— Ce ne sont pas les plus futés. (Elle grignota un bout de toast et fronça le nez.) Ce pain est rassis.

— D'accord, dis-je, tâchant de démêler ces informations. Donc, votre truc, c'est de traquer les tueurs en série au moyen d'un algorithme. Ensuite vous les éliminez, et vous sauvez leurs victimes.

Elle inclina la tête.

— En fait, tu es la première que je sauve.

J'en eus la chair de poule.

— Une chance pour moi, alors. Parce que vous arrivez trop tard, en général ?

Je voulus ravaler mon commentaire sitôt qu'il franchit mes lèvres – il était vaguement tendancieux –, mais elle ne parut pas s'en émouvoir.

— Pas forcément.

Qu'est-ce qu'elle entendait par là ? Que d'habitude, elle abandonnait les victimes à leur sort ? Le fait qu'elle soit capable de discuter de ces choses-là tout en dégustant tranquillement son toast me perturbait.

— Alors c'était une simple coïncidence que vous arriviez pile au bon moment ? Pour moi, je veux dire ?

— Oh, non. J'ai assisté à ton enlèvement. (Elle repoussa son assiette.) Ça m'a confirmé que c'était bien lui.

Je la dévisageai, bouche bée. Elle l'avait vu me propulser dans la camionnette ? Vraiment ? Et elle n'avait rien fait ?

— Mais... pourquoi vous n'avez pas appelé les flics ?

— Je préfère ne pas les impliquer avant que tout soit terminé. Ils ont tendance à commettre trop d'erreurs.

— Et pas vous ?

— Rarement.

Son détachement froid et clinique commençait à me courir sur le haricot.

— Attendez... Si je comprends bien, vous m'avez délibérément laissée entre ses mains ? Pendant des heures ! Vous l'avez laissé me raser ! Il aurait pu me tuer !

Elle renifla.

— C'est peu probable. D'après l'examen de ses précédentes victimes, il aimait bien prendre son temps. Et j'avais quelques détails à régler. Avant de te sauver la vie ! précisa-t-elle avec un regard éloquent.

— Des détails à régler ? Genre quoi ? Récupérer votre linge au pressing ? Et s'il avait décidé de faire vite, pour une fois ?

— Tu serais morte. (Elle haussa les épaules.) J'aurais encore mes clés de voiture et je serais assise devant un bien meilleur petit déjeuner. C'est bon, tu as fini ? Parce qu'il faut vraiment que j'y aille.

C'était la conversation la plus surréaliste qu'il m'ait été donné d'avoir. Un million de questions auraient dû se bousculer dans ma cervelle, mais celle-ci se retrouvait soudain vide. La vague d'adrénaline sur laquelle je surfais jusqu'ici commençait à décliner, sapant mes dernières forces. Masque-de-ski avait l'air fatiguée, irritée et impatiente. Vu comme elle serrait les dents, quand bien même je poursuivrais l'interrogatoire, il y avait peu de chances qu'elle me réponde.

Et puis après tout, quelle importance ? Oui, tout chez elle était bizarre. La manière dont elle m'avait secourue, entre autres. Mais j'étais là, bien vivante. C'est ce qui comptait, non ?

Subitement, je ne voulus plus qu'une chose, que tout soit terminé. Rentrer chez moi, m'offrir la plus longue douche de ma vie et me mettre au lit. Ma décision prise, je jetai la clé de contact sur la table.

— Tenez !

Elle parut surprise, mais la ramassa illico.

— Merci.

— Pas de souci. Merci de m'avoir sauvée. Et désolée pour ça, ajoutai-je en agitant la main vers la voiture. Je n'ai pas pour habitude de prendre des gens en otage.

— Ma foi, tu as eu une nuit difficile, concéda-t-elle.

Comme elle s'apprêtait à ramasser l'addition, je la devançai.

— C'est pour moi. C'est le moins que je puisse faire.

— Merci. (Elle se coula hors du box.) Au fait…

— J'attendrai cinq minutes avant d'appeler. (Une hésitation, puis je précisai :) Ce sera sûrement un appel anonyme, de toute façon.

— Ah bon ? Drôle de choix. (Elle m'examina avec curiosité.) On n'aime pas trop la police ?

— Disons que j'ai eu de mauvaises expériences.

— Visiblement. (Après un temps, elle déclara :) Je suis contente que tu t'en sois tirée, Amber.

— Moi aussi.

Mes yeux s'embuèrent à nouveau et je pris une grande inspiration tremblotante.

— Faites attention à vous, d'accord ?

Elle acquiesça.

— Toi aussi.

Le carillon au-dessus de la porte tintait toujours quand Bea revint à la table.

— Besoin d'autre chose, mademoiselle ?

— Non, c'est bon.

Je regardai la Toyota sortir du parking et virer à gauche en direction du nord. Quand elle eut disparu, je me tournai vers la serveuse et lui demandai :

— Je peux vous emprunter votre téléphone ? C'est pour un appel local.

Laissant mon sac à dos sur la banquette pour la rassurer, j'emportai le téléphone de Bea dehors. C'était un authentique portable à clapet vintage ; je ne savais même pas que ça se vendait encore. Je le contemplai un moment, plongée dans une intense réflexion.

Voilà le problème : il y avait certains éléments de mon passé que le FBI ne verrait sans doute pas d'un bon œil. À vrai dire, il se pouvait même qu'on m'envoie derrière les barreaux, aussi injuste que ça puisse paraître. J'aurais aussi un peu de mal à expliquer mon évasion sans parler de ma sauveuse. Et si je la balançais, tout bonnement ? Non, ce serait ingrat de ma part. J'avais accumulé assez de mauvais karma pour toute une vie, pas la peine d'en rajouter.

Je pouvais m'abstenir de passer ce coup de fil, mais d'après ce que j'avais vu dans sa masure, Beau recevait rarement du monde chez lui. On ne le découvrirait peut-être jamais, et je me demanderais toujours s'il avait survécu. Je devais m'assurer que ce n'était pas le cas.

Je masquai donc le numéro et composai le 911. Imitant la voix traînante et rauque de Bea, j'annonçai :

— Il se trame des trucs pas nets dans la maison de Beau Jessop. Je crois que c'est en rapport avec ces filles qui sont mortes.

Puis je raccrochai en vitesse et retournai à l'intérieur. Je réglai l'addition en espèces et laissai le téléphone ainsi qu'un bon pourboire pour Bea, après quoi je me mis en marche à destination du premier carrefour. Un véhicule de police passa près de moi ; je gardai la tête baissée, ma calvitie couverte par la capuche de mon sweat.

Je me rendis au premier arrêt de bus que je vis et élaborai l'itinéraire le plus direct jusque chez moi (qui n'avait rien de direct, en fait). Il me fallut presque deux heures pour rentrer. Je passai tout le trajet à regarder par la vitre, sonnée, tâchant d'assimiler tout ce qui venait de se produire.

L'arrêt se situait à une rue de mon immeuble. Je descendis les marches du bus en trébuchant, les jambes prêtes à lâcher sous mon poids. Je me forçai à mettre un pied devant l'autre, vaseuse, résistant à la tentation de me coucher en position fœtale sur la pelouse d'un voisin. Je ne pus m'empêcher de frémir en arrivant à l'endroit où Beau m'avait kidnappée. Je passai au large, dirigeant mes pas vers le complexe universitaire délabré dans lequel je vivais.

En ouvrant la porte de mon appartement, j'eus l'impression de m'introduire dans le domicile d'une étrangère où tout me serait curieusement familier. La porte de la chambre de ma coloc était grande ouverte, révélant un tas de fringues étalées en vrac sur le lit, abandonnées lorsqu'elle avait fait sa valise à l'arrache.

Était-ce seulement hier ? Ça me paraissait dur à croire.

Je laissai glisser mon sac par terre et allai prendre la douche la plus méticuleuse de toute mon existence. L'eau était devenue froide que je me sentais toujours aussi sale. Ma peau était écarlate à force de la récurer, toute trace de bleu évacuée dans les égouts.

Je m'enveloppai dans la plus grande serviette dont nous disposions, gagnai ma chambre en traînant les pieds, m'écroulai sur le lit et dormis un jour entier.

Je me réveillai juste après le lever du soleil. Je demeurai allongée, les yeux fixés au plafond. C'était le Vendredi saint, et bien que je ne sois pas pratiquante, le fait même d'être en vie me semblait un putain de miracle.

Grâce à ce week-end prolongé, je n'avais rien manqué d'important, et les cours ne reprendraient que le lundi. Étant une des rares personnes présentes sur le campus, j'étais censée faire quelques heures supplémentaires à la bibliothèque ce soir-là.

Je me mis à rigoler toute seule. C'était trop bizarre d'envisager de retourner bosser comme si de rien n'était. En même temps, l'enfance hautement imprévisible que j'avais endurée m'avait préparée à ce genre de chose, non ? C'était une consolation discutable, mais je n'allais pas cracher dessus.

Avec un soupir, je regardai mon téléphone : j'avais reçu un SMS d'un numéro inconnu. Interloquée, je l'ouvris : Suis retournée sur place et ai effacé tes empreintes même si t'es une petite conne.

Il y avait un émoji Schtroumpf à côté.

— Elle est donc vraiment douée en informatique, bredouillai-je, troublée.

Comment diable s'était-elle procuré mon numéro alors que tout ce que je lui avais dévoilé, c'était mon prénom ? Je trouvais ça un peu inquiétant, même si ça n'enlevait rien à ma gratitude. Maintenant que j'avais les idées plus claires, la dernière chose que je souhaitais, c'était me replonger dans tout ça. Si j'avais pu découper la partie de mon cerveau où étaient stockées les trente-six dernières heures, je n'aurais pas hésité à le faire.

Je remontai les draps jusqu'à mon menton. Pourrais-je vraiment vivre comme si rien ne s'était passé ? Ou bien c'était clairement impossible, même pour quelqu'un comme moi ?

— Il n'y a qu'un seul moyen de le savoir, conclus-je, repoussant les couvertures et me levant sur des jambes flageolantes.

4

Les liens du passé

Le titre surgit sur mon téléphone tandis que je m'enfilais des cuillerées de cornflakes rassis : LE PIKACHU TUEUR RETROUVÉ MORT – LE FBI CONFIRME.

Je m'étranglai sur une bouchée partie dans le mauvais tuyau et me frappai du poing la cage thoracique pour la faire ressortir. J'approchai l'index de l'écran, mais que pouvait m'apprendre l'article que je ne sache pas déjà ? Je voyais d'ici la belle enquêtrice de mes fantasmes penchée au-dessus du cadavre de Beau, les sourcils froncés, étudiant les taches de peinture bleue et l'absence d'empreintes digitales (touchons du bois), s'évertuant à reconstituer le fil des événements.

Je me mordillai la lèvre. Avais-je vraiment fait le bon choix ? Me présenter à la police m'aurait peut-être valu une certaine indulgence vis-à-vis de mes frasques passées ? On aurait peut-être même accepté ma version de l'histoire. J'aurais pu poursuivre ma vie sans plus avoir à regarder constamment derrière mon épaule. Ou alors on m'aurait jetée en taule.

Mieux valait me tenir à carreau, décidai-je. J'avais travaillé dur pour me construire une nouvelle identité et je n'avais aucune envie de prendre le risque de la compromettre. Mon agente du FBI devrait se dépatouiller avec ses interrogations.

Je passai le reste du vendredi à zapper, vautrée sur le canapé ; fixer mon attention sur une chose plus de quelques minutes m'était impossible. J'appelai mon boulot pour me faire porter pâle : après l'épreuve que j'avais subie, me retrouver toute seule la nuit dans une bibliothèque lugubre et déserte me tentait moyen.

Le samedi, je m'entraînai à me dessiner des sourcils au crayon, et commandai sur Internet une perruque similaire à ma chevelure d'origine. Puis je réitérai ma journée du vendredi, avec livraison de pizza en sus (je n'avais pas manqué à cet idiot de livreur, apparemment).

J'aurais dû employer tout mon dimanche à bûcher : j'avais prévu de terminer deux devoirs importants. Mais après avoir contemplé un écran vide durant une heure, je jetai l'éponge et retournai à mon canapé. J'avais entamé la saison 3 d'une émission de téléréalité débile, et il me paraissait capital d'arriver à la saison 4 avant le lendemain.

Alors que je piquais du nez, le bruit de la serrure me fit sursauter. Je me levai d'un bond, le cœur battant à tout rompre. La porte s'ouvrit, faisant apparaître ma colocataire Joanie. J'avais complètement oublié qu'elle devait rentrer. Je n'avais jamais eu l'appartement pour moi toute seule pendant aussi longtemps, et me sentais tout à coup envahie par sa présence.

— Putain, qu'est-ce que tu as fait de tes cheveux ? s'écria-t-elle en lâchant la poignée de sa valise à roulettes.

Je portai aussitôt les mains à mon crâne nu ; la perruque n'arriverait pas avant mardi. J'avais mis une casquette de baseball pour la livraison de la pizza, mais je l'avais enlevée parce qu'elle m'irritait le crâne.

— C'était… un challenge sur les réseaux. Pour… une maladie, expliquai-je lamentablement.

Joanie arqua un sourcil. C'était une chouette fille, du genre normal, originaire de Louisville dans le Kentucky, qui ne savait déjà pas quoi penser de moi avant que je devienne chauve. À en juger par ses cadres photo qui occupaient chaque centimètre carré de surface plane des meubles de l'appartement, elle avait vécu le genre d'enfance que je n'avais vue qu'à la télé : ranch de luxe, équipe de pom-pom girls, petit ami quarterback prénommé Dylan désormais en dernière année à l'université d'État de Floride. Elle terminait sa formation d'enseignante et projetait de le rejoindre là-bas une fois son diplôme en poche. Comme beaucoup de gens ici, elle avait été élevée dans la religion évangélique et considérait ma personne (ainsi que mon « mode de vie ») d'un œil plus que méfiant. Nous formions un mariage de raison, toutes les deux en dernière année d'études, issues du même cursus. Par conséquent, nos conversations tournaient essentiellement autour de la liste de courses et du ménage – ce qui me convenait à merveille, car je n'étais pas ici pour me faire des amis. Malgré tout, en la voyant dénouer son écharpe, je ressentis un pincement au cœur ; ce serait sympa d'avoir quelqu'un à qui me confier. Peut-être que j'aurais dû faire plus d'efforts.

— Je ne me raserai jamais la tête pour personne, moi, affirma Joanie en lançant son manteau sur le canapé ; il atterrit si près de moi que j'eus un mouvement de recul. Tu as entendu la nouvelle ? Ils l'ont eu ! Dylan ne voulait pas que je reparte. S'il n'avait pas été retrouvé, je te promets, je serais peut-être restée chez moi.

Elle s'assit sur la chaise en face de moi.

— Ouais, j'ai appris ça. C'est super. Bon, j'ai un devoir à finir, alors, euh… bonne nuit.

— Je peux te prêter un foulard, si tu veux, proposa-t-elle en lorgnant ma calvitie.

— Non, ça va. Merci quand même.

— Pas de problème. (Elle s'empara de la télécommande et lança Netflix.) Au fait, c'est à toi de nettoyer la salle de bains cette semaine.

— OK, ce sera fait.

Je refermai la porte de ma chambre et m'y adossai, les yeux clos. J'aurais dû trouver rassurant d'avoir une présence dans l'appartement ; Joanie et moi, on n'était pas les meilleures amies du monde, mais si je me mettais à hurler, elle appellerait les secours (ne serait-ce que pour sauver sa peau). Et pourtant, étrangement, je me sentais encore plus seule.

J'avais repoussé l'échéance jusqu'ici, or Joanie avait éveillé ma curiosité. Rassemblant mon courage, j'effectuai une recherche sur Beau Lee Jessop.

Grâce à mon tuyau anonyme, la police l'avait découvert le jeudi en fin de matinée et avait aussitôt averti le FBI. (Ils n'avaient donc pas accouru sur-le-champ. À leur décharge, il y avait sans doute beaucoup de timbrés qui les appelaient.) Je fis défiler une série d'articles de médias locaux aussi bien que nationaux – ce pays cultivant une même obsession pour les tueurs en série que pour le baseball. Au cours du week-end, les journalistes avaient déterré une foultitude d'infos sur l'enfance malheureuse de Beau, les forums glauques qu'il fréquentait, et j'en passe. Ceux qui le connaissaient n'étaient pas étonnés : un ancien camarade de lycée confiait même que Beau avait été officieusement nommé « probable futur tueur en série ».

Quand je m'arrachai à l'écran, il était minuit passé. La lumière du salon était éteinte ; Joanie était sans doute allée se coucher. Je me préparai et me mis au lit, les draps tirés jusqu'au cou, m'efforçant de réprimer les tremblements qui commençaient de nouveau à me gagner.

En tant qu'étudiante en psychologie, je savais qu'il y avait trois étapes à respecter pour se remettre d'un traumatisme : instaurer un climat de sécurité, raconter l'événement en question (de préférence à un professionnel qualifié) et renouer des contacts avec autrui. L'ennui, c'est que même la première étape me paraissait inaccessible pour le moment.

Le fait d'avoir été enlevée juste en bas de chez moi n'arrangeait pas les choses, mais déménager était inenvisageable, dans la mesure où mon prêt étudiant couvrait à peine le loyer de cet appart merdique (sans Joanie, il aurait même été trop cher pour moi). Et malheureusement, je m'étais juré de ne plus recourir à d'autres méthodes pour me renflouer vite fait. Pendant les deux mois à venir, j'allais donc devoir passer près de l'endroit où j'avais été kidnappée. Ça n'aiderait pas franchement à créer un sentiment de sécurité.

Rationnellement, je savais que Beau était mort. Mais mon subconscient, lui, s'en tamponnait le coquillard. Je ne fermai presque pas l'œil cette nuit-là. Je me levai plusieurs fois pour vérifier que la porte d'entrée et les fenêtres étaient bien verrouillées. Au moindre bruit suspect, je me redressais en sursaut, baignée d'une sueur froide. Au fil des heures, il devint clair que Beau Lee Jessop m'avait dérobé une chose précieuse : j'avais perdu une partie de moi dans cette cave abominable, une partie que je ne reverrais sans doute plus jamais.

Le lendemain, je faillis m'endormir pendant le cours de psychopatho. Et l'après-midi, à la bibliothèque où je travaillais, le temps me parut interminable. Dieu merci, comme il y avait beaucoup de monde, j'évitai la corvée de rangement de bouquins dans les réserves sinistres situées au cœur du bâtiment. Mon crâne tondu m'attira des regards apitoyés ; on s'imaginait à tous les coups que j'étais atteinte d'un cancer. Dans une autre vie, j'en aurais sans doute allègrement profité.

Quand ma journée se termina enfin, j'étais au bout du rouleau. Je rentrai chez moi d'un pas lourd, marchant sur le trottoir d'en face pour éviter de passer sur le lieu de mon enlèvement, épiant avec inquiétude chaque voiture qui passait.

Sans cet état d'hypervigilance, je n'aurais sûrement pas repéré le type en parka bleu marine du FBI qui sortait de mon immeuble. Il était grand, plus d'un mètre quatre-vingts, et portait une casquette de baseball qui lui cachait les yeux. Lorsqu'il leva la tête, je me détournai et plaquai mon téléphone contre mon oreille. Mes vieux réflexes se réveillèrent et l'adrénaline gicla dans mes veines. Mes parents ne m'avaient pas donné grand-chose, mais ils m'avaient inculqué un grand principe de base, profondément ancré dans mon esprit : quand tu vois les flics, tu cours.

Du calme, me dis-je. Je me dirigeai d'un pas résolu vers l'immeuble le plus proche en farfouillant dans mon sac comme si je cherchais mes clés.

Je sentis son regard rivé sur mon dos. *Merde ! Sois naturelle !*

Alors que j'avançais vers l'entrée, la porte s'ouvrit à la volée et un mec en jogging sortit au petit trot. Je m'élançai pour rattraper le battant, ignorant l'œillade intriguée qu'il me lança (pour sa défense, il ne voyait sans doute pas des filles chauves tous les jours). Je plongeai dans le hall, le cœur battant, puis hasardai un coup d'œil au-dehors.

Le type du FBI montait dans une berline banalisée qui sentait la voiture de location à trois kilomètres. J'étais peut-être parano, mais j'aurais juré qu'il m'observait. Je me ruai dans l'escalier pour grimper au premier étage. Une fille en pantalon de yoga débarqua dans le couloir, un tapis roulé sur l'épaule. Elle me décocha un regard mauvais.

— Tu n'habites pas ici, toi !

— Détends-toi, je viens voir quelqu'un, grommelai-je en m'éloignant en vitesse.

Je gravis tous les étages jusqu'à l'issue menant au toit, et m'assis sur une marche à l'aplomb d'un panneau marqué : « À N'UTILISER QU'EN CAS D'URGENCE / PORTE SOUS ALARME ». La tête dans les mains, je tâchai de retrouver mon souffle. Je devais impérativement améliorer ma condition physique si je voulais passer le reste de ma vie à esquiver les tueurs en série et les flics. Joanie me conseillait souvent d'essayer la zumba ; ça valait peut-être le coup que je m'y mette. *Attends dix minutes*, me dis-je. *Il sera parti d'ici là.*

Mon téléphone vibra à l'arrivée d'un SMS de ma nouvelle super copine Numéro Inconnu : Le FBI te cherche.

— Ouais, sans blague. Merci pour le scoop.

La sonnerie d'appel retentit dans la foulée. Je décrochai et lançai :

— Si vous voulez qu'on s'échange des mots doux, commencez par arrêter de masquer votre numéro.

Une voix masculine s'éleva :

— Amber Jamison ? Je suis l'agent Cabot, du FBI.

Merde ! Je me raclai la gorge et tentai de la jouer décontractée :

— Oh, bonjour. Comment avez-vous eu mon numéro ?

— C'est votre colocataire qui nous l'a donné. Je vous appelle parce que votre nom est apparu dans le cadre d'une de nos enquêtes, et nous souhaiterions en discuter avec vous.

— Discuter ? répétai-je bêtement.

— Ce ne sera pas long. Demain, vous pourriez ?

— Euh, j'ai cours demain.

— Dès que vous serez libre, alors.

Il me faisait bien comprendre que je n'avais pas le choix. Je me sentis soudain très faible.

— D'accord. Bien sûr.

— Parfait. Présentez-vous au poste de police de Main Street demain après-midi. 17 heures. C'est bon pour vous ?

— Oui.

— Super. Donnez mon nom à l'accueil, on vous conduira à nous.

— Hm hm. (Je déglutis avec difficulté, la gorge sèche.)

— À demain, donc, miss Jamison !

Je raccrochai et enfouis ma figure dans mes mains. Bon sang, comment les gens du FBI m'avaient-ils retrouvée ? Et que savaient-ils ? La possibilité qu'ils veuillent me décerner une médaille me traversa l'esprit, mais si c'était le cas, Cabot m'aurait prévenue, non ? En plus, je n'avais pas affaire à un simple flicaillon ; le FBI pouvait sans doute exhumer n'importe quelle info sur moi en moins de cinq minutes, jusqu'à la taille de mon soutien-gorge.

Bordel, je suis foutue ! Je regardai ma montre : 18 heures. Il me restait moins de vingt-quatre heures pour quitter la ville.

Heureusement, je n'en étais pas à mon coup d'essai. Comparé aux fois où j'avais dû m'éclipser sans préavis, vingt-quatre heures, c'était une éternité. N'empêche, j'avais espéré que cette vie était derrière moi. Une bouffée de rage m'envahit : j'avais beau avoir survécu, ce connard de Tablier-en-cuir avait réussi à faire voler en éclats la stabilité que je m'étais bâtie.

Je n'avais toutefois pas le temps de gamberger. Je descendis les marches deux à deux et ressortis dans la rue. Accroupie derrière les buissons qui flanquaient la porte, j'inspectai les alentours : rien à signaler, du moins pour le moment. Je m'élançai en marchant le plus rapidement possible vers le pâté de maisons suivant, composé en grande partie de pavillons familiaux à la peinture écaillée et aux pelouses proprettes. Coupant à travers l'arrière-cour de l'un d'eux, je débouchai dans l'allée derrière mon immeuble et entrai discrètement par l'issue de secours. Tout du long, un compte à rebours imaginaire s'égrenait dans ma tête. Rien ne me garantissait que Cabot patienterait jusqu'au lendemain, et si l'envie lui prenait de fouiller dans mon passé, il ne mettrait pas longtemps à dégoter quelque chose, ce qui me vaudrait illico une seconde visite à domicile.

Il fallait que je me magne le train.

Je pris l'escalier sans croiser personne, puis me glissai dans l'appartement. Joanie était devant la cuisinière, elle remuait le contenu d'une casserole, un tablier noué sur sa robe d'été, les cheveux ramenés en chignon au-dessus de sa tête. Une odeur de pâtes emplissait la pièce noyée de vapeur, et Taylor Swift s'égosillait par l'enceinte portable posée sur le plan de travail. Ma coloc pivota vers moi, les yeux brillants de curiosité.

— Oh là là ! Il y a un agent du FBI qui est venu chez nous pour te voir... Il était trop beau !

— Ah bon ? (Je parvins à avoir l'air étonnée.) Bizarre. Il t'a dit ce qu'il voulait ?

— Non, juste que c'était important. Tu crois que ça a un rapport avec le tueur, là, Jessop ?

En entendant ce nom, je réprimai un frisson, mais répondis le plus calmement possible :

— Pourquoi je saurais quelque chose sur lui ?

Joanie pencha la tête, fixant mon crâne avec insistance.

— Eh bien, tu te fais la boule à zéro pile au moment où ils l'attrapent. C'est une drôle de coïncidence, non ?

— Je te l'ai dit, c'était un challenge sur Internet.

— C'est vrai, mais je croyais que ça ne t'intéressait pas, tous ces trucs-là. Tu n'as même pas de compte Insta.

— Oui, ben je me suis beaucoup ennuyée ce week-end, OK ?

Joanie n'était pas stupide, et je savais bien que mes explications sonnaient faux. La meilleure chose à faire était de bouger d'ici.

— Bon, il faut que je bosse. S'il reste des pâtes, pense à moi ! lançai-je par-dessus mon épaule avant de fermer la porte de ma chambre.

— Ce serait avec plaisir, cria-t-elle, mais il n'y a quasiment plus rien dans les placards. *Quelqu'un* a tout bouffé en mon absence.

Voyons le bon côté des choses : fini les prises de tête avec Joanie ! songeai-je en fourrant mes affaires dans un sac. Heureusement pour moi, je ne possédais pas grand-chose et n'étais pas très attachée au peu que j'avais. Bourrer deux grands sacs en toile de produits de toilette, vêtements et quelques souvenirs ne me prit que quelques minutes. Puis, les mains sur les hanches, je contemplai mes manuels de cours avec regret. *Adieu, ma caution !* Je me mordis la lèvre, furieuse. J'avais été si près d'obtenir mon diplôme, il ne me restait que deux mois à tirer. Et maintenant, je ne pourrais même pas terminer mes études dans une autre université – on me retrouverait trop facilement.

Beau Lee Jessop : cette source intarissable de bienfaits.

Remerciant le ciel que cet appartement donne sur l'arrière de l'immeuble, je me penchai par la fenêtre de ma chambre et fis tomber avec précaution les sacs dans les buissons. J'extirpai mon Glock de sa cachette en haut de l'armoire (Dieu bénisse l'Amérique pour son système défaillant de vente d'armes). Après m'être assurée qu'il n'était pas chargé, je le rangeai dans mon sac à dos, avec deux boîtes de munitions.

Et voilà. Grosso modo, j'étais parée. Je n'avais que deux cents dollars environ sur mon compte en banque, largement moins que le plafond de retrait journalier autorisé. Je m'arrêterais à un distributeur dans la première ville pour les retirer, et après, je réfléchirais à la suite des opérations.

— Où tu vas ? me demanda Joanie quand je repassai dans le salon.

— À la bibliothèque. J'ai oublié un truc.

— OK. Je t'ai laissé des pâtes. Bien que tu ne les mérites pas.

— Merci, répondis-je, surprise.

Partager sa nourriture (de son plein gré, du moins) ne lui ressemblait pas du tout. C'en était presque louche. Peut-être avait-elle informé le type « trop beau » du FBI que j'étais rentrée, et qu'elle cherchait à me retenir le temps qu'il arrive.

— Je reviens très vite.

La porte se referma derrière moi avant qu'elle ajoute quoi que ce soit. Je descendis les marches au pas de course, puis entrebâillai la porte qui donnait sur l'allée : personne en vue. Je récupérai mes sacs dans les buissons et marchai rapidement jusqu'à ma voiture. Mon tas de boue démarra à la deuxième tentative, et je roulai prudemment vers la sortie de la ville en respectant à la lettre le code de la route.

Dix minutes plus tard, Johnson City rapetissait dans mon rétroviseur. Je n'avais pas l'air suivie. Mes épaules se décrispèrent. J'avais réussi. Pour le moment du moins, j'étais hors de danger.

Qu'est-ce que j'allais faire maintenant ?

5

La voleuse

Hormis un passage éclair à un distributeur pour vider mon compte en banque, je ne m'arrêtai pas avant d'avoir atteint le Kentucky. Je me garai sur le parking quasiment désert d'un Waffle Barn et consacrai quelques minutes à rassembler mes esprits. Il était pas loin de 20 heures, et le manque de sommeil me rattrapait. La fatigue commençait à affecter sérieusement ma conduite ; deux fois, j'avais failli dévier sur la voie opposée durant l'heure qui venait de s'écouler. En plus, je mourais de faim. J'étais assez loin maintenant, jugeai-je, pour prendre le risque de manger un bout.

Le Blue Moon Diner était un restaurant trois étoiles comparé au Waffle Barn. En lieu et place de box avec banquettes, la salle était meublée de tables bancales dont les chaises n'auraient pas dépareillé dans une réunion des Alcooliques anonymes. Quelques clients d'un âge avancé avaient le nez penché sur leurs assiettes barbouillées de sirop. La pauvreté de l'éclairage accentuait l'ambiance dépressive. Mais comme dans tous les établissements de cette chaîne, c'était propre, il y avait des toilettes, et la bouffe était bonne et pas chère.

Qui plus est, il n'y avait pas de caméras de surveillance.

Je passai commande puis filai au petit coin. À mon retour, un énorme tas de gaufres accompagné d'œufs au plat m'attendait. Pendant les cinq minutes qui suivirent, je m'attachai à transférer le contenu de mon assiette dans mon estomac. Puis je me renversai contre le dossier en poussant un grand soupir.

Une vieille dame à la table voisine me sourit. Sa perruque était de traviole, et ses sourcils tracés au crayon lui conféraient un air perpétuellement étonné – quoique je n'aie pas de leçon à donner sur ce point, les miens étant sans doute tout sauf droits.

— Les meilleures gaufres du Kentucky ! fit-elle.

— Je vous crois, dis-je en imitant d'instinct son accent traînant.

Je me collai des baffes en pensée. Cette tactique de mimétisme était une mauvaise habitude, que j'avais pourtant réussi à perdre ces dernières années. C'est marrant comme ça me reprenait dès que je me retrouvais en cavale.

— C'est quel type, pour vous ? me demanda-t-elle gentiment.

Il me fallut un moment pour comprendre qu'elle ne parlait plus des gaufres ; j'oubliais toujours que j'étais chauve. J'aurais dû payer la livraison express pour cette fichue perruque. Après une seconde de réflexion, je répondis :

— Leucémie.

Elle secoua la tête.

— Tss, j'ai perdu mon amie Carol à cause de ça l'année dernière.

Tu es horrible. Arrête de lui mentir ! Mais trop tard, j'étais lancée.

— Oh, quel malheur ! Mon médecin dit que je m'en sortirai. C'était ma dernière cure de chimio.

— Tant mieux pour vous. (Elle fit un signe à la serveuse.) Sally, mets la commande de cette charmante jeune femme sur ma note !

— Oh non, vous n'êtes pas obligée !

— Ça me fait plaisir, assura-t-elle avec un clin d'œil.

Sally était maigre comme un clou et sa dentition révélait une certaine accointance avec la pipe à meth. Elle leva les yeux au ciel en grommelant :

— N'importe quoi, la vieille bique.

Je lui décochai un regard assassin, mais elle m'avait déjà tourné le dos pour repartir vers les cuisines.

Ma voisine ouvrit un sac à main défraîchi et sortit un billet de vingt dollars qu'elle coinça sous son verre d'eau. Puis elle se leva avec précaution, en prenant appui sur la table. Je voulus l'aider, mais elle refusa d'un mouvement de tête.

— Économisez vos forces, ma jolie. Et ne faites pas attention à Sally, elle est de mauvais poil. Allez, mangez.

— Merci encore, dis-je alors qu'elle s'éloignait d'un pas traînant vers la sortie.

Elle me fit au revoir par-dessus son épaule. Je balayai rapidement la salle du regard : tout le monde semblait focalisé sur son assiette, et la porte des cuisines était fermée.

Tu n'as pas intérêt ! fulmina la petite voix dans ma tête.

Seulement, il me restait moins que prévu à la banque, je n'avais toujours aucune idée de ma destination finale, et payer par carte bancaire représentait un risque trop important. Le moindre dollar comptait.

Ma décision prise, j'avalai ma dernière bouchée que je fis couler avec du café. Après quoi je gagnai la porte en ramassant le billet au passage, l'air de rien. *Je t'emmerde, Sally. Moi aussi je suis de mauvais poil.*

Quand j'arrivai à ma voiture, un prospectus était glissé sous l'essuie-glace. Je le pris et l'examinai. C'était une pub pour un séjour promotionnel à Las Vegas, lieu de villégiature plutôt improbable pour la clientèle du Waffle Barn. Entendant des éclats de voix derrière moi, je jetai le papier sur le siège passager et me dépêchai de quitter le parking.

Je passai la nuit garée dans une rue résidentielle, sur une place bien planquée hors de vue des pavillons. Malgré mon épuisement, je me réveillais en sursaut chaque fois que des phares éclairaient l'habitacle, qu'une branche faisait bruisser ses feuilles ou qu'un animal s'aventurait près de la voiture. Allongée sur la banquette arrière, le clip de la ceinture me broyant le dos, je serrais le Glock contre moi comme un doudou, le cœur battant. Au lever du jour, je totalisais peut-être trois heures de sommeil.

N'ayant pas pris la peine de me brosser les dents la veille, j'avais la langue pâteuse et un mauvais goût dans la bouche. J'avais mal partout et l'impression d'avoir du sable plein les yeux. Ça faisait un bail que je n'avais pas dormi dans une bagnole, je manquais clairement de pratique. Toujours est-il que je n'avais pas de quoi me payer l'hôtel.

Rien de nouveau sous le soleil, me dis-je. Ce n'était pas la première fois que je me retrouvais dans cette posture, et vu le tour que prenaient les événements, ce ne serait certainement pas la dernière. Mais j'avais toujours survécu ; il fallait juste que je choisisse une destination, un endroit où faire le point, aussi loin que possible de l'agent Cabot. N'empêche, ce genre de situation n'était pas censé se reproduire. J'étais devenue une honnête contribuable, dont le projet dans les deux mois à venir consistait à monter sur une estrade en toge et toque de diplômée. Visiblement, malgré mes efforts pour rompre avec mon passé, celui-ci me rattrapait. Ne laisserais-je donc jamais cette époque derrière moi ?

Avec un soupir, je m'assis et m'étirai. Bâillant à m'en décrocher la mâchoire, je consultai les actualités sur mon téléphone. Il y avait encore des articles sur Beau Lee Jessop ; des resucées, pour l'essentiel. Rien sur d'éventuels témoins ou suspects potentiels, mais ça changerait peut-être en fin de journée quand je ne me serais pas présentée au rendez-vous.

Je soupirai à nouveau et me frottai les yeux. Quelle injustice ! *Comment le FBI a-t-il fait pour m'identifier ?* La sécurité du campus avait pris mes empreintes pour ma carte d'étudiante, mais j'avais essuyé l'écran du téléphone de Bea avec ma manche après l'avoir utilisé, ce n'était donc pas ça. On avait dû trouver des traces de doigts m'appartenant dans la baraque de Jessop. Masque-de-ski n'était peut-être pas aussi douée qu'elle le prétendait.

À moins qu'elle ne t'ait vendue.

Je ruminai cette hypothèse un moment, avant de l'écarter. Ça ne tenait pas debout. Il y avait trop de risques que je la balance à mon tour si je me faisais coincer.

Comme par un fait exprès, mon téléphone se mit à vibrer. C'était Numéro Inconnu : Ça va ? Je fus déconcertée ; d'après ce que j'avais vu d'elle, Masque-de-ski n'était pas du genre à s'inquiéter pour quiconque. Je répondis aussitôt : Comment ils m'ont trouvée ?

Elle me renvoya un émoji haussement d'épaules. *Sérieux ?* Énervée, j'écrivis : J'aurais aimé être prévenue plus tôt. Long silence. J'avais presque arrêté d'espérer une réponse quand arriva un : Désolée.

— Ouais, il y a de quoi, marmonnai-je en réponse à ces excuses qui me paraissaient tout à fait contraires à sa nature.

Une femme promenant un chiot golden retriever en laisse approcha de la voiture. En me voyant, elle ralentit et changea de trottoir.

C'était le signal. Je me faufilai tant bien que mal sur le siège conducteur et démarrai, exécutant un rapide demi-tour en trois temps afin de reprendre le chemin de l'autoroute. J'avais de nouveau l'estomac dans les talons, et une envie de pisser monumentale. Mais je ne m'aviserais plus d'entrer dans un restaurant avant d'avoir mis une vraie distance entre Johnson City et moi.

Je sentais sur ma nuque un picotement que je ne connaissais que trop bien, et qui signifiait que j'étais poursuivie. Ma mère m'avait toujours conseillé de prendre ce picotement au sérieux ; elle m'avait raconté plusieurs histoires d'amis à elle qui s'étaient fait pincer parce qu'ils n'y avaient pas fait attention.

Je m'arrêtai à la première station-service que je rencontrai et payai mon essence en espèces (merci, Sally !). Le temps que le réservoir se remplisse, je fis un tour rapide dans les toilettes immondes (tout en retenant ma respiration). J'achetai pour la route un pack de Red Bull et un sachet de grains de maïs frits (après tout, le maïs est un légume, c'était donc un petit déjeuner parfaitement équilibré si on ne cherchait pas la petite bête).

Je sifflai la moitié d'une canette en retournant à la voiture. Une fois à bord, je découvris un nouveau message sur mon téléphone.

— Mais c'est qu'on devient bavarde, murmurai-je en l'ouvrant.

Je peux t'aider si tu veux.

Fronçant les sourcils, je pianotai : M'aider comment ?

Faux papiers.

Ah, voilà qui devenait intéressant. J'en avais bien besoin, en effet, et le plus tôt serait le mieux.

Mais comment Masque-de-ski était-elle au courant ? Une réflexion m'était venue durant ma longue nuit d'insomnie – réflexion que j'aurais eue bien avant si je n'avais pas été aussi pressée de laisser ma vie derrière moi : pour autant qu'elle sache, je n'avais rien à cacher aux forces de l'ordre. Amber Jamison était une citoyenne modèle, j'y avais soigneusement veillé quand je m'étais construit cette identité. Et même avec des compétences en informatique dignes de la NSA, il était impossible pour Masque-de-ski de retrouver la piste de mon moi véritable.

Ce qui rendait ce soudain intérêt d'autant plus louche. Rien ne me garantissait qu'il s'agissait d'elle, d'ailleurs. Qui d'autre, alors ? Le FBI ne m'enverrait pas des textos, il publierait un avis de recherche et installerait des barrages routiers.

Après une minute de débat intérieur, je répondis : Non merci.

Si tu changes d'avis, fais-moi signe.

— Sûrement pas, dis-je à voix haute.

J'étais parfaitement capable de me débrouiller toute seule.

L'ennui, c'est que se procurer des faux papiers était une galère pas possible. Il m'avait fallu un mois d'efforts pour dégoter ceux que j'utilisais actuellement (et une tapée de shots de whisky dans des bars à bikers avant qu'on m'oriente vers les bonnes personnes). Mais cette fois, je n'avais pas le temps ni les moyens. Je devrais donc me fournir dans un endroit où on les fabriquait à la chaîne.

Je m'envoyai quelques grains de maïs dans le bec et les mâchonnai pensivement. New York était hors concours : trop cher. Atlantic City était une possibilité, mais j'y avais contrarié certains individus dangereux et à la rancune tenace. Ce qui éliminait aussi La Nouvelle-Orléans et ses alentours. Quant à Miami, n'en parlons pas. Malheureusement, mon ancien moi s'était fâché avec pas mal de gens de ce côté-ci du Mississippi.

Mon regard tomba sur le prospectus qui dépassait sous des sachets de chips vides. Vegas était réputée pour produire des papiers d'identité suffisamment réalistes pour tromper les autorités ; vu les circonstances, c'était pile ce dont j'avais besoin, et de toute urgence.

Tambourinant des doigts sur le volant, je réfléchis une minute : Las Vegas était aussi une métropole grouillant de monde. On pouvait sans problème se fondre dans la masse. La vie n'était pas chère non plus. Et je n'y étais jamais allée, si bien que le risque de tomber sur quelqu'un qui ne me portait pas dans son cœur était minime. L'heure était peut-être venue de dire adieu à cette partie du pays. De toute manière, j'avais prévu de m'exiler en Californie après l'obtention de mon diplôme. Pourquoi ne pas choisir Vegas en guise de première étape ?

Je fis quelques calculs rapides. Ce serait serré, mais j'avais pratiquement assez d'argent pour parvenir à bon port. Et si nécessaire, je pourrais toujours me dégoter une rallonge.

En tout cas, c'était un plan, et il valait mieux que toutes les autres options. Je baissai ma vitre pour que l'air frais me réveille, et, tout en fredonnant *Viva Las Vegas*, je m'engageai sur l'autoroute, cap vers l'ouest.

Le prix du carburant étant plus élevé que prévu, il ne me restait que vingt dollars quand j'arrivai aux abords d'Albuquerque deux jours plus tard. Le réservoir presque à sec, je quittai l'autoroute en suivant les panneaux indiquant une station-service.

Je me garai et coupai le contact. C'était une enseigne nationale, pas une petite entreprise familiale. La moitié des pompes étaient occupées : il y avait du monde, mais pas trop. L'endroit offrait même une supérette avec un espace pizzeria. C'était parfait.

Je vérifiai mon reflet dans le rétroviseur et découvris avec effroi que j'étais toujours chauve. Mes cheveux montraient un début de repousse, j'avais l'air d'un poussin sorti de l'œuf. Niveau sourcils, c'était un peu plus heureux ; j'avais fait des progrès en dessin et ils me donnaient un petit côté rockabilly. Pour le moment, c'était le mieux que je puisse espérer.

Allez, go !

J'enfilai ma casquette et me rendis à l'intérieur. Sur le chemin des toilettes, j'inspectai rapidement les lieux. Un type entre deux âges tenait la caisse principale ; au fond du magasin, un ado boutonneux était campé derrière le comptoir de la pizzeria. Un couple de jeunes hipsters explorait le rayon chips, et une femme enceinte remplissait un gobelet de glace pilée. Franchement, je n'aurais pas pu rêver meilleure configuration.

Dans les toilettes, je passai plus de temps qu'il n'était nécessaire à me laver les mains, histoire de me préparer psychologiquement. Puis je resserrai les bretelles de mon soutif pour faire pigeonner mes seins, nouai mon tee-shirt au-dessus de mon nombril et poussai la porte telle une guerrière partant au combat. Je longeai l'allée des chips en observant discrètement les deux caissiers situés chacun à un bout de la supérette. Le plus vieux était difficile à déchiffrer, et très bavard ; il blaguait avec la femme enceinte qui payait ses achats. Il avait l'œil vif, ce qui ne présageait rien de bon.

D'un autre côté, les ados étaient imprévisibles.

Je tirai à pile ou face dans ma tête. C'est pile qui tomba.

Le vendeur de la pizzeria ne devait pas avoir plus de dix-sept ans. Il me fit un grand sourire quand j'approchai, exposant une dentition qui avait bien besoin d'un rendez-vous chez l'orthodontiste.

— Nous avons une offre du jour, annonça-t-il. Deux parts pour le prix d'une, et un Coca gratuit.

— Le Coca Light aussi ? demandai-je avec le même grand sourire. C'est important pour une fille de surveiller sa ligne.

— Bien sûr, le Coca Light aussi. Même si vous n'avez pas besoin de faire un régime.

Bon sang, c'est limite trop facile. Je refoulai fermement un accès de culpabilité, tâchant de garder en tête que ce n'était pas son argent. C'était celui d'une grande chaîne de pizzerias, dont le propriétaire était un réactionnaire notoire qui finançait des groupes anti-LGBT. Je faisais un travail d'utilité publique, pour ainsi dire. Je me déhanchai et susurrai :

— Alors deux parts de pizza pepperoni et un Coca Light, s'il te plaît.

Pendant qu'il préparait ma commande, j'inspectai à nouveau les alentours. Les hipsters se trouvaient à présent à la caisse, accaparant fort opportunément l'attention du deuxième employé. Personne d'autre n'était à portée de voix.

— Tenez, fit le gamin en posant une boîte devant moi et en me tendant un énorme gobelet collector. J'ai choisi Bob l'éponge pour vous.

— C'est mon personnage préféré ! m'écriai-je, la main sur le cœur.

— Moi aussi !

Sa figure était devenue presque aussi rouge que son uniforme en polyester.

Je glissai vers lui le billet de vingt dollars, plié en deux.

— Je n'ai qu'un billet de cent, tu as la monnaie ?

— Euh, oui, bien sûr, affirma-t-il en pressant déjà les touches de la caisse.

— Depuis combien de temps tu travailles ici ? Je ne t'ai jamais vu avant.

— J'ai commencé il y a quelques semaines seulement.

— J'ai de la chance, alors.

Je me penchai et m'accoudai au comptoir. Ses yeux descendirent vers mon col béant, et sa pomme d'Adam fit le yoyo.

— Tu as une copine ? demandai-je.

— Une co… copine ?

Le tiroir s'ouvrit. D'une main un brin tremblante, il ramassa le billet que j'avais placé devant lui.

Lorsqu'il fit mine de le regarder, j'attrapai son autre main et la retournai.

— Si tu veux, je peux te lire les lignes de la main. Ma grand-mère était diseuse de bonne aventure dans un cirque.

(Je fis courir mon index au milieu de sa paume.) Longue ligne de cœur. C'est toujours de bon augure.

Le pauvre garçon semblait à deux doigts de la syncope.

— Dans un cirque ? C'est vrai ?

— Oh, oui. (Je lui lâchai la main, mais ajoutai en le fixant droit dans les yeux :) Ma mère était contorsionniste. C'est pour ça que je suis si souple.

— C… cool, bégaya-t-il, ouvrant le couvercle et glissant mon billet sous les autres grosses coupures.

En mon for intérieur, je poussai un soupir de soulagement. Il ne découvrirait pas le pot aux roses avant la fin de son service, et je serais déjà en Arizona à ce moment-là.

Tandis qu'il s'appliquait à compter mes quatre-vingt-treize dollars de monnaie, je pris le gobelet et jouai avec la paille.

— Merci. (Je prélevai un billet de cinq et le fourrai dans le bocal à pourboires.) Ça, c'est pour toi, pour ta gentillesse.

Je lui fis un petit signe de la main, et partis en roulant des fesses vers la caisse principale où je commandai vingt dollars d'essence. Le type me reluqua par-dessus ses lunettes.

— Eh ben, vous flirtez pas avec moi ?

Je souris en indiquant son alliance.

— Je ne crois pas que votre épouse apprécierait.

Il pouffa.

— Ça lui ferait ni chaud ni froid, à mon avis. Bonne route, mademoiselle !

J'adressai à mon vendeur de pizzas un dernier au revoir et sortis en poussant la porte. Un nouveau prospectus avait été coincé sous mon essuie-glace ; celui-là portait la photo d'un motel décrépi et promettait des « CHAMBRES PAS CHÈRES ! ». Visiblement, l'office de tourisme de Vegas n'avait aucun scrupule à abattre des arbres pour promouvoir sa cause. Je le jetai sur son prédécesseur.

J'eus l'impression que la pompe fonctionnait au compte-gouttes ; je m'attendais à tout moment à ce qu'un des deux employés sorte en hurlant ou, pire, à ce qu'une voiture de police débarque. Par bonheur, cinq minutes plus tard, j'étais de nouveau sur la route, filant à quatre-vingt-quinze kilomètres-heure direction plein ouest.

J'aimerais vous dire que je me sentais mal. Après tout, j'avais embobiné ce pauvre gamin en tirant profit de sa tempête hormonale. Mais la vérité, c'est que je me sentais remontée à bloc, euphorique. Je me regardai dans le rétroviseur et murmurai :

— C'est comme le vélo…

Ce n'est pas ma faute, en réalité. Mes parents étaient un couple d'escrocs à la petite semaine (même s'ils se voyaient sans doute comme des génies du crime de l'envergure d'un Madoff). Quand j'étais petite, ils se servaient de moi pour mener à bien leurs combines. À l'âge de huit ans, j'étais déjà presque une pro.

Du coup, j'avais commencé à monter mes propres magouilles dès le collège. Je n'y allais qu'en pointillés, de toute façon, vu qu'il ne se passait jamais un semestre complet sans que je rentre à la maison un beau soir et trouve nos valises dans la voiture et mes parents guettant mon retour. « Grimpe vite, ma chérie ! lançait ma mère. Il est temps de lever le camp ! » Et nous reprenions la route, pour aller ailleurs plumer de nouveaux pigeons.

Jusqu'au jour où, en seconde, j'étais rentrée et la voiture était déjà partie.

Il y avait un mot qui disait : « *Pardon ma grande, problème de timing* », accompagné d'un billet de vingt dollars, comme une espèce de pourboire.

J'aurais pu les retrouver, je suppose : je connaissais quelques-uns de leurs « amis » dans une douzaine d'États, tous d'anciens associés occasionnels dans leurs opérations. J'aurais aussi pu essayer d'appeler l'un de leurs derniers téléphones prépayés. Au lieu de ça, j'étais allée à la cuisine me faire un sandwich banane et beurre de cacahuètes, et m'étais assise pour le manger tranquillement.

Dans les faits, j'avais quinze ans, mais pour ce qui était de la débrouillardise et de l'expérience, on pouvait facilement me donner dix ans de plus. Si je ne détestais pas mes parents, je ne les aimais pas non plus à la folie. Et je m'étais rendu compte avec le temps qu'ils n'étaient pas de très bons escrocs. Sinon ils n'auraient pas eu besoin de s'enfuir après chaque coup, parfois même bien avant de récolter leur butin. Et puis j'en avais marre de jouer le rôle de la petite cancéreuse ou de la victime d'un accident de voiture. (Oh, comme ils adoreraient mon nouveau look ! En y repensant, je suis surprise qu'ils ne m'aient jamais rasé la tête.)

Tandis que je léchais le beurre de cacahuètes sur mes doigts, il m'était apparu que je pourrais faire beaucoup mieux moi-même. Ce à quoi je m'étais employée durant les années qui avaient suivi. Je travaillais tantôt en équipe, tantôt seule. Vu que mes parents sévissaient principalement dans le Midwest (surtout dans l'Ohio, l'État préféré de ma mère), je m'en étais tenue pour ma part à l'est du pays. D'abord le long du littoral, puis dans le sud. L'accent local était assez facile à imiter, et je pouvais passer sans trop de problèmes pour une ado de quatorze ans comme pour une jeune femme de vingt ans, selon les besoins.

J'avais toujours respecté certaines règles, une sorte de code d'honneur personnel : j'évitais autant que possible de voler les gens les plus modestes, encore moins les personnes âgées – cet argent ne devait pas leur manquer. Aussi, il fallait que ce soit propre et rapide ; pas d'escroqueries à long terme qui augmenteraient le risque de se faire coincer. Enfin, jamais, au grand jamais, je ne recourais à la force ou à la violence.

Tout se passait comme sur des roulettes jusqu'à ce que je me lance dans une grosse opération qui devait rapporter un joli magot. J'avais dix-neuf ans et je croyais tout savoir. Bref, j'avais commis une erreur de jugement. Et une personne avait été blessée. Mortellement blessée, en fait. Ce n'est pas moi qui l'avais tuée, mais quand même. C'était ma faute.

Après ça, j'avais décidé de tout arrêter. Grâce à un faux diplôme du secondaire, j'avais entamé un cursus universitaire avant de m'inscrire en psychologie à l'East Tennessee State University. Je me disais que je pourrais employer à bon escient certaines de mes compétences les moins louables, voire aider mes congénères. J'avais payé mes études grâce à des allocations et des petits boulots merdiques.

Des fois, la tentation de récidiver était presque irrésistible : une arnaque bien menée aurait facilement pu couvrir un an de frais de scolarité. Mais j'étais décidée à me ranger. Au fil du temps, mon passé de délinquante m'avait semblé appartenir à quelqu'un d'autre.

Et voilà qu'aujourd'hui, j'emberlificotais un petit jeune pour lui soutirer une centaine de dollars. *C'était un cas de force majeure*, me persuadai-je en réprimant une bouffée de culpabilité. *C'est la dernière fois.*

Eh merde. Je n'étais même plus douée pour me mentir à moi-même.

6

La grande évasion

Le fameux panneau « WELCOME TO LAS VEGAS » brillait dans la lumière de l'aube quand je m'engageai sur le Strip en roulant à faible vitesse. À cette heure, les trottoirs n'étaient occupés que par les poivrots qui sortaient des casinos en titubant et les balayeurs qui nettoyaient derrière eux. Alors qu'un an plus tôt, j'aurais été excitée comme une puce à la vue de ce décor extraordinaire, je me contentai de passer devant la pyramide de Luxor et le Caesars Palace sans y jeter plus qu'un bref regard, poursuivant ma route jusqu'à atteindre une rangée de motels délabrés.

Un panneau sur ma droite attira mon attention. Intriguée, je me garai au pied d'un motel miteux baptisé Buggy Suites. J'avais l'étrange impression de l'avoir déjà vu quelque part. Je fouillai parmi les détritus sur le siège passager et m'emparai des prospectus : la photo de cet établissement figurait sur celui qu'on avait glissé sous mon essuie-glace au Nouveau-Mexique.

S'agissait-il d'un signe du destin ? Je fronçai les sourcils. C'était un coin paumé, le genre de décor parfait pour tourner un film dystopique. Construit sur deux niveaux, sa forme en L enserrait un parking. L'enseigne en néon représentait un chariot bâché brinquebalant. Il n'y avait qu'une voiture à l'extérieur, une véritable épave. C'était la basse saison apparemment, du moins pour ce trou à rats.

— Quel taudis ! marmonnai-je.

Je me mordillai la lèvre, indécise. Cet endroit me filait les jetons. Pendant que j'observais la façade, un type habillé d'un marcel blanc auréolé de sueur sortit d'une chambre à l'étage, ouvrit sa braguette et entreprit de pisser par-dessus la rambarde.

— Désolée, Destin, dis-je avec une moue de dégoût. Je ne vais pas te suivre sur ce coup-là.

J'avais pourtant atrocement besoin de dormir. J'avais passé les derniers jours dans le cirage, à carburer au jus de chaussette des relais routiers en essayant de ne pas dévier sur la voie d'en face. Mes lombaires étaient en vrac après douze heures de conduite sur vingt-quatre, et ma toilette s'était résumée à des débarbouillages aux lingettes. Maintenant que j'avais atteint ma destination, l'idée de reprendre la route m'était insupportable. Je n'avais envie que d'une douche, d'un petit déjeuner et d'un lit à peu près confortable – et pas nécessairement dans cet ordre, d'ailleurs.

Moins d'un kilomètre plus loin, je décrochai le gros lot. L'enseigne en néon du Getaway indiquait : « 30 $ LA NUIT – CÂBLE ET WI-FI GRATUITS – CHAMBRES PROPRES ». Il n'y avait pas forcément de quoi se vanter sur ce dernier point, mais à ce prix-là, si les chambres étaient effectivement propres, ce serait une agréable surprise. Et c'était le genre d'établissement à accepter les règlements en liquide. Il me restait soixante dollars, juste assez pour une nuit et deux repas. Pour peu que j'arrive à lever du gibier aujourd'hui, je pourrais peut-être même monter en gamme.

C'est décidé, j'y vais.

Le Getaway était en forme de U, ses deux rangées de chambres encadrant un parking à moitié plein. C'était plutôt bon signe. Frottant mes yeux chassieux et étouffant un bâillement, j'entrai dans le hall. La réceptionniste assise derrière le bureau vétuste semblait tout droit sortie d'une sitcom des années cinquante. Elle portait une blouse à fleurs et un foulard bleu canard drapé sur ses bigoudis. Des lunettes papillon et un rouge à lèvres carmin parachevaient son look.

— Une nuit, ma jolie ? demanda-t-elle, les yeux rivés sur un téléviseur monté dans l'angle du mur, qui diffusait un film en noir et blanc sans le son.

— Pour commencer, oui. Vous acceptez les espèces ?

Ma question eut le mérite de capter son attention. Elle me jaugea du regard et pencha la tête sur le côté.

— Ceci est un établissement correct, il y a des règles. Aucun invité.

Je mis un moment à comprendre où elle voulait en venir.

— Je ne suis pas une prostituée.

— Mouais. Si tu le dis. Je vois un mac ou de la drogue, tu vires.

Je retins un geste d'agacement. Manifestement, j'avais encore plus sale mine que je croyais.

— Je viens ici pour le jeu.

— Mais bien sûr. Vingt-cinq la nuit si tu payes en cash. Libère la chambre à 10 heures. Une minute de retard et je facture une nuit de plus. (Elle me regarda remplir le registre en me servant d'un ancien pseudonyme de ma mère, puis plaqua une carte magnétique sur le bureau.) La numéro 9. Gare-toi devant et n'oublie pas de verrouiller les portières si tu tiens à ta voiture.

— Merci, dis-je en prenant la carte.

Mais elle était déjà retournée à son film.

Je m'exécutai et déplaçai ma voiture devant ma chambre, qui était située au rez-de-chaussée, l'avant-dernière de la rangée. Quand je poussai la porte, une déferlante de désodorisant faillit m'envoyer cul par-dessus tête. J'entrai en me couvrant le nez, des larmes plein les yeux. L'unique fenêtre donnait sur le parking ; je m'empressai de l'ouvrir pour évacuer l'odeur.

La chambre elle-même ne cassait pas des briques, mais, miracle des miracles, l'écriteau n'avait pas menti : elle était propre. Ou plutôt, aussi propre que possible compte tenu de son âge et de son usage intensif. Des affiches encadrées de vieux films noirs décoraient les murs ; c'était décidément le thème de la maison. La moquette industrielle était rêche et couleur boue, le lit *queen size* recouvert d'un édredon en tissu synthétique criard qu'il valait mieux éviter de passer à la lumière noire, et un bureau bancal et sa chaise étaient placés dans un angle, avec une coiffeuse du même style face au lit. La salle de bains ne pouvait accueillir qu'une personne à la fois, et la douche avait plutôt des allures de cercueil. Mais il y avait une bandelette sanitaire sur le siège des toilettes et pas une seule tache de sang (visible), donc, tout bien considéré, c'était parfait.

J'allumai la clim pour que l'air lourdement parfumé circule dans la pièce (et sorte par la fenêtre, dans l'idéal), puis je transportai mes bagages à l'intérieur et les posai sur le bureau (car où attraper des puces de lit sinon dans un motel à trente billets la nuit ?). Après quoi je m'écroulai sur l'édredon et ôtai mes baskets. Quelque chose me titillait, et je me munis de mon téléphone pour vérifier : c'était le jour de mon anniversaire. J'avais complètement oublié.

— J'ai vingt-quatre ans, annonçai-je tout haut au petit tas qui regroupait l'ensemble de mes biens.

Cette nouvelle parut le laisser de marbre. Avec un soupir, je fermai les yeux.

Après la douche, j'hésitai longuement entre dormir et manger, mais après des jours de plats de station-service réchauffés au micro-ondes, je rêvais d'avaler quelque chose qui n'ait pas une durée de conservation de cinq mille ans.

Je suivis les panneaux jusqu'au Mega Luck à une centaine de mètres du Getaway, qui promettait un buffet à volonté pour sept dollars. Las Vegas a cet avantage : le séjour ne coûte pas très cher si on est prêt à renoncer aux hôtels-casinos clinquants pour se rabattre sur les buffets et les motels crasseux. J'ingurgitai de quoi me caler pour la journée entière (et peut-être même un peu plus, vu que je glissai en douce quelques fruits dans mon sac à dos), puis je pris le chemin du retour.

Je sentis monter une pointe de panique en voyant une femme assise au bord du trottoir devant ma chambre. Elle n'avait toutefois pas l'air d'une flic. Dotée d'une énorme masse de boucles noires, elle était petite, maquillée comme une voiture volée et ressemblait vaguement à Amy Winehouse. Elle portait un débardeur, un short moulant et des talons aiguilles.

Une travailleuse, à l'évidence, ce qui expliquait en partie la méfiance de la gérante.

— T'as une clope ? me demanda-t-elle quand j'arrivai près d'elle.

— Nan, désolée.

— Pas grave. (Elle m'examina.) Tu loges ici ?

— Seulement pour une nuit, répondis-je, cherchant la carte magnétique dans ma poche.

— On n'a pas le droit de ramener des clients ici, pour info, signala-t-elle en triturant la lanière de son escarpin.

Mais pourquoi tout le monde me prend pour une prostituée ? Il y a beaucoup de putes chauves qui se trimballent à Las Vegas ?

— Je suis une touriste.

Elle me regarda des pieds à la tête et eut un sourire narquois.

— Si tu le dis.

Mon ventre se mit à gargouiller, puis une crampe me saisit, si violente que je me pliai presque en deux.

— Oh, merde.

— Quoi ?

— Rien, c'est juste que… je me sens pas super. (Je repensai au buffet à sept dollars.) Je n'aurais pas dû manger ces crevettes, je crois.

Son sourire s'élargit.

— Tu reviens du Mega Luck ?

— Ouais.

— Dommage, ma grande. (Elle secoua la tête.) Ce restau, c'est la chiasse assurée. C'est au Garden Court qu'il faut aller.

— Ah.

Une autre crampe, beaucoup trop bas dans mes intestins. Je quittai la jeune femme aussi sec et bataillai avec la serrure, insérant la carte trois fois avant que le voyant passe au vert.

— Bon courage ! cria-t-elle tandis que je courais aux toilettes en serrant les genoux, la porte claquant derrière moi.

Après dix minutes de solitude sur le trône, je me dis que le pire était passé. En me lavant les mains, je m'observai dans le miroir au-dessus du lavabo. La lumière des néons n'était pas des plus flatteuses, certes, mais je faisais vachement plus que mes vingt-quatre ans. Et le manque de sommeil n'améliorait pas les choses. J'avais l'air vidée, lessivée.

Tant pis. Ce n'est pas comme si je cherchais l'amour, pas même s'il se trouvait justement pile devant ma porte. (La fille assise sur le trottoir était plutôt canon, réflexion faite. Probablement au-dessus de mes moyens, malheureusement.)

Je sortis de la salle de bains sur des jambes en coton et vérifiai à nouveau que la fenêtre était bien verrouillée ; ma nouvelle copine était partie. Elle avait peut-être trouvé un client, même si j'imaginais mal qu'on puisse vouloir une passe à 8 heures du matin. J'enlevai l'édredon du lit (parce que beurk), fourrai mon flingue sous l'oreiller (la sécurité avant tout), et m'effondrai sur les draps.

La clim laissait à désirer ; on étouffait dans cette chambre qui cocottait toujours. Après toutes ces années passées dans le Sud, la chaleur n'était pas censée m'incommoder, mais celle de Las Vegas tenait de l'enfer sur terre. On n'était qu'en avril, merde à la fin ! Il y avait vraiment des gens qui choisissaient de vivre ici ?

Je repliai mon bras sur mes yeux pour barrer la lumière et ravalai une gorgée de bile. Avec un peu de chance, je pourrais m'éloigner suffisamment des toilettes cet après-midi pour débusquer une proie facile. Après quoi, je me tirerais d'ici vite fait.

Je m'éveillai au son d'une ligne de basse, un martèlement assez fort pour faire vibrer le mur derrière ma tête. Je m'étirai, bâillai, puis regardai ma montre : 18 heures.

— Merde !

Je me levai d'un bond. J'avais perdu presque une journée entière, avec pour seul bilan des gargouillis résiduels dans le bide et un mal de crâne dû aux vapeurs de désodorisant.

L'ironie de la chose, c'est que mon estomac criait à nouveau famine.

Je me traînai jusqu'aux toilettes pour vider ma vessie. Après avoir examiné d'un œil méfiant les bananes subtilisées au Mega Luck, je jugeai le risque de contamination peu probable et les dévorai dans la foulée. Je pris une douche rapide et enfilai des vêtements propres en réfléchissant aux options qui s'offraient à moi. Sans l'aide d'un complice, elles étaient passablement limitées. Je n'avais pas non plus d'accessoires à utiliser pour l'arnaque du sac aux objets brisés ou pour celle du violon. Le coup des faux jetons à faire échanger en gardant un objet précieux en gage était une bonne idée, mais il me faudrait de quoi acheter les faux jetons d'abord, et puis j'aurais peut-être du mal à me les procurer. Me faire passer pour une prostituée pouvait se révéler risqué (et débectant) ;

même si tout le monde aujourd'hui me prenait pour une tapineuse, je n'avais aucune envie de gérer le genre de mec obsédé par les filles chauves.

Mieux valait rester simple, et utiliser à mon profit l'état déplorable dans lequel je me trouvais. *C'est parti pour le coup de la poupée triste !*

Je fermai ma porte et traversai le parking. La température était encore accablante malgré le soleil déclinant. Las Vegas, elle, se réveillait, telle une bête nocturne sortant de son repaire. Le vacarme de la circulation emplissait la rue, un flux ininterrompu de véhicules roulant vers les parties les plus recherchées du Strip. Les trottoirs fourmillaient de passants, mais ce n'était pas ceux auxquels je m'attendais – groupes fêtant des enterrements de vie de jeune fille, participants à des séminaires. Non, ceux qui arpentaient le béton craquelé étaient tous vieux, obèses, ou les deux. Certains traînaient des bouteilles d'oxygène. Quelques-uns utilisaient des déambulateurs ou chevauchaient des scooters électriques. Personne ne bavardait gaiement, personne ne se regardait. C'était déprimant au possible et ça me donnait envie de reprendre une douche.

Je consultai un plan sur mon téléphone ; le Strip proprement dit (du moins la section comportant des hôtels dont je connaissais le nom) commençait apparemment un kilomètre et demi plus loin. L'idée de marcher par cette chaleur ne m'emballait pas tellement, mais je n'avais pas assez d'argent pour payer le stationnement, et finir en nage et débraillée pourrait tourner à mon avantage. Je me greffai donc au défilé de zombies qui s'acheminaient cahin-caha vers les immenses tours étincelantes dominant le paysage.

En arrivant devant le Sahara, j'étais sur les rotules. Je m'assis sur un banc et m'essuyai le front, rassemblant mes idées. Je m'étais maquillée juste assez pour être présentable (et, avec un peu de chance, ne pas avoir l'air d'une pute).

Je portais une robe légère et un chapeau souple pour masquer ma calvitie ; je n'osais pas rejouer la carte du cancer, j'aurais eu l'impression de tenter le diable. À mesure que le soleil disparaissait, la température chutait en flèche, me faisant regretter de ne pas avoir emporté un pull.

Dans un premier temps, je me contentai d'observer ; quatre-vingt-dix pour cent de la réussite d'une arnaque reposaient sur le choix de la cible. Et dans des endroits pareils où les gens s'attendaient à se faire gruger, l'exercice était encore plus délicat.

Il me fallait l'avouer, le défi m'émoustillait.

Après une demi-heure environ, au bout de laquelle j'étais proprement frigorifiée, je le repérai. M. Country Club était un quinquagénaire vêtu d'un polo et d'un pantalon en toile. Il avait une marque de bronzage sur le poignet droit laissé par un gant de golf, une grosse alliance en platine, et une imposante montre en or. Je le regardai allumer un cigare et tirer quelques bouffées en consultant son portable de sa main libre. Puis il se mit en marche dans ma direction.

Je collai mon téléphone à mon oreille et, quand il fut à cinq pas de moi, lâchai un petit sanglot (pleurer sur commande est une de mes compétences). Il leva les yeux de son écran et fronça les sourcils. Recroquevillée sur moi-même, je me balançais doucement en le scrutant entre mes cils. Lorsqu'il passa devant moi, je criai dans le combiné : « On m'a tout pris ! Je n'ai même plus d'argent pour m'acheter à manger ! Ma carte d'identité, mes clés… La police m'a dit qu'elle ne pouvait rien faire ! À croire que c'était ma faute ! » J'achevai ma tirade par un braillement retentissant.

M. Country Club s'arrêta, tendant clairement l'oreille. « Oui, d'accord, dis-je plus bas maintenant que je disposais de toute son attention. Mais pour ce soir ? Je ne vais quand même pas dormir dans la rue ! »

Sa montre était une Piaget, notai-je. De mieux en mieux. J'essuyai mes larmes d'un revers de main. « D'accord, maman. Moi aussi je t'aime. Je suis vraiment désolée, je sais que tu n'avais pas besoin de ça. »

Puis je raccrochai et laissai échapper un petit sanglot, les yeux rivés sur mes sandales.

— Tout va bien, mademoiselle ?

Je redressai la tête et jouai la surprise en le découvrant debout devant moi. Face à mon mouvement de recul, il fit deux pas en arrière en levant les mains.

— Désolé, je n'ai pas pu m'empêcher d'entendre. Est-ce que vous avez des ennuis ?

Il avait un léger accent du Midwest. De l'Ohio, si je ne me trompais pas. Ma mère aurait adoré. Je répondis en imitant ses inflexions :

— Merci, ça va. C'est juste que… (Je reniflai et m'essuyai à nouveau les joues.) On m'a volé mon sac. J'étais dans les toilettes et… et… je l'avais posé par terre, et la personne dans la cabine d'à côté s'en est emparée ! Le temps que je sorte, elle s'était sauvée. Et les agents de sécurité, et les policiers, ils font comme si c'était ma faute ! (Je lâchai encore un sanglot.) J'avais tout dedans ! Ma carte d'identité, mes cartes de crédit, mon argent…

— Pas votre téléphone ? releva-t-il, le regard posé dessus.

Je secouai la tête en songeant : *Bien vu, bonhomme.*

— J'étais en train de m'en servir.

— Et vous êtes ici toute seule ?

— Non. Enfin… maintenant, oui. (Longue inspiration frémissante.) Je suis venue avec mon petit ami, mais on s'est disputés et il est reparti, alors maintenant, je voudrais juste rentrer chez moi.

— D'accord, d'accord. (Il se balança sur ses talons.) D'où est-ce que vous venez ?

— De l'Ohio.

— Je me disais bien que j'avais reconnu votre accent ! (Il sourit, content de lui.) J'ai moi-même grandi à Cleveland.

— C'est vrai ? m'exclamai-je, ravie. Je suis de Cincinnati !

— Belle ville.

Je toussotai, comme si la fumée de son cigare m'incommodait. Il le remarqua et l'écarta à bout de bras.

— Navré, c'est un vrai vice. Mon épouse ne supporte pas, donc je fume dehors.

— Il n'y a pas de mal, assurai-je d'une toute petite voix. Bref, ma mère va me faire un virement, mais elle m'a dit qu'il n'arrivera pas avant demain. J'espère qu'il y aura assez pour payer le car, parce que… ben, elle n'est pas très riche.

Il resta planté là, l'air hésitant, la cendre s'allongeant à l'extrémité de son cigare. Il fallait faire attention à ne pas le pousser dans ses retranchements, à lui laisser croire que la décision venait de lui. En priant pour que sa femme ne se pointe pas pour voir ce qu'il devenait. Je cognai des talons contre le pied du banc, comme une gamine, ce qui était peut-être un peu exagéré, mais qui eut le résultat escompté : son regard s'adoucit. Il sortit son portefeuille, fouilla dedans, et me tendit deux billets.

— Tenez, ça devrait vous aider.

Je les refusai d'un geste.

— Oh, merci monsieur, c'est très gentil, mais je ne peux pas…

— J'insiste. La chance m'a souri ce soir, alors l'hôtel nous a offert la chambre. Si le golf ne coûtait pas si cher ici, je repartirais de mon séjour avec un bénéfice.

Je me mordis la lèvre, l'air réticent.

— Vous… vous êtes sûr ?

— Je vous en prie. J'ai une fille d'à peu près votre âge. Si quelque chose comme ça lui arrivait, j'aimerais que quelqu'un l'aide aussi.

— Vous êtes un bon père. (Je pris les billets avec un profond soupir.) Elle en a de la veine. Si vous me donnez votre adresse, je vous rembourserai…

Mais il secouait déjà la tête.

— Ne vous en faites pas pour ça. Prenez soin de vous, et rentrez tranquillement chez vous.

Je me levai, ragaillardie.

— Merci encore ! Je vais regarder les horaires des cars. Il y en a peut-être un qui part ce soir !

Sur un petit salut de la main, je m'éloignai dans la rue en sautillant presque. Une centaine de mètres plus loin, je me repliai sous un porche pour compter mon butin.

Deux billets de cent dollars tout neufs.

— Putain ! Je suis trop forte !

Des applaudissements mous éclatèrent derrière moi. Je planquai en vitesse les biftons dans mon soutien-gorge et me retournai.

L'Amy Winehouse du motel se tenait à quelques mètres. Elle s'était changée, et portait à présent une robe moulante léopard avec des talons de quinze centimètres. Une cigarette pendait entre ses lèvres rose nacré.

— Quoi ?

— Je vois que tu ne mentais pas, dit-elle avec un sourire en coin.

Elle vint à côté de moi et s'appuya au mur.

— À quel sujet ?

— Tu n'es pas une prostituée. (Elle tira une longue bouffée, puis me proposa sa clope, que je refusai d'un hochement de tête.) Tu es une arnaqueuse.

— À la retraite, précisai-je.

— C'est pas l'impression que tu m'as donnée. (Son sourire s'élargit.) J'avais repéré ce gars. Dommage que tu aies mis le grappin dessus la première.

— Tu aurais perdu ton temps. Il est ici avec sa femme.

— Comme tous les autres.

Je regardai derrière elle ; ce n'était jamais judicieux de s'attarder sur les lieux du délit.

— Il faut que j'y aille.

— Ouais. (Elle jeta son mégot vers le caniveau.) Le Sahara, c'est mort, je vais au Hilton. Tu m'accompagnes ? (Me voyant hésiter, elle ajouta :) C'est un bon terrain de chasse. Il y a un grand congrès des entreprises du bâtiment cette semaine. Un tas de mecs avec plus de fric que de cervelle. Et sans bobonne.

Deux cents dollars, c'était une jolie prise, mais il me faudrait davantage pour m'acheter de nouveaux papiers d'identité. Et ma camarade de motel pourrait peut-être aussi m'indiquer un fournisseur. Je résolus donc de me joindre à elle.

— Comment tu t'appelles ?

— Marcella, et toi ?

Je me creusai les méninges, essayant de me rappeler quel pseudo de ma mère j'avais inscrit dans le registre.

— Samantha, hasardai-je finalement.

Elle haussa un sourcil.

— N'importe quoi !

— Comment ça « n'importe quoi » ?

— Ce n'est pas ton vrai nom, c'est tout. Mais ça m'est égal.

Elle allongea le pas. Je réfléchis un instant, puis la rattrapai.

— Tu as raison.

— C'est pas mes oignons.

— Je sais, c'est seulement que… je suis en quelque sorte entre deux noms actuellement.

— Pigé. (Elle rigola.) J'ai connu quelques Samantha, tu vois, et tu n'en es absolument pas une.

— C'est vrai. D'après un quiz BuzzFeed, je serais plutôt une Endora, confiai-je en battant des cils.

L'air amusé, elle répliqua :

— Marrant, je tombe toujours sur Jean-Pierre, moi.

— Ah oui ?

Je me calai sur son allure, ce qui n'était pas une mince affaire ; déambuler sur des talons vertigineux semblait être un jeu d'enfant pour elle.

— Tu ne connaîtrais pas un endroit où je pourrais trouver un meilleur nom, par le plus grand des hasards ? demandai-je innocemment.

Elle me jeta un regard. Elle me dépassait d'une tête avec ses échasses, alors qu'elle ne devait pas mesurer plus de cinq centimètres que moi en réalité.

— Moi ? Nan. Mais Dot pourra te renseigner.

— Qui c'est, Dot ?

— La proprio. (Elle sortit un bâton de rouge à lèvres et s'en remit une couche tout en parlant.) Celle qui tient le Getaway.

Je repensai à la réceptionniste et fronçai les sourcils.

— La rousse ?

— Ouais. Dot est un peu la femme qui règne dans l'ombre à Las Vegas. Si tu as besoin d'un truc, elle pourra sûrement te le procurer. Mais seulement si elle t'aime bien.

— Bon à savoir.

J'avais du mal à concilier l'image de cette matrone en bigoudis avec celle de reine du crime, mais Marcella n'avait aucune raison de me mentir. Je me frictionnai les bras ; je ferais peut-être mieux de m'acheter un sweatshirt souvenir, parce que je me gelais carrément les fesses. Et puis ça me donnerait l'air plus jeune, pour peu que je prenne une taille au-dessus. Bien qu'encore plus légèrement vêtue que moi, ma voisine ne paraissait pas gênée par la température.

— Tu n'as pas froid ?

— On s'habitue. Un petit conseil : Dot ne tolère pas qu'on bosse trop près du motel, alors évite.

— C'est pas l'endroit idéal pour dégoter des cibles, de toute façon.

— Pas faux. (Elle se marra.) Pour les clients, par contre, c'est pas trop mal.

— Tu les emmènes où, du coup ?

— Dans un autre motel plus bas dans la rue, le Buggy.

Ma réaction lui fit dresser le sourcil.

— Tu connais ? demanda-t-elle.

— Non, je suis juste passée devant en arrivant. (Après un temps, j'avouai :) J'ai failli m'y arrêter.

— Quelle horreur, fit-elle en plissant le nez. C'est immonde là-dedans. Il faut payer un supplément pour avoir des draps propres.

— Contente d'avoir choisi le Getaway, alors.

Je m'abstins de préciser que je comptais bien trouver mieux ailleurs dans un avenir proche. Si j'en jugeais par ma recette de la soirée, je pourrais me faire dans les deux mille dollars en une semaine, facile. Après quoi je mettrais les bouts.

— Dot dirait que c'est le Getaway qui t'a choisie.

— Elle est du style New Age ?

— Plutôt de la vieille école. Le destin, la providence, tout ça.

— Vraiment ?

— Ouais. (Elle pencha la tête d'un côté.) Tu penses que c'est des conneries ?

Je haussai les épaules, songeant aux prospectus publicitaires.

— Plus ou moins.

— Moi j'y crois. Tu es de quel signe ?

— Euh, Bélier.

— Tiens donc. (Elle hocha gravement la tête.) Un signe de feu.

De mon point de vue, l'astrologie était aussi fiable que mes parents. Mais j'appréciais cette conversation. J'avais même l'impression qu'elle flirtait avec moi.

— Depuis combien de temps tu vis ici ?

— Trop longtemps.

— Je comprends. Tu viens d'où ?

— D'un peu partout.

— Moi pareil.

— Ah oui ? (Elle sourit.) La vie de mère au foyer a donc fini par te lasser, Samantha ?

— Oui, j'ai échappé à mon sort !

Elle éclata de rire. Nous approchions du Hilton. Une allée circulaire bordée de palmiers menait à un portique de style Art déco.

— Je vais prospecter au bar, annonça Marcella, pointant l'index vers l'entrée. Fais gaffe aux caméras. Si on te chope à tondre les clients, on te fera pas de cadeau.

Je suivis la direction de son doigt et avisai une caméra dissimulée dans un recoin.

— Compris. Merci.

Elle sourit et m'envoya un baiser.

— On se retrouve à la maison.

— Je te mitonnerai un bon petit plat, Jean-Pierre.

Elle rit encore, puis se dirigea vers le vestibule d'un pas léger. Je la contemplai, parcourue d'un picotement étrange que je n'avais pas ressenti depuis des lustres.

— Merde, alors, murmurai-je. C'est vraiment pas le moment.

Je fus réveillée le lendemain matin par de grands coups frappés à ma porte. Je me redressai en panique, le cœur battant, puis fourrai la main sous l'oreiller pour attraper mon pistolet. Un silence, puis le cognement reprit. D'une voix chevrotante, je criai :

— Allez-vous-en !

— Désolée, cocotte. Il est 10 heures et demie, tu payes ou tu pars !

Je relâchai les épaules ; ce n'était que Dot, la réceptionniste/reine de Las Vegas. Je rangeai le flingue et titubai jusqu'au bureau. Tâtonnant sous le plateau, je décrochai la liasse de billets que j'avais scotchée là par mesure de précaution. J'avais fait trois autres prises la veille ; aucune aussi grosse que la première, mais le total s'élevait à quatre cents dollars, ce qui n'était pas si mal pour une soirée. Je m'étais vite remise dans le bain. Le dernier type que j'avais blousé avait même versé quelques larmes quand je lui avais raconté la vie misérable de ma mère, serveuse dans un restauroute, victime d'un conjoint cruel et tyrannique qui m'avait abandonnée du jour au lendemain.

Bon, d'accord, il avait peut-être un peu trop bu, et j'avais un tantinet chargé la barque. N'empêche, je n'avais pas perdu la main.

Je prélevai deux billets de vingt tout froissés, remis le reste en place, puis allai à la porte. Je l'entrebâillai et passai l'argent dans la fente en croassant :

— Tenez. Désolée.

Dot était sur son trente et un, dans une robe à pois noir et blanc terminée par un volant. Derrière ses lunettes papillon, ses paupières étaient ornées d'un épais trait d'eye-liner, et pas un épi ne dépassait de sa chevelure rousse. Elle était splendide, une version plus voluptueuse encore de Jayne Mansfield. Les mains sur les hanches, elle demanda :

— Tu restes plus longtemps, finalement ?

Je poussai un soupir ; ce n'était pas ce que j'avais prévu, mais déménager à nouveau me semblait par trop compliqué, et l'absence de caméras de télésurveillance ici était un atout. Par ailleurs, soit le désodorisant s'était dissipé, soit je m'y étais faite. Et si Marcella disait vrai, Dot pourrait m'aider à résoudre mon problème de papiers d'identité.

— Une nuit de plus.

— Entendu. Je te rapporte la monnaie.

— Rien ne presse.

Je verrouillai la porte après son départ, m'y adossai et fermai les yeux. J'avais étonnamment bien dormi et ma tête était encore tout embrumée.

Je ne savais pas si je devais ma nuit reposante à la qualité de la literie ou au fait que je roupillais toujours comme un bébé après la réussite d'une opération. *C'est juste le temps de gagner de quoi t'installer en Californie*, me raisonnai-je. C'était très cliché, mais depuis ma plus tendre enfance, je rêvais de vivre là-bas. Je fantasmais en long, en large et en travers sur un appartement spacieux de deux chambres et trois salles de bains perché sur un promontoire surplombant la plage, avec quelques palmiers autour (et peut-être une piscine) pour agrémenter le tout. J'avais toujours eu l'ambition de décrocher ma licence, puis de partir pour l'ouest amorcer une nouvelle phase de mon existence, de préférence dans une université californienne.

Ce projet se voyait mis en suspens, pour le moment du moins. Une fois sûre que les embrouilles de Johnson City se trouvaient bel et bien derrière moi, je pourrais redevenir une citoyenne irréprochable.

Après m'être douchée et habillée, je sortis en quête d'un petit déjeuner. Marcella avait raison, le buffet du Garden Court était cent fois meilleur que celui du Mega Luck. La clientèle était plus classieuse aussi, dans la mesure où la majorité des gens avaient toujours toutes leurs dents. J'évitai tout de même les crevettes, au cas où.

Tout en mâchant, je parcourus mes e-mails sur mon téléphone. Il y avait un message incendiaire (comme on pouvait s'y attendre) de Joanie, exigeant que je lui dise où j'étais et me demandant si je reviendrais ou pas (et surtout, si je prévoyais de continuer à payer le loyer). *Sûrement pas*, pensai-je en le supprimant. Un autre de ma prof référente, inquiète que je ne sois pas venue à notre séance de travail.

Je m'en voulus sur ce coup-là. J'aimais bien cette prof ; elle m'avait toujours soutenue, et s'était engagée à m'écrire une lettre de recommandation élogieuse pour l'université. Autant oublier. Avec un soupir, je le mis à la corbeille. C'était si rageant ! Plus que deux mois et je tenais entre mes mains mon premier vrai diplôme. Après avoir trimé comme une malade pendant trois ans, je touchais presque du doigt l'appart de mes rêves (ou du moins une piaule qui s'en rapprochait). Et maintenant, non seulement j'étais retombée dans les escroqueries, mais je devais carrément repartir de zéro. Je pouvais toujours me fabriquer un faux diplôme, bien sûr ; même par les temps qui couraient, ce n'était pas infaisable si on savait à qui s'adresser. Mais j'avais déployé tant d'efforts pour rester dans les clous !

C'est le moment que choisit mon esprit pour me montrer Stella. Son bras tendu vers moi, une flaque de sang s'élargissant autour d'elle… elle répétait mon nom, encore et encore. La peur sur son visage… Je chassai ce souvenir et me dis : *Je suis toujours sur le droit chemin, comme je me le suis promis. C'est juste un léger contretemps.*

Je retournai à ma messagerie, histoire de me changer les idées. Hormis quelques spams, le dernier mail provenait de l'agent Cabot : il me signalait en termes vaguement menaçants que je ne m'étais pas présentée à l'heure dite et qu'il attendait que je l'informe du moment de ma venue.

Supprimer.

Tout en terminant mon omelette (la deuxième), je me repassai les événements de la soirée. Pas besoin d'être calé en psychologie pour le comprendre : si j'avais pris tant de plaisir à emberlificoter mon monde, c'est parce que ça me procurait un sentiment de contrôle. Évoluer dans un tout autre environnement, manipuler les esprits me donnait l'impression que mon enlèvement appartenait à un lointain passé, provisoirement du moins – des flashs de la camionnette, de la table, du tablier… Prise d'un frisson, je repoussai également ces images.

En moi-même, je remerciai encore une fois Masque-de-ski. Elle m'avait sauvé la vie, et même si ce n'était pas a priori son objectif, c'était plus que je n'en avais jamais fait pour quiconque. Pendant mon long voyage en voiture, j'avais échafaudé une hypothèse : elle avait sans doute survécu à une agression, elle aussi. Capturer des tueurs tels que Beau Lee Jessop lui tenait lieu de thérapie pour surmonter son sentiment d'impuissance ; un mécanisme de défense, en quelque sorte. C'était risqué, mais peut-être que ça fonctionnait pour elle.

Tout comme arnaquer les gens fonctionne pour toi.

— La ferme ! grondai-je à l'intention de mon agaçante petite voix intérieure, avant de vider mon verre de jus d'orange et de partir en laissant un généreux pourboire.

Sur le chemin du retour, je réfléchis à la meilleure façon d'aborder le sujet des papiers d'identité avec Dot. Mes derniers m'avaient coûté dans les cinq cents billets, mais c'était des années auparavant, et dans une zone rurale ; cette fois-ci, je devrais débourser au moins le double.

« Seulement si elle t'aime bien », avait dit Marcella. Loger au Getaway ne pouvait pas faire de mal, surtout si j'étais une cliente exemplaire. Je décidai de rester quelques nuits de plus ; ce n'était pas la mer à boire, et ça me permettrait, quoi qu'il arrive, d'engranger assez de fric pour assurer mon nouveau départ en Californie. En plus, le thème « film noir » me plaisait bien, ça cadrait parfaitement avec Las Vegas.

En entrant dans le parking, j'aperçus Dot assise dans la petite cour devant son bureau, ne tenant rien moins qu'une ombrelle pour se protéger du soleil. Je hochai le menton en guise de salut.

— Bonjour ! cria-t-elle.

— Bonjour !

— Tu veux reposer un peu tes guibolles ? proposa-t-elle en désignant la place à côté d'elle.

Estimant que c'était l'occasion ou jamais de jouer les lèche-bottes, je répondis en insufflant le maximum d'enthousiasme dans ma voix :

— Avec plaisir !

Je m'installai sur la chaise en plastique blanche et renversai la tête en arrière, savourant la caresse du soleil.

— Tss tss, j'espère que tu as mis de l'écran total. Avec un teint comme le tien, tu vas cramer en un rien de temps.

Dot avait une belle voix, douce et caressante. En revanche, je ne parvenais pas à situer son accent, ce qui m'arrivait rarement.

— Je sais, je suis nulle pour ça.

— Suis mon conseil, ma jolie. Commence dès maintenant à prendre soin de ta peau, ça fait toute la différence.

J'acquiesçai, étouffant un rot.

— Dites, euh...

— Oups, j'oubliais ! J'ai quelque chose pour toi, dit-elle, repliant son ombrelle et se levant.

— Pour moi ? m'étonnai-je, perplexe.

Dot avait disparu dans la pénombre de son bureau. Elle en émergea peu après en s'éventant avec une grande enveloppe en papier kraft.

— On a glissé ça sous la porte cette nuit.

Je considérai l'épaisse enveloppe d'un œil soupçonneux. Impossible que quelqu'un ait réussi à me localiser avec le pseudo utilisé dans le registre ; même Masque-de-ski n'était pas aussi douée.

— Comment savez-vous que c'est pour moi ?

— Regarde par toi-même, répondit Dot en la jetant sur la table en métal.

Avec précaution, comme si elle risquait de m'exploser à la figure, je la retournai. On y lisait en capitales d'imprimerie bien nettes : « POUR AMBER JAMISON, CHAMBRE 9 ». Et en dessous, en plus petit : « (LA FILLE CHAUVE) ».

Merde. Cette façon qu'elle avait de me retrouver, c'était presque digne d'une déesse omnisciente. Elle devait sûrement tracer mon téléphone. J'aurais dû le remplacer par un jetable quand j'étais dans le Tennessee, mais je n'avais pas considéré ses SMS comme une menace. Quelle tarte je faisais ! Je m'étais clairement encroûtée.

— Tu ne t'y attendais pas ?

— Pas vraiment, non, bredouillai-je, prise de vertige.

Pourquoi est-ce qu'elle me pisterait ? Elle qui avait hâte d'être débarrassée de moi ! Qu'est-ce qu'elle me veut ?

Dot reprit place sur sa chaise et tambourina de ses ongles rouges sur la table.

— Tu ne l'ouvres pas ?

Rougissante, je posai une main protectrice sur l'enveloppe.

— Il n'y a pas d'urgence.

Elle me toisa.

— C'est curieux, tu t'es inscrite au nom de Samantha Massey.

— Oui, euh… Amber est mon deuxième prénom.

— Oh, ma mignonne ! (Elle eut un bref éclat de rire.) Pour une carotteuse, tu mens terriblement mal !

Une « carotteuse » ? Sérieusement ?

— Vous avez parlé avec Marcella, devinai-je, tentant de masquer mon irritation.

— J'aime savoir qui sont mes clients, rétorqua Dot avec un sourire satisfait. Même ceux qui ne font que passer. Elle m'a aussi dit que tu cherchais des nouveaux papiers. À moins que ce soit ça, dans l'enveloppe ?

Je me ratatinai sur mon siège. Manifestement, Marcella était la commère du motel. J'aurais dû attendre avant de me lâcher sur les confidences.

— Je doute qu'il y ait là-dedans quelque chose dont j'aie besoin.

Elle poussa un gros soupir théâtral.

— Donc, si je récapitule, me voilà avec une arnaqueuse sans un poil sur le caillou, qui paye en liquide, reçoit des paquets mystères et souhaiterait une nouvelle identité. C'est bien ça ?

— En gros, oui.

Merde. Si elle a appelé les flics…

— Te bile pas, cocotte, dit-elle comme si elle lisait dans mes pensées. Tes ennuis, c'est ton affaire. Je ne balance jamais mes clients.

— Tant mieux.

J'avais les nerfs en pelote malgré tout. Il fallait que je me barre d'ici. Que je m'achète un nouveau téléphone. Que je fasse le point.

Mais d'abord, il me fallait des papiers. Et sur ce plan, Dot représentait mon meilleur espoir. Je devais accepter le risque.

— C'est vrai, ce que m'a dit Marcella ?

— À propos des papiers ?

— Oui.

Elle pencha la tête, tout en ingénuité.

— Il est possible que je connaisse quelqu'un.

Je me détendis un peu ; je n'avais pas l'impression qu'il s'agissait d'un piège. Qui plus est, j'étais à l'aise dans ce genre de discussion, ayant fait ça toute ma vie ou presque. Passant en mode bizness, je demandai :

— J'imagine que ça me coûterait à peu près mille dollars, non ?

— À peu près.

— Super. Je vous offre dix pour cent de commission.

— Quinze, contra-t-elle.

— Douze.

— Tu sais quoi ? Laisse-moi jeter un œil là-dedans, et je ne prendrai que onze pour cent.

Nos regards se posèrent sur l'enveloppe qui gisait sur la table entre nous deux. Pourquoi Dot était-elle si curieuse ? Et que diable y avait-il là-dedans ? Masque-de-ski avait peut-être mis la main sur des dossiers du FBI me concernant. Auquel cas il serait trop dangereux que quelqu'un d'autre les lise. Je secouai la tête.

— Pas question.

Ses sourcils s'envolèrent sur son front.

— Tiens, tiens. Ça doit être très important, alors.

— Je ne sais pas ce que c'est. Mais il est possible que ce soit personnel.

— Je vois. (Elle sourit.) Eh zut ! Je ne supporte pas les questions sans réponse, mais je t'aime bien, alors va pour onze pour cent. Tu préfères Amber ou Samantha ?

— Amber, soupirai-je, résignée.

Il n'y avait aucune raison de compliquer les choses.

— Enchantée, Amber. Une semaine d'attente environ pour des documents de qualité, et tu n'as pas le choix du nom de famille. Ça te convient ?

Une semaine me paraissait une éternité, mais je répondis :

— Très bien.

Un couple de petits vieux se dirigeait vers la réception en traînant la patte. Dot leva le doigt.

— Je reviens tout de suite.

Elle se porta à leur rencontre. J'hésitai un moment, mais le suspense eut raison de moi. Je décachetai l'enveloppe d'un coup d'ongle et regardai à l'intérieur.

Elle contenait deux chemises. Je sortis la première et l'ouvris, intriguée. Ça ressemblait à un dossier criminel.

Je parcourus les pages, sans toutefois reconnaître aucun des noms cités. Il portait l'emblème de la police de Las Vegas. Je n'étais jamais venue ici auparavant, et à ma connaissance, mes parents non plus.

Bizarre.

En plein milieu, je tombai sur une photo qui m'arracha une exclamation d'effroi : une femme nue allongée dans une baignoire remplie d'eau sombre. Sa tête formait un angle anormal avec son corps, et ses yeux étaient ouverts. Un fil était enroulé autour de son cou, la céramique blanche maculée de traînées rouges.

Elle était visiblement morte.

C'est quoi, ce bordel ? Pourquoi Masque-de-ski m'enverrait un truc pareil ? Je n'étais pas assez traumatisée pour elle, c'est ça ?

Malgré la chaleur, je me sentais glacée jusqu'aux os. Mon cœur battait à deux cents à l'heure et ma poitrine se contractait à tel point que j'avais du mal à respirer. J'aurais voulu m'enfuir en courant, mais j'avais peur de tomber dans les pommes rien qu'en me mettant debout.

— Tout va bien, ma jolie ? demanda Dot d'une voix qui me parut très lointaine.

J'essayai maladroitement de replacer le cliché dans le dossier, mais trop tard, elle l'avait vu. Elle plaqua la main dessus en s'écriant :

— Qu'est-ce que tu fous avec cette photo de Lori ?

7

Scandale à Las Vegas

Même si je l'avais voulu, j'aurais été incapable de lui répondre. La périphérie de mon champ de vision s'était obscurcie, comme si je regardais par le mauvais bout d'un télescope. J'avais beau ouvrir frénétiquement la bouche, je manquais d'oxygène. J'avais l'impression d'être téléportée du parking à cette pièce lugubre... *La table, l'odeur du sang, le tablier...*

— Eh, petite, fit Dot en se penchant sur moi. Qu'est-ce qui ne va pas ? Tu as pris quelque chose ?

Je fis non de la tête en haletant :

— C'est juste... une crise d'angoisse.

Je me cramponnai à la table et fermai les yeux, m'efforçant de me concentrer sur ma respiration.

— Une crise d'angoisse, hein ?

Sa voix paraissait provenir du fond d'un puits.

Je parvins à faire un mouvement de tête. Je n'en avais pas fait depuis des années, mais j'avais tout de suite reconnu la sensation. Mon cœur cognait dans ma cage thoracique comme s'il cherchait à s'en échapper. Mon petit déjeuner remonta dans ma gorge et je m'arrachai à ma chaise en vacillant pour aller dégobiller le contenu de mon estomac sur la place de parking face à la table.

— Oh, il manquait plus que ça ! entendis-je Dot s'exclamer. Faudra payer un supplément pour le nettoyage !

Je m'appuyai sur mes genoux, pliée en deux, luttant pour reprendre mon souffle. Je sentis une main légère se poser sur mon dos.

— Écoute-moi. Ferme les yeux et inspire en comptant jusqu'à cinq, d'accord ? Je vais compter pour toi.

Autant me demander la lune. La première inspiration, j'arrivai à peine à deux.

— C'est bien, dit Dot. Maintenant, expire pendant trois temps.

Cette fois, je réussis. Elle continua de me guider jusqu'à ce que je sois capable d'inspirer sur cinq temps, bloquer ma respiration sur deux, et expirer jusqu'à cinq. Je recouvrais petit à petit le contrôle de moi-même. Et ma honte grandissait dans la même mesure.

— Ça devrait aller maintenant, estima Dot en me tapotant le dos. Assieds-toi.

Je me raidis. *Merde.* La petite conversation tranquille que j'avais imaginée avait pris une tournure inattendue.

— Merci. Euh, il vaudrait mieux que…

— Assise, j'ai dit !

Son ton n'admettait pas de réplique ; si je me rebiffais, elle était susceptible de revenir sur sa parole et d'appeler les flics. J'obéis donc en soupirant, et en m'efforçant de faire abstraction du goût de vomi dans ma bouche.

Elle se rendit au distributeur automatique à côté de la porte du bureau et composa un code. Une canette de Coca tomba, qu'elle me rapporta. J'avalai quelques gorgées avec gratitude puis m'essuyai les lèvres du revers de la main. Elle regagna sa chaise et s'inclina vers moi en me fixant d'un regard perçant par-dessus ses lunettes de soleil.

— Je vais te reposer la question, et crois-moi quand je te dis que j'ai le meilleur détecteur à bobards de cette ville qui les débite à la pelle, énonça-t-elle à voix basse, plantant son index sur l'enveloppe. Qui t'a donné ça, et pourquoi ?

— Honnêtement, je ne sais pas. Je ne sais pas pourquoi, du moins.

— Fais un effort. Parce que cette femme, là, c'est Lori Riffle. Elle occupait la chambre 7 avant d'être assassinée il y a quelques mois.

À nouveau, je me sentis près de tourner de l'œil.

— Elle a été tuée ici même ?

Dot secoua la tête.

— Je te l'ai dit, je ne veux pas de ça chez moi, et les filles qui logent au Getaway le savent. Lori bossait dans un bouge plus loin dans la rue. C'est là qu'on l'a découverte.

— Attendez. Est-ce que c'était au Buggy Suites ?

— Effectivement, oui.

Ma tête se remit à tourner. La coïncidence me paraissait un peu grosse. Une femme assassinée dans un motel dont on m'avait donné le prospectus à deux États d'ici ? Alors que ce n'était pas, à mon avis, le genre d'établissement à avoir un budget publicitaire pharaonique ?

— La police n'a pas retrouvé le meurtrier ?

Avec un reniflement désabusé, Dot croisa les bras.

— Ils n'ont pas beaucoup cherché. Tu n'es pas flic, alors ?

— Moi ? Non, pas du tout !

Je faillis éclater de rire tant le concept était absurde.

— Pourtant, c'est un dossier de police, ça. Même moi, je suis incapable de me les procurer. Comment ça se fait que tu en aies un ?

— C'est une longue histoire.

La colère commençait à prendre le pas sur ma peur. *À quoi elle joue, Masque-de-ski ?* Ces dossiers impliquaient-ils le nouveau tueur qu'elle traquait ? Espérait-elle que je l'aide à mettre la main dessus ? Aurait-elle placé elle-même le prospectus sous mon essuie-glace ?

Si oui, elle se mettait le doigt dans l'œil. Je n'avais qu'une envie, là tout de suite, c'était de rassembler mon maigre butin et de filer direct à L.A. Il devait y avoir de bons faussaires là-bas, non ?

Mais ça voudrait dire repartir de zéro. Et les motels de Los Angeles ne coûtaient pas trente dollars la nuit, c'était une certitude. Je bus une autre rasade de Coca, histoire de gagner du temps. Dans tous les cas de figure, je prenais un risque.

Dot me regardait toujours, attendant ma réponse.

— Alors, cocotte ?

Et puis merde ! Il était peu probable qu'une gérante d'hôtel qui louait ses chambres à des prostituées et baignait dans un trafic de faux papiers me dénonce aux autorités. En plus, je voyais bien qu'elle s'intéressait personnellement à cette Lori. Je poussai un soupir et lâchai :

— La semaine dernière, j'ai été enlevée par un type.

Elle écarquilla les yeux.

— C'est vrai ?

— Ouais. C'était le tueur en série qu'on vient de retrouver, Beau Lee Jessop.

Elle eut l'air estomaquée. Je me forçai à poursuivre :

— En réalité, il n'est pas mort d'un infarctus, comme ça a été dit. C'est une femme qui a débarqué de nulle part et qui l'a tué. Elle l'a pas fait exprès, hein, son aiguillon électrique était défectueux.

Les mots sortaient tout seuls de ma bouche. Ça me faisait du bien de raconter à quelqu'un ce qui s'était passé ; je ne m'étais pas rendu compte que ça me pesait autant.

— Après, elle m'a délivrée, mais cette aventure a, en quelque sorte… chamboulé tous mes plans, et j'ai été obligée de m'enfuir. C'est pour ça que j'ai besoin de nouveaux papiers.

Elle me fixa d'un œil sceptique.

— Pourquoi tu as été obligée de t'enfuir ?

— Disons juste que j'ai eu des problèmes avec la justice dans le passé. Rien de violent, attention ! m'empressai-je d'ajouter en voyant son expression. Uniquement, vous savez... des petites arnaques.

— Hm hm. (Elle plissa les yeux.) Et il vient faire quoi là-dedans, ce dossier ?

— J'en ai aucune idée. La femme qui m'a sauvée, elle touche sa bille en informatique, je crois. À la suite de ça, elle m'a pistée et envoyé des textos pour me proposer son aide. Mais ça, fis-je en posant le doigt sur la chemise, je vous jure que j'ignore pourquoi elle me l'a donné.

Dot me sonda du regard, cherchant visiblement à déterminer si je n'étais pas en train de lui bourrer le mou. Franchement, cette histoire était rocambolesque ; j'aurais eu du mal à me croire, à sa place. Mais après un long moment d'observation, elle remonta ses lunettes de soleil sur son front et se leva.

— Viens, ordonna-t-elle en hochant la tête vers son bureau.

Refuser n'était pas une option, semblait-il. Je remis les documents dans l'enveloppe en détournant les yeux, puis je la suivis. Une bouffée d'air froid m'accueillit quand j'entrai dans le bâtiment. J'avais été trop fourbue à mon arrivée pour faire attention, mais tandis qu'elle contournait la réception, je pris le temps de regarder autour de moi. Des fougères pendaient du plafond dans des suspensions en macramé. Le réglementaire présentoir à brochures occupait le coin du fond. De gigantesques affiches de vieux polars, comme celles de ma chambre, recouvraient les murs, et un film en noir et blanc passait sur le poste fixé en hauteur. À l'écran, une voiture d'époque plongeait en silence du haut d'une falaise pour s'abîmer dans la mer. Excellente métaphore de ma vie actuelle.

— Par ici, fit Dot en franchissant une autre porte.

Après un temps d'hésitation, je lui emboîtai le pas.

Son bureau était plutôt cosy. Dans un angle se dressait une petite table avec un ordinateur portable dessus. Trois des murs étaient ornés des sempiternelles affiches de film, alternant avec des photos encadrées de célèbres vedettes de cinéma.

La paroi qui jouxtait la porte, en revanche, était très différente. Des coupures de journaux pendaient sur un panneau en liège géant, voletant dans le courant d'air de la clim. *Génial, un tableau des délires ! Un gage incontestable de stabilité psychologique.*

Elle cala sa hanche sur le bord de la table et embrassa son œuvre d'un grand geste théâtral.

— Sandy Gant a été la première victime, assassinée au Satellite environ un mois avant Lori. Un client violent, on s'est dit à l'époque, seulement… (Une ombre passa sur son visage. Elle secoua la tête comme pour la dissiper, puis poursuivit :) Enfin bon, nous estimons qu'il y a eu au moins trois victimes à ce jour.

— *Nous* ?

— Je fais partie d'un groupe de détectives amateurs, expliqua-t-elle fièrement. Comme la fille qui a contribué à l'arrestation du tueur du Golden State, tu vois ?

— Moui…

Je n'avais pas la moindre idée de ce dont elle parlait.

— On s'est baptisées les « Femmes fatales ». Parce qu'il n'y a que des fans de cinéma noir. Sauf qu'il y a aussi quelques hommes, et d'ailleurs c'est devenu un peu problématique, certains voudraient qu'on change de nom et…

— Pourquoi vous me montrez ça ? l'interrompis-je, me sentant à nouveau faiblarde.

Les gros titres à hauteur d'yeux me hurlaient pratiquement à la face : « UNE PROSTITUÉE RETROUVÉE MORTE DANS

SA BAIGNOIRE. », « RECHERCHE D'UNE JEUNE FILLE DISPARUE DANS LE DÉSERT. », « UN CORPS DÉCAPITÉ DÉCOUVERT DANS UNE DÉCHARGE. »

— Parce que ces documents nous seraient bien utiles, répondit Dot en pointant du doigt l'enveloppe.

— Utiles pour quoi ?

— Pour chercher le tueur !

C'est la grande mode des justiciers chasseurs de tueurs en série, on dirait.

— Et la police ?

— Tu rigoles ! Les flics s'en contrefichent de la mort de quelques travailleuses.

— Alors… les autres aussi ont été tuées au Buggy Suites ?

— Non, de l'autre côté de la ville. Mais c'était le même mode opératoire. La cordelette, la baignoire… tout concorde. Pour autant, les flics ne veulent toujours pas admettre que les meurtres sont liés. On le leur a signalé, ils ont dit que c'était une simple coïncidence.

Le discours de Dot était celui de quelqu'un qui avait écouté trop de podcasts d'enquêtes criminelles. Quelqu'un qui était partie prenante dans l'affaire, aussi.

— C'est ennuyeux.

— Mais ça n'a rien d'étonnant. Tu sais combien de gens disparaissent ici chaque jour ? (Je fis non de la tête, et elle répondit avec une jubilation que je trouvai un brin de mauvais goût :) Entre cinq et sept. Ça fait autour de deux cents par mois. C'est dingue, non ?

— Euh, ouais. Dingue.

— Mais ton amie, celle qui t'a secourue…

— Ce n'est pas mon amie.

— Peu importe. Si elle est sur le coup, on pourrait peut-être travailler ensemble.

Elle avait la voix pleine d'espoir d'un mioche qui demanderait à se coucher plus tard. J'imaginais sans peine ce que

Masque-de-ski répondrait à un groupe de « détectives amateurs » empiétant sur son territoire.

D'un autre côté, cette dernière cherchait manifestement de l'aide ; sinon pourquoi m'aurait-elle envoyé toute cette paperasse ? Et je n'avais ni l'envie ni les compétences pour la lui apporter.

— Une seconde.

Dot me regarda feuilleter les dossiers en évitant autant que possible que mes yeux tombent sur des photos. Elle avait raison, le second portait sur le meurtre de Sandy Gant.

Par je ne sais quel mystère, j'avais atterri sur le terrain de chasse d'un autre tueur en série. À croire que je les attirais !

Il était ici longtemps avant moi, me rappelai-je. D'après les dates, il avait commencé ses exactions plusieurs mois avant Beau Lee Jessop.

— Bon, voici ce que je vous propose, lançai-je en feignant la réticence. Je vous les donnerai si vous me faites un prix pour mes nouveaux papiers.

Elle hésita, mais je voyais bien que je la tenais.

— Huit cents dollars, céda-t-elle finalement.

— Au total, sans commission.

Elle joua l'offusquée, mais ses prunelles étincelaient. Elle désirait ces documents à mort, c'était flagrant.

— Tu m'en demandes beaucoup. Et du reste, je n'ai pas l'impression que tu tiennes tant que ça à les garder, ces dossiers.

— C'est exact. (Je me tapotai le menton.) Je pourrais me contenter de les détruire.

Elle poussa une exclamation indignée.

— Allez, d'accord. Huit cents dollars tout compris.

Intérieurement, je levai un poing victorieux.

— Super. Et j'aimerais une plus belle chambre aussi.

— Fichtre ! dit-elle en rigolant. T'es un drôle de numéro, toi, tu sais ? Tope là, à condition que tu payes d'avance.

— Marché conclu.

— J'avoue que je te comprends. La 9, ce n'est pas la meilleure, il y a un rat crevé dans le mur et l'odeur met du temps à partir.

— Un rat ? m'écriai-je, à nouveau nauséeuse.

— L'exterminateur s'est occupé des autres. Je vais te mettre dans la 12.

Elle étendit la paume en arquant un sourcil à la courbe parfaite. Je lui refilai l'enveloppe, secrètement ravie de m'en débarrasser.

— Et si ton amie te recontacte, ajouta-t-elle, dis-lui que les Femmes fatales sont prêtes à l'aider.

— Entendu, promis-je, tout sourire.

Somme toute, ma journée avait plutôt bien tourné.

Mon téléphone se mit à vibrer dans ma poche. Je le sortis en râlant. Sans surprise, c'était mon meilleur pote Numéro Inconnu et ça disait : RENTRE CHEZ TOI, AMBER.

La chambre 12 était un cran au-dessus de la précédente, au sens propre : elle se situait à l'étage, et bénéficiait d'une deuxième fenêtre ouvrant sur l'arrière du bâtiment (avec vue sur un terrain vague, ce qui n'était pas le rêve, mais je n'allais pas me plaindre). Le désodorisant qui saturait celle du rat mort était ici à peine perceptible. Elle comportait même une baignoire ; quelques heures plus tôt, j'en aurais sauté de joie, mais maintenant j'étais moins chaude.

Je posai mes bagages avec soulagement et fis rouler mes épaules, étirant la tête dans tous les sens pour me dénouer la nuque.

— C'est super, Dot. Merci.

— Pas de problème, bichette. (Elle montra le lit.) Tu as même droit à un lit vibrant Magic Fingers. Ils sont cassés dans toutes les autres chambres. En général, je ne donne jamais la 12, c'est mon salon de massage personnel.

— Euh, d'accord.

Je ne me voyais pas vraiment utiliser ça, mais qui sait…

— Voilà un acompte, dis-je en lui tendant deux cents dollars. J'aurai le reste bientôt.

— Ça ira pour commencer. Le solde à la livraison. Et les règles tiennent toujours, vu ? Si tu veux bosser, fais-le ailleurs.

— Bien sûr.

Je me gardai de lui faire remarquer que sa clientèle me rapporterait tout au plus des gobelets remplis de petite monnaie. Remarquez, ça pourrait me servir pour activer le Magic Fingers. J'indiquai une seconde porte près du lit.

— C'est quoi ?

— La chambre voisine. Pour les familles.

— Il y en a beaucoup qui viennent ici ? demandai-je, sceptique.

— Tu serais étonnée. Allez, bye ! fit-elle en agitant les doigts.

Après le départ de Dot, je m'enfermai à double tour, vérifiai que la porte de communication était elle aussi verrouillée et coinçai une chaise sous la poignée pour plus de sûreté. Puis j'entrouvris la fenêtre donnant sur le terrain vague pour aérer. En m'écroulant sur le lit, j'avisai le boîtier du Magic Fingers.

— Après tout, pourquoi pas ?

Trois pièces de vingt-cinq cents plus tard, je me sentais détendue et légèrement barbouillée ; ce n'était peut-être pas judicieux de ballotter mes viscères quand elles venaient tout juste d'être essorées comme une serpillière.

Mon téléphone à la main, j'étudiai le dernier SMS que j'avais reçu. Il parut me rendre mon regard, comme si les yeux bleu azur de Masque-de-ski se trouvaient de l'autre côté de l'écran. Rentre chez toi ? Qu'est-ce que ça voulait dire ? Je n'avais pas vraiment de chez-moi où rentrer, en plus. Peut-être qu'elle m'avait vue refourguer l'enveloppe à la patronne et que ça l'avait énervée. Tant pis, ça lui ferait les pieds. Elle n'avait qu'à pas recourir à un intermédiaire, et glisser le tout directement sous ma porte.

Il fallait impérativement que je change de téléphone.

Mon doigt resta en suspens un instant, puis j'écrivis : ALLEZ VOUS FAIRE FOUTRE. Ça me semblait pas mal comme mot d'adieu. Après quoi je sautai du lit, larguai le portable sur le carrelage de la salle de bains, l'écrasai sous ma semelle, ramassai la carte SIM, la balançai dans la cuvette et tirai la chasse d'eau. *Je m'achèterai un jetable en ville ce soir.*

Me sentant un poil mieux, je m'allongeai de nouveau sur le lit, croisai les mains derrière la tête et fermai les yeux. J'avais quelques heures devant moi avant la sortie de mes clients. Je pouvais en profiter pour roupiller.

Ma soirée fut exceptionnelle. Le truc, découvris-je, c'était de partir en chasse après minuit. Je pouvais également remercier la perruque à deux balles que je m'étais dégotée. Devant le Venetian, je jouai mon numéro de « la poupée triste » à un Texan singulièrement généreux (et extrêmement bourré) coiffé d'un authentique chapeau de cow-boy. Il confondit billets de vingt et billets de cent, et je repartis avec de quoi régler mes faux papiers d'identité en intégralité.

Bon sang, je pourrais me faire un revenu annuel à six chiffres si je restais un peu !

Jusqu'au retour de bâton, songeai-je. Tout bon escroc savait le risque qu'il encourait à exploiter trop longtemps un même filon. La chance finissait toujours par tourner. C'est une leçon que mes parents n'avaient jamais retenue, et plutôt crever que de reproduire leurs erreurs. Qui plus est, j'avais toujours l'intention de me refaire une virginité. Et ce même si à chaque razzia, la perspective de passer mes journées à écouter des privilégiés dévider leurs problèmes de riches me semblait un peu moins attrayante.

Une fois rentrée à ma nouvelle et bien plus belle chambre, je fêtai ma réussite avec quelques margaritas en canette, puis sombrai dans un sommeil de plomb peu après 3 heures du matin.

Les coups martelés à ma porte une heure plus tard furent d'autant plus intrusifs. Vaseuse, j'ouvris un œil et criai :

— Fichez le camp !

Le vacarme continua. Les mains tremblantes, je sortis mon flingue de sous mon oreiller et hurlai :

— Je ne plaisante pas ! Je suis armée !

Les coups cessèrent. Après un long silence, une petite voix fit :

— Laisse-moi entrer…

Je tiquai ; on aurait dit celle de Marcella.

— Une minute !

Le pistolet serré contre ma cuisse, j'allai vérifier par l'œilleton, puis ôtai la chaînette et tournai le verrou. À la seconde où la porte fut débloquée, elle s'ouvrit en grand et Marcella s'engouffra dans la pièce en titubant, manquant me faire tomber à la renverse. Les cheveux en pétard, elle puait l'alcool. Elle était pieds nus et tenait une paire de compensées rose vif par les lanières.

— Waouh, fit-elle en avisant mon flingue. C'était pas des salades.

— Non.

Je remis le cran de sûreté.

— Je devrais m'en acheter un, moi aussi.

Passant près de moi, elle alla se vautrer à plat ventre sur le lit.

— Euh, tu as besoin de quelque chose, Marcella ?

Elle roula sur le flanc au prix d'un gros effort, manœuvre qui fit remonter sa minijupe en dentelle noire, exposant... ben, quasiment tout.

— T'es une gouine, pas vrai ?

Son élocution laissait à désirer. Elle n'avait pas intérêt à gerber ; une chambre malodorante, ça m'avait suffi.

— Tu sais, ça ne se fait pas de dire ça, pour une hétéro.

— Qui t'a dit que j'étais hétéro ? (Elle me lança une œillade.) Tu veux baiser ?

Je me frottai les paupières, regrettant d'avoir bu ces margaritas ; la tequila bon marché m'avait déclenché un mal de crâne de tous les diables.

— Je vais te chercher un verre d'eau.

— Tu te crois trop bien pour moi, c'est ça ? siffla-t-elle en se hissant sur ses pieds, ce qui aurait eu plus d'effet si elle ne s'était pas empressée de retomber. Merde, je suis sacrément torchée.

— Ouaip. Et même si je trouve ça très sexy, je ne couche pas avec des gens qui risquent de dégobiller en plein acte. En temps normal, du moins, ajoutai-je en me remémorant une soirée particulièrement ratée.

Elle me jeta un regard noir, puis pivota brusquement et se dirigea en chancelant vers les toilettes. Je l'entendis par la porte ouverte rendre tripes et boyaux à grand bruit. J'avais officiellement profané deux salles de bains du motel Getaway en l'espace de vingt-quatre heures. C'était peut-être un record. Quoique, à la réflexion, peut-être que non. Sans vouloir vexer Dot.

J'entendis ensuite la chasse d'eau, puis un gémissement.

Je planquai mon arme sous le matelas avant de porter secours à Marcella. Elle était affalée à côté de la cuvette, un bras par-dessus le rebord de la baignoire. Elle avait les jambes tendues devant elle et des traînées de mascara sur les joues. À voir sa tignasse, on aurait dit qu'elle avait enfoncé son doigt dans une prise électrique. Je croisai les bras et la toisai de haut bien comme il faut.

— Ça, pour le coup, c'est ultra sexy.

Elle éclata de rire. Je me mis à rire aussi, pour la première fois depuis très longtemps.

Elle s'essuya la bouche.

— Je peux t'emprunter ta brosse à dents ?

— Ça va pas la tête ? Mais j'en ai d'autres, c'était un paquet de trois.

— D'accord. Ça t'embête pas que je prenne une douche ?

— Pas du tout, assurai-je après une brève hésitation.

Je n'avais aucun objet de valeur dans la salle de bains ; si elle voulait me faucher mon shampoing démêlant premier prix, qu'elle ne se gêne pas. Je n'en aurais pas besoin avant un bon moment, de toute façon.

Je fouillai dans mes bagages pour lui trouver une brosse à dents pendant qu'elle se lavait. Quand l'eau cessa de couler, je la lui passai par l'entrebâillement de la porte.

— Tiens.

— Merci, beauté.

Elle referma le battant. Je m'assis sur le lit en l'attendant, et croisai mon reflet dans le miroir. Je portais ma tenue de nuit habituelle : shorty et débardeur tout simple. Mes sourcils avaient commencé à repousser, mais restaient clairsemés, et la vue de mon crâne chauve me causait toujours un choc. Il faisait paraître mes yeux plus grands, mais quand même… Je ne voyais pas trop ce qui me valait les avances de Marcella, à moins qu'elle ne veuille quelque chose de moi.

Je calai un oreiller contre la tête de lit, m'y adossai, puis empoignai mon verre d'eau histoire de m'occuper les mains. Tout en buvant à petites gorgées, je me rendis compte que j'étais nerveuse, ce qui était ridicule.

La porte finit par s'ouvrir et Marcella émergea, une serviette enroulée autour d'elle et une autre en turban.

— Mes deux serviettes ? protestai-je.

— Du calme, ma grosse. Je t'en prendrai d'autres sur le chariot, je sais où Tina le range.

Étonnamment, elle ne semblait plus que vaguement pompette, et encore. Le visage démaquillé, elle avait l'air plus jeune, mon âge à peu près. Et elle était jolie comme un cœur. Elle avait aussi un corps magnifique, tout en douceur et en courbes…

Elle pouffa de rire.

— Merde, Samantha. C'est donc vrai que t'es homo !

Je me tortillai, gênée.

— Appelle-moi Amber. J'étais pas en train de te mater, je…

— Pas de souci. (Elle mit la main dans son sac et en sortit une cigarette électronique.) Je peux ?

Je haussai les épaules. Elle la porta à ses lèvres et aspira, gardant la vapeur quelques secondes avant de la recracher. Elle me proposa l'appareil, mais je déclinai d'un geste.

— Je ne fume pas.

— Tant mieux pour toi.

Elle écarta du bout du pied ses compensées qui traînaient par terre et grimpa sur le lit à quatre pattes, s'arrêtant à quelques centimètres de moi. Elle frétilla des sourcils et lança :

— Alors, je te plais maintenant ?

— Il faut vraiment que je dorme, Marcella.

— Pas moi. (Elle se retourna et s'assit à côté de moi, épaule contre épaule.) J'ai besoin de deux ou trois heures de sommeil par nuit, pas plus. Une veine, non ?

— Cool pour toi.

Sa proximité était perturbante. Personne ne m'avait touchée depuis un bail ; Johnson City n'était pas franchement un eldorado pour lesbiennes.

— Tu voulais quelque chose, Marcella ? À part dégueuler et te doucher ?

Elle fit rouler sa tête vers moi.

— Dot m'a dit qu'elle t'en avait parlé. Ce qui est arrivé à Lori.

— Euh, oui. Tu la connaissais ?

— On était… un peu plus que des amies, si tu vois ce que je veux dire.

— Je vois.

À en juger par la tension dans sa voix, elles étaient même beaucoup plus que ça, du moins pour Marcella. C'était peut-être ce qui l'avait poussée à boire ce soir. Ou alors elle finissait toutes ses nuits comme ça. Peu importe, ça ne me regardait pas.

Après un temps, elle poursuivit :

— D'après Dot, tu as une amie qui recherche le connard qui l'a tuée.

— Ce n'est pas exactement une amie.

Bon Dieu, la machine à rumeurs fonctionnait à plein régime dans ce motel.

— Ça ne changera pas grand-chose, commenta-t-elle, ajoutant d'une voix lasse : Ça ne la ramènera pas.

J'essayai de trouver quelque chose de réconfortant à dire, mais la fatigue me brouillait le cerveau. Ce qui n'était pas vraiment bon signe pour mon avenir de psychologue.

— Je suis sincèrement désolée.

Sans lever les yeux, elle chercha ma main et entrelaça nos doigts. Nous demeurâmes ainsi un moment sans rien dire. Après quoi elle demanda :

— Ça t'ennuie si je reste dormir ?

— Seulement dormir ?

— Allons, ma fille. Je suis trop chère pour toi ! Même ton dentifrice est à chier. Éteins la lumière.

Pour être honnête, je n'aime pas passer la nuit avec quelqu'un – quand il s'agit de dormir, j'entends. Je n'ai jamais aimé ça. Je me sens toujours mal à l'aise. Et puis l'haleine du matin, au secours. Mais pour une raison que je ne m'expliquais pas, tandis que Marcella ronflait doucement à côté de moi, j'éprouvai une sérénité que je n'avais pas connue depuis très longtemps. Et quand le sommeil m'emporta de nouveau, pas un rêve ne vint le troubler.

8

Troublez-moi ce soir

À mon réveil, Marcella était partie. Il y avait une pile de serviettes propres sur le bureau, sur laquelle reposait un mouchoir avec un baiser imprimé au rouge à lèvres.

Je souris, puis me hâtai de vérifier que mon argent et mon flingue se trouvaient toujours dans leurs cachettes respectives. J'aimais bien Marcella, mais ça ne voulait pas dire que je lui faisais confiance.

Il n'empêche que j'avais prodigieusement bien dormi. Il était près de 15 heures ; j'avais presque fait le tour du cadran, sans compter l'interruption.

La clim livrait un combat perdu d'avance contre la chaleur extérieure. J'ouvris les stores, et la luminosité m'éblouit. En bordure du parking, un type d'âge moyen, tordu en deux, vomissait avec virulence.

— Bienvenue à Las Vegas, murmurai-je avant d'aller prendre une douche.

La sonnerie du téléphone de ma chambre retentit. Je décrochai, et entendis Dot roucouler :

— Bonjour, cocotte. Tu as ta séance photo aujourd'hui !

— Ah, d'accord.

Je me rassis sur le lit. Mon estomac gargouillait. Grâce à mon butin fraîchement rapporté, j'allais pouvoir m'offrir un petit déjeuner un peu plus chic que celui du Garden Court.

— À quelle heure ? demandai-je.

— Sois prête dans cinq minutes.

Je voulus protester, mais elle avait déjà raccroché. *Merde.*

Je me brossai les dents, m'habillai à la va-vite, et me traînai jusqu'à la réception.

— Bonjour ! lança-t-elle gaiement depuis le bureau du fond. Il y a du café sur la table, si tu veux.

La cafetière était presque pleine, une belle assiette de viennoiseries posée à côté.

— Super, je meurs de faim !

Je m'enfilai un cronut, descendis une demi-tasse de café, puis entamai une patte d'ours. Assise dans un fauteuil, je m'employais à nettoyer le glaçage sur mes doigts quand Dot me rejoignit. Elle portait cette fois une robe kimono rouge vif. Ses cheveux étaient relevés et fixés au sommet de son crâne à l'aide d'une pince papillon, et son maquillage était comme toujours impeccable. Elle me lança un tube de crème solaire, puis enveloppa sa tête d'un foulard.

— J'ai une décapotable, tu ferais mieux d'en appliquer une bonne couche.

— Merci.

J'avais le cuir chevelu irrité d'avoir porté la perruque toute la soirée, si bien que j'avais décidé de ne pas la remettre. J'entrepris docilement de me tartiner de crème, sentant le chaume rêche de la repousse sous mes doigts. La magnificence de Dot m'intimidait, pour être tout à fait honnête. Avec mon débardeur et mon short, j'avais l'impression d'être une technicienne sur un plateau de tournage qui déjeunerait par hasard à côté de la star du film.

Tout en nouant son foulard à imprimé léopard, elle me demanda :

— Tu as bien dormi ?

— Très bien, merci. (*Aurait-elle vu Marcella sortir de chez moi ?* De toute manière, elle n'avait pas son mot à dire.) J'adore ma nouvelle chambre.

— Elle est chouette, hein ?

Elle me dévisagea, puis toucha la commissure de ses lèvres.

— Tu as une miette là, trésor.

— Merci, bredouillai-je en m'essuyant avec une serviette.

— Pas de quoi. Allez, on y va !

La voiture de Dot était aussi fabuleuse qu'elle : un monumental cabriolet bleu canard datant de la grande époque de Detroit, avec des ailettes fuselées et des sièges comme des canapés. Ma logeuse avait chaussé des lunettes de soleil blanches qui lui mangeaient la moitié de la figure ; elle portait également un authentique trench-coat malgré la chaleur. Je me sentais insipide à côté d'elle. Je m'attendais presque à ce que la bagnole m'éjecte par principe.

Nous remontâmes le Strip en attirant une multitude de regards. Quelques passants nous sifflèrent ; Dot les gratifia d'un salut royal. À la lumière du jour, l'ensemble paraissait un peu *too much*. Las Vegas était un enchevêtrement de toges romaines, de pirates et de fontaines aux jets hauts de dix étages. Dans une atmosphère saturée de désir et de désespoir, la foule s'écoulait de part et d'autre des casinos monolithiques qui s'étendaient sur des rues entières.

Je trouvais ça épuisant. Mais Dot semblait dans son élément.

— Vous avez toujours vécu ici ? questionnai-je comme nous passions devant le Venetian.

— Depuis ma naissance, oui.

— Ah. C'est… sympa.

— Pas vraiment, rétorqua-t-elle en riant. Tu m'as bien vue ? J'aime autant te dire que j'en ai bavé quand j'étais plus jeune. Mais ce qui est fantastique, dans cette ville, c'est qu'on peut devenir qui on veut.

— En tout cas, ça vous réussit.

— Je ne voudrais habiter nulle part ailleurs. (Elle me jeta un bref coup d'œil.) Et toi, tu vas où ensuite, si ce n'est pas trop indiscret ?

Je haussai les épaules.

— Je ne sais pas trop. Sur la côte ouest, peut-être.

Mieux vaut rester vague, pour elle comme pour moi.

— Ça me tenterait bien de faire un tour à Hollywood, moi aussi. Mais avec une machine à remonter le temps, pour atterrir en plein âge d'or, tu vois ?

— Je comprends, affirmai-je pour lui faire plaisir.

Pour ma part, n'importe quelle version de Los Angeles me conviendrait, pourvu que j'y arrive pleine aux as.

— Comme disait mon père, il n'y a pas de mauvais lieux, seulement de mauvaises personnes, et celles-là sont partout.

— Un homme avisé.

En effet, des mauvaises personnes, j'en avais croisé personnellement un bon paquet.

— Tu devrais laisser sa chance à Vegas, suggéra Dot en me lançant un regard en coin.

— Peut-être.

Jamais, rectifiai-je mentalement. J'entendais bien me planter au bord de l'océan, enfoncer mes orteils dans le sable et laisser les vagues emporter tous mes mauvais souvenirs. J'avais besoin de rompre définitivement les derniers liens qui me rattachaient à mon passé, et Vegas était le genre d'endroit qui me les rappellerait toujours. En plus, il était devenu clair que me réhabiliter ici serait mission impossible : il y avait trop de tentations. C'était comme proposer à un diabétique d'ouvrir un magasin de bonbons.

En quelques minutes, nous laissâmes derrière nous les casinos et les hôtels de luxe tentaculaires. Dot consulta sa montre.

— Il faudra faire vite. Je n'aime pas rouler dans ce quartier après la tombée de la nuit.

— Pourquoi ?

En toute franchise, je ne voyais aucune différence entre cette zone et celle du Getaway. En dehors des mégacasinos, toute la ville se ressemblait à mes yeux : une morne succession de motels à prix cassés, de buffets à volonté, d'agences de cautionnaires et de prêteurs sur gages.

— Naked City n'est pas un endroit sûr pour ma chérie, expliqua-t-elle en tapotant le tableau de bord.

— « La cité de la nudité » ? À cause des boîtes de striptease ?

— Nan, celles-là sont du côté de Dean Martin Drive. (Elle embrassa du geste les environs.) Dans les années cinquante, c'est ici que logeaient les serveuses des casinos et les showgirls, dans des appartements modestes. Elles prenaient des bains de soleil toutes nues pour éviter les marques de bronzage, d'où le nom.

— C'est plutôt charmant, je trouve.

— Ça n'a rien de charmant, contra-t-elle, l'air sombre. Même les flics n'y mettent jamais les pieds la nuit. Et bonne chance pour faire venir un taxi !

Remarquez, ça collait bien avec notre petit trafic. J'avais acheté mes faux papiers au nom d'Amber Jamison à un survivaliste qui vivait dans un mobile home au fin fond des Appalaches. Une ambiance très *Délivrance*. J'avoue que sur le moment, j'étais persuadée d'avoir affaire à un tueur en série.

Je fus parcourue d'un frisson en dépit de la chaleur.

— On est arrivées ! annonça joyeusement Dot en virant dans le parking d'un motel.

De prime abord, on aurait dit un bouge comme les autres, à ceci près que la peinture était récente, et l'enseigne en néon clamait avec gaîté : « MAYHEM MOTEL » dans une écriture rétro. À la place des pancartes habituelles telles que « CÂBLE GRATUIT », ou « PRIX AU JOUR, À LA SEMAINE OU AU MOIS », on lisait : « SI PRÈS ET SI LOIN À LA FOIS ». Chaque porte était peinte d'une couleur différente, du turquoise au orange. Le parking, fraîchement rénové, était peuplé d'un assortiment de voitures hybrides et de berlines de location.

— C'est un autre genre de public qui vient ici, non ?

Dot se renfrogna.

— Cette génération Z gâche tout, grogna-t-elle en coupant le moteur.

— Euh, techniquement, je fais partie de la génération Z.

— Je ferai une exception pour toi, concéda-t-elle, charitable. À condition que tu n'utilises pas le mot « woke » devant moi.

— Ça marche.

— Jessie est une chic fille. (Elle appuya sur un bouton et, dans un abominable grincement, une immense capote blanche se déplia au-dessus de nos têtes ; Dot ne voulait faire courir aucun risque à sa « chérie ».) Mais si tu veux mon avis, elle a été bête de prendre cette voie-là.

— La propriétaire ?

Elle opina.

— Elle a dépensé des mille et des cents en travaux dans le but de rajeunir sa clientèle. Elle a même mis du quinoa et des baies d'açai au menu. Elle a doublé le prix des chambres, aussi. (Elle fit claquer sa langue.) Pff ! Pour soixante dollars la nuit, autant loger au Rio !

Je considérai le parking presque comble. Loin de moi l'idée de la froisser, mais cet établissement avait manifestement beaucoup plus de succès que le Getaway.

— On dirait que ça a marché.

— Je vais te dire un truc, fit-elle en levant un doigt autoritaire. Bien sûr, les hipsters payent plus que les clients habituels. Mais ils viennent ici uniquement le week-end. Ils trouvent ça rigolo d'être dans un quartier dangereux, en dehors des sentiers battus, « comme les gens du cru ».

(Elle secoua la tête.) Et puis ils se font racketter, tabasser, ou pire, assassiner, et c'est fini, ils ne reviennent plus jamais, et tout ce qui reste, ce sont des avis négatifs sur Google. C'est terrible à dire, mais Jessie a du bol que la victime ait été une travailleuse. Si ça avait été un de ses touristes… (Elle secoua de nouveau la tête.) Ce serait terminé pour le Mayhem.

— Attendez… quoi ? Quelqu'un s'est fait tuer ici ?

Elle rougit.

— Ah, je ne te l'ai pas dit ?

— Euh, non. (Je la foudroyai du regard.) J'ai pourtant été claire, il me semble : je ne veux pas être mêlée à vos histoires. Je suis ici pour mes papiers, rien d'autre.

— Du calme, cocotte. On fait d'une pierre deux coups, voilà tout.

Je croisai les bras.

— Laissez-moi deviner. Jessie fait partie de votre groupe, je me trompe ?

— C'est la cofondatrice des Femmes fatales, avoua Dot d'un air coupable, avant de pêcher derrière son siège une enveloppe kraft qui ne m'était pas inconnue.

— Sérieusement ?

— C'est l'occasion qui fait le larron. Jessie fabrique les meilleurs papiers d'identité de la ville. Crois-moi, tu ne seras pas déçue.

Je poussai un soupir. Je n'avais guère le choix, apparemment.

— On ne dirait pas vraiment un hôtel à travailleuses.

— Oh, ma mignonne, tous les hôtels ont leurs travailleuses. Certains en ont des plus classes que d'autres, c'est tout. Ce ne sera pas long, promis.

La réception était deux fois plus grande que celle du Getaway, et pourtant elle suffisait à peine à contenir Jessie ; cette femme n'était pas une bouffée d'air frais, c'était une bourrasque de force huit. Elle mesurait un mètre quatre-vingts facile. Habillée d'une robe bohème fluide, elle arborait paradoxalement plusieurs couches d'un maquillage gothique. Les deux styles auraient dû clasher violemment, mais sur elle, allez savoir pourquoi, ils paraissaient complémentaires. Les jolis pots de succulentes et les affiches encadrées de Coachella pâlissaient en sa présence.

S'extrayant de son fauteuil Herman Miller derrière un bureau design des années soixante, elle nous salua d'un vif hochement de tête. La conversation qui suivit prit la forme d'un étourdissant ping-pong verbal qui ressemblait grosso modo à ça :

JESSIE (me toisant des pieds à la tête) : T'es pas une danseuse, toi. Stripteaseuse ou prostituée ?

MOI : Ce sont les seules possibilités ?

JESSIE : Par ici ? Plus ou moins.

DOT : Tout doux, Jessie. La petite sort d'une mauvaise passe.

JESSIE : Sûrement, pour qu'elle crèche chez toi. Écoute, ma jolie, je peux m'aligner sur les mêmes tarifs qu'elle, et tu serais avec des jeunes de ton âge, pas avec une vieille bande de…

DOT : Tu n'es quand même pas en train d'essayer de la débaucher sous mon nez ?

JESSIE : Un pass VIP pour le XS Nightclub est offert avec la chambre. Skrillex est en concert cette semaine.

DOT : Juste un conseil, ne t'éloigne pas de plus de cent mètres du motel si tu tiens à la vie.

JESSIE : Oh, comme si c'était le paradis chez toi !

DOT : Au moins, moi, je n'ai pas vendu mon âme à un oligarque russe pour un prêt.

JESSIE : Ce n'était pas mon âme qu'il convoitait, ma chère.

MOI : Euh, mesdames ? On ne pourrait pas plutôt parler de…

JESSIE (reluquant l'enveloppe) : Ce sont les dossiers ?

DOT : Comme promis. On dirait que le meurtre n'a pas entamé tes affaires. J'aurais cru que tes informaticiens en auraient chié leurs toasts à l'avocat dans leurs frocs.

JESSIE : Tout va bien. Les réservations ont même augmenté de vingt pour cent. Je pourrai doubler le prix de cette chambre dès que les flics m'auront autorisée à la rouvrir.

DOT : Bon, il est où le gamin ?

J'en étais encore à essayer de suivre quand Jessie sortit un talkie-walkie des profonds replis de son caftan.

— BJ ! aboya-t-elle. Ramène tes fesses au bureau !

Ledit BJ rappliqua sans tarder. Il n'avait pas plus de dix-neuf ans. Grand, mais filiforme, il était vêtu d'un jean noir atrocement serré et d'un tee-shirt portant l'image d'un tas d'os cassés avec l'inscription « DÉGÂT DES OS ». Il paraissait tout autant terrorisé par Dot que par Jessie. Je compatissais ; je me sentais moi-même dans mes petits souliers.

— Raconte-leur comment une tapineuse a atterri dans une de mes chambres, ordonna la propriétaire des lieux, se rasseyant dans son fauteuil et croisant les mains sur son ventre.

BJ ajusta ses lunettes à grosse monture.

— Euh, il y a eu une petite méprise. J'étais, euh…

— Ce crétin tenait la réception pendant que j'étais allée voir le nouveau spectacle du Cirque du Soleil, le coupa Jessie.

— Il est bien, il paraît, dit Dot.

— J'ai préféré *Love*, moi. (Se tournant vers BJ, elle cracha :) Continue !

— Très bien, euh… Ben, cette fille est arrivée, habillée comme une, ben, une…

— Comme une pute, compléta Jessie.

— Oui, mais je me suis dit que c'était une sorte de déguisement, vous voyez ? Les filles d'ici se fringuent comme ça de temps en temps, juste pour s'amuser…

— Mon Dieu ! soupira Dot. Tu devrais lui faire des dessins pour qu'il apprenne à faire la différence.

— S'il était pas mon neveu préféré, il serait déjà dans le car retour pour Stockton.

BJ se faisait de plus en plus petit. J'avais de la peine pour lui, et je commençais à perdre patience.

— Euh, est-ce que ça va durer encore longtemps ? Je croyais qu'on était là pour mes photos ?

Tous les trois me regardèrent comme s'il m'était poussé une paire de cornes. Puis Dot reporta son attention sur BJ.

— Et après ?

— Elle… euh… elle n'avait pas de carte bancaire, du moins c'est ce qu'elle m'a dit. Mais elle a payé en liquide pour la nuit entière, indiqua-t-il en lançant à Jessie un regard entendu.

— Une tapineuse, pas de doute, conclut celle-ci.

— Tu en es certaine ? demanda Dot.

— Absolument. (Elle agita la main vers BJ.) Parle-lui du type.

Je poussai un soupir ; visiblement, personne n'allait s'occuper de moi tant qu'elles n'auraient pas fini leur numéro à la Miss Marple. Je m'exilai jusqu'à une chaise à l'écart et m'assis, les bras croisés. Tant pis. Je n'étais pas pressée, de toute façon.

BJ se racla la gorge.

— Oui, alors, j'ai dû aller vérifier la machine à glaçons juste après lui avoir donné la clé, parce que la cliente de la 6 s'en était plainte. Du coup, je l'ai réparée – il faut cogner un bon coup dans le coin en haut à droite, des glaçons restent coincés des fois et bloquent le conduit…

— Bon sang, BJ. Dot s'en fout, de la machine à glaçons ! râla Jessie.

— OK, d'accord.

— Et c'était il y a trois jours ? voulut savoir Dot.

— Je crois. (Il contempla le plafond, faisant visiblement un calcul dans sa tête.)

— C'était jeudi, confirma Jessie.

— Attendez, c'est aussi récent que ça ? m'exclamai-je. Merde alors, c'était la veille de mon arrivée à Vegas !

— Ouais. (Il me scanna du regard, s'arrêta sur ma poitrine, rougit et poursuivit :) Je suis allé prévenir la cliente de la 6 que la machine refonctionnait, et...

— Tu m'étonnes ! fit Jessie. Une petite nymphette venue de L.A. Oubliée, l'interdiction de draguer les clientes !

— Je ne la draguais pas ! contesta BJ avec une férocité inattendue.

Jessie arqua un sourcil. Il prit une grande inspiration, puis enchaîna :

— Quand j'ai frappé à sa porte, celle de la 5 s'est ouverte. La fille a passé la tête dehors, elle avait l'air un peu affolée. Je lui ai demandé s'il y avait un problème, et elle a juste fait non et a refermé. Mais ça paraissait pas normal, vous voyez ? Alors, comme les rideaux étaient entrouverts...

— Il a épié par la fenêtre comme un sale petit voyeur, rapporta Jessie.

— Je voulais juste m'assurer qu'elle allait bien ! Enfin bref, j'ai regardé à l'intérieur et j'ai vu un homme. Elle avait loué une chambre simple, elle n'avait pas le droit de recevoir des invités...

— Il y a tout le temps des petits cons qui cherchent à frauder, ronchonna Jessie. J'en ai surpris douze dans une chambre une fois. Ils ont essayé de se défausser en me racontant qu'ils ne venaient pas dormir, seulement déposer leurs affaires. Je leur ai répondu que...

— Qu'est-ce qu'il faisait ? intervins-je, curieuse malgré moi.

— Il était juste là qui la regardait. Elle faisait les cent pas dans la pièce, comme si elle était nerveuse ; je n'entendais pas ce qu'elle disait. Elle n'était pas nue, tint-il à souligner.

— De quoi il avait l'air ? s'enquit Dot qui buvait ses paroles.

— Il était grand. Il portait des manches longues, ce que j'ai trouvé bizarre, d'ailleurs, parce qu'il faisait super chaud dehors. Une casquette de baseball. (Il haussa les épaules.) Des vêtements normaux, quoi, vous voyez.

— Tu as aperçu son visage ? le pressa Dot.

— Oui, un petit peu. Caucasien. Assez vieux. Une cicatrice, juste là. (Il traça une ligne en travers de sa joue près de son œil gauche.) Il avait l'air… dur. Il ne ressemblait pas à nos clients habituels.

— Parce que nos clients habituels ne lèvent pas de tapineuses, grogna Jessie. Tu as raison, Dot. Je vais lui faire des dessins.

— Vieux comment ? insista Dot.

— Euh, je sais pas… genre, quarante ans ?

Jessie lui flanqua une tape sur le bras.

— Parce que c'est vieux, pour toi, quarante ans ?

— Rien d'autre ? Est-ce que tu as vu ses yeux ? Avait-il un tatouage, par exemple ?

BJ secouait la tête.

— Non, c'est tout. (Il se tordit les mains, le front bas.) Je n'arrête pas de me dire que peut-être, si j'avais frappé à la porte et dit quelque chose, peut-être que…

— Peut-être que tu serais mort toi aussi, et que ma sœur serait venue me scalper, acheva Jessie, non sans douceur.

— Qui l'a retrouvée ? demanda Dot.

— Moi, soupira Jessie. Le lendemain matin, quand cet idiot m'a raconté ce qui s'était passé. J'y suis allée pour éjecter cette fille par la peau des fesses, et au lieu de ça… (Elle écarta les mains, paumes vers le haut.)

— Elle était morte, devina Dot. Dans la baignoire.

— Ouaip. Étranglée, en sang.

— Pas d'empreintes ?

— Toute la chambre avait été nettoyée. Ce mec est plus efficace que mes employés de ménage.

Dot brandit l'enveloppe.

— Aucune empreinte non plus dans les autres meurtres.

— Oui, j'ai vu ça sur les documents que tu as mis en ligne.

Je me sentis défaillir.

— Vous avez publié les dossiers sur Internet ?

— Évidemment. Comment je les aurais partagés, sinon ?

J'enfouis mon visage dans mes mains. J'ignorais s'il était facile ou non d'accéder au forum que Dot et sa clique fréquentaient. Toutefois, étant donné l'effarante aptitude de Masque-de-Ski à me suivre à la trace, il y avait de grandes chances pour qu'elle ait déjà découvert que j'avais refourgué son petit cadeau.

Oh, qu'elle aille se faire voir ! J'avais respecté toutes ses exigences : j'avais attendu avant d'appeler les flics et je ne leur avais pas parlé d'elle. Et puis je n'avais jamais demandé à être mêlée à ses petites activités tordues, moi. Si ça la défrisait que j'aie divulgué des dossiers glauquissimes dont je ne voulais pas, c'était son problème.

— Il y avait un truc étrange, déclara BJ.

— Ah bon, un seul ? ironisa Jessie.

— Ouais. Elle m'a dit qu'elle s'appelait Krystal quand elle a pris la chambre, et c'est le nom que la police a donné aussi.

— Et ? fit Dot.

— Toi et tes théories complotistes ! s'exclama Jessie en levant les yeux au ciel. Cette génération, je vous jure !

— Ce n'est pas une théorie complotiste si c'est la vérité, riposta fermement BJ. Pourquoi elle portait un collier marqué « Amber » si ce n'était pas son prénom ?

Je me pétrifiai. La mâchoire de Dot se décrocha, et elle se tourna pour croiser mon regard.

— Elle avait dû le voler, présuma Jessie avec un geste dédaigneux.

— Elle ne le portait pas en arrivant, affirma BJ. J'en suis sûr et certain. C'est peut-être le tueur qui l'a laissé.

Mon corps s'était glacé. La coïncidence était décidément trop grosse. Je sentis pointer un nouvel accès de panique. Dot s'approcha de moi tandis que je me courbais, la tête entre les mains, luttant pour garder le contrôle de mon souffle.

— Ou peut-être que tu as une mémoire pourrie, rétorqua Jessie, qui me regarda et demanda : Elle va bien, la gamine ?

Agenouillée près de moi, Dot s'était remise à me frotter le dos.

— Du calme, cocotte, respire…

Le silence envahit la pièce. Les paupières closes, les dents serrées, je m'efforçais de faire le vide dans mon esprit. Pas question de succomber à une autre crise d'angoisse en public.

— Quoi ? entendis-je Jessie demander. Qu'est-ce qui ne va pas ?

— Je crois qu'on devrait s'attaquer aux photos, conseilla Dot. On parlera du reste plus tard.

— Comme vous voulez.

Puis, à BJ :

— Toi ! Retourne au boulot !

J'entendis la porte d'entrée se fermer. Je me sentais toute drôle, j'avais l'impression de ne plus tout à fait habiter mon corps. Mais la main de Dot sur mon dos m'aidait à m'ancrer, et je finis par ouvrir les yeux sur Jessie qui me lorgnait comme si j'étais une erreur de la nature.

— Désolée, croassai-je.

— Ma foi, Dot s'est portée garante pour toi, dit-elle en poussant sur son bureau pour faire reculer son fauteuil. J'en demanderai pas plus. Ça te dirait de t'appeler Stella ?

— Non ! protestai-je, choquée.

Elle fronça les sourcils.

— Ben pourquoi ? C'est un chouette prénom !

— Comme dans *Un tramway nommé Désir*, fit Dot. Un chef-d'œuvre.

— À qui le dis-tu ! Ah, si on me donnait un jeune Brando…

— Non, suppliai-je, n'importe lequel, mais pas celui-là.

Un souvenir de Stella à califourchon sur moi, la caresse de ses cheveux sur mon visage tandis qu'elle se penchait pour m'embrasser. Ces mêmes lèvres déformées par la douleur quand elle m'appelait en criant…

— Bon, d'accord. Qu'est-ce que tu penses de Dawn ? J'en ai une qui a ton âge à peu près.

— Ça ira.

Je soupirai intérieurement. J'étais visiblement condamnée à porter des noms de stripteaseuses toute ma vie.

— Parfait. Allez, c'est parti pour la séance photo !

Elle m'emmena dans une pièce à l'arrière, aménagée en véritable studio photo.

Jessie avait au moins une qualité : quand elle décidait de se mettre à l'ouvrage, elle était d'une rapidité et d'une efficacité stupéfiantes. Je m'apprêtais à devenir Dawn Lamm, originaire de Caldwell, dans le Kansas. (Je ne demandai pas d'où provenaient l'acte de naissance et le numéro de sécurité sociale ; franchement, je préférais ne pas le savoir.)

Quand nous reprîmes le chemin du Getaway, le crépuscule tombait. J'étais contente que Dot ait laissé la capote relevée ; la chaleur s'atténuait à vitesse grand V et je frissonnais dans mon débardeur.

Elle n'avait pas dit un mot depuis que nous étions remontées en voiture ; elle avait l'air soucieuse.

— Soixante dollars la nuit, murmura-t-elle en secouant la tête. Je sais pas, c'est peut-être elle qui a raison.

Après ce qui s'était passé, je voyais bien qu'elle cherchait à me changer les idées, et j'appréciais sa sollicitude, mais je n'arrivais pas à penser à autre chose qu'au collier, au prospectus pour le Buggy Suites, etc. À première vue, il n'existait pas de lien direct avec moi. Pourtant, j'avais bel et bien la sensation d'être suivie. Ou poursuivie, ce qui était pire. Tâchant de remiser ces préoccupations dans un coin reculé de mon esprit, je répondis :

— Si vous voulez mon avis, je suis sûre que vous feriez un carton chez les hipsters. Jouez le thème « cinéma noir » à fond et ils se bousculeront au portillon.

Je me retins d'ajouter qu'une bonne couche de peinture et une moquette neuve ne seraient pas non plus du luxe.

Dot s'esclaffa.

— Peut-être, oui. Excuse-moi, c'est seulement que… c'est un tantinet tendu en ce moment.

— Jessie, c'est un peu votre meilleure ennemie, c'est ça ?

— Quoi ? fit-elle, déconcertée.

— Vous vous êtes légèrement bouffé le nez, tout à l'heure, non ?

Elle rigola.

— On est toujours comme ça ensemble. Jessie a un cœur d'or. Elle m'a prise sous son aile quand j'étais pas plus haute que trois pommes.

— Vraiment ?

J'avais du mal à me représenter Dot petite fille ; je visualisais juste une version d'elle en miniature, chaussée de talons bobine.

— Je dirais même qu'elle en a fait plus pour moi que ma propre famille. C'est en grande partie à cause d'elle que j'ai choisi ce métier. (Elle regarda sa montre.) Oh mince, j'avais promis à Jim d'être rentrée il y a une demi-heure déjà.

— C'est qui, Jim ?

— Mon jules.

Une rougeur des plus naturelles se déploya sous son blush, et ses lèvres esquissèrent un sourire timide.

— OK.

J'essayai d'imaginer quel genre d'homme était capable de lui tenir tête. Sans que je le veuille, une image de Marcella s'insinua dans mon esprit. Dot me jeta un regard en biais.

— Un conseil, cocotte : ne t'attache pas trop, d'accord ?

— C'est-à-dire ?

— C'est-à-dire que Marcella... c'est pas quelqu'un de facile. Attention, hein, de toutes les filles, c'est vraiment ma chouchoute, mais...

— C'est pas mon type, de toute manière, me défendis-je, gênée, croisant les bras sur ma poitrine.

— Oh, ma mignonne. D'une manière ou d'une autre, c'est le type de tout le monde.

Je renversai ma tête contre le siège et contemplai le paysage qui défilait. Nous traversions une partie ancienne de Las Vegas. De petits casinos proposaient des tables à cinq dollars et des consos gratuites.

— Je ne sais pas comment vous faites pour vivre ici. C'est une ville tellement étrange.

— Las Vegas ne se réduit pas à l'image que le monde s'en fait. Je te le répète, dit-elle en bifurquant pour entrer dans le parking du Getaway, ne dis pas que tu n'aimes pas avant d'y avoir goûté.

— Vous avez l'air de vouloir que je reste, fis-je remarquer, soupçonneuse.

— Je t'aime bien, bichette. Et si je peux me permettre, je n'ai pas l'impression que tu as réussi à trouver ta place où que ce soit jusque-là. (Elle haussa les épaules.) Mais je me trompe peut-être.

Je ne répondis rien. Elle ne se trompait pas.

Jim était bâti comme un ours, un mètre quatre-vingt-quinze au bas mot, un véritable char d'assaut. Il portait une chemisette hawaïenne bariolée et sa chevelure grisonnante était modelée en une banane à la Elvis. Dès l'instant où je le vis, je ne pus imaginer Dot avec personne d'autre. Il devait penser la même chose, parce qu'il affichait un large sourire en nous regardant approcher, appuyé au chambranle de la porte d'entrée. À peine Dot descendit-elle de la décapotable qu'il la prit dans ses bras en la soulevant du sol, faisant virevolter les volants de sa jupe.

Lorsqu'il la relâcha, elle posa tendrement une main sur sa joue et demanda :

— Pas trop de problèmes, mon chou ?

— Rien qu'une ventouse n'aurait su régler, répondit-il avec un accent traînant, autre point commun avec le chanteur.

Remarquant enfin ma présence, il me tendit la main.

— Moi, c'est Jim. Ravi de te rencontrer.

— Amber.

— Ah, oui. (Il m'adressa un clin d'œil.) Tu m'as mis Dot dans tous ses états avec ces dossiers.

— Mince, ce n'était pas du tout mon intention, balbutiai-je.

Dot le réprimanda d'une tape sur le bras.

— Arrête ! Tu travailles au Nugget ce soir ?

— À la séance de 21 heures. (Il l'enlaça et fourra son nez dans son cou.) Ce qui nous laisse plein de temps pour…

— Bon ! fis-je. Merci encore, Dot.

— N'oublie pas ce que je t'ai dit, gronda-t-elle en agitant le doigt.

— Promis. Merci.

Je la regardai se faire littéralement transbahuter vers le bureau, gloussant comme une écolière.

Ça doit être bien, songeai-je. Mes relations amoureuses n'avaient jamais duré plus de quelques mois ; toutes avaient été houleuses, émaillées de plus de frictions que de moments de grâce. Même avec Stella, avant sa mort (*avant qu'elle se fasse tuer à cause de toi*), nos rapports commençaient à tourner au vinaigre, comme à chaque fois. L'élément, quel qu'il soit, qui garantissait la pérennité d'une histoire n'était apparemment pas intégré dans mon ADN. Grâce à mes études de psychologie, j'avais appris les termes qui s'appliquaient à mon cas : peur de l'abandon, clivage, troubles de l'attachement. Avec des parents tels que les miens, pas difficile d'en comprendre l'origine. Mais identifier le problème ne résolvait rien. J'étais déjà abîmée avant mon enlèvement, cette épreuve n'avait fait qu'aggraver mon état. Les écorchés attirent les écorchés, et cette combinaison mène à la catastrophe. Dot n'avait pas d'inquiétude à avoir : Marcella ne figurait pas dans mes projets. Réflexion faite, il valait sans doute mieux que je l'évite à partir de maintenant.

— Coucou !

Je me tournai pour découvrir Marcella sur le pas de sa porte, vêtue d'un kimono qui lui cachait à peine le haut des cuisses. Je m'arrêtai net.

— Euh, salut.

Elle étendit le bras contre le montant au-dessus de sa tête d'un geste indolent qui accentua ses courbes.

— Tu es occupée ?

J'hésitai, la bouche soudain sèche. Puis je traversai le parking afin de la rejoindre.

— Merci pour les serviettes.

Sérieux ? Je n'avais rien de plus intelligent à dire ?

Elle pencha la tête en pinçant les lèvres.

— Je suis passée à ta chambre tout à l'heure. Tu n'étais pas là.

— J'étais partie avec Dot.

J'ouvris la bouche, prête à lui parler du dernier meurtre, mais j'étais incapable de trouver les mots pour aborder le sujet. Dire « Hé, tu es au courant qu'une autre prostituée a été assassinée il y a quelques jours, exactement comme ta copine ? » manquait légèrement de tact.

— Ah, oui. Jessie s'est bien occupée de toi ?

Ses cheveux, qui cascadaient en longues boucles jusqu'à ses seins, me déconcentraient. Mal à l'aise, je glissai la main sur le duvet ras qui tapissait mon crâne.

— Je crois. Je vais m'appeler Dawn maintenant.

Elle écarquilla les yeux.

— C'est le prénom de ma mère !

— Oh. (J'opinai comme une imbécile.) Joli prénom.

— Je te fais marcher ! avoua-t-elle en me tapant le bras. Tu travailles ce soir ?

— Probablement, dis-je, un peu déroutée. (*Mais qu'est-ce qu'elle a derrière la tête ?*) Et toi ?

— Non, c'est mon jour de repos. (Elle s'étira langoureusement.) Tu veux qu'on sorte ?

— Euh…

Je cherchai une excuse, mais mon cerveau ne répondait plus. La vérité, c'est qu'après les événements de l'après-midi, j'envisageais de charger mes affaires dans ma voiture et de prendre le large. J'ignorais à quel jeu jouait Masque-de-ski, mais elle connaissait mon adresse. Plus j'y réfléchissais, plus le risque de rester ici me semblait énorme.

— Allez, ce sera sympa ! Je demanderai à Dot de nous accompagner. Elle te protégera.

— Je n'ai pas besoin qu'on me protège.

— C'est ce que tu crois. (Elle fit courir un doigt le long de ma joue jusqu'à mon menton.) À tout à l'heure !

Je restai les yeux fixés sur le battant qu'elle venait de refermer. Puis je me forçai à rebrousser chemin et à gravir les escaliers à destination de ma chambre.

Je fermai la porte et m'y adossai lourdement, tout à coup épuisée. Il était à peine 18 heures, mais j'avais du mal à garder les yeux ouverts. J'avais aussi une dalle monstre, pour changer, aussi je pris quelques barres énergétiques dans mon sac et m'installai sur le lit pour les déguster.

Jessie m'avait prêté une autre perruque pour les photos destinées au passeport et au permis de conduire ; Dawn Lamm était rousse, ce qui ne me déplaisait pas. Elle m'avait garanti que tout serait prêt d'ici deux à trois jours. J'avais proposé une rallonge pour accélérer le processus, mais elle avait affirmé que son travail était soumis à certaines contraintes de temps.

Je poussai un soupir. Cette attente en vaudrait-elle la peine, compte tenu du danger ? Après avoir réglé la moitié d'avance, il me restait quatre cents dollars. Je n'irais pas loin avec ça, à Los Angeles ou à San Francisco, et ce serait plus difficile de payer une chambre en liquide en dehors de Vegas. J'avais trop besoin de ces papiers.

Si je continuais à empocher deux cents billets par nuit, en une semaine j'aurais de quoi m'offrir un départ correct en Californie. Las Vegas était une grande ville, pleine d'endroits où se planquer. Je n'avais qu'à changer régulièrement de motel pour semer d'éventuels poursuivants. Faire profil bas autant que possible jusqu'à ce que les documents soient disponibles.

Une vague de tristesse me submergea à la perspective de faire mes adieux à Dot et à Marcella. *Ressaisis-toi ! Tu es ridicule.* Je les connaissais à peine. Elles auraient tôt fait de m'oublier.

Je brossai les miettes sur mes genoux, collectai les papiers d'emballage et me levai pour les jeter à la poubelle. Assoiffée, j'allai à la salle de bains me servir un verre d'eau. Je le sifflai d'un trait, et le remplis encore deux fois de suite ; ma soif semblait inextinguible. *La chaleur sèche*, présumai-je.

Après quatre verres, je me sentis enfin désaltérée. Je m'aspergeai la figure, me mouillai les mains et les passai sur mon cuir chevelu. Mes cernes paraissaient un peu moins marqués, mais j'avais toujours l'air d'une miséreuse sortie d'un roman de Dickens.

C'était peut-être pour ça que Marcella avait besoin d'être bourrée pour avoir envie de moi.

Je chassai cette pensée de ma tête. Cela n'avait pas d'importance. Les deux mains agrippées au lavabo, j'affrontai mon regard dans le miroir.

— Encore quelques jours, et ce sera fini.

— Qu'est-ce qui sera fini ?

Je me pétrifiai. La voix venait de tout près, de ma chambre. *Est-ce que le tueur m'a trouvée ? Aurais-je oublié de verrouiller la porte ?* J'essayai de hurler, mais tout ce qui sortit de ma gorge fut un gargouillis étranglé.

La seule arme potentielle dans la pièce était la ventouse à chiottes. Je bondis vers elle, me maudissant d'avoir laissé mon Glock dans la chambre. Quand je me redressai, mon hôte indésirable se tenait sur le seuil de la salle de bains.

— Berk, fit Masque-de-ski en plissant le nez. Pose ça tout de suite et lave-toi les mains. Il faut qu'on parle.

9

Attention, mon amour

— Putain, j'ai failli avoir une crise cardiaque ! explosai-je en la menaçant avec ma ventouse. On vous a jamais appris à toquer à la porte ?

Tout comme la dernière fois, Masque-de-ski était habillée en noir et tenait un aiguillon à bestiaux à la main. Pas de cagoule en vue, cependant, ce qui me rassura un brin. Elle inclina la tête.

— Aux dernières nouvelles, entre un aiguillon électrique et un déboucheur à WC, c'est l'aiguillon qui gagne.

— Je croyais que vous vous en étiez débarrassée.

— Celui-ci est tout neuf. (Elle fit un moulinet avec.) Il pèse pratiquement un demi-kilo de moins. C'est incroyable ce qu'on arrive à faire avec la fibre de carbone de nos jours. Par contre, je n'ai pas encore eu l'occasion de le tester sur le terrain. (Elle le pointa droit sur ma poitrine.) C'est peut-être le moment.

Je déglutis, la gorge serrée. D'abord elle m'envoyait des dossiers sinistres à souhait, et la voilà maintenant qui débarquait dans ma chambre d'hôtel. Il se tramait quelque chose de très louche ; sans quoi elle ne serait pas venue armée. Sans lâcher la ventouse, je demandai :

— Comment vous avez fait pour entrer ?

— Avec un double de la carte magnétique. Tu devrais toujours mettre le verrou en plus.

— Ben tiens. En tout cas, pour quelqu'un qui ne voulait plus rien avoir à faire avec moi, vous me collez méchamment aux basques.

— C'est précisément ce dont j'aimerais discuter. Comment tu as réussi à me retrouver ?

— Moi ? (Je secouai la tête.) C'est le monde à l'envers ! J'ai changé de téléphone, au fait. Alors bon courage pour me rejouer votre petit numéro.

— Quel petit numéro ? interrogea-t-elle, l'air déconcerté.

— Vous savez bien. M'envoyer des tonnes de SMS, me suivre à la trace à travers tout le pays. Coincer des prospectus sous mes essuie-glaces. (Je brandis à nouveau la ventouse.) Si vous avez besoin d'aide pour gérer votre peur de l'abandon, faudra payer mes services.

Elle fronça les sourcils.

— As-tu reçu un coup à la tête au cours de ton enlèvement ?

— Hein ? Non. Enfin, je crois pas.

Son ton commençait vraiment à me porter sur les nerfs ; elle me traitait comme une gamine geignarde.

— On devrait peut-être continuer cette conversation dans la chambre.

— Je suis très bien ici, moi.

— Ah bon ? (Elle eut une grimace de dégoût.) Ça empeste le vomi.

Je humai l'air ; elle n'avait pas tort.

— Bon, d'accord. Mais je garde la ventouse.

Masque-de-ski sortit à reculons et je lui emboîtai le pas, tous mes muscles bandés. S'il se passait quoi que ce soit, je n'aurais qu'à lui ventouser la tronche et foncer vers la porte. Je posai mes fesses sur le coin du lit le plus proche de la sortie, et elle s'appuya contre le bureau face à moi.

Les secondes s'égrenèrent tandis que j'attendais qu'elle prenne la parole. Elle restait là, à me dévisager, les sourcils levés. Je finis par céder :

— Les dossiers, c'est pour quoi ?

— Quels dossiers ?

— Ceux des filles assassinées. Écoutez, j'ai jamais demandé à les recevoir, moi, alors vous avez pas le droit de m'en vouloir de les avoir refilés.

Elle me scruta encore, puis déclara :

— Je te jure que je ne vois pas du tout de quoi tu parles.

— L'enveloppe que vous avez déposée pour moi, avec mon nom dessus. (Avisant son air ahuri, je précisai :) Lori Riffle, Sandy Gant ? Ça ne vous dit rien ?

Elle se figea.

— Quelqu'un t'a fait parvenir nominativement des dossiers criminels ?

— Attendez, ce n'était pas vous ? (La tête me tourna.) Vous vous fichez de moi, là, non ?

— Non, assura-t-elle, posant son aiguillon sur le bureau. Reprenons tout du début. Pourquoi tu es venue à Las Vegas ?

— Parce que j'avais besoin de nouveaux papiers, à cause de vous.

— J'ai pourtant effacé toutes tes empreintes.

— Pas d'après le mec du FBI.

— Quel mec du FBI ?

Nous nous scrutâmes. J'étais dotée d'un pipeaumètre très sensible, et il m'informait qu'elle ne mentait pas. Un gouffre béant s'ouvrit sous mes pieds.

— Vous ne m'avez pas écrit pour me mettre en garde contre lui ?

Elle croisa les bras.

— Je t'ai envoyé exactement deux messages. Un premier pour te prévenir que j'avais effacé tes empreintes de la scène de crime, et le second hier, pour te dire de rentrer chez toi.

— OK… Alors comment vous saviez où j'étais ?

— C'est toi qui m'as demandé de venir.

— Je vous ai dit d'aller vous faire foutre.

— Non, après ça, s'énerva-t-elle.

Je tâchai de remettre les pièces en place.

— Ce SMS, il provenait d'un numéro différent ?

— Oui.

Je voyais dans ses yeux qu'elle cogitait avec moi.

— Et qu'est-ce qu'il disait ?

— Que tu étais descendue dans ce motel et que tu aimerais qu'on se rencontre si j'étais disponible.

Elle se mordilla la lèvre. C'était la première fois que je la voyais exprimer autant d'émotion, ce qui n'avait rien pour me rassurer. J'eus un bref éclat de rire.

— Et vous pensiez que c'était moi ? Est-ce que ça me ressemble de sortir un truc pareil, franchement ?

— C'est vrai que j'ai trouvé ça excessivement poli.

— Donc, si je récapitule : vous ne m'avez pas envoyé de message pour m'avertir que j'avais le FBI à mes trousses. Vous n'avez pas déposé de publicités pour des motels sur ma voiture. Et vous ne m'avez pas remis d'enveloppe.

Elle se renfrogna.

— Je croyais avoir été claire la dernière fois, non ? Sur le fait que je ne voulais pas qu'on se revoie.

— Effectivement. (Cela expliquait pourquoi le ton des autres SMS était si différent.) De mon côté, je ne vous ai jamais demandé de me rejoindre ici. Et vous, vous entrez comme ça, par effraction, dans ma chambre !

— Il me paraissait plus prudent de prendre mes précautions. (Elle se pencha vers moi, me transperçant du regard.) Revenons-en à l'essentiel. Tu as parlé d'un mec du FBI. Tu l'as vu ?

— Ouaip.

— À quoi il ressemblait ?

— Je sais pas vraiment, tiens, j'étais trop occupée à éviter de me faire attraper ! (Je me tus, le temps de me creuser les méninges.) Il était plutôt grand.

— Blond ?

— Peut-être. Il portait une casquette.

— Il t'a donné un nom ?

— Ouais, l'agent Cabot.

Elle prit une inspiration vive, comme si je l'avais giflée.

— Qu'est-ce qu'il y a ?

Sa réaction était perturbante ; elle qui s'était pourtant montrée d'un calme olympien dans la cave de Jessop paraissait totalement paniquée. Et la voir dans cet état me flanquait une trouille bleue.

— Le FBI vous recherche, vous aussi ?

— Il ne fait pas partie du FBI.

— Hein ? Alors qui...

Son visage avait pâli d'un ton, ce que je n'aurais pas cru possible. Elle marqua une hésitation, puis répondit :

— C'est un tueur. Je l'ai traqué ici même, il y a quelques mois. Et puis j'ai perdu sa trace. Quand j'ai entendu parler des meurtres du Tennessee... j'avais de quoi supposer qu'ils étaient liés.

— Mais ce n'était pas le cas.

— Non, pas du tout. Mais il a dû me suivre là-bas.

— Jusque dans le Tennessee ?

— Oui.

Le regard fixe, je la contemplai. Ça faisait beaucoup à digérer.

— Alors comme ça, vous chassez les tueurs en série, et ils vous chassent en retour ?

— Seulement lui. (Un silence, puis elle ajouta :) Et il est beaucoup plus dangereux que Beau Lee Jessop.

— Oh, mais c'est merveilleux ! Si je comprends bien, je me suis enfuie à Las Vegas en abandonnant tout derrière moi parce qu'un tueur en série me l'a demandé ?

— En gros, oui.

Merde. Je me mis en devoir de rassembler mes affaires au plus vite. Dot pourrait probablement m'indiquer un autre motel acceptant les espèces ; ça ne lui ferait pas plaisir, mais je lui proposerais de conserver l'avance que j'avais déjà réglée, avec peut-être un petit bonus en prime. L'image de Marcella dans son kimono s'insinua dans ma tête. *Tant pis.* À vrai dire, c'était sans doute mieux ainsi.

— Il s'est pointé à mon appartement. Comment il savait où j'habitais ?

— Aucune idée. (Elle se passa la main dans les cheveux, l'air fébrile.) Il a placé des pubs sur ta voiture ?

— Ouais, pour un motel de passe où une des filles a été tuée.

Un frisson me remonta l'échine. Il avait touché ma bagnole. Il était même rentré dans mon appartement. M'avait-il suivie du Blue Moon Diner jusque chez moi ce matin-là ? J'étais un poil dans les vapes durant le trajet en bus ; je n'avais pas vraiment fait attention aux autres voyageurs.

— Le dernier meurtre a eu lieu la veille de mon arrivée ici. La victime portait un collier avec mon prénom inscrit dessus.

Masque-de-ski devint blanche comme un linge. Pour une raison que j'ignorais, ce détail l'affolait plus que tout le reste.

— Je vois, se borna-t-elle pourtant à dire.

— Qu'est-ce que vous voyez ? m'écriai-je en m'activant à tasser mes vêtements dans mon grand sac en toile. Vous croyez qu'il a pu vous suivre ?

— Ton sac à dos. (Ses yeux se braquèrent dessus.) Il était dans la camionnette de Jessop.

Je m'interrompis net, puis allai le prendre et le posai sur le lit avec précaution, comme s'il était radioactif. J'en sortis délicatement un sweatshirt souvenir, une casquette de baseball, une pomme blette… Je ne savais pas exactement ce que je cherchais, en fait. Plus le sac se vidait, plus mes mouvements devenaient frénétiques, au point que je finis par balancer les trucs par terre un par un.

— Donc, Beau Lee Jessop n'a rien à voir là-dedans ?

— Non, je suis convaincue que Jessop faisait cavalier seul.

— Qu'est-ce que je dois comprendre ? Qu'il y avait quelqu'un d'autre là-bas ? (Un souvenir rejaillit tout à coup.) Vous avez cru percevoir une présence dans les bois, près de votre voiture, je me trompe ?

Pour toute réponse, elle tendit le bras vers le sac à dos vide.

— Donne-moi ça.

Je le lui cédai à contrecœur. Elle passa soigneusement la main sur les coutures extérieures, puis le retourna comme une chaussette. Diverses saletés, vieux sticks à lèvres et papiers de chewing-gums se répandirent sur le sol. Elle palpa la mousse de rembourrage, enfonça ses doigts dans une fente tout en bas puis en retira un petit appareil électronique.

— Est-ce que... balbutiai-je, choquée. Est-ce que quelqu'un nous écoute, là ?

— C'est juste un traceur GPS. (Elle l'inspecta à la lumière.) Longue portée. On peut les acheter sur Internet.

Elle le jeta sur mon lit, et je battis en retraite comme s'il s'était agi d'un serpent. Moi qui me croyais si maligne, j'avais en réalité servi de guide à un tueur en série d'un bout à l'autre du pays. Je me flanquai mentalement des baffes ; implanter l'idée d'un voyage à Vegas au moyen de ces prospectus était un stratagème d'arnaque classique, et, comme une imbécile, j'étais tombée dans le panneau.

Je m'effondrai sur le lit, la tête dans les mains.

— Mais qu'est-ce qui peut pousser quelqu'un à faire tout ça ?

— Ce serait trop long à expliquer.

— Trop long à expliquer ? Vous êtes sérieuse ?

Masque-de-ski se rua vers la fenêtre qui donnait sur le parking et glissa un regard entre les lattes du store.

— Je suis très sérieuse, Amber. Ta vie est en danger.

— Mais… pourquoi ? Pourquoi moi ?

Elle soupira.

— Il cherche à m'atteindre à travers toi.

— Ça n'a aucun sens. On a passé, quoi, une heure ensemble ? Et on ne peut pas dire que vous m'adoriez à la fin.

— Non, c'est incontestable. Mais lui ne le sait pas. Et puis, qu'on s'apprécie ou non, ce n'est pas la question. L'important, c'est que je t'ai sauvé la vie, et qu'il veut me punir en me retirant ça.

Je soufflai un grand coup.

— Bah super, merci beaucoup.

Elle avait repris son aiguillon à bétail et le tapotait contre sa jambe.

— Tu aurais préféré que je te laisse dans cette cave ?

— Non, évidemment.

Je me massai les tempes ; une crise d'angoisse et une migraine se disputaient actuellement l'espace de ma boîte crânienne, et il valait mieux pour moi qu'aucune des deux ne décroche la victoire. *Respire*, m'encourageai-je.

— Je n'aurai qu'à changer souvent de motel pour brouiller les pistes.

Elle secouait la tête.

— Il s'y attendra.

— Alors je fais quoi ? m'exclamai-je en levant les mains, exaspérée. Je ne viens pas d'échapper à un tueur en série pour me jeter tout droit dans les bras d'un autre !

— Il ne t'aura pas, affirma-t-elle tranquillement. J'y veillerai.

— Et vous y veillerez comment ?

Elle semblait avoir recouvré son sang-froid.

— Fais-moi confiance, je sais ce que je fais.

Son assurance avait le curieux effet de me rasséréner ; il faut dire que j'avais désespérément envie de la croire.

— Comment vous faites pour être aussi calme ?

— Des années d'entraînement. (Elle pointa l'aiguillon sur moi.) Je te conseille de rester cachée quelques jours. Tu devrais être en sécurité ici. Est-ce que tu as une arme ? Autre qu'une ventouse ?

— Oui.

Je me promis de garder mon Glock en permanence sur moi dorénavant. Et j'avais bien l'intention de changer de motel, quoi qu'elle en dise. Je changerais même de ville si c'était nécessaire. Mieux valait mettre le plus de distance possible entre cet autre tueur et moi.

— Bien.

Elle se dirigea vers la porte. Je me levai, affolée.

— Attendez ! Comment est-ce que je saurai quand tout sera terminé ?

— Je t'enverrai un SMS.

— D'accord, euh… Je vais vous donner mon nouveau numéro.

Cela ne m'emballait guère, à vrai dire, mais je pourrais toujours racheter un téléphone jetable.

Elle sortit un smartphone, et regarda l'écran.

— Est-ce que c'est le 702-213-3131 ?

Je la dévisageai, bouche bée, puis vérifiai par acquit de conscience. Oui, c'était bien mon numéro.

— Comment vous avez fait ?

— Attends mon message. Au revoir, Amber.

Elle ouvrit la porte et partit. Je me hâtai de tout boucler derrière elle, accrochant la chaînette et tournant le verrou pour plus de sûreté. La crise d'angoisse était en train de remporter la bataille, et je préférais l'affronter en relative sécurité.

Je me laissai tomber sur la chaise du bureau et fermai les yeux.

— Merde.

Une demi-heure plus tard, les vagues de terreur s'étaient atténuées. Allongée sur le lit, j'essayais de me motiver à continuer mes bagages, mais je ne parvenais même pas à rassembler suffisamment d'énergie pour me mettre debout.

Un coup frappé à la porte me fournit la décharge d'adrénaline qui me manquait. Je me redressai d'un bloc, empoignai mon flingue et criai :

— Fichez le camp !

— C'est pas sympa, ça, observa Marcella de son profond contralto.

— Ouvre, trésor ! fit Dot.

C'était la dernière chose dont j'avais besoin. Avec un grognement, je tournai le dos au battant.

— Je ne me sens pas bien. On se parlera demain.

S'ensuivit un vif échange de chuchotis, puis Marcella déclara :

— Désolée, ma grande, on entre !

— Sérieux, je ne suis vraiment pas en forme, là.

La situation me paraissait toujours irréelle ; comment était-il possible que les choses continuent de partir en vrille dans ma vie ? Dire qu'il y avait seulement une heure, je me réjouissais à l'idée d'amorcer un nouveau départ dans la peau d'une rouquine prénommée Dawn.

On frappa encore, puis Dot lança :

— Ne m'oblige pas à utiliser mon pass !

— C'est bon, bougonnai-je hors du lit. Une seconde.

J'ouvris la porte et trouvai les deux femmes debout sur le seuil, équipées d'une mallette. Quand elles virent ma tête, leurs sourires s'évanouirent.

— Qu'est-ce qui ne va pas ? demanda Dot.

Elle s'était changée, et portait une robe en soie noire bordée de dentelle qui ressemblait vaguement à celle d'une danseuse de flamenco. Marcella, elle, était vêtue d'une robe blanche toute simple, la tenue la plus sobre que je lui aie connue jusqu'à présent. Ses cheveux étaient attachés en chignon, et elle s'était limitée à quelques touches de maquillage au niveau des yeux et des lèvres. Elle était magnifique. Toutes les deux étaient magnifiques. Malgré tout, je n'avais le cœur à voir ni l'une ni l'autre pour le moment.

— Écoutez, je viens d'avoir une mauvaise nouvelle, alors je préférerais…

— J'y crois pas, lâcha Marcella, entrant dans la chambre et s'asseyant sur le lit. Elle est en train de nous plaquer, Dot.

— Voilà autre chose, gronda l'intéressée. Allez, ma jolie. Prépare-toi, on sort.

— Hors de question. Tout ce que je veux, c'est commander une pizza, prendre une douche et me coucher.

Marcella eut un sourire coquin.

— Je suis partante, moi.

— Vous ferez ce qui vous chante après, dit Dot en hissant la mallette sur le bureau, là où moins d'une heure plus tôt reposait l'aiguillon électrique. Mais d'abord, Marcie et moi, on va t'emmener découvrir la VRAIE Las Vegas. Celle que seuls les gens d'ici connaissent.

— Ouh, c'est tentant, reconnus-je, même si d'après mon expérience, ce genre de choses impliquait généralement d'assister à de la maltraitance sur animaux et de finir la soirée en vomissant sur le parking d'un Dairy Queen.

Je me tâtai un moment, puis déclarai :

— Mais je dois absolument terminer mes bagages.

— Tu t'en vas ? s'inquiéta Marcella.

— Tu ne peux pas partir ! protesta Dot. Tes papiers ne sont pas encore prêts !

Je baissai les yeux.

— Ouais, je sais.

— Pas de remboursement, asséna Dot, sévère. C'était le marché.

— Ne vous en faites pas. Dès que je serai installée, je transmettrai mon adresse à Jessie et elle pourra me les envoyer.

J'espérais ne pas avoir besoin de ces papiers d'ici là. Je venais de passer une heure à retourner le problème dans ma tête, et j'avais conclu que le plus sûr pour moi était de mettre plusieurs centaines de kilomètres entre mon nouveau tueur et ma petite personne. Tant pis pour les motels ; je paierais toutes mes dépenses en liquide et dormirais dans ma voiture. Los Angeles était une grande ville, où beaucoup de gens plantaient leur tente dans les rues ; ce serait facile de m'y faire oublier.

Dot me toisa, la mine ahurie.

— Mais... pourquoi ?

Parce que quelqu'un cherche à me faire la peau. Encore une fois.

— C'est compliqué, répondis-je en haussant les épaules.

— « Compliqué », répéta Marcella. C'est ça, oui. Écoute, ma belle, moi je m'en fous, mais Dot avait prévu quelque chose de spécial ce soir. Alors pose tes jolies fesses et laisse-la s'occuper de toi. Tu feras ce que tu voudras demain.

— Comment ça, s'occuper de moi ?

Dot paraissait désarçonnée par mon attitude ; toutefois, d'un geste théâtral, elle ouvrit la mallette et lança un léger :

— Tada !

— Oh non, gémis-je en avisant les cases remplies de fards à paupières et de pinceaux à maquillage.

— Eh oui ma grosse, gloussa Marcella. C'est l'heure du relooking ! On va essayer d'arranger un peu ta sale dégaine.

Je fermai les yeux. J'aurais encore préféré être au Mega Luck en train d'avaler leur horrible bouffe laxative. Mieux encore, j'aurais préféré être dans ma voiture. En même temps, la perspective de reprendre la route me vrillait l'estomac. Le tueur rôdait probablement dans les parages, à l'affût. Je ferais mieux de vérifier s'il n'y avait pas aussi des mouchards sur ma caisse ; mais je ne savais même pas quoi chercher exactement. Il faudrait que je trouve un moyen de le semer, le moyen le plus astucieux possible… ce dont je ne me sentais pas capable dans l'immédiat.

Masque-de-ski m'avait promis qu'elle se chargerait de lui. Je ne lui vouais pas une confiance aveugle, mais de nous deux, c'était la seule qui semblait savoir ce qu'elle faisait. Était-il raisonnable de me fier à elle ? Ou cela ne conduirait-il qu'à la découverte de mon cadavre dans une baignoire ?

Je pressai mes poings contre mon front. Je ne voyais pas de solution miracle à mon problème.

— Ça va, ma grande ? s'inquiéta Dot. Tu veux que je t'aide encore à retrouver ton calme ?

Je fis non de la tête. Une chose était certaine, j'étais trop éprouvée pour partir ce soir. En revanche, si je levais le camp dès le matin, même en empruntant des chemins détournés, j'arriverais en Californie avant la tombée de la nuit. À la même heure demain soir, je pourrais être assise sur une plage.

En attendant… il était peu probable que ce cinglé s'en prenne à moi en public, non ? Sortir était peut-être l'option la plus sûre, en fin de compte. Si je restais entourée de gens, ça donnerait à Masque-de-ski le temps d'agir, quoi qu'elle ait l'intention de faire.

— Allez, insista Dot, sentant ma résolution faiblir. Crois-moi, ce sera fantastique.

— Bon, d'accord, je vous suis. Mais je vous préviens, pas de stripteaseur !

— Oh merde, tous mes projets tombent à l'eau ! dit Marcella en faisant la moue.

— Aïe ! Je commence tout juste à ravoir des sourcils, vous pourriez me les laisser ?

— Il faut les redessiner, ma jolie. Arrête de bouger maintenant.

— Facile à dire !

Penchée sur moi, Dot m'offrait une vue imprenable sur son décolleté, ce qui, je devais l'avouer, n'était pas désagréable. Elle sentait aussi merveilleusement bon, un parfum de fraise et de linge propre. Marcella se prélassait sur mon lit, dégustant le prosecco que Dot avait apporté en même temps que trois coupes à champagne vintage. Ça virait à la soirée entre filles, contrainte et forcée en ce qui me concernait.

Je sirotais mon verre, maussade, méditant sur ces foutus stéréotypes de genre et le fait que les hommes n'avaient pas à endurer ce calvaire. Une bande de mecs digne de ce nom en serait déjà à son deuxième club de strip-tease et pas claquemurée dans une chambre de motel. Je ne voyais vraiment pas ce qu'il y avait d'amusant là-dedans, d'autant que Dot venait de passer pas loin d'une heure à épiler les quelques endroits de mon corps où les poils repoussaient timidement.

Le seul point positif, c'est que ça me changeait un peu les idées. Je ne tremblais plus pour ma peau qu'entre deux coups de pince.

— C'est presque terminé, annonça Dot en m'appliquant une énième couche de mascara, le bout de la langue pressé sur sa lèvre supérieure. Voilà ! Tu peux te regarder.

Résignée, je me tournai face au miroir, et fis un bond sur ma chaise.

— Nom d'un chien !

— Eh ben, fit Marcella d'un air approbateur. Pas mal. Tu pourrais demander cinquante billets la passe, facile.

— Enfin, Marcella ! gronda Dot en lui lançant un regard noir.

— Quoi ? C'est plus que correct pour cette ville.

J'en avais perdu l'usage de ma langue. Dot avait redéfini la courbe de mes sourcils à la perfection, en comblant les vides au crayon, et elle avait rehaussé mes pommettes et mes yeux avec de la poudre contour et de l'ombre à paupières. Elle n'avait pas pu faire grand-chose pour mon chaume clairsemé à part le rabattre sur mon crâne à grand renfort de gel, mais honnêtement, je ne m'étais jamais trouvée aussi jolie de toute ma vie.

— Alors ? interrogea-t-elle, anxieuse.

Mes yeux se remplirent de larmes. Ça faisait longtemps qu'on ne m'avait pas traitée avec autant de gentillesse.

— Bon sang, tu ne vas pas ruiner ton maquillage tout de suite ! s'écria Marcella.

Tandis que la patronne épongeait mes coulures de mascara, je soufflai :

— Merci, Dot. De tout mon cœur.

— Avec plaisir, bichette.

Elle me planta un bisou sur la joue, puis essuya la trace de rouge à lèvres avec son pouce.

— Et maintenant, le clou du spectacle ! susurra Marcella d'un ton salace en désignant une housse à vêtements posée sur le lit à laquelle je n'avais pas prêté attention.

— Elle vient des objets trouvés, expliqua Dot. Je suis tombée dessus il y a quelques mois et je l'ai mise de côté. Elle était trop petite pour moi, et elle ne plaisait pas à Marcella, mais je me suis dit que… ben, on ne sait jamais ! Et hop, te voilà !

J'ouvris la housse. Elle contenait une robe de cocktail. Je n'aurais pas gaspillé mon argent pour une tenue de ce genre, mais à cheval donné, on ne regarde pas les dents. A fortiori quand je vis la marque sur l'étiquette ; elle devait coûter plusieurs centaines de dollars.

— Quelqu'un a véritablement oublié ça ici ?

Dot fit la moue.

— Les objets perdus ne sont pas tous aussi jolis. Allez, enfile-la, on va finir par être en retard pour le spectacle !

— Le spectacle ?

Dot me chassa d'un geste vers la salle de bains.

— Cinq minutes, Cendrillon !

C'est ainsi que je me retrouvai vingt minutes plus tard introduite en douce par l'entrée des artistes du Caesars Palace. Si mes compagnes remarquèrent que je dévisageais fiévreusement chaque individu que nous croisions, elles n'en firent pas état. Je n'aurais pas reconnu le tueur, de toute manière. Je savais seulement qu'il était grand et blond, ce qui s'appliquait à un nombre affolant des hommes présents ce soir-là.

Dot fit la bise aux agents de sécurité avant d'entrer comme en terrain conquis. Marcella et moi la suivîmes à travers un dédale de couloirs de service, aboutissant devant une porte anonyme. Dot nous sourit, puis la poussa.

J'étouffai un cri de stupeur. Devant nous s'étendait une immense salle de spectacle circulaire, remplie de tables qui entouraient la scène. Les places étaient presque toutes occupées. Dot se fraya un chemin à travers la foule pour nous mener à une petite table au premier rang, couverte d'une nappe blanche, avec une rose dans un vase. Je tirai une chaise et m'assis en essayant de ne pas avoir l'air ahuri d'une fille de la campagne. Je n'avais assisté à un spectacle qu'une seule fois dans ma vie, à l'occasion d'une sortie scolaire. Et cette salle était gigantesque ; il y avait au moins cinq cents personnes entassées ici.

— Quoi ? fit Dot.

— Rien, rien.

Je déglutis avec peine ; je n'avais pas été environnée d'autant de monde depuis mon agression. L'air me semblait confiné, j'avais du mal à respirer. La panique fit son retour dans mes tripes, et je fermai les yeux pour la réprimer. Étais-je vraiment en sécurité ici, ou avais-je commis une terrible imprudence ?

— Tout va bien, ma bichette ? (La voix de Dot me paraissait très lointaine.) Ce n'était peut-être pas une si bonne idée…

— Mais si, trancha Marcella.

Je sentis ses lèvres se presser contre les miennes ; elle poussa un petit comprimé dans ma bouche du bout de sa langue et me chuchota :

— Avale.

Je lui obéis machinalement, puis me dis : *Merde.*

Tandis que les lumières s'éteignaient, je me penchai vers elle.

— Qu'est-ce que c'était ?

— Une pilule magique, répondit-elle avec un clin d'œil.

— Non, sérieusement, protestai-je, soudain affolée. Pourquoi tu m'as…

— Chut. (Elle passa un bras autour de mes épaules et me serra contre elle.) Fais-moi confiance.

— Ça va te plaire ! promit Dot en me tapotant le genou. C'est le spectacle le plus couru de la ville.

— Tiens, bois, dit Marcella, me tendant une flûte de champagne. Ça te fera du bien.

Boudeuse, je sifflai la moitié du verre. La salle était à présent plongée dans le noir, ce qui aurait dû me soulager étant donné que je ne pouvais plus voir la foule, mais qui au contraire ne servit qu'à accroître ma claustrophobie. L'obscurité, oppressante, me renvoyait à la cave de la masure dans les bois. Il faisait froid aussi ; mes bras étaient couverts de chair de poule, et mon cœur battait à tout rompre. Je me levai à demi, prête à détaler.

— Du calme, murmura Marcella. Attends une minute que ça fasse effet.

Un projecteur s'alluma brusquement devant nous, orienté vers le centre de la scène. *Comme une ampoule au plafond, pendant au-dessus d'une table.* Mon souffle se bloqua dans mes poumons.

— Elle va bien ? s'inquiéta Dot à voix basse, agitant la main devant mes yeux. Amber, trésor ? Ça va ?

J'étais paralysée. *Il va m'avoir. C'était une erreur, j'aurais dû partir, j'aurais dû m'enfuir…*

— Elle va très bien, assura Marcella en me frottant le bras.

Je sentais à peine le contact de ses doigts ; leurs voix à toutes les deux me parvenaient de très loin, à la périphérie de ma conscience. J'étais focalisée sur les ombres en dehors de ce fichu cercle de lumière, guettant l'apparition d'un certain grand blond.

— Je ne crois pas, non, dit Dot en m'examinant de plus près. Mon Dieu, elle est blanche comme un linge ! C'était une mauvaise idée. Il faut…

Et puis soudain, il y eut un rugissement dans mes veines. Non, c'était plutôt comme… un chant. Chaude et frétillante, la chose naquit au creux de mon ventre puis grandit et se déploya dans mon système sanguin tout entier. Le fourmillement se répandit dans mes bras et mes jambes, et s'éleva jusqu'au sommet de mon crâne. L'ensemble de mes nerfs s'embrasa à l'unisson, en une sensation à la limite du supportable. Le souffle que je retenais se libéra d'un seul coup, et je m'avachis sur ma chaise.

Non sans mal, je me tournai vers Marcella.

— C'est quoi ce truc ?

— Je te l'avais dit. (Clin d'œil.) Allez maintenant, profite !

Ma tête était comme montée sur pivot ; j'avais une perception aiguë du moindre des muscles qui la commandaient.

Je me décalai lentement pour observer l'espace illuminé. Il n'avait plus rien d'effrayant ; la lumière du projecteur me paraissait à présent chaleureuse, joyeuse. Alors, sortie de nulle part, déboula une cavalcade d'acrobates. Ils tombèrent du plafond, surgissant des ombres. Certains jaillirent même du public autour de nous avant de bondir sur la scène. Je les regardai, bouche bée, exécuter des cascades qui défiaient les lois de la physique. C'était comme suivre le déroulement d'un rêve. Non, plutôt comme y participer. J'avais l'impression qu'ils étaient là uniquement pour moi, qu'ils avaient pour mission d'abolir ma peur, de telle sorte qu'à la fin, j'en réémerge intacte, régénérée.

Le reste de la soirée ne me laissa qu'un souvenir confus. À un moment, je me trouvais sur la scène – ou du moins, je le croyais – étreinte et soutenue par des dizaines de mains délicates qui me touchaient, me caressaient, me rassuraient. J'apercevais Dot dans l'assistance, ainsi que Marcella... tout le public me regardait avec bienveillance. Je ne voyais pas comment j'avais pu un jour me sentir seule, parce que j'étais entourée d'amour, je n'étais moi-même qu'amour, et...

Je contemplais le sol et j'avais mal partout. Je levai un regard embrumé : Dot et Marcella, dressées au-dessus de moi, m'observaient d'un air inquiet.

— On dirait qu'elle va encore dégueuler.

— Bon sang, Marcella, tu mériterais que je te flanque à la porte ! Qu'est-ce que tu lui as donné ?

— Juste un truc pour la détendre. Qu'elle déstresse un peu.

— Si elle ne reprend pas ses esprits, il va falloir l'emmener aux urgences.

— C'est toi qui n'arrêtais pas de remplir son verre.

Je battis des paupières, et ma vue se clarifia. J'étais assise au bord d'un trottoir. Il y avait une flaque d'une taille impressionnante par terre, qui m'avait tout l'air d'avoir un rapport avec moi. Je m'essuyai la bouche sur mon avant-bras et demandai :

— On est où ?

— Tu vois ? Je t'avais dit qu'elle se remettrait ! lança Marcella. (Je sentis sa paume tracer des petits cercles dans mon dos, puis elle me glissa :) Tu as carrément dégobillé sur les chaussures de Dot.

— Deux fois, précisa l'intéressée en inspectant les dégâts. C'était mes escarpins préférés, en plus.

J'avais l'impression d'avoir la tête bourrée de coton. Ça me rappelait désagréablement mon état après que Tablier-en-cuir m'avait injecté ce…

Nouvelle avalanche de vomi. Marcella écarta son pied une seconde trop tard.

— Merde !

— Ça s'appelle le karma, jubila Dot.

Je crachai pour me débarrasser du mauvais goût dans ma bouche, ne parvenant qu'à l'accentuer.

— Est-ce que l'une de vous aurait de l'eau ? demandai-je, tressaillant sous la douleur aiguë qui me vrillait soudain le crâne.

Il fallait vraiment que j'arrête de gerber, ça devenait une sale habitude.

Sans un mot, Dot me passa une bouteille. J'en descendis la moitié d'un seul trait, puis m'interrompis le temps d'être sûre que mon estomac garderait tout. J'avais toujours une migraine abominable, mais la nausée s'atténuait un peu. Je regardai autour de moi, vasouillarde.

— On est où ? Le spectacle est terminé ?

— Oh, ma mignonne, il est terminé depuis des heures, répondit Dot. On est allées dans un bar après…

— Le Tiki Hut, précisa Marcella. Super kitsch, et les cocktails sont dégueulasses.

— Tu as adoré, cela dit. On a dû te faire descendre du bar, tu voulais continuer à danser dessus…

— Et fourrer ta langue dans le gosier des filles, ajouta Marcella. Tu es foutrement déjantée quand tu t'y mets. Heureusement que je ne suis pas jalouse.

— On nous a mises dehors quand tu as commencé à vomir partout. Lenny ne va plus me parler pendant des semaines après ce que tu as fait à son bassin à carpes.

— Désolée, bredouillai-je. (Je terminai la bouteille d'eau, puis regardai Marcella.) C'est pour ça que je ne prends jamais de drogue. Ça rend débile.

— Débile, mais drôle, rétorqua-t-elle avec un petit sourire.

— Elle a raison, tu étais très rigolote, approuva Dot. Du moins, jusqu'au dernier cocktail. Les choses se sont gâtées après ça.

— Quelle heure est-il ?

— L'heure de rentrer, décréta Dot. Notre taxi ne devrait plus tarder.

Comme si c'était le signal attendu, une limousine vint se poster devant nous.

— Ce n'est pas un taxi, fis-je remarquer.

— Quand je te disais que Dot régnait sur cette ville !

— Oh, je n'irais pas jusque-là, tempéra celle-ci. J'ai simplement beaucoup d'amis.

Elles me prirent chacune par un bras pour me relever. Je vacillais un peu sur mes talons hauts. Mes pieds me faisaient presque aussi mal que ma tête.

— Oh, merde. Comment je vais faire pour conduire jusqu'en Californie ?

— Chaque chose en son temps, dit Dot. Avant tout, tu as besoin de dormir. Maintenant, écoute-moi bien, cocotte : si tu dégobilles dans la voiture de Maury, je ne te le pardonnerai jamais, parce que lui-même ne me le pardonnera pas. Compris ?

— Compris.

J'eus un mal fou à m'empêcher de repeindre l'intérieur de la limousine. Une chance que le trajet n'ait pas duré plus de cinq minutes ; pour un peu, Dot se serait fait blacklister de toutes les compagnies de chauffeurs de la région par ma faute. En l'occurrence, dès l'arrivée, je sortis en titubant, me pliai en deux et rendis sur-le-champ toute l'eau que je venais d'ingurgiter.

— Oh, bichette, fit Dot d'un air consterné. Tu es vraiment dans un triste état.

— Ouais. Je pense qu'il vaut mieux que tu dormes dans ta chambre, dit Marcella en plissant le nez. Et que tu prennes une douche peut-être.

Je commençai par acquiescer, puis me ravisai.

— Il ne faut pas que je reste seule, je crois.

— Ah ?

Une petite voix dans ma tête m'interdisait formellement de m'isoler dans ma chambre, mais je ne me souvenais plus pourquoi.

— Je dois dormir ailleurs.

Mes deux compagnes échangèrent un regard.

— Bon, tu peux squatter chez moi, si tu veux, céda Marcella, visiblement pas très chaude.

— C'est toi qui l'as shootée, asséna Dot. Ce n'est que justice.

— Juste quelques heures. (Je grimaçai de douleur : le moindre mot était une torture.) Un petit roupillon et je repars.

— Bien sûr, oui, gloussa Marcella. Tu sais, j'ai un super remède contre la gueule de bois.

— Ça suffit les drogues ! explosa Dot en la menaçant du doigt.

— Oh là là, relax ! C'est de burritos dont je parlais.

Mon estomac fit une nouvelle embardée.

— Qu'on ne me parle pas de nourriture, gémis-je.

— Toutes les deux, je vous jure ! soupira Dot, exaspérée. Tu as besoin de quelque chose, bichette ?

— Euh... de ma brosse à dents.

Je tournai un regard méfiant vers l'escalier menant à ma chambre. J'aurais peut-être mieux fait de garder l'ancienne. Les marches étaient plongées dans de profondes ténèbres, et je n'arrivais pas à m'ôter de l'esprit qu'un danger guettait tout en haut. Tant pis, je tenais trop à m'enlever ce goût de vomi de la bouche.

— Vous pourriez m'attendre pendant que je vais la chercher, si ça vous ennuie pas ?

Nouvel échange de regards. J'avais envie de leur dévoiler toute l'histoire, mais pour ça, il aurait fallu que je me souvienne d'un peu plus que de quelques images éparses, aussi incohérentes les unes que les autres. Une femme affublée d'un masque de ski, une fille dans une baignoire, un bassin à carpes. Je me sentais sous l'emprise simultanée de l'alcool, de la drogue et d'une bonne gueule de bois, ce que je trouvais carrément injuste.

— Bon, j'ai pas toute la journée, répondit Marcella, qui me fit signe de filer. Allez, dépêche !

— D'accord.

Respirant un grand coup, je traversai le parking sur des jambes chancelantes, me concentrant à fond pour mettre un pied devant l'autre. Les premières lueurs de l'aube coloraient le ciel, faisant pulser mon crâne d'autant plus violemment. J'aurais bien dégueulé encore, mais je n'avais plus rien dans l'estomac ; à ce stade, je n'aurais pas été étonnée d'expulser mes organes.

Je parvins à atteindre l'escalier en serrant les dents. Il me fallut un temps interminable pour le monter, une marche à la fois. Au loin derrière moi, j'entendais Dot et Marcella chuchoter ; elles parlaient sûrement de la frappadingue qu'elles avaient découverte en moi. Je fis halte au sommet, avec l'impression d'avoir gravi l'Everest. Une fois mon souffle retrouvé, j'avançai lentement jusqu'à ma chambre.

Un ballot de linge était posé devant ma porte. Ce qui me parut hyper bizarre, vu qu'il était bien trop tôt pour que la femme de chambre soit passée.

En approchant, je me rendis compte qu'une flaque sombre s'étendait depuis ce ballot jusqu'au bord de la galerie.

Le linge se mit soudain à bouger. Des yeux vides se levèrent vers moi, une main se tendit… Je poussai un cri et reculai en trébuchant. Faisant demi-tour, je tentai de m'enfuir à toutes jambes, mais j'avais oublié que je portais des talons et je m'étalai par terre. J'entendis un gros « crac ! » sur le côté de ma tête, puis tout vira au noir.

10

Bas les masques

Je m'éveillai dans un lit d'hôpital. Enfin, ça y ressemblait. C'était un lit métallique avec une poche de perfusion accrochée à un pied à côté de moi. À la différence près que j'étais cernée par des dizaines de têtes coupées.

Je me redressai un peu et grimaçai quand un violent élancement partit de ma tempe pour irradier dans mon crâne.

— Merde ! grognai-je entre mes dents, retombant aussitôt sur l'oreiller.

Dot fit irruption dans un cliquetis de talons.

— Tout doux, ma jolie. Le Dr Aboud a dit que tu ne devais pas bouger.

— Hein ? Qui a dit quoi ?

Ma cervelle palpitait atrocement. J'allais étrangler Marcella pour m'avoir refilé ce comprimé.

— Le Dr Aboud. C'est un excellent médecin, je t'assure.

Elle jeta un coup d'œil vers la porte derrière elle. Sa jolie robe arborait à présent un motif étrange, comme si on y avait étalé une quantité effrayante de…

— C'est du sang ?

Dot baissa les yeux sur sa robe, leva les mains par réflexe pour la lisser, et s'immobilisa à deux centimètres du tissu.

— Ce n'est pas le tien, trésor.

Elle était beaucoup plus pâle que d'ordinaire, ce qui faisait ressortir de façon inquiétante son fard à joues.

— Alors, à qui… ?

— Tu es censée te reposer, me coupa-t-elle en me tapotant l'épaule d'un geste apaisant. Selon le Dr Aboud, c'est une vilaine commotion, mais quelques points de suture et il n'y paraîtra plus. Il te recoudra dès que, euh…

Son tapotement devint un peu trop appuyé tandis qu'elle regardait à nouveau vers la porte.

— Aïe ! fis-je en écartant sa main. Qu'est-ce qui se passe ? On est où ? (Je perçus tout à coup des voix qui s'exprimaient d'un ton pressant de l'autre côté du mur. L'une d'elles me parut familière.) C'est Marcella que j'entends ?

— Elle va bien, ma mignonne. Elle est seulement là pour aider dans l'autre pièce.

— Aider à quoi ?

— Aider le Dr Aboud à soigner ton amie.

— Hein ? (Rien de ce qu'elle disait n'avait de sens.) Je n'ai pas d'amis. Enfin, à part vous deux. (Je portai la main à mon front, et le sentis tout poisseux.) Qu'est-ce qui est arrivé ?

— Honnêtement, je ne sais pas.

Elle s'installa avec précaution auprès de moi. Je m'aperçus que le lit s'apparentait davantage à une table de travail, et glaciale avec ça. Je n'avais toujours sur le dos que ce petit morceau de soie qui méritait à peine le nom de robe, et il faisait rudement froid dans la pièce. Je fus saisie d'un frisson, et Dot remonta le léger drap de coton sur mes épaules.

— Je peux essayer de te trouver une couverture, il doit y en avoir quelque part dans le coin…

— Non, ça va, assurai-je, bien qu'étant à deux doigts de claquer des dents. Racontez-moi ce qui s'est passé.

Une voix masculine aboya des directives dans la pièce voisine, et Dot se tordit les mains.

— Mon Dieu, quelle nuit ! Bon, alors... On t'attendait, comme tu nous l'avais demandé, quand tout à coup on t'a entendue hurler. Marcella a couru voir ce qui t'était arrivé, et elle a hurlé elle aussi, et quand je vous ai rejointes...

La personne sur le pas de ma porte, me souvins-je. Je désignai sa robe.

— À qui appartient ce sang ?

— Ton amie, elle est... (Elle considéra de nouveau la tache.) Le Dr Aboud fait tout son possible, mais j'aurais peut-être dû l'emmener à l'hôpital, en fin de compte. Je pensais faire au mieux, mais maintenant je ne sais plus.

Un grand cri dans l'autre pièce, strident.

— Oh là là, geignit Dot. La pauvre chérie. Elle nous a fait promettre de ne pas appeler la police et de ne pas l'emmener à l'hôpital.

Je ne connaissais qu'une seule autre personne à Las Vegas.

— Merde. Masque-de-ski !

Des souvenirs ressurgirent : un ballot de linge qui bougeait, une main tendue, mon ébauche de fuite et ma chute à cause de ces foutus talons... puis plus rien.

Dot pencha la tête.

— Masque-de-ski ? Elle nous a dit qu'elle s'appelait Grace.

— Grande, blonde, pas très aimable ?

— Oh oui. Elle me fait penser à Lizabeth Scott dans *La Main qui venge*. Mais tout ce sang, par contre... (Dot avait l'air dans un état second.) Il y en avait vraiment partout. Je vais devoir passer la galerie à la javel. Il faudrait peut-être que je contacte Tina pour la prévenir...

Grace. Ça me faisait bizarre d'apprendre son prénom. J'étais aussi un peu vexée qu'elle l'ait d'emblée révélé à Dot, mais jamais à moi. Même si, dans l'état actuel des choses, ça n'avait pas d'importance.

— Elle saigne beaucoup ?

— Oui. J'en ai déjà vu, des horreurs, crois-moi. Mais ça… non, jamais à ce point.

Son maquillage avait coulé, ses boucles étaient en vrac. Elle paraissait totalement bouleversée. Et c'était ma faute. C'est moi qui avais apporté tous ces problèmes sur le pas de sa porte, littéralement. J'aurais mieux fait de tout lui expliquer la veille, et de ficher le camp dans la foulée.

— Je suis vraiment désolée, Dot.

Elle me prit la main et se força à sourire.

— Ne t'excuse surtout pas. Je suis contente que tu ailles bien. Tu veux de l'Advil ?

Nouveau cri étranglé, horrible, à côté.

— Mais qu'est-ce qui se passe là-dedans ?

— Le Dr Aboud fait son travail. Grace nous a demandé de vous emmener toutes les deux en lieu sûr. Dans un endroit discret. (Elle se mordilla la lèvre.) Je n'aurais pas dû l'écouter. J'aurais dû vous conduire tout droit à l'hôpital.

Le visage réaliste du porte-perruque qui me faisait face était assez dérangeant et ressemblait comme deux gouttes d'eau à ma maîtresse de CE2, Mme Clarkson. L'ambiance de cette pièce me bottait moyen.

— Pourquoi ? On est où ?

— Dans un endroit discret, répéta-t-elle en désignant d'un geste les quatre murs. Le Dr Aboud était chirurgien en Syrie, mais il n'a pas été autorisé à pratiquer ici, alors il tient une boutique de perruques et exerce son métier en parallèle. Il a aidé ma copine Rina quand elle a eu ses calculs. Mais là… (Elle recommença à se tordre les mains.) Il est encore temps d'appeler les secours. Tu crois que je devrais les appeler ?

Je voulus répondre, mais mon cerveau me semblait toujours rempli de laine mouillée… comme lors de cette terrible nuit dans la cave de Beau Lee Jessop. J'avais, bien malgré moi, absorbé plus de drogues au cours des deux dernières semaines que durant toute ma vie.

La tête sur l'oreiller, je fermai les yeux et m'efforçai de récapituler. Marcella était saine et sauve. Masque-de-ski s'appelait en réalité Grace (d'après ce qu'elle avait dit à Dot), et se trouvait en ce moment même entre les mains d'un chirurgien qui tenait une boutique de perruques. J'étais blessée, mais pas trop méchamment. Un gloussement de rire tout à fait déplacé se forma dans ma gorge, que je tâchai d'étouffer ; il s'échappa sous la forme d'un gargouillis étranglé.

— Est-ce que ça va ? Tu as besoin de quelque chose ? demanda Dot, inquiète. Je peux aller te chercher de la glace pilée… c'est ce qu'on donne dans ces cas-là, non ? (Elle explora la pièce du regard.) Il doit bien y en avoir ici.

Elle est en état de choc.

— Non, je vais bien. Mais est-ce que vous pourriez voir comment va Grace pour moi ?

— Oui, entendu, répondit-elle en opinant. Ça, c'est pas compliqué. J'y vais. (Elle regarda la porte avec appréhension.) C'est juste à côté. Marcella donne un coup de main ; je ne me doutais pas qu'elle serait aussi calme en situation de crise. Les gens sont parfois étonnants, non ?

— C'est vrai. Ce qui m'étonne surtout, là, c'est cette sensation que ma tête est comme une boule de bowling remplie de marteaux. Autrement, j'y serais allée moi-même.

— Ah, oui. (Elle continuait de hocher du bonnet à la manière d'une malade mentale.) À côté.

Elle n'avait clairement pas envie d'y aller.

— Est-ce que Grace est mourante ?

— Non ! Enfin, peut-être. Je ne sais pas. (Elle se mordit de nouveau la lèvre.) C'est seulement que… je n'aime pas la vue du sang. Et il y en a beaucoup.

— D'accord.

Je pris une profonde inspiration et me redressai doucement sur les coudes. La pièce tournoya un peu, mais c'était à prévoir. L'étourdissement allait vite passer. Il suffisait d'attendre un…

— Amber ! entendis-je Dot crier alors que tout s'obscurcissait.

Cette fois, quand je m'éveillai, une lumière vive me brillait en plein dans les yeux.

— Fait chier, grommelai-je. J'en ai marre de tomber dans les pommes.

— Combien de doigts ? interrogea une voix masculine dotée d'un accent à couper au couteau.

— Deux, répondis-je en plissant les paupières pour mieux voir. Trois en comptant le pouce.

— Pourquoi on ne compterait pas le pouce ?

— Parce qu'il n'est pas pareil, c'est tout. Éteignez-moi ça, maintenant, ça aggrave ma migraine.

— Heureuse de constater que tu n'as rien perdu de ton charme, dit Marcella.

Je tournai la tête pour la découvrir debout à ma droite, tout sourire. Ce qui m'aurait rassurée si elle n'avait pas semblé tout droit sortie d'un film d'horreur. Sa robe blanche était encore plus imbibée de sang que celle de Dot, et elle en avait aussi sur les bras et le visage.

— Celle-là va bien.

La lumière s'éteignit. Le Dr Aboud était un homme mince vêtu d'une blouse chirurgicale ensanglantée. Il était plus jeune que je l'avais imaginé, la trentaine peut-être, et avait le regard affable. Je le voyais très bien jouer le rôle principal dans une série médicale ; il émanait de lui autant de professionnalisme que de lassitude.

— Je vais réexaminer l'autre et je reviens lui faire ses points de suture. (Il donna un petit coup sur mon bras avec sa lampe-stylo.) Toi, tu ne bouges pas, vu ? Si tu t'évanouis encore une fois, Dot risque de nous faire une crise cardiaque, et je n'ai pas la place pour une patiente de plus.

— Message reçu. Comment va Grace ? (Leurs regards se croisèrent, et un bloc de glace se forma au creux de mon ventre.) Ne me dites pas qu'elle est morte !

— Elle se repose. Il est trop tôt pour se prononcer. (Le Dr Aboud s'exprimait avec concision et prudence.) Toutefois, elle est jeune et en bonne santé. L'entaille était profonde, mais aucun organe vital n'a été touché. Tout bien pesé, elle a eu beaucoup de chance.

— Il a été incroyable, intervint Marcella, me prenant la main et la serrant. Bon sang, si tu avais vu ça ! Je suis un peu amoureuse, là tout de suite.

— Je suis marié, protesta-t-il.

— Comme tous mes meilleurs clients. Je vous donnerai mon numéro.

— Ce ne sera pas nécessaire, dit-il avec raideur avant de sortir de la pièce en courant presque.

— Je le sauterais bien gratuitement, lâcha Marcella. C'était fantastique ! J'aurais dû être chirurgienne. Je serais trop sexy en blouse, en plus.

Mon cerveau avait beau tourner au ralenti, j'étais à peu près sûre qu'il avait parlé d'une entaille.

— Grace a reçu un coup de couteau ?

— Dot ne te l'a pas dit ?

— Elle était trop paniquée, je crois. (Je la fixai.) Elle m'a dit que tu avais hurlé.

Marcella s'assit sur le coin de la table et posa la main sur mon épaule. Je sentais la chaleur de sa paume à travers le drap.

— Quand je t'ai vue par terre, tu avais l'air morte. Genre, vraiment morte. Et ton amie…

— Ce n'est pas mon amie ! Pourquoi est-ce que tout le monde l'appelle comme ça ?

— Comme tu veux. En tout cas, elle a dit que c'était le même type qui a tué Lori. (Son visage s'assombrit.) Et qu'il ne fallait pas aller dans un hôpital normal. Cette espèce de harpie ne voulait même pas que Dot appelle Jim en renfort. Du coup, on vous a transportées dans la voiture de Dot…

— Oh non !

Je voyais d'ici les jolis sièges de la décapotable barbouillés d'hémoglobine. Marcella écarta mes inquiétudes d'un geste.

— T'en fais pas, on connaît un gars capable d'effacer les taches de sang sur n'importe quelle surface. Enfin bon, Dot nous a conduites ici. J'ai appuyé une serviette sur la blessure de Grace tout du long ; elle pissait le sang, et il faut comprimer les plaies, non ? J'ai suivi une formation aux premiers secours quand j'étais chez les Girl Scouts, je me souvenais de ça.

— Tu as été scout ?

J'ignore pour quelle raison, mais cette information m'étonnait plus que tout le reste.

— Bien sûr. J'ai même encore mon uniforme. Je le mettrai pour toi, si tu veux. (Elle m'adressa un clin d'œil pour le moins inopportun, puis reprit :) Bref, le doc t'a examinée, il nous a rassurées sur ton état et nous a demandé de l'aider à s'occuper de l'autre blessée. (Marcella avait les joues roses ; elle avait l'air positivement euphorique.) Tu vas bien, alors ?

— J'ai hyper mal à la tête.

— Moi aussi. Mais cette histoire m'a fait redescendre en moins de deux. (Elle lorgna mon front.) Je pourrais nettoyer ta plaie, ce sera plus facile pour te recoudre après.

Elle se rendit à une petite table chargée de boîtes de matériel médical. Elle s'empara de compresses et d'un flacon d'antiseptique, qu'elle rapporta à mon chevet.

— D'habitude, commenta-t-elle en enfilant des gants en latex, je m'en sers pour un autre usage.

— Très drôle.

Elle secoua le flacon, puis versa une généreuse quantité de produit sur une compresse.

— Ça va piquer un peu.

— Formidable. (Elle me tamponna la tempe droite, et je grimaçai de douleur.) Est-ce que c'est moche ?

— Non, tu n'auras sans doute même pas de cicatrice. Par contre, ta copine peut dire adieu aux bikinis. Dommage, d'ailleurs, parce qu'elle a un joli ventre bien ferme.

Je me rembrunis, n'appréciant guère que Marcella ait reluqué le corps de Grace, même en de pareilles circonstances. *C'est tout ce qui te préoccupe ?* m'engueulai-je. Une violente douleur me fit pousser un cri.

— Fais pas ta chochotte !

— Toi et la compassion, ça fait deux.

Tandis qu'elle poursuivait ses soins, je me changeai les idées en essayant de démêler le fil des événements.

Masque-de-ski/Grace, qui avait promis de se charger elle-même du tueur, n'avait manifestement pas fait des étincelles. Ce qui n'augurait rien de bon. D'autant plus qu'il l'avait embrochée juste devant la porte de ma chambre. Était-il venu au motel pour moi ? J'imaginai un colosse tapi dans les ombres, muni d'un couteau et d'une corde. *Si je n'étais pas sortie hier soir, si j'étais restée seule dans ma chambre...* Prise d'un tremblement incontrôlable, j'envisageai toutes sortes de scénarios cauchemardesques.

— Tu as froid ?

— Non, ça va. Je flippe, c'est tout.

— Ah, ouais. (Marcella retira sa main de mon front. Je ne lui avais pas encore vu la mine aussi sérieuse.) Alors c'est elle, la nana qui t'a sauvé la vie ?

— Oui.

— Tu savais qu'elle était en ville ?

J'opinai de la tête, pour le regretter aussitôt : un élancement me transperça le crâne.

— Elle s'est incrustée dans ma chambre hier soir, juste avant que vous arriviez.

La compréhension éclaira son visage.

— C'est pour ça que tu voulais partir !

— En gros, oui. (Un blanc.) Elle m'a prévenue que quelqu'un cherchait à m'assassiner.

— Pourquoi est-ce qu'on chercherait à t'assassiner ?

— Pour lui faire du mal à elle. (Voyant son expression, j'ajoutai :) Apparemment, c'est compliqué.

Le Dr Aboud reparut à la porte et demanda :

— Comment se porte mon autre patiente ? Prête pour la suture ?

— Oh, tout à fait. Je n'attends que ça.

Une demi-heure plus tard, j'étais recousue, réhydratée et capable de me mettre debout sans tourner de l'œil ni gerber. Dot m'aida de mauvaise grâce à me traîner jusqu'à la pièce attenante. M'appuyant des deux mains à la table métallique, je laissai tomber mon regard sur Grace.

Sa chambre était plus spacieuse que la mienne, et elle contenait moins de perruques. Elle ressemblait davantage à une vraie salle d'opération, avec des rideaux en plastique sur les quatre côtés, des bouteilles d'oxygène cabossées, et une lampe orientable au plafond. Le sol était jonché de serviettes et de compresses gorgées de sang.

Grace était allongée sous des couvertures, une perfusion plantée dans le bras. Elle me parut toute petite et très pâle, mais en dehors de ça, elle avait simplement l'air de dormir.

— Tu es certaine que ça va, ma jolie ? s'inquiéta Dot.

Elle s'était placée derrière moi, sûrement prête à me rattraper si je m'évanouissais à nouveau.

— Oui, très bien.

En réalité, j'étais salement dans les vapes. Le Dr Aboud m'avait donné quelque chose avant de me suturer ; combiné à la drogue mystère qui circulait encore dans mon organisme, ce n'était sans doute pas très recommandé, médicalement parlant. En tout cas, je n'avais plus mal nulle part.

— Elle ne s'est pas réveillée ? chuchotai-je.

— Je ne pense pas. (Dot semblait plus calme ; je soupçonnais le Dr Aboud de lui avoir refilé un cachet à elle aussi.) Le doc a dit qu'elle resterait inconsciente plusieurs heures.

— D'accord. (Mes jambes commencèrent à flageoler.) Je ferais mieux de m'asseoir, je crois.

Dot s'empressa de récupérer une chaise pliante dans un coin et m'aida à m'y asseoir.

— Il faut que tu te reposes.

— Non, je vais bien, insistai-je en m'approchant du lit. Mieux qu'elle, en tout cas.

C'était étrange de voir Grace aussi diminuée ; je l'avais idéalisée, imaginée en une sorte de superhéroïne. La voir comme ça, minuscule et sans défense, me perturbait doublement. J'avais été rassurée quand elle m'avait dit qu'elle réglerait le problème ; après tout, c'était elle la spécialiste, non ?

Sans elle, je n'avais aucune chance. Le collier au nom d'Amber me revint en mémoire, et je frissonnai. Le tueur savait où je logeais. Je n'étais pas en état de conduire. Et je doutais que le Dr Aboud soit disposé à m'héberger indéfiniment.

Dot tira une chaise à côté de la mienne.

— Tu m'as fichu une sacrée frousse.

— Désolée, répondis-je distraitement.

— C'est pas ta faute, trésor. (Elle eut un sourire triste.) Tout ça… c'est pas vraiment comme dans les films, hein ?

— Non. Pas du tout.

— Tu vois, je m'étais figuré que dans ce genre de situation, je serais capable de prendre les choses en main. (Elle baissa la tête.) Je n'ai rien d'une héroïne, en fin de compte.

— Vous voulez rire ? (Je plaçai ma main sur la sienne.) Vous avez volé au secours d'une parfaite étrangère. Vous avez assuré !

— Oui, peut-être. (Elle me fit un faible sourire.) Merci, cocotte. C'est gentil.

Nous restâmes un moment sans rien dire. L'horloge au-dessus de la porte indiquait 7 h 30. Moins de douze heures auparavant, nous étions en pleine séance de maquillage ; j'avais l'impression qu'une éternité s'était écoulée depuis. Pauvre Dot. Tout ce qu'elle voulait, c'était m'offrir une jolie soirée entre filles, et c'est comme ça que je la remerciais.

— Vous devriez rentrer chez vous.

— Je ne vais pas tarder. Mais avant, j'aimerais m'assurer qu'elle est tirée d'affaire, dit-elle en désignant la blessée.

Comme par un fait exprès, une voix empâtée s'éleva du lit :

— Bon sang, il y en a qui essaient de dormir !

— Hé ! (Je m'élançai vers Grace, butant au passage sur son pied à perfusion.) Vous êtes réveillée !

Elle inspectait la pièce, les paupières mi-closes.

— J'espère que c'est pas un hôpital.

— Non, non, la rassura Dot.

— Tant mieux.

Elle avait le regard remarquablement alerte pour quelqu'un qui venait de passer sur le billard.

— Comment est-ce qu'on est arrivées ici ? questionna-t-elle.

— Dot nous a amenées en voiture.

Grace tordit le cou pour la regarder.

— Vous êtes la rouquine. Où est la prostituée ?

Une bouffée de colère m'envahit.

— Ça vous écorcherait la bouche de dire merci ? Elles vous ont sauvé la vie !

Elle leva les yeux au ciel.

— Je n'ai jamais risqué de mourir.

— Il y a par terre un tas de serviettes pleines de sang qui tendraient à prouver le contraire.

— Sans parler de ma voiture, marmonna Dot.

Grace eut le culot de prendre la mouche.

— Concentre-toi, Amber ! J'ai besoin que tu me racontes tout ce qui s'est passé, étape par étape.

— Vous avez des explications à me donner d'abord, répliquai-je en croisant les bras.

— On n'a pas le temps.

— Oh que si. Parce que vous n'irez nulle part à moins que vous ayez envie de vous vider de votre sang. Et cette fois, je ne ferai rien pour l'empêcher.

— Moi non plus, intervint Dot.

Grace poussa un long soupir.

— D'accord. Mais vite, alors.

— Pour commencer, pourquoi est-ce que vous êtes revenue à ma chambre ? Vous avez suivi le tueur jusque-là ?

Grace sembla déconcertée.

— Je ne suis pas allée à ton motel.

— Si. Vous agonisiez devant ma porte.

Elle ferma les yeux.

— Merde.

— « Merde » ? C'est tout ce que vous avez à dire ?

— Silence, ordonna-t-elle en portant une main tremblante à sa tempe. Il faut que je réfléchisse.

Dot avait viré à l'écarlate.

— Elle ne me plaît pas beaucoup, ton amie, Amber.

— On n'est pas amies ! nous nous écriâmes toutes les deux en chœur, avant d'échanger un regard mauvais.

— Bon, repris-je. « Je sais ce que je fais », c'est ce que vous m'aviez dit, non ? Ça ne s'est pas passé comme prévu, apparemment.

— Il m'est tombé dessus par surprise. Bon sang, j'y étais presque !

— Ce n'est pas pour me rassurer.

J'avais le moral dans les chaussettes. Je comptais sur elle pour régler cette affaire, et voilà que son état était pire que le mien. Je m'avachis sur ma chaise. *Qu'est-ce que je vais faire maintenant ?*

— Que t'est-il arrivé ? demanda-t-elle en avisant ma blessure à la tempe.

Je mis la main devant, sur la défensive.

— Quand je vous ai vue, j'ai voulu fuir, et…

— Tu as fui ? s'offusqua-t-elle.

— Je savais pas que c'était vous, il y avait plein de sang, j'ai un peu paniqué. Et je me suis cognée.

Grace ricana.

— Oui, je sais, c'est stupide. Aussi stupide que de se faire poignarder.

— Je n'avais aucune prise.

— Ben voyons. (Son attitude commençait sérieusement à me gonfler.) Après ça, Dot et Marcella ont fait exactement ce que vous leur avez demandé : elles nous ont emmenées voir un médecin dans une boutique de perruques alors qu'elles auraient dû appeler une ambulance.

— C'est une boutique de perruques ? fit-elle en se dévissant le cou pour observer les lieux.

Je poursuivis sans tenir compte de sa réaction :

— Ce serait donc pas mal de leur montrer un minimum de gratitude. Parce que j'avoue que je suis très tentée de vous traîner dehors et de vous laisser sur le trottoir.

— *Amen*, ma sœur, approuva Dot.

— Tu ne comprends pas, s'énerva Grace. S'il m'a déposée devant ta porte, c'est pour passer un message. Tu as rallié le jeu.

— J'ai quoi ?

— Quel jeu ? interrogea Dot.

Grace se redressa sur ses coudes.

— Demandez au médecin de diminuer la morphine. Je dois me tenir prête.

— Prête pour quoi ?

Elle me fixa droit dans les yeux.

— Pour quand mon frère viendra te tuer.

— Hein, pardon ?

J'étais encore passablement dans le cirage, c'est peut-être pour ça que les paroles qui sortaient de la bouche de Grace n'avaient pour moi ni queue ni tête.

— Votre frère ?

— Oui, mon frère. Tâche de suivre, un peu. (Elle essayait tant bien que mal de s'asseoir.) Il m'a droguée et transportée à ton motel, sans doute dans l'espoir que je le regarde te tuer. Mais apparemment, tu n'étais pas là.

— Attendez. (Je sentais la bile faire son grand retour dans ma gorge.) Votre frère, genre un membre de votre famille, est le tueur en série que vous pourchassez ?

— Ce serait plus commode si je n'avais pas à tout répéter deux fois.

— Il y avait un tueur en série dans mon motel ? souffla Dot qui avait l'air pâlotte aussi tout d'un coup.

— Oui.

— Donc, dis-je lentement, si je n'étais pas sortie hier soir…

— Tu serais vraisemblablement morte.

Je me renversai sur ma chaise, tentant d'assimiler la nouvelle. Combien de temps m'avait-il attendue ? Était-il entré dans ma chambre ?

Un frisson me remonta l'échine. Jamais de la vie je ne retournerais là-bas.

— C'était bien pensé d'aller dans un lieu public, admit Grace. Il se peut que je t'aie sous-estimée.

— Oh, merci.

Je me sentais étrangement calme, compte tenu des circonstances. Peut-être que ma réserve d'adrénaline était épuisée.

— Mais pourquoi vous ne m'avez pas dit hier que c'est votre frère qui en a après moi ?

— Ça ne me paraissait pas important.

— Pas important ?

— Allons, Amber. (Elle essaya à nouveau de se redresser, et grimaça de douleur.) Tu nous fais perdre du temps, là. Tais-toi et laisse-moi réfléchir.

Malgré sa fragilité, j'étais à deux doigts de lui coller une baffe. Je me contentai de me masser les tempes avec mes pouces.

— Croyez-moi, je n'ai pas plus envie que vous de discuter. J'ai une commotion cérébrale et une atroce gueule de bois. Mais si je dois me faire assassiner par votre frère, j'aimerais bien savoir pourquoi.

— Parce que c'est un psychopathe, ça va de soi.

— Sachant que traquer les tueurs en série est votre marotte à vous, c'est une drôle de coïncidence que votre frère en soit un, non ?

Grace avait péniblement réussi à atteindre un angle de quarante-cinq degrés. L'ampleur de l'effort se lisait sur son visage, mais je ne levai pas le petit doigt pour l'aider. Elle ferma les yeux et poussa un long soupir.

— C'est à cause de lui que je fais ça. C'est lui que je pourchasse depuis le début, lui seul. Les autres, je les trouve par accident.

— Sérieusement ? fis-je, éberluée.

Elle se tint le flanc et demanda :

— Vous êtes sûre que ce type a un diplôme de médecine ?

— Si je comprends bien, dit Dot d'une voix faible, votre frère est un tueur en série, et il sait qui on est, et où on habite ?

— Je doute que vous soyez en danger, si ça peut vous rassurer. C'est Amber qu'il veut. (Grace pencha la tête.) Enfin, je ne peux rien vous garantir ; cette situation est inédite. Bon, où sont mes vêtements ?

Je posai la main sur le bras de ma logeuse. Elle était toute raide et sa lèvre inférieure tremblait.

— Du calme, Dot...

— On va appeler la police, déclara-t-elle. Ils enverront une équipe d'intervention.

— Pour une arnaqueuse, une prostituée et une gérante de motel ? Faut pas rêver ! lança Grace. En plus, il n'y a aucune preuve qu'il ait fait quoi que ce soit de mal.

— Si, vous. On signalera l'attaque à l'arme blanche.

— Je nierai les faits.

— Mais c'est quoi votre problème ? s'emporta Dot.

Grace la regarda.

— Ça fait beaucoup de choses à digérer, je comprends...

— Ah, vous croyez ? intervins-je.

— ... mais mon frère est intelligent et extrêmement dangereux. La police n'est pas à la hauteur.

— Vous non plus, visiblement, répliquai-je en indiquant sa blessure.

— J'ai failli l'avoir, affirma-t-elle à voix basse, comme pour s'en convaincre elle-même.

Elle fit pivoter ses jambes vers le bord du lit en haletant de douleur.

Cette curieuse sensation de calme m'habitait toujours ; ce qui n'était sans doute pas bon signe, mais qui avait le mérite de m'octroyer un certain recul. Mon esprit raccrochait peu à peu les wagons ; je comprenais notamment pourquoi Grace se livrait à un « hobby » aussi périlleux. Les tueurs en série manifestaient en général des symptômes avant-coureurs dès l'enfance ; en avait-elle été témoin ?

Elle passa une jambe dans le vide, puis réprima un cri.

— Laissez tomber, soupirai-je. Ça ne sert à rien. Rallongez-vous avant de faire sauter vos points.

— Nous ne sommes pas en sécurité ici.

— Il aurait pu nous tuer au motel, non ?

Ma gorge se serra à l'évocation de ce scénario. À mon avis, il n'aurait pas eu de mal à régler leur compte à trois femmes désarmées dans un parking désert. Mais il s'en était abstenu, ce qui signifiait qu'il se tramait autre chose.

— Puisqu'il ne l'a pas fait, j'imagine que ça nous laisse un peu de temps, vous ne pensez pas ?

— Peut-être, reconnut Grace après un instant.

— Fantastique. Allez, couchée !

Elle me foudroya du regard, mais se réinstalla avec maintes précautions sur le matelas.

— Maintenant, vous allez répondre à nos questions, à toutes nos questions, sans quoi je vous étouffe avec un oreiller. Il paraît qu'il y a des endroits super pour enterrer les gens dans le désert, pas loin d'ici.

— J'en connais un très chouette, confirma Dot.

— Vous croyez me faire peur ? N'importe quoi !

Je l'observai, presque bluffée par son sang-froid.

— Donc, vous m'avez sauvé la vie, et par quelque logique absurde, ça a fait de moi une cible. (Je regardai ma logeuse.) Mais Marcella et Dot n'ont pas de souci à se faire, n'est-ce pas ?

— Honnêtement, je n'en sais rien, répondit Grace d'une voix lasse. Probable que non. Son comportement est de plus en plus erratique ces derniers temps.

— « Erratique » ? Parce que tuer des gens, c'est normal ?

Elle haussa les épaules.

— Avant, j'arrivais mieux à prévoir les faits et gestes de Gunnar. Mais là… (Elle agita la main vers son buste.) C'est… inhabituel.

Gunnar… Leurs parents ont un truc avec les prénoms en G, on dirait.

— Ça dégénère, quoi.

— De toute évidence.

— Et c'est la première fois qu'il tente de vous tuer ?

— Jamais Gunnar ne me tuerait.

— Ben, d'après le médecin, il est pas passé loin.

— Le doc a dit qu'il vous avait presque saignée à blanc, renchérit Dot.

Grace fronça les sourcils.

— J'en doute fort. Gunnar devait me surveiller pour être sûr que je survivrais.

Sa conviction était troublante, et je n'aimais décidément pas la manière dont elle prononçait le prénom de son frère. On y décelait une affection sous-jacente qui m'interrogeait quant à la nature de leur relation.

— C'est pas croyable, cette histoire, lâcha Dot en se rasseyant, chancelante.

J'étais peut-être en état de choc moi aussi, parce que cette révélation ne me faisait pas grand-chose. Je me sentais bizarrement distante, comme si je participais de loin à la conversation. Oubliant que mon crâne n'était que plaies et bosses, je passai une main dessus et tressaillis de douleur, tout en gambergeant sur les propos de Grace.

— Alors si on ne s'approche plus de vous, il nous laissera tranquilles ?

— Plus maintenant. À partir du moment où il t'a identifiée, c'est trop tard. (Silence, puis :) Désolée.

— « Désolée » ?? (J'avais une furieuse envie de l'étrangler.) Je vous en foutrais, moi ! (Je me tournai vers Dot.) On va gérer ça. On appellera les flics, ils nous fourniront une protection rapprochée ou un truc du genre.

— Il y a un gars d'une agence de sécurité qui me doit une faveur, suggéra-t-elle. Je pourrais le contacter…

— Vous ne comprenez vraiment pas, siffla Grace. Tous les autres crétins que j'ai attrapés n'arrivent pas à la cheville de Gunnar. Personne n'est capable de vous protéger.

À nouveau, une sorte de fierté transparaissait dans sa voix.

— Du coup, on fait quoi ?

— « On » ? répéta Grace en arquant un sourcil.

— Ben oui, « on » ! J'ai pas l'intention de crever parce que votre frère croit qu'on est copines !

— Moi non plus, glissa Dot.

Grace se tut un instant, les yeux fixés au plafond. Puis elle déclara :

— Je suppose que j'ai une dette envers vous.

— Sans blague ! En plus, au cas où vous n'auriez pas remarqué, vous n'êtes pas en état de caracoler pour le moment.

— Je saurai me débrouiller.

— Une tombe dans le désert, murmurai-je.

— Je ne t'apprécie pas beaucoup, tu sais.

— Je ne vous porte pas dans mon cœur non plus. Mais je me battrai pour qu'il n'arrive rien à Dot et à Marcella. Et je compte sur vous pour en faire autant.

Elle ne répondit pas. Je me penchai à son oreille et soufflai :

— C'est là que vous acceptez de vous comporter comme un être humain normal.

— D'accord, céda-t-elle avec un gros soupir. Je vais réfléchir à un plan.

— Fabuleux. (Je frappai dans mes mains et pris un malin plaisir à la voir sursauter.) Alors, quelle est la suite du programme ?

Elle fit la moue.

— Il faut d'abord qu'on sorte d'ici, évidemment. En toute discrétion.

— Ça, dit lentement Dot, c'est dans mes cordes.

Interlude

La griffe du passé

Assis sur une branche, les deux enfants observaient le chien à travers le feuillage.

— Je parie qu'il va en trouver un autre, dit Gunnar en mâchant son bonbon.

Il était grand pour ses dix ans, à l'instar de sa sœur. Ils avaient énormément poussé au cours de l'été, de vrais poulains dégingandés, tout en jambes. Ils tenaient de leur mère leurs cheveux blond doré et leurs yeux bleu clair ; leur père, lui, était plutôt petit et mince, le teint mat. La seule différence entre les jumeaux, du moins extérieurement, c'était la longueur des cheveux de Grace.

— Ce n'est pas là qu'on a enterré Poppy ? s'inquiéta celle-ci en se penchant avec prudence.

L'arbre était techniquement celui du voisin, même si la branche sur laquelle ils étaient perchés surplombait leur jardin. Ils s'amusaient à y grimper du plus loin que remontaient leurs souvenirs, en passant par un trou dans la clôture derrière la cabane. Les ramifications commençant bas sur le tronc, les trois premiers mètres étaient faciles à escalader. Au fil des ans, ils étaient devenus capables d'aller de plus en plus haut. Ils se trouvaient à présent près de neuf mètres au-dessus du sol, à califourchon sur une branche épaisse, un paquet de bonbons posé en équilibre entre eux deux.

— Si. (Gunnar lui décocha un sourire farouche, les dents teintées de rouge par le colorant.) Je parie qu'il ne reste plus que des os.

Elle lui jeta un regard sévère.

— Tais-toi !

— Tais-toi, toi-même !

Un aboiement en contrebas attira leur attention. Ils regardèrent le chien tirer sur sa laisse, flairant un endroit précis du sol. Le policier qui le tenait fit un signe, et un des individus en combinaison de protection se porta à sa rencontre.

— Ce n'est que Poppy, s'énerva Grace, refoulant ses larmes. Qu'ils lui fichent la paix !

— Peut-être pas, dit son frère en gobant un autre bonbon.

L'homme s'attela à la tâche, creusant dans la pelouse clairsemée du jardin.

— Peut-être qu'il en a enterré un autre avec elle, suggéra Gunnar.

Grace le considéra, circonspecte. Il avait les yeux qui brillaient et les pommettes en feu. Il était son aîné de quatre minutes ; cela aurait dû n'avoir aucune espèce d'importance, et pourtant, contre toute attente, ça en avait. Elle avait toujours suivi son exemple, qu'il s'agisse de voler un paquet de bonbons ou de grimper à un arbre pour regarder des policiers saccager leur pelouse. C'était lui qui inventait tous leurs jeux, et parmi eux celui qu'il préférait (et qu'elle aimait le moins) : « Attrape-moi », un mélange entre cache-cache, action ou vérité et chat, où elle perdait à tous les coups.

Il avait aussi imaginé le langage dont ils se servaient pour communiquer entre eux, et qu'ils parlaient présentement même si personne ne pouvait les entendre.

— Papa n'aurait pas fait ça, soutint-elle, butée.

Gunnar se borna à hausser les épaules.

— C'était rien qu'un stupide cabot.

Elle ne répondit pas. Poppy était morte jeune, et brutalement ; elle était restée dans leur famille quelques semaines seulement. Ils l'avaient découverte couchée sur le flanc dans le jardin, la respiration courte et sifflante. Le pire, c'était le désespoir et la peur qui se lisaient dans ses yeux. Grace avait vomi. Gunnar s'était penché pour examiner l'animal de plus près.

Ils avaient sept ans à l'époque. La fillette avait toutefois su à quoi s'en tenir, et n'avait jamais réclamé un nouveau chien.

Gunnar la poussa du doigt, un grand sourire aux lèvres, son bonbon entre les mâchoires. L'odeur donnait à sa sœur la nausée.

— Dix dollars qu'ils en trouvent un autre !

— Tu es dégoûtant, grogna-t-elle en reculant jusqu'à avoir le dos plaqué au tronc.

Elle avait envie de descendre, mais nulle part où aller. Leur maison était pleine de monde, et elle n'avait pas d'amis à part son frère.

Le chien renifla puis aboya, tout excité, vers le tas de terre retournée. Deux hommes en combinaison se détachèrent de la dizaine de leurs collègues qui traînaient dans les parages pour le rejoindre. Neuf cratères criblaient désormais la pelouse ; on aurait dit un champ de mines. *On se croirait sur la lune*, songea Grace. Elle avait passé des heures allongée là, à contempler le ciel. Gunnar et elle y pique-niquaient, y attrapaient des lucioles, y dormaient sous la tente les nuits d'été. Et pendant tout ce temps, voilà ce qui était caché là-dessous. Cette pensée lui déclencha des frissons.

Au moins, elle n'avait été au courant de rien. La fenêtre de Gunnar donnait directement sur le jardin. Avait-il déjà vu leur papa creuser un de ces trous ? Savait-il ce qui était enterré ici ? Étant donné la réaction de son frère, elle était en droit de se poser la question.

L'attention du garçon était rivée sur la nouvelle excavation, qu'un homme en combinaison prenait en photo tandis qu'un autre étendait une bâche à côté.

— Ce serait drôle qu'ils comptent Poppy, dit-il.

— Non, je trouve pas. On devrait retourner voir maman.

Grace jeta son bonbon à moitié fini chez le voisin. Leur mère ne s'était probablement pas aperçue de leur absence, de toute façon. Elle avait pris un petit quelque chose pour se « calmer les nerfs », et dormait encore chez son amie Nancy bien que l'après-midi soit déjà bien avancé. « Amie » était peut-être un grand mot, leur seul point commun étant la haine qu'elles partageaient à l'égard des autres voisins. C'était peut-être suffisant pour fonder une amitié quand on était adulte.

Depuis la veille, les jumeaux étaient hébergés dans la salle de jeux de Nancy, au sous-sol – en réalité, une simple cave avec un lave-linge/sèche-linge dans un coin et un canapé-lit dans l'autre. Le lit grinçait et sentait un peu le moisi. Ils y avaient passé la nuit sans échanger un mot. Grace ne pensait pas avoir dormi.

— Je n'y retournerai pas, déclara Gunnar.

— Il faudra bien.

— Personne ne m'y obligera.

— Tu veux aller où, sinon ?

Son frère non plus n'avait pas d'amis. Il prétendait que ça l'arrangeait. « On n'a besoin de personne », disait-il parfois, avec une férocité qui flattait Grace autant qu'elle l'effrayait.

— Tu ne vois donc pas ? On pourrait aller n'importe où ! s'emballa-t-il, cognant des talons contre la branche du dessous.

— Tu dis des bêtises, asséna sa sœur en abandonnant leur langage secret.

Le chien policier flairait à nouveau le sol avec ardeur, cette fois au pied des rosiers que leur père avait plantés l'été précédent.

Leur mère avait toujours dénigré son goût pour le jardinage. Il pouvait se passer des mois au cours desquels le terrain tombait en jachère, et tout à coup il lui prenait l'envie de planter des bulbes de tulipes le long d'une des clôtures, ou du romarin sous la fenêtre de la cuisine. Puis, après les avoir soigneusement arrosés pendant plusieurs semaines, il s'en désintéressait du jour au lendemain. Résultat, la plus grande partie de leur jardin se composait d'un enchevêtrement anarchique d'herbes folles et de plantes à moitié mortes. De temps à autre, maman lançait vaguement l'idée d'engager un jardinier, sans jamais que ça se concrétise. D'après papa, c'était de l'argent jeté par les fenêtres.

Tout s'expliquait à présent.

— Tu crois qu'on nous autorisera à récupérer le reste de nos affaires ? demanda Grace en regardant les hommes s'attaquer au dixième trou.

Cela faisait des heures qu'elle était assise sur cette branche, laquelle devenait de plus en plus inconfortable ; l'écorce la grattait à travers la fine toile de son short. Lorsque les intrus déracinèrent le seul rosier qui produisait encore des fleurs, ses yeux se remplirent de larmes. Elle avait l'impression qu'on la dépouillait de tout, la laissant nue. Elle aurait préféré se trouver ailleurs, n'importe où. Même dans l'affreuse cave de Nancy.

Il ne s'était même pas écoulé vingt-quatre heures depuis le moment où leur vie avait volé en éclats. Juste avant le dîner, leur père avait été emmené, menottes aux poignets, par des hommes taciturnes vêtus de parkas bleu marine. Il portait encore sa tenue de travail : pantalon de costume gris clair et chemise blanche amidonnée, sa cravate et sa veste déjà rangées dans le placard à l'étage. Maman était restée muette, la main plaquée sur la bouche comme si elle cherchait à retenir ses paroles. Grace et Gunnar n'avaient même pas eu le droit de monter seuls dans leurs chambres ; deux agents du FBI les avaient accompagnés et surveillés pendant qu'ils fourraient dans des sacs à dos vêtements de rechange et brosse à dents. Bien qu'elle n'ait pas dormi avec depuis des années, Grace avait emporté son éléphant en peluche.

— On ne peut pas nous interdire d'entrer, estima Gunnar. C'est toujours notre maison.

Grace médita sur la question. Aurait-elle encore envie de vivre là ? Et sa mère, en aurait-elle encore envie, elle aussi ? Sans doute que non. Gunnar, cela lui serait égal : rien ne semblait jamais le déranger, lui.

Papa ne reviendra pas, s'avisa-t-elle en regardant les hommes extraire avec précaution un grand sac poubelle couvert de terre du cratère le plus proche. Il devait être lourd, parce qu'ils avaient l'air de peiner.

— Ce n'est pas Poppy, ça, constata Gunnar.

Grace était incapable de parler. Elle venait de prendre conscience que leur existence ne serait plus jamais la même. Ils ne pourraient pas retourner à l'école. Ça ne se passait déjà pas très bien avant, quand ils étaient simplement « les jumeaux bizarres » ; maintenant, ce serait bien pire.

Peut-être que son frère avait raison, qu'ils feraient mieux de partir. Il ne restait que deux semaines de vacances d'été, il faudrait trouver une solution d'ici la rentrée. Elle se creusa la cervelle : à part Nancy, ils n'avaient pas vraiment de famille ni d'amis. Leur cercle se limitait à eux quatre. Toutefois, elle gardait un vague souvenir d'une grande maison où habitait une femme au nez pointu et au parfum de fleurs fanées.

— On ira vivre avec grand-mère à Boston, déclara-t-elle en cherchant des yeux l'approbation de son frère.

Gunnar hocha lentement du chef.

— Boston. Ça pourrait être sympa. Ce serait mieux qu'ici, en tout cas.

— Partout ce serait mieux qu'ici, répliqua-t-elle avec véhémence.

Sans doute avaient-ils parlé trop fort, parce qu'un des types en combinaison de protection leva la tête et les aperçut. Il les montra du doigt en criant :

— Hé, les enfants ! Descendez de là !

— Grillés, dit Gunnar en souriant.

Il adressa un doigt d'honneur à l'adulte, puis se retourna et dévala le tronc en se laissant glisser avec agilité.

— Attrape-moi, Grace !

Elle le suivit, posant ses pieds de branche en branche. Le temps qu'elle le rejoigne, son frère était déjà presque dans la rue.

11

Secret de femme

Un simple observateur aurait pu trouver étrange qu'une camionnette de livraison anonyme se range en marche arrière contre l'entrée de service d'une boutique de perruques. Plus étrange encore que cinq minutes après son départ, plusieurs autres camionnettes défilent à cet endroit : traiteur, fleuriste, fournitures de bureau, et même un technicien du câble.

Que cet observateur, intrigué, tente de prendre en filature ne serait-ce qu'un seul de ces véhicules, il aurait été baladé d'un bout à l'autre du Strip, obligé d'attendre devant des parkings réservés au personnel de divers hôtels-casinos pendant que des agents de sécurité faisaient entrer ledit véhicule. Chaque arrêt ne durait que quelques minutes, après quoi il ressortait, en route vers sa destination suivante.

Personne ne prêtait attention à ces camionnettes. Elles faisaient partie du décor à Las Vegas. Elles étaient le nickel sous le placage en or, les rouages qui faisaient tourner le système ; invisibles aux yeux des fêtards titubants qui se hâtaient vers une nouvelle dose de jeu, d'alcool, de sexe ou de drogue, ce qui était précisément le but.

Parmi toutes ces étapes, une seule importait réellement : le Strat. L'hôtel revêtait la forme d'une tour élancée qui jaillissait du désert, coiffée d'une couronne abritant quatre manèges à sensations fortes. Bien que dominant la ville tout entière, l'établissement était en perte de vitesse, son attrait faiblissant peu à peu à mesure que de nouveaux concurrents plus affriolants surgissaient de terre le long du Strip. Il se classait malgré tout plusieurs crans au-dessus du Getaway.

Dot, Marcella, Grace et moi nous y rendîmes dans un véhicule frigorifique destiné au transport de produits alimentaires, grelottant sous une pile de couvertures.

— Personne ne suivra un camion réfrigéré, avait affirmé Dot quand nous y avions déposé Grace sur un brancard de fortune.

Je n'en étais pas aussi persuadée, mais je n'avais rien dit. Au moins, ce n'était pas une fourgonnette de fleuriste. Le temps d'arriver au Strat, toutefois, et malgré les couvertures, je n'aurais pas été surprise de perdre deux ou trois orteils sous l'effet de l'hypothermie. Même Dot était anormalement silencieuse.

Grace s'était rendormie. J'étais bien tentée de flanquer un coup de pied dans son brancard pour la réveiller ; c'est elle qui nous avait entraînées dans cette panade, le minimum qu'elle puisse faire était de souffrir avec nous. Mais je parvins à me raisonner. Le Dr Aboud lui avait administré une dose supplémentaire de morphine, donc ce n'était pas entièrement sa faute.

Le battant finit par s'ouvrir sur une aire de chargement. Notre chauffeur était un type baraqué d'une cinquantaine d'années, habillé d'un bleu de travail. Dot le serra dans ses bras dès qu'il l'eut aidée à descendre.

— Merci, Stan. Tu es un prince.

Il hocha la tête, l'air gêné.

— Faut que je sois au Mirage dans vingt minutes, alors grouillez-vous.

Je sautai à terre. La chaleur du garage était la bienvenue ; c'était comme passer d'un frigo à un four. Je me frictionnai les bras et tapai des pieds pour rétablir la circulation du sang.

Marcella se dirigea tranquillement vers un pilier, s'y adossa et sortit sa cigarette électronique. Dot et elle portaient toujours leurs vêtements maculés de sang. Encore heureux que les lieux soient déserts, parce que nous formions un groupe sacrément insolite.

Je tapotai le pied de Grace pour la réveiller.

— Vous êtes capable de sortir toute seule ?

Elle redressa la tête. Grimaçant, elle se glissa hors du brancard jusqu'au bord du véhicule. Puis elle avisa le fauteuil roulant qui l'attendait.

— Pas question que je m'asseye là-dedans.

— Vous pouvez ramper jusqu'à votre chambre, sinon.

J'aurais vendu mon âme pour une bonne douche et un repas chaud. Le Dr Aboud nous avait dégoté un sachet de tortillas rances, mais il n'y avait pas de quoi remplir ma dent creuse.

J'espérais sincèrement que le fou furieux qui tenait lieu de frère à Grace ne s'en prendrait pas aussi à lui. Selon elle, c'était peu probable, mais on n'était sûr de rien ; j'avais l'impression de contaminer tous les gens avec qui j'entrais en contact, même brièvement. *Ou plutôt, c'est elle qui contamine tout le monde*, songeai-je, maussade, en regardant Grace ronchonner tandis que Stan l'aidait à prendre place dans le fauteuil roulant. Pour plus de sûreté, le Dr Aboud avait accepté de quitter la ville quelques jours. En évitant le regard de Marcella, il avait marmonné qu'il en profiterait pour emmener son épouse en voyage pour leur anniversaire de mariage.

Ne restaient donc que Dot et Marcella. Vu que Grace n'avait pas su nous répondre précisément quant au danger qu'elles couraient, nous avions décidé de miser sur la prudence.

— Vous êtes sûre que vous serez en sécurité avec Jim ? demandai-je à Dot pour la centième fois.

— T'en fais pas, bichette. Jim est un marine. C'est un soldat chevronné, et ceinture noire par-dessus le marché.

— Ça ne m'étonne pas. C'est l'homme idéal.

Elle eut un petit rire.

— Je le lui répéterai, ça lui fera plaisir. (Elle me prit brusquement dans ses bras et me serra à m'en étouffer.) Fais attention à toi. On trouvera une solution, tu verras.

— D'accord.

Me relâchant, elle se tourna vers Marcella, qui agitait la main.

— Non, non. Je pue, moi.

— Oh, tais-toi, fit Dot en l'étreignant quand même.

— L'ascenseur de service est par là, expliqua Stan en faisant un geste vers la droite. Candy vous y attend avec les clés de vos chambres.

— Merci.

Dot remonta dans le ventre du camion et jeta une couverture sur ses épaules. Tandis qu'elle nous saluait, Stan referma le battant sur elle et se réinstalla derrière le volant. Toutes les trois, nous les regardâmes partir vers plusieurs autres destinations successives, la dernière étant le Golden Nugget, où Jim attendait sa dulcinée. Je formulai intérieurement une prière pour sa sécurité, même si je ne croyais pas tellement à ce genre de choses.

Les dix minutes suivantes s'écoulèrent en un éclair. La très efficace Candy nous accueillit dans l'ascenseur de service et nous conduisit discrètement à trois chambres contiguës du huitième étage.

— Je peux me débrouiller toute seule, cracha Grace quand je voulus la pousser vers la première chambre.

— À votre guise, dis-je en lâchant les poignées.

Le fauteuil avança et heurta le jambage. Grace se crispa, puis roula à l'intérieur et laissa la porte claquer derrière elle. Je me retournai à temps pour voir la porte de Marcella se refermer à son tour. L'idée de se terrer dans une cachette l'avait fait ricaner jusqu'à ce qu'elle apprenne de quelle cachette de luxe il s'agissait.

— Si vous avez besoin de quelque chose, appelez la réception et donnez mon nom, dit Candy en me tendant ma clé magnétique. J'ai le droit d'offrir jusqu'à cinquante dollars de room service à chacune d'entre vous. Mais ne touchez pas au minibar, je n'ai pas la main dessus.

— Ça marche.

— Je vais voir ce que je peux faire pour vos vêtements, aussi, ajouta-t-elle en lorgnant ma robe.

Elle s'éloigna dans le couloir, et j'insérai ma carte dans la serrure. En entrant, j'en restai sciée.

— Oh la vache !

La chambre était au moins trois fois plus grande que celle du motel. Elle était même deux fois plus grande que mon ancien appartement. Une baie vitrée occupait tout un mur, offrant un panorama à cent quatre-vingts degrés sur le Strip. La vue s'étendait jusqu'aux collines dans le lointain.

Sur le côté gauche trônait un lit *king size*. À ma droite, un petit salon avec un canapé et deux fauteuils. Un écran de télé gigantesque était accroché à la paroi au-dessus d'une cheminée à gaz. Juste en face de moi, deux chaises flanquaient une table de café ronde.

Émerveillée, j'allai à la fenêtre. D'en haut, Vegas présentait un visage radicalement différent. La ville paraissait presque propre. Et tranquille aussi, grâce au double vitrage.

C'était une des plus belles chambres où j'aie jamais logé, et qui coûtait sans conteste beaucoup plus que ce que je payais d'habitude. Je tirai sur ma robe souillée, mal à l'aise. Dot avait sûrement fait jouer des relations haut placées pour nous procurer une planque pareille.

En dépit – ou peut-être en raison – des circonstances, j'éprouvai une soudaine euphorie. Ici, au moins, je n'hésiterais pas à toucher l'édredon. Oubliant pour un temps ma migraine, je me jetai sur le lit, bras et jambes en étoile.

La salle de bains se révéla tout aussi grandiose. Baignoire blanche géante, double vasque, douche à l'italienne avec quatre jets. J'ôtai ma robe, réglai la température de l'eau au maximum, et passai un moment d'une durée indécente à récurer le moindre centimètre carré de mon corps. Je me lavai même soigneusement le cuir chevelu, bien que le Dr Aboud m'ait recommandé de ne pas mouiller mes points de suture – ils étaient protégés par un pansement étanche, et honnêtement, le jeu en valait la chandelle. Une fois que je me sentis enfin propre, je m'emmitouflai dans un épais peignoir blanc et chaussai des pantoufles en éponge, le tout gracieusement fourni par l'hôtel. Si c'était à ça que ressemblaient les vacances des riches, je voulais bien signer tout de suite.

Je parcourus le menu du room service, calculant dans ma tête quels plats offraient le meilleur rapport quantité-prix pour mon budget. Après avoir passé commande, je m'affalai sur le canapé et allumai la télé pour tuer le temps.

Après seulement cinq minutes, on frappa à la porte. Je fronçai les sourcils : impossible que mon repas soit déjà prêt.

C'était forcément quelqu'un d'autre.

J'avais fermé le verrou et rabattu l'entrebâilleur en métal ; était-ce suffisant pour prévenir toute intrusion ? D'un autre côté, il fallait qu'un tueur en série soit singulièrement poli pour prendre la peine de toquer, non ?

L'estomac noué, je gagnai la porte à pas de loup et regardai par l'œilleton. Marcella se tenait sur le seuil, vêtue elle aussi d'un peignoir et de pantoufles. Rassurée, je lui ouvris.

— Salut.

— Je peux entrer ? demanda-t-elle avec une timidité qui ne lui ressemblait guère.

Ses boucles étaient humides, son visage débarbouillé.

— Oui, bien sûr.

Je m'écartai, et elle se faufila à l'intérieur.

— J'ai la même chambre que toi, dit-elle en admirant les lieux. Mais inversée. Mon lit est juste de l'autre côté du mur par rapport au tien.

— Ah.

Je ne savais pas trop quoi déduire de cette information. En revanche, l'imaginer à quelques dizaines de centimètres de moi m'empêcherait sans doute de trouver rapidement le sommeil ce soir.

Marcella ne semblait pas plus à sa place que moi dans ce décor. J'indiquai le canapé, et elle s'y assit du bout des fesses, comme s'il était piégé avec une mine à capteur de pression.

— Alors… ça va ? m'enquis-je.

Elle me fit un grand sourire.

— Tu rigoles ? J'ai jamais créché dans un si bel endroit de toute ma vie !

— Moi non plus. (Je me perchai à l'autre extrémité du canapé.) Dommage que ce soit seulement pour une ou deux nuits.

Elle haussa les épaules.

— Dot va demander à Jessie si je peux squatter au Mayhem quand on nous aura virées d'ici. Juste au cas où, tu vois.

— Oui, elle m'en a parlé. (Je pris un coussin dans mes bras.) Écoute, je tenais à te présenter mes excuses. Pour t'avoir embarquée là-dedans, je veux dire.

— Pas grave, assura-t-elle en retraçant du doigt les motifs cachemire du canapé. Tu as découvert qui avait tué Lori. Tu en as déjà fait plus que les flics.

— Ben, pas exactement. C'est Grace, la chasseuse de tueurs en série, qui le savait depuis le début.

— Ouais. (Elle me fixa.) Qu'est-ce qui ne va pas chez elle, d'ailleurs ?

— Honnêtement ? J'en ai pas la moindre idée.

Je secouai la tête, laquelle m'élança avec violence. Marcella le remarqua.

— Comment tu te sens ?

— Mieux, répondis-je malgré l'impression toujours vive qu'on me flanquait des coups de maillet dans le crâne, puis j'ajoutai gravement : Tout cela faisait partie de mon plan machiavélique pour obtenir une plus belle chambre d'hôtel. Donc, mission accomplie.

Elle éclata de rire.

— Ton plan, hein ?

— Absolument.

— Et tu en as d'autres, des comme ça ? questionna-t-elle en s'appuyant sur ses coudes. Histoire que je me prépare, tu vois ?

— J'ai commandé à manger, hasardai-je. Enfin, à moins que tu aies déjà dîné.

Elle pencha la tête sur le côté.

— Ça dépend de ce que tu as choisi.

— Un peu de tout.

Pile à cet instant, des coups résonnèrent à la porte.

— Je reviens.

Cinq minutes plus tard, le plateau du room service avait déjà pris une sérieuse claque. Je trempai un mini pâté impérial dans la sauce et l'enfournai, fermant les yeux de plaisir.

— Bon Dieu... J'ai l'impression que ça fait des jours que j'ai pas bouffé.

Marcella avait la bouche trop pleine pour répondre, ce qui me fit mourir de rire. Elle sourit, un nem dépassant de ses lèvres. La télévision diffusait en boucle une vidéo promotionnelle de l'hôtel. Mon invitée but un verre d'eau et désigna l'écran d'un hochement de tête.

— Tu sais, en arrivant ici, je voulais intégrer une troupe de ce genre.

J'examinai la rangée de showgirls en liesse, vêtues de simples cache-tétons et d'une monstrueuse quantité de plumes.

— Vraiment ?

— Oui, vraiment. (Elle me lança un regard acéré.) Pourquoi pas ?

— J'ignorais que tu étais danseuse.

— Je faisais partie du groupe de danse de mon lycée, figure-toi. Je n'étais pas mauvaise, non plus. Trop petite pour être showgirl, mais j'aurais pu devenir assistante de magicien, un truc comme ça.

— Hm.

J'avais du mal à imaginer Marcella sourire de toutes ses dents pendant qu'un type faisait surgir des pièces de monnaie de son oreille.

— Qu'est-ce qui est arrivé, alors ?

— Le coup classique. J'ai débuté comme serveuse et passé des auditions. Je n'ai jamais réussi à décrocher une place, j'ai pris de l'âge, j'ai commencé à me défoncer, je me suis fait virer. Et du coup... (Elle écarta les bras.) Je suis devenue une pute.

— Ne dis pas ça, marmonnai-je en me trémoussant de gêne.

— Pourquoi ? (Elle me tapota du pied.) Je n'en ai pas honte. Enfin, en général. (Ses yeux s'étrécirent.) Tu as honte, toi ?

— Non. Je ne te vois pas comme ça, c'est tout.

— Ah bon ? Tu me vois comment ?

— Je ne sais pas. Tu es intelligente. Marrante. Et canon, ajoutai-je en rougissant.

Elle leva un sourcil.

— Canon, hein ?

— Parfaitement.

Même sans maquillage, ses yeux étaient immenses et lumineux. Ses cheveux, à présent secs, formaient une auréole autour de son visage. Son peignoir s'était légèrement desserré, dévoilant un peu plus que son simple décolleté.

Elle suivit mon regard, sourit et repoussa son assiette. Puis elle se leva, marcha en ondulant des hanches jusqu'au placard dont elle ouvrit les portes d'un geste théâtral.

— Abracadabra ! déclama-t-elle d'une voix solennelle. Et voici… le minibar !

— Quoi ? Non ! Candy a dit que…

— On s'en tape de Candy. Qu'est-ce qu'elle va faire, hein ?

S'accroupissant, elle sortit une poignée de mignonnettes qu'elle rapporta et aligna soigneusement devant moi.

— Vodka, whisky ou tequila ?

— Mieux vaut que j'évite de boire. J'ai une commotion, après tout, et le doc m'a filé des médicaments…

— Amber. (Elle se pencha en appuyant les mains sur ses genoux, ce qui fit bâiller l'encolure de son peignoir. Je m'efforçai vaillamment de ne pas reluquer.) Tu as un tueur en série aux fesses. Un petit verre ne sera pas du luxe.

— Tu sais quoi ? Tu as raison.

Je m'emparai de la bouteille de tequila miniature, et Marcella de celle de whisky. Nous trinquâmes, et je sifflai la mienne en une seule gorgée. Elle en fit autant avec la sienne, qu'elle jeta ensuite sur le canapé par-dessus son épaule en criant : « Tadam ! »

Un certain nombre de mignonnettes plus tard, nous avions je ne sais comment atterri sur le lit. Allongée sur le dos, je scrutais le plafond. Marcella, adossée à la tête de lit capitonnée, tétait un flacon de gin.

— Tu aurais été fantastique comme assistante de magicien, déclarai-je d'une voix pâteuse.

— Oui, hein ?

— Je suis sûre que tu aurais pu être danseuse aussi.

— Ah oui ?

— Forcément. Avec le superbe corps que tu as !

Marcella pouffa.

— Tu es bourrée.

J'exécutai un vaste moulinet avec ma minuscule bouteille.

— En effet. Et tu sais quoi ?

— Quoi ?

— Les tueurs en série, je les emmerde !

Marcella s'esclaffa. Je me redressai en position assise et poursuivis d'un air grave :

— Non, je suis sérieuse. Il y a vraiment un truc qui cloche chez ces gens-là. Comment est-ce qu'on en arrive à se réveiller un matin en se disant : « Tiens, j'ai une idée ! Je vais enfiler un tablier en cuir, kidnapper une fille, la raser entièrement, la peindre en bleu et la tuer » ?

Elle plaqua la main sur sa bouche, les yeux écarquillés.

— C'est pas vrai ! C'est pour ça que tu es chauve ?

Je touchai mon crâne qui, bizarrement, ne me faisait plus mal.

— Ouais. Mais tel est pris qui croyait prendre, parce que *bzzzt* ! fis-je en mimant une électrocution.

Marcella était pliée en deux. Elle me lança une autre mignonnette.

— Merde aux tueurs en série !

— Ouais ! Merde à eux.

Nous trinquâmes encore. Je levai la bouteille à mes lèvres, et la découvris vide.

— Zut.

Les sourcils froncés, Marcella retourna la sienne et la secoua.

— On a tout bu ?

Je contemplai les cadavres qui jonchaient la pièce.

— Ouaip. Candy va nous trucider.

— Va falloir qu'elle attende son tour !

Il n'y avait vraiment pas de quoi glousser, mais nous nous tordîmes de rire, en chœur.

On entendit des coups contre le mur du fond, et la voix assourdie de Grace qui hurlait :

— Vous allez la fermer, oui ? J'aimerais dormir !

Nous nous regardâmes, puis explosâmes de rire à nouveau. Je retombai sur le lit. J'avais mal au bide d'avoir tant rigolé (et de m'être tant bâfrée).

— Mince, j'ai trop mangé.

— Moi aussi, avoua Marcella en roulant face à moi, la tête posée sur sa main.

Son peignoir ne servait plus à grand-chose à ce stade, laissant ses deux seins exposés au grand jour. Ma gorge s'asséchа.

— Je ferais bien de boire un verre d'eau.

— Hm, approuva-t-elle.

Elle roula de l'autre côté pour attraper une bouteille sur la table de chevet, puis revint se placer à quelques centimètres de moi.

— Tu as toujours mal au crâne ?

— Euh, plus trop, j'ai l'impression.

Je lui pris la bouteille et avalai quelques gorgées, bien que la soif ne soit plus au premier plan de mes pensées.

— Tu as d'autres bobos ailleurs ?

— Ben, je me suis écorché les genoux, répondis-je, déglutissant. Et le coude gauche…

— Ma pauvre chérie. Tiens, attends…

Elle glissa la main sous mon peignoir et fit courir le dos de ses doigts le long de mon ventre, m'électrisant la peau.

— Ça fait du bien, reconnus-je tandis que d'autres sensations s'éveillaient, pas désagréables non plus. Je crois que…

Elle me coupa la parole en collant sa bouche contre la mienne. Elle avait bon goût, et je m'inquiétai de mon haleine. Mais quand je tentai de me reculer, son baiser se fit plus pressant, et sa langue s'insinua entre mes lèvres.

Plaquant sa main derrière ma nuque, elle attira doucement mon oreille à elle, la mordilla et dit :

— Voyons ce qu'on peut faire d'autre pour arranger les choses.

Nous étions couchées sur le lit, face à face. Je n'avais pas fermé les stores, si bien que les reflets des néons illuminaient la baie vitrée. La pulsation sourde à l'intérieur de mon crâne avait repris, mais je m'en fichais. Je me sentais légère. Détendue. Marcella m'avait délestée d'une tension dont je n'avais même pas eu conscience.

— C'était...

— Génial. Oui, je sais. (Elle me caressa la hanche du bout de l'index, laissant un sillage de chair de poule.) Je suis une pro, rappelle-toi.

Elle avait parlé avec désinvolture, mais je décelai de la tristesse dans sa voix.

— Tu penses à quoi ?

— À rien.

— Tu es sûre ?

Je lui empoignai le menton, la forçant à me regarder dans les yeux, et demandai gentiment :

— C'est Lori ?

— Quoi ? Non, assura-t-elle, secouant la tête avec vigueur.

— Parce que je comprendrais très bien que ça te fasse tout drôle. Enfin, je ne sais pas si tu as été avec quelqu'un depuis...

— Tu rigoles ? J'ai été avec des dizaines de personnes !

Elle avait l'air interloquée.

— Oui, mais pas comme ça.

— Comme quoi ?

— Ben, juste pour le fun, hasardai-je.

Je la cernais de mieux en mieux à présent, et je voyais ses piquants commencer à se hérisser.

Un ange passa. Puis elle dit d'un ton radouci :

— C'était pas comme ça entre nous, Lori et moi. Je veux dire, je l'aimais très fort, mais on était plutôt d'excellentes amies qui couchaient ensemble de temps en temps, tu comprends ?

— Bien sûr, mentis-je.

Personnellement, je n'avais jamais entretenu de lien d'amitié avec mes partenaires. Il faut dire que je ne leur avais pas vraiment laissé leur chance.

— Mais je n'arrête pas de penser à ce qu'elle a pu ressentir. Elle était toute seule, quoi. (Elle leva son regard vers moi.) Comment c'était ? Pour toi, je veux dire ?

— Euh…

Je m'agitai, mal à l'aise. J'avais le sentiment qu'évoquer mes souvenirs de cette nuit fatidique risquait de tout gâcher, mais il m'était impossible d'ignorer cette nécessité impérieuse dans sa voix.

— Je me sentais très seule, oui. Mais le pire, je crois, c'était de me rendre compte que je ne manquerais à personne. (Je lui pris la main.) Lori savait qu'elle te manquerait, elle. Ça l'a sûrement aidée.

— Vraiment ?

— Vraiment.

Je caressai ses doigts. L'étudiante en psychologie que j'étais avait conscience que nous ne faisions que réagir à un traumatisme commun. Nous étions toutes les deux esseulées, apeurées, avides de réconfort, telles deux naufragées cramponnées à un canot de sauvetage. Cela dit, ça avait l'air plus profond. *Arrête !* me dis-je.

Les pensées de Marcella suivaient peut-être le même cours, parce qu'elle retira brusquement sa main.

— Je suis vannée !

— Moi aussi. On devrait dormir.

Je trouvai la bouteille d'eau au pied du lit où nous l'avions envoyée valser et en avalai un long trait avant de la lui passer. Nous la vidâmes à nous deux. Puis je la posai sur la table de chevet.

— Allez, bonne nuit.

— Bonne nuit.

Je lui tournai le dos et fermai les paupières. J'entendais le bruit de sa respiration derrière moi. Elle était encore réveillée elle aussi, apparemment. Dans l'obscurité, ce fut d'une toute petite voix qu'elle me demanda :

— Qu'est-ce qui va se passer ?

— Aucune idée. On réfléchira à une solution demain.

— Ouais.

Si bas que je percevais à peine ses paroles, elle ajouta :

— Je ne pensais pas vivre aussi longtemps, de toute façon.

Je restai un long moment couchée là, les yeux ouverts dans le noir. Ce qu'elle avait dit, la manière dont elle l'avait dit, me brisait le cœur. Je finis par me tourner vers elle. Elle dormait à poings fermés, les lèvres desserrées, les cheveux en éventail sur l'oreiller.

Et puis merde ! songeai-je en me levant du lit, cherchant mon peignoir à tâtons.

Je tambourinai à sa porte de plus en plus fort jusqu'à ce que Grace daigne enfin m'ouvrir. Elle posa sur moi un regard embrumé, lourdement appuyée au chambranle. Elle ne portait pas un peignoir, elle, mais un véritable pyjama. *Où est-ce qu'elle a bien pu dénicher ça ?*

— Il faut qu'on parle, déclarai-je.

— Non.

— Si.

J'entrai en forçant le passage. Sa lampe de chevet était allumée. Sa chambre était identique à la mienne, quoique nettement plus ordonnée. Même son plateau du room service était proprement rangé, et le fauteuil roulant garé avec soin contre le mur de la salle de bains. Je m'assis dans un des sièges et croisai les bras.

— Cinq minutes, concéda Grace. Et tu m'excuseras si je m'allonge.

Elle s'installa sur le canapé avec un luxe de précautions. Il était clair qu'elle souffrait beaucoup. J'avais envie de lui proposer mon aide, mais j'avais trop peur qu'elle me saute à la gorge. J'attendis qu'elle ait terminé pour déclarer :

— Tout est de votre faute.

— Oui, tu l'as déjà dit. Je peux retourner au lit maintenant ?

— Je suis sérieuse. Si Dot et Marcella sont potentiellement dans la ligne de mire de votre frère, c'est parce que vous êtes venue au motel.

— Ce n'était pas par choix.

— Ça revient au même.

Nous nous fusillâmes du regard.

— Tu as fini ? demanda-t-elle.

— Nan. Je voulais être sûre que vous n'alliez pas nous fausser compagnie.

Elle jeta un coup d'œil rapide vers le fauteuil roulant. *La salope !* Elle avait effectivement prévu de nous laisser en plan.

— Je vous jure que si vous n'êtes pas là demain matin, j'irai voir les flics et je leur raconterai tout. Vous, votre frère, Jessop… tout.

— Ils ne te croiront pas.

— Peut-être, sauf que j'ai des témoins.

La barre sur son front se creusa.

— Ce serait une bêtise. Si Gunnar n'est pas déjà à leurs trousses, ça le convaincra de s'intéresser à elles.

— Il les recherche peut-être déjà, de toute manière.

— Je te l'ai dit, je n'en sais rien. C'est possible. (Elle poussa un profond soupir.) Retourne te coucher, on discutera de ça demain matin.

— C'est maintenant qu'on en discute, tranchai-je en repensant à la peur dans le regard de Dot lorsque la porte du camion s'était rabattue sur elle, à la résignation dans celui de Marcella. Et je vais vous expliquer ce qui va se passer. J'imagine que vous avez une planque où vous vous réfugiez quand vous ne traquez pas votre frère ?

— Une planque ? répéta-t-elle en levant un sourcil, puis, voyant mon expression, elle répondit à contrecœur : Oui.

— Super. On va y aller ensemble, toutes les deux. On y restera jusqu'à ce que vous soyez remise.

— Pas question que je t'emmène.

— Oh que si. Parce que je vais vous aider à coincer votre frère.

— Vraiment ? fit-elle en roulant des yeux. Toi ?

— Oui, moi.

— Ça fait des années que je m'y emploie, souligna-t-elle d'un ton méprisant.

— Oui, mais jusque-là vous travailliez seule. Maintenant, vous m'avez avec vous.

— Et c'est fou comme tu t'es montrée utile.

Je m'approchai d'elle et baissai la voix.

— Je présume que vous avez fouillé mon passé ?

— En effet. Curieusement, je n'ai pas trouvé grand-chose. Hormis ton décès prématuré dans un accident de voiture il y a cinq ans.

Je me permis un petit accès d'autosatisfaction ; ça la fichait clairement en rogne de ne pas avoir réussi à percer ma véritable identité.

— Eh bien sachez que je peux me montrer très utile.

Elle me toisa.

— Je doute qu'aucune de tes compétences ait un quelconque intérêt ici.

— Vous n'êtes pas vraiment en position de faire la difficile. Et puis qu'est-ce que vous avez à perdre ?

— Le respect de ma vie privée ? (Elle indiqua sa blessure.) Ça mettra des semaines à guérir.

— Ouaip.

— Je n'ai pas besoin d'une infirmière.

— Vous en êtes certaine ? (Je me penchai à nouveau vers elle.) Et comment vous comptez rentrer chez vous, au juste ? Vous n'êtes même pas capable de vous asseoir.

Elle ouvrit la bouche, puis la referma.

— Voilà donc le plan, annonçai-je en bombant le torse. Dot nous fera sortir de Vegas… Même vous, vous devez reconnaître que ce qu'elle a organisé aujourd'hui était vachement impressionnant.

Elle acquiesça de mauvaise grâce.

— Et en attendant qu'on ait résolu cette affaire, Marcella et elle se feront oublier.

Elle se frotta les tempes avec les pouces.

— C'est du grand délire.

— Ouais, ben je me répète, vous n'avez pas le choix. Ah oui, au fait, j'ai aussi besoin de fric pour le minibar.

Les choses se mirent en place à une vitesse stupéfiante. Marcella avait raison : Dot était bel et bien la reine de Las Vegas. Tout le monde ici lui devait apparemment une faveur, ou l'aimait assez pour l'aider sans rien demander en retour. Tout fut réglé avant la fin de l'après-midi. Pendant que Dot se cacherait chez Jim, Jessie la remplacerait au Getaway (même si je la soupçonnais de projeter d'y exiler le pauvre JB). Comme prévu, Marcella logerait au Mayhem. Et Dot jurait qu'elle avait trouvé pour Grace et moi un moyen sûr et intraçable de quitter la ville. « Ne t'inquiète pas, cocotte, m'avait-elle dit par le téléphone prépayé que Candy nous avait apporté (en même temps que des vêtements, dont Marcella et moi nous passions très bien pour le moment). J'ai tout arrangé. »

Elle avait refusé de s'étendre, pour ne pas gâcher la surprise. J'aurais voulu réclamer des détails, mais Marcella était en train de me grimper dessus au même instant. Cela avait d'ailleurs été le thème dominant de notre journée. Nous avions regardé la télé, mangé ses cinquante dollars de room service et fait l'amour de si nombreuses fois que j'en avais perdu le compte.

Cela faisait très longtemps que je n'avais pas eu de liaison ; depuis mon entrée à la fac, j'étais presque aussi chaste qu'une bonne sœur. Seulement, Marcella avait comme actionné un interrupteur en moi. Chaque caresse, chaque baiser, chaque sensation se révélait plus intense. Une intensité presque douloureuse. Je ne me lassais pas de la rondeur de ses seins, de la douceur de la peau à l'intérieur de ses cuisses, de la façon dont elle renversait la tête en gémissant quand je trouvais le bon rythme. Lors de mes histoires précédentes, les premières fois regorgeaient d'hésitations et de gestes maladroits ; je n'arrivais jamais à déconnecter mon cerveau, je me demandais sans arrêt : « Est-ce que je fais ça bien ? Est-ce qu'elle aime vraiment, ou elle fait juste semblant ? » Mais là j'étais capable de deviner ce que Marcella désirait. C'était à la fois merveilleux et troublant. J'avais complètement perdu la notion du temps, et n'avais même pas remarqué que le soleil se couchait, inondant la chambre d'une lueur rosée.

Tard dans la soirée, alors que nous nous embrassions, Marcella se dégagea et me regarda droit dans les yeux. Les lumières de la ville éclairaient son visage, et j'avais l'impression de voir jusqu'aux tréfonds de son âme. Je n'avais jamais éprouvé ça avant. Et pour être honnête, je n'étais pas sûre d'avoir envie de retenter l'expérience. Ça faisait trop pour une seule personne, trop d'émotion, trop tout court.

Peu après, Marcella tomba dans les bras de Morphée, une jambe nouée par-dessus la mienne. J'aurais dû me sentir épuisée, mais mon pouls battait fort et ma peau fourmillait encore.

Qui plus est, un psychopathe était à ma recherche, donc… disons que j'avais de quoi m'occuper l'esprit.

Ce qui m'effrayait le plus dans l'immédiat, pourtant, c'était mes sentiments.

Quand les premiers rayons de l'aube teintèrent la pièce en mauve, je m'habillai le plus silencieusement possible et partis.

Minable, je sais. Sans même laisser un mot.

Je fis halte à la porte pour contempler la silhouette de Marcella sur le lit. J'articulai un « désolée » puis refermai derrière moi, frémissant au claquement sonore du pêne.

Je toquai en douceur à la chambre de Grace. Comme personne ne répondait, je connus un instant de panique, persuadée qu'elle nous avait finalement abandonnées.

Mais bientôt elle vint m'ouvrir, non sans quelque difficulté. Elle était assise dans le fauteuil roulant, vêtue d'un jean et d'un tee-shirt blanc. En voyant ma tenue, elle grogna.

— Oh non, on est même habillées pareil.

— Chut, moins fort !

Elle tourna les yeux vers ma piaule et eut un sourire en coin. Tout en s'engageant dans le couloir en direction de l'ascenseur de service, elle lança :

— On dirait que je ne suis pas la seule garce ici.

Dans la cabine qui nous descendait au sous-sol, je priai en silence pour qu'une existence entière passée à se gaver d'intrigues policières ait suffisamment préparé Dot à cette journée.

Grace accepta bon gré mal gré que je la pousse le long des entrailles de l'hôtel, dans des passages sombres que seuls les employés de ménage et de maintenance étaient autorisés à arpenter. Nous poireautâmes dans la blanchisserie pendant une bonne heure. L'air était chaud et humide, et le vacarme continuel de la dizaine de machines rendait toute conversation impossible. Ça tombait bien, nous n'avions pas très envie de bavarder.

— Bon sang, qu'est-ce que c'est long ! finit par grommeler Grace. Je meurs de faim.

— Chut ! fis-je, même si mon estomac se plaignait tout autant.

Le buffet du petit déjeuner doit être servi là-haut, pensai-je, l'eau à la bouche. *Il y a sûrement de l'omelette, des gaufres, et…*

La porte s'ouvrit. À la place d'une énième femme de chambre étonnée de notre présence en ces lieux, ce fut Jessie qui entra, habillée d'un ample caftan, d'un authentique turban et de gigantesques lunettes noires. Elle nous dominait de toute sa taille, tel un personnage d'un des films de Dot.

— Non, mais je rêve ! marmonna Grace.

— C'est exactement ce que j'allais dire, répliqua Jessie. Changez-vous.

Elle nous lança un gros sac en toile. J'en retirai ce qui ressemblait à un interminable rouleau de tissu.

— Sérieux ?

Grace semblait tout aussi déroutée.

— Si c'est pour être évacuée à l'intérieur d'un camion, pourquoi faudrait-il que je change de tenue ?

— Parce que cette fois-ci, déclama Jessie d'un ton grandiloquent, nous sortons par la grande porte.

— C'est n'importe quoi, maugréa Grace.

— Mais non. C'est une idée géniale, je trouve, dis-je en la poussant dans le couloir, tentant sans grand succès de masquer mon amusement. Ça vous va super bien, en plus.

— Taisez-vous, toutes les deux ! siffla Jessie. Ça ne marchera que si vous jouez correctement votre rôle. Alors essayez d'avoir l'air moins… jeunes. (Elle s'arrêta devant la porte à double battant qui menait au casino.) Bon, n'oubliez pas : gardez la tête baissée jusqu'à la navette.

Obéissante, je courbai le dos. J'étais affublée d'un caftan dans une palette effroyable de teintes fluo, d'un bob qui avait connu des jours meilleurs, et d'une énorme paire de lunettes de soleil au rabais qui me mangeait la moitié de la figure. Look complété par un rouge à lèvres bien criard et des ronds de blush sur les joues.

Grace avait enfilé, à son corps défendant, un tailleur pantalon en polyester du marron le plus moche que j'aie jamais vu, une perruque blanche et des lunettes de soleil en comparaison desquelles les miennes paraissaient minuscules. Elle avait refusé de se maquiller, mais peu importait parce que ses lèvres pincées la vieillissaient déjà.

Jessie poussa les portes et nous pénétrâmes au niveau principal du casino. En dépit de l'heure matinale, la moitié des machines à sous étaient occupées par des gens qui, soit avaient commencé tôt leur journée, soit n'étaient pas encore partis. Les tables de craps, roulette et blackjack étaient au quart de leur capacité environ.

En balayant la salle du regard, je constatai que Dot avait, une fois de plus, concocté le meilleur plan qui soit. La plupart des clients appartenaient au troisième âge, et nous nous fondions parfaitement dans la masse. Pour autant, difficile de me départir de la sensation que des yeux nous observaient en secret.

— Ça ne marchera jamais, trancha Grace.

Elle s'était tout de même voûtée dans son fauteuil, la tête en avant et les épaules rentrées. Ses mains étaient planquées sous un vieux plaid râpé.

Si je ne la connaissais pas, je lui aurais donné quatre-vingts ans. Je cheminais à petits pas traînants, comme si piloter le fauteuil me demandait un gros effort.

— Arrête de rouspéter, maman ! la réprimanda Jessie d'une voix forte.

Je dus me mordre la joue pour ne pas éclater de rire.

Nous traversâmes le casino à une allure d'une lenteur insoutenable. D'autres papis et mamies déambulaient poussivement autour de nous, des gobelets remplis de pièces serrés dans leurs mains tavelées. J'avais l'impression qu'on jouait les figurantes dans un film de zombies particulièrement déprimant. Les roues du fauteuil couinaient. Ce n'était pas chose aisée de le faire rouler sur la moquette ; un filet de sueur s'échappa de mon bob et coula jusqu'à mon menton.

— Avez-vous besoin d'aide ? proposa une voix joviale à côté de moi.

Je me raidis. *Oh non, est-ce que c'est lui ? Ces déguisements pourris ne trompent personne, faut pas se leurrer.*

Je me tournai lentement, et avisai un type de mon âge. Il arborait un immense sourire de façade et un uniforme du Strat avec le nom « Brad » écrit sur son badge.

— Non merci, cracha Jessie en balançant son sac à main pour le chasser.

Brad fronça les sourcils.

— Excusez-moi, madame, je voulais juste me rendre utile.

— Ne lui donne pas d'argent, chevrota Grace. Il s'en servirait pour acheter de la drogue.

Brad eut l'air vexé comme un pou.

— Pardon de vous avoir dérangées, mesdames. Le Strat tient à offrir la meilleure qualité de...

— Où est la navette ? aboya Jessie.

— Euh, juste devant. Près de l'entrée.

— On va au Harrah's, marmotta Grace. On aura plus de chance là-bas.

— Eh bien, je vous souhaite une bonne journée, dit Brad d'un ton pincé avant de tourner les talons et de repartir à son poste.

Dès qu'il fut hors de portée de voix, je demandai tout bas à Grace :

— C'était pas lui, hein ?

— Pff ! Si c'était lui, tu serais déjà morte.

— Merci. Vous me mettez du baume au cœur.

— Fermez-la, vous deux ! gronda Jessie sans bouger les lèvres.

Nous continuâmes notre petit bonhomme de chemin. La porte me donnait l'impression de s'éloigner de plus en plus, mais nous finîmes par l'atteindre et émerger sous l'auvent.

Je me réjouis de porter ces lunettes ; le soleil du désert était déjà aveuglant et torride. L'espèce de chapiteau en viscose qui me servait de robe n'arrangeait pas les choses, et je sentais mon maquillage de scène dégouliner. Par bonheur, il ne fallut que quelques minutes à la navette gratuite pour arriver. On installa une rampe pour le fauteuil, et le chauffeur descendit nous aider.

Le véhicule était vide. Quand nous démarrâmes, Jessie tapota l'épaule du chauffeur.

— Merci encore, Chuck.

— Pas de problème. J'ai pas beaucoup de voyageurs à cette heure-ci, de toute façon.

Dot est encore derrière tout ça. Décidément, son ingéniosité ne cessait de m'impressionner.

— Où est-ce qu'on va ? m'enquis-je en allant m'asseoir derrière Jessie.

Grace, toujours avachie dans son fauteuil, semblait s'être endormie.

— Tu verras.

— Je n'aime plus tellement les surprises, en fait. Et puis, ça ne paraîtra pas louche si on ne s'arrête pas dans un autre casino ?

— Non, j'ai terminé mon service, me rassura Chuck. On se dirige plus ou moins vers mon terminus.

Malgré ça, j'avais toutes les peines du monde à calmer ma paranoïa. J'auscultai du regard les quelques voitures qui partageaient la chaussée avec nous, me demandant si l'une d'entre elles nous filait. Histoire de me changer les idées, j'engageai la conversation avec Jessie.

— Quand est-ce que vous avez rencontré Dot ?

— À l'époque où elle n'était qu'une petite morveuse qui traînait ses guêtres du côté du Sands.

J'avais un vague souvenir de Dot en train de raconter son enfance autour des cocktails du Tiki Hut. Par je ne sais quel miracle, certains détails m'étaient restés.

— Ah oui, son père était humoriste et sa mère showgirl, c'est ça ?

— Mouais. « Joueur invétéré » serait plus proche de la vérité. Et sa mère s'est barrée quand elle était toute petite. Elle a plus ou moins grandi dans le motel qu'elle possède aujourd'hui. Elle te l'a pas dit, ça ?

Je fis non de la tête.

— Son paternel la laissait là-bas tous les soirs pendant qu'il allait travailler, et par « travailler », j'entends « flamber le moindre dollar qu'il gagnait ». Elle est obsédée par ces vieux films parce que c'était la seule chose qui lui tenait compagnie. (Elle soupira.) Quand le foie de son père a fini par lâcher, elle a été forcée de rembourser ses dettes en nettoyant les chambres du Getaway. Elle a économisé jusqu'à avoir de quoi racheter l'établissement, et voilà.

— Waouh. Dans sa bouche, ça paraissait plus…

— Glamour ? (Elle sourit.) C'est du Dot tout craché. Elle met toujours des paillettes partout. Tu peux enlever ça, au fait, dit-elle en désignant mon caftan. Tu n'en as plus besoin.

Je me dépouillai avec soulagement de la lourde robe.

— Sinon, pour Marcella…

— On s'occupe d'elle, t'inquiète. Et je suis certaine que les hipsters vont adorer l'authenticité qu'elle va apporter au Mayhem, commenta-t-elle, sarcastique.

— Tant qu'elle est en sécurité, bredouillai-je avec une pointe de culpabilité.

— Tout ira bien, assura-t-elle en me tapotant la main en un geste étonnamment maternel. Dot, c'est comme ma famille. Je prendrai soin d'elle et de Marcella. Occupe-toi seulement de toi. Et méfie-toi de celle-là, ajouta-t-elle tout bas en lorgnant Grace. Elle ne m'inspire pas confiance.

— Ne vous en faites pas. Je suis très douée pour prendre soin de moi.

— Ça se voit. (Elle me fit un grand sourire.) Il y a « battante » écrit en gros sur ton front.

Même si j'appréciais le compliment, je ne me sentais pas trop l'étoffe d'une battante à cet instant. Plutôt d'une proie. Si Dot ne s'était pas prise d'amitié pour moi, je serais probablement morte à l'heure qu'il est. Ce n'était pas une pensée très joyeuse.

— Je m'en veux terriblement de les avoir embarquées là-dedans.

— Ça ne m'enchante pas non plus, je t'avoue. (Elle me jaugea du regard.) Mais Dot est une grande fille. Elle ne se serait jamais retrouvée mêlée à cette histoire si elle ne l'avait pas décidé. Et ça, je le respecte.

La navette ralentit puis marqua une halte devant le portail métallique d'un petit aérodrome. En voyant le panneau au-dessus, je me figeai.

— Une minute, je rêve ou… ?

— Excellent ! applaudit Grace en tendant le cou pour regarder par le parebrise.

Jessie hocha la tête.

— Dottie a vraiment sorti le grand jeu pour toi.

Tu m'étonnes ! pensai-je. Dot avait fait plus pour moi en une semaine que n'importe qui d'autre durant ma vie entière. Y compris mes parents. Et moi, en contrepartie, j'avais malencontreusement mis ses jours en danger. Nous ne nous étions même pas dit au revoir en bonne et due forme.

Je me rendis compte tout à coup que je ne la reverrais peut-être plus jamais. Une vague de tristesse me submergea. Jessie le remarqua et dit :

— Ce n'est pas le moment. Et ne t'inquiète pas pour tes affaires, elles sont à l'intérieur.

— Ah oui ? (C'était presque la plus grande surprise de la journée.) Mais… s'il surveillait la chambre ?

— Dot a chargé Tina de tout emballer dans des sacs poubelle et de les jeter à la benne. Un ami les a récupérés ensuite. Te bile pas, ils ont fait attention.

— Super, dis-je tout en songeant : *Mes affaires ont traîné dans une benne à ordures ?*

Aussi dégoûtant que cela me paraisse, je n'étais pas vraiment en droit de me plaindre.

— On y est, annonça Chuck en arrêtant le véhicule.

Nous nous trouvions face à un hélicoptère rouge vif avec « GRAND CANYON HELITOURS » marqué en grosses lettres sur le côté. Les pales tournaient déjà lentement.

— Là-dedans, personne ne te suivra ! lança Jessie, ravie.

— Hm hm.

J'avais les jambes en coton. J'aurais dû être remplie de gratitude, j'en avais conscience – un hélico, quoi ! Comme une vraie star du rock ! –, si seulement je n'avais pas eu aussi peur du vide.

Je descendis sur le tarmac et examinai l'appareil avec appréhension. Jessie fourra un trousseau de clés dans ma main.

— Il y a une voiture qui vous attend à l'arrivée, grâce à un pote de régiment de Jim. Dot a déposé un peu d'argent dans ton sac. Ah, et voici tes nouveaux papiers d'identité. J'ai fait ça un peu dans l'urgence, mais c'est une de mes plus belles réalisations, si je peux me permettre.

— Merci, dis-je en prenant les clés et la grosse enveloppe. Franchement, je ne pourrai jamais assez…

— Je sais, ma chérie. (Elle me souffla un baiser.) Allez, fais attention à toi, et évite de mourir.

Pendant que nous parlions, Chuck avait aidé Grace à descendre du véhicule et à grimper à l'arrière de l'hélicoptère. Elle était assise en plein milieu, l'air assommée d'ennui. Jessie me fit au revoir de la main depuis les marches de la navette, puis la portière se referma et ils démarrèrent. Je résistai à la tentation de leur courir après.

Respirant un grand coup, je reluquai l'hélico d'un œil méfiant.

— Bon sang, magne-toi ! hurla Grace.

Je n'avais pas envie de lui donner d'autres prétextes pour se payer ma tronche. Pliée en deux pour esquiver les pales, je la rejoignis en trottinant gauchement.

Comme promis, il y avait deux sacs poubelle dans l'habitacle, de part et d'autre du siège de Grace – avec un peu de chance, elles sentaient très mauvais, ce qui me regonfla le moral. Le pilote, qui portait une casquette de baseball et des lunettes d'aviateur, me fit signe d'enfiler un casque. Grace avait déjà le sien sur les oreilles. Elle avait l'air à l'aise, comme si voyager dans un engin de mort pareil, c'était la routine pour elle.

La voix du pilote m'explosa les tympans :

— Le voyage sera rapide. Bouclez vos ceintures.

Je me pressai d'ajuster l'écheveau de sangles autour de moi, comme si quelque chose pouvait me sauver en cas de dégringolade. Alors que je clipsais le dernier fermoir, le vrombissement du rotor s'intensifia, devenant assourdissant. J'agrippai mes genoux et révisai mon jugement quant à l'utilité de la prière.

Nous décollâmes à une vitesse ahurissante. Je fermai les yeux, serrant fort les paupières, mais ça ne fit qu'aggraver mon mal des transports. M'armant de courage, je les rouvris.

— Waouh !

Nous survolions le Strip. Le sommet de la flèche du Strat était au même niveau que nous, les autres casinos déployés tout autour : j'apercevais la pyramide du Luxor, la tour Eiffel, la statue de la Liberté. La lumière se reflétait sur les tours vitrées, projetant des arcs-en-ciel. C'était si singulier et si beau que j'en oubliai ma peur.

Quelques minutes plus tard, nous passâmes au-dessus du barrage Hoover. Quand je me penchai pour le contempler, j'entendis le pilote dans mes écouteurs :

— Je me suis dit qu'après tout, autant en profiter pour vous offrir une petite balade touristique, non ?

Il m'adressa un sourire, que je lui rendis. La voix de Grace me parvint alors dans le casque :

— C'est encore loin ?

Je lui jetai un regard noir qu'elle ne remarqua pas, occupée qu'elle était à regarder droit devant.

— Non, on arrive bientôt, répondit le pilote, qui semblait aussi effaré que moi.

Peu après, nous nous posâmes sur le parking d'un immeuble de bureaux abandonné. Le seul véhicule en vue était un minivan bleu tout cabossé. Un type au crâne rasé était appuyé à la carrosserie, les bras croisés. Le pilote le montra d'un signe de tête.

— Voilà votre voiture.

Je descendis prudemment. L'inconnu accourut vers nous et me serra la pince.

— Moi, c'est Pete ! dit-il en criant pour couvrir le bruit du rotor.

— Merci pour votre aide ! criai-je à mon tour.

Il hocha du chef, puis me prêta main-forte pour charger les sacs dans le minivan, avant de retourner chercher Grace. Il l'installa, non sans mal, à la place du mort.

— Au revoir ! fit-il en nous tirant un chapeau imaginaire.

Sur quoi il repartit au pas de course vers l'hélicoptère, et grimpa à bord.

Je me couvris les yeux pour regarder l'appareil décoller. Il s'éleva au-dessus des arbres, décrivit un lent demi-cercle puis s'éloigna dans la direction d'où nous étions arrivés. Quelques secondes plus tard, il avait disparu.

— On va passer la journée dans ce trou paumé ou quoi ? pesta Grace derrière moi.

Elle était vraiment pas croyable. Je me tournai vers elle.

— Un tas de gens se sont mis en quatre pour nous venir en aide. Vous pourriez vous montrer un peu plus reconnaissante.

— Oui, j'ai particulièrement apprécié les vêtements offerts, répliqua-t-elle en pointant son tailleur pantalon.

— Ne dénigrez pas. Les tissus infroissables sont idéals pour les invalides comme vous. (Mon estomac se remit à gargouiller.) Bon Dieu, je meurs de faim.

— Tu devras attendre. On ne trouvera pas de restaurant avant des kilomètres.

— On ira dans une station-service. Ou mieux, dans un McDonald's.

— Un fast-food ! s'exclama Grace, horrifiée. Hors de question.

— Vous savez quoi ? Si on croise un quatre-étoiles, je vous promets de m'y arrêter.

Je refermai sa portière et contournai le capot pour gagner ma place.

L'intérieur du minivan était raccord avec l'extérieur : sièges en cuir craquelé, volant poisseux, vieux relents de tabac. Il affichait malgré tout moins de kilomètres au compteur que ma vieille guimbarde. Et il y avait plus d'espace pour y dormir. J'espérais que Dot obtiendrait un bon prix de la revente de mon tas de boue. Je lui devais au moins ça.

Deux boîtes posées sur le tableau de bord contenaient chacune un téléphone prépayé. Je les jetai sur la banquette arrière et me munis de la carte que Pete nous avait gentiment laissée.

— Vous avez une idée d'où on se trouve ?

— Une cinquantaine de kilomètres au nord-ouest de Las Vegas. (Grace inclina son siège et ferma les yeux.) Prends la 15 vers le sud.

J'examinai les alentours : aucune trace d'une autoroute nulle part. Mais cela ne semblait pas la préoccuper plus que ça.

— Et ensuite ? demandai-je, agacée.

— Je te dirai au fur et à mesure.

— Formidable, grognai-je en allumant la radio. J'adore les road trips.

12

L.A. Confidential

Il doit exister de pires compagnons de route que Grace. J'aurais pu me retrouver coincée avec un chien pétomane, un bébé qui fait ses dents ou un groupe de mimes. N'empêche qu'au bout de deux heures, j'aurais accueilli les trois à bras ouverts.

Chaque fois que j'allumais la radio, elle tendait la main pour l'éteindre.

— J'ai besoin de silence. Pour réfléchir.

— Ouais, eh ben moi, je m'efforce de ne pas réfléchir au fait que votre frère veut m'assassiner. (Têtue, je remis le son.) Et puis c'est moi qui conduis. Donc, c'est moi qui gère la radio.

Elle poussa un soupir mélodramatique, puis désigna d'un signe de tête le panneau annonçant la prochaine sortie.

— Arrête-toi là.

— Primm ? C'est là que vous habitez ?

— La station-service. Fais le plein, j'irai payer.

— En liquide, hein.

Elle me lança un regard venimeux.

— Évidemment. Tu n'as pas de leçons à me donner, tu sais.

— À voir votre état, j'en suis pas si certaine, grommelai-je en me rangeant près d'une pompe.

Grace partit en boitillant vers la supérette avant que j'aie le temps de la stopper.

— Achetez de la junk food ! Des trucs épicés !

Je refermais le bouchon du réservoir quand elle revint à pas traînants, un sac en plastique accroché au poignet. Sans un mot, elle se dirigea vers le côté conducteur.

— Euh… qu'est-ce que vous faites ?

— Je prends le volant. Certaines précautions s'imposent.

— Personne ne nous suit. Et vous vous croyez capable de conduire ?

— Je me sens beaucoup mieux, affirma-t-elle d'un ton sec, bien que ses traits tirés témoignent du contraire.

— C'est une mauvaise idée.

— Tu veux que je te sauve la vie ou pas ? siffla-t-elle, un sourcil levé.

En l'absence de réponse de ma part, elle se hissa à bord et s'affaira à régler consciencieusement son siège. Je grimpai à côté d'elle en boudant comme une ado. Elle démarra sur les chapeaux de roue sans me laisser le temps d'attacher ma ceinture. J'étais en train de batailler avec la boucle quand le feu devant nous passa au rouge. Elle l'ignora et braqua à gauche pour s'engager sur la 15 en direction du nord.

— Ça va pas la tête ? criai-je. Vous voulez nous tuer ou quoi ?

— Installe-toi confortablement. Ça risque de se reproduire souvent pendant les prochaines heures.

— J'ai pas réchappé à un tueur en série pour mourir sur l'autoroute !

— Arrête de geindre. Je suis une excellente conductrice.

Là-dessus, elle éteignit la radio.

— Hé !

— C'est celle qui conduit qui gère la radio, non ?

Jurant dans ma barbe, je m'emparai du sac en plastique et entrepris de farfouiller dedans.

— De l'eau gazeuse et des pistaches ? Et qu'est-ce que… ? (Je sortis un petit sachet.) Des graines de tournesol ?

— Oui, c'était les seuls aliments corrects qu'ils avaient. (Elle renifla.) Moi qui espérais trouver des amandes.

— Vous êtes nulle en road trips, vous savez ? ronchonnai-je en me cramponnant au tableau de bord tandis qu'elle coupait quatre voies d'un coup pour prendre la bretelle de sortie, laissant derrière nous un sillage de klaxons rageurs.

Malgré la conduite de Grace qui se prenait pour une pilote de Formule 1, je parvins à dormir un peu. Quand je m'éveillai, le soleil touchait déjà presque l'horizon. Nous nous trouvions au milieu d'une interminable file de voitures, avec des feux arrière à perte de vue. Je me redressai, clignant des yeux pour chasser les brumes du sommeil.

— Où on est ?

— À Pasadena, répondit Grace sans tourner la tête.

— Vraiment ?

Je me penchai pour admirer la vue. *La Californie !* exultai-je. Manque de chance, il faisait trop sombre pour voir les palmiers. Et cette portion d'autoroute paraissait aussi déprimante que toutes ses semblables. Malgré tout, j'étais aux anges.

J'attrapai le sac de vivres et y jetai un œil. Grace avait largement entamé le sachet de pistaches. J'en ouvris une et la mis dans ma bouche. Comme je m'y attendais, ça n'avait rien à voir avec des Doritos.

— On va rouler encore longtemps avant de s'arrêter pour dormir ?

Je me demandai ce que ça ferait de partager une chambre d'hôtel avec elle. Ce serait très différent de mes nuits avec Marcella, supposai-je.

— On ne s'arrête pas. On est presque arrivées.

Ses cernes étaient encore plus prononcés, et ses mains serraient le volant très fort. Elle souffrait, ça sautait aux yeux.

— Je peux conduire, si vous voulez.

Elle secoua la tête.

— Inutile. On y sera dans dix minutes. Peut-être vingt, rectifia-t-elle en considérant la circulation.

— On sera où ? demandai-je, déconcertée.

— Chez moi.

J'en restai bouche bée.

— Vous habitez à Los Angeles ?

— Oui. (Elle me lança un regard.) Pourquoi ? Ça t'étonne ?

— Un peu. Je vous voyais dans un endroit un poil plus original. Genre, une île. Ou un repaire souterrain.

— Navrée de te décevoir.

Nous progressions à une allure d'escargot. *On avançait plus vite quand on jouait les petites vieilles au casino*, songeai-je.

— Pourquoi L.A. ? demandai-je, histoire de meubler le silence. Vous aimez la plage ?

Grace orienta le minivan vers un embranchement menant à la 110.

— Plusieurs aéroports à proximité. Nombreuses portes d'entrée et de sortie. Anonymat relatif.

— Vraiment ?

— Absolument. Les gens vivent cloîtrés ici. Ils ont très peu de contacts avec leurs voisins. Tout peut être livré, donc si on ne souhaite pas sortir de chez soi, on n'y est pas obligé. C'est nettement plus facile de se cacher ici que dans une petite ville.

— Ça m'a l'air… triste.

— Plus triste qu'une île ? Au milieu de nulle part, isolée, sans issue de secours ? Franchement, Amber, il faudra qu'on travaille sur tes compétences de survie.

— Je me suis très bien débrouillée pour survivre jusqu'ici, je vous remercie, ripostai-je, piquée au vif. Et d'après mon expérience, les petites villes sont parfois des planques idéales. Les gens sont plus confiants.

— C'est vrai. Trop confiants, même, vis-à-vis des tueurs en série en camionnettes de livraison, d'après mon expérience.

— Ouais, ben en attendant, c'est pas moi qui me suis fait poignarder !

Sans prendre la peine de répondre, Grace s'engagea dans une rue tranquille bordée de palmiers. Je résistai à l'envie de coller mon nez à la vitre. Los Angeles ! Quand j'étais dans le Tennessee, cette ville me semblait aussi inaccessible que la lune.

— Tant qu'on y est, on pourrait pas faire un tour à Disneyland ? hasardai-je, ne plaisantant qu'à moitié.

— Si tu veux échapper à Gunnar, il faudra prendre un peu plus de précautions. Donc, c'est non.

Bon. La maison de Grace.

C'est ce à quoi je m'attendais, en gros. Située en retrait de la rue, derrière un immense portail enfoui dans une haie impénétrable de trois mètres cinquante de haut. Une allée courte menant tout droit à un garage. Lequel se révéla, bien entendu, immaculé : pas une tache d'huile sur le sol en ciment, les parois tapissées de meubles de rangement blancs.

Une fois le ton donné, le reste de la maison suivait le même modèle : d'une propreté impeccable, sans aucune personnalité. Pas de tableaux, pas de photos, pas même un aimant sur le frigo. Au rez-de-chaussée, salle à manger, salon et cuisine formaient un vaste espace vierge. Canapés blancs, tapis blanc, murs blancs… j'avais déjà vu des chambres d'hôpital plus joyeuses.

— Waouh, c'est… blanc, dis-je en posant mes sacs par terre.

— Tu n'as qu'à prendre la chambre d'amis. C'est en haut, à droite. N'oublie pas tes bagages, ajouta-t-elle en les couvant d'un regard éloquent.

— D'accord. La chambre d'amis.

Je transbahutai mes affaires à l'étage, où s'étendait un petit couloir avec une porte à chaque extrémité. J'ouvris celle de droite, et découvris… vous l'avez deviné, encore du blanc. Le plumard : tête de lit capitonnée blanche, couette blanche, draps blancs. Le tapis : couleur ivoire. Pour autant, celle du Strat exceptée, c'était la plus belle chambre où il m'ait été donné de squatter. Un peu mal à l'aise, je rangeai mes sacs en toile dans le dressing avant d'aller soulager ma vessie dans la salle de bains.

Cette dernière était tout aussi classe : baignoire, douche séparée, double vasque… Si ça, c'était la chambre d'amis, je n'osais pas imaginer à quoi ressemblait celle de Grace.

La douche me faisait de l'œil, mais ça me gênait un peu de me laver alors que Grace m'attendait sans doute en bas. Je me contentai de m'asperger la figure, et en profitai pour m'inspecter dans le miroir. La vilaine bosse sur ma tempe avait pris des teintes violettes et vertes, encadrant joliment les affreux points de suture noirs. J'avais des égratignures sur la joue, là où celle-ci avait rencontré le béton. Et mes lèvres étaient gercées après mon abus de baisers la nuit précédente.

Le sourire suscité par ce souvenir s'évanouit quand je songeai à la colère que Marcella avait dû ressentir en se réveillant seule. Elle ne m'adresserait sûrement plus jamais la parole. Même si nous ne risquions pas de discuter de sitôt, de toute manière, avec Gunnar dans les parages.

Si par malheur quelque chose leur arrivait…

Stop ! me dis-je. Dot connaissait Vegas mieux que personne, et certainement mieux que le frère de Grace. Toutes les deux avaient promis de rester cachées, et rien ne lui permettrait de remonter leur piste jusqu'au Nugget ou au Mayhem. Je n'avais pas de souci à me faire pour elles. Selon toute probabilité, c'est moi qui étais toujours la cible principale.

Quand j'ouvris la porte de ma chambre, j'entendis l'eau d'une douche couler.

— Bravo la politesse ! marmonnai-je.

Malgré ses grands airs, je ne m'attendais quand même pas à ce que Grace se révèle être une hôtesse exemplaire.

Je descendis explorer le frigo, espérant trouver autre chose que des pistaches à me mettre sous la dent. J'y découvris des dizaines de pots de yaourt aux étiquettes parfaitement alignées. Sur la clayette inférieure, des briques de lait de soja, tout aussi bien rangées. En dessous encore, des œufs, puis un tiroir rempli de crudités. Même pas un petit bout de fromage.

— Putain, dans le genre psychopathe…

Le contenu des placards fut non moins décevant : coûteuses boîtes de soupe de légumes, pâtes, sauce tomate bio. Zéro conservateur, zéro additif, zéro exhausteur de goût. Je piochai une pomme dans la corbeille de fruits sur le plan de travail et croquai dedans avec amertume. La priorité serait de me procurer des cochonneries à ingurgiter, n'importe quel aliment avec un temps de conservation d'au moins cinquante ans.

Le bruit de la douche résonnait toujours chez Grace quand je remontai dans ma chambre. Bon, si elle voulait m'éviter, je lui rendrais la pareille. Je me fis couler un bain, dans lequel je versai la totalité d'un sachet de sels à la lavande déniché dans la coiffeuse. Puis je m'allongeai dans l'eau, et y restai jusqu'à ce que ma peau soit toute fripée.

Lorsque je redescendis enfin une heure plus tard, un brin ragaillardie, vêtue d'un short et d'un tee-shirt propres, Grace était assise à la table de la salle à manger, en train de déguster – surprise, surprise – un yaourt. Un ordinateur portable était ouvert devant elle. Elle ne leva même pas la tête.

— Vous voulez qu'on commande à dîner ?

— Il y a des pâtes si tu as faim. Ou de la soupe.

— J'ai vu, grognai-je. On pourrait manger chinois ?

— Je ne pense pas que mon estomac supporterait, répliqua-t-elle, dessinant un cercle en l'air avec sa cuillère. Avec le trou géant que j'ai dans le ventre.

— Ah, d'accord. (Je me traitai de tous les noms.) Comment ça va ?

— C'est douloureux. Les médicaments ne font plus effet depuis une heure. (Elle planta sa cuillère dans son yaourt et le repoussa.) Tu as trouvé tout ce qu'il te fallait ?

— Oui, merci. C'est une jolie chambre.

Elle hocha la tête, puis déclara :

— La semaine a été longue. Je vais me coucher.

Sur quoi elle disparut dans l'escalier.

Une fois sa porte close, j'allai à l'ordinateur et appuyai sur une touche pour le rallumer. Protégé par un mot de passe, bien sûr. Avec un soupir, je partis me préparer une assiette de spaghettis.

Par esprit de rébellion, je mangeai devant la télé, en baissant tout de même le volume. Je zappai de chaîne en chaîne sans que rien ne retienne mon intérêt. Je finis par regarder une émission de déco, lovée sous un plaid blanc.

On frappait à la porte. L'espace d'un instant, je me crus de retour au motel ; désorientée, je m'efforçai de discerner les formes inconnues tapies dans les ombres. *Ah oui*, me dis-je. *La chambre d'amis de Grace. Dans son palais de glace. Sa forteresse de la solitude.*

Les coups redoublèrent de puissance. Ils étaient étrangement réguliers, comme si on martelait le battant du poing en suivant un rythme.

Je me mordis la lèvre. *Et si c'était Gunnar ? A-t-il un moyen de s'introduire dans la maison ?* La porte d'entrée était blindée, et équipée de trois verrous monstrueux ; j'avais contrôlé les issues moi-même après le dîner. Il y avait également un système d'alarme tellement sophistiqué que je n'osais même pas entrouvrir la fenêtre.

Bang ! Bang ! Bang !

La tête dans le coton, je m'extirpai du lit et cherchai l'interrupteur à tâtons. Éblouie par la lumière, je fermai les yeux le temps de trouver la poignée de la porte, et sortis.

Le couloir était plongé dans la pénombre. La chambre de Grace était ouverte, mais éteinte. C'est de là que venait le bruit, m'avisai-je, pas de l'entrée. L'horloge au mur indiquait 3 h 22.

— Bon sang, Grace ! criai-je en traversant le palier au pas de charge. Qu'est-ce que vous fou… ?

Je me pétrifiai. Une silhouette ténébreuse était agenouillée près du lit. Elle se retourna vers moi, les traits masqués par la visière d'une casquette de baseball. Elle tenait un marteau dans une main, et à ses pieds…

Tout en moi se bloqua : mon cœur s'arrêta, ma respiration s'enraya. C'était comme revivre l'épouvantable nuit de mon enlèvement. Grace gisait sur le sol devant l'intrus, les bras en croix, les yeux plissés de douleur. Ses doigts se tordaient, mais elle ne bougeait pas les mains. Elle ne pouvait pas : il les avait clouées au plancher.

Elle pivota la tête vers moi. Sa bouche s'ouvrit démesurément et elle hurla :

— Amber, cours !

J'avais l'impression de me mouvoir au ralenti. Je dévalai les escaliers, manquai me prendre les pieds dans mon pantalon de pyjama, loupai quelques marches au passage et parvins tout juste à retrouver l'équilibre en me raccrochant à la rampe. Quelques secondes après, j'étais à la porte d'entrée, essayant désespérément de défaire tous les verrous – *Comment a-t-il réussi à s'introduire si la porte est encore bouclée ?* –, mais trop tard. Il empoigna le dos de mon tee-shirt et tira, me soulevant comme si je ne pesais rien du tout. J'eus beau me débattre comme une furie, il me traîna jusqu'à l'étage. Je n'avais qu'une pensée à l'esprit : nous avions échoué. Grace avait raison, il était trop fort pour nous…

Une main sur mon épaule me tira du sommeil. Je me redressai en sursaut et reculai en la balayant d'une claque. Dans le noir, il me fallut un moment pour distinguer le visage blême de Grace.

— Du calme, Amber, dit-elle en levant les paumes. Je te réveillais, c'est tout. Tu criais.

Je promenai mon regard autour de moi, tâchant de retrouver mes marques. J'étais encore dans le salon ; j'avais dû m'endormir devant la télé. Un plaid en cachemire était entortillé autour de mes jambes, et j'avais le dos pressé contre l'accoudoir.

— Désolée. J'ai… j'ai fait un cauchemar.

— Je me doute. (Elle plissa les yeux.) À propos de mon frère ?

J'acquiesçai. Mon cœur battait toujours la chamade, et ma gorge était si sèche que j'avais du mal à déglutir.

— J'ai besoin d'un verre d'eau, croassai-je.

Je me dépêtrai les pieds et me levai, chancelante. Grace me regarda remplir un gobelet et le vider cul sec. Après un instant d'hésitation, je me resservis et bus plus lentement. Le raffut du sang dans mes tympans diminua peu à peu et mon pouls commença à se stabiliser.

— Ça va mieux ?

— Oui. Pardon de vous avoir réveillée.

— Oh, je ne dormais pas. Je travaillais.

— Sur quoi ?

— Si ça peut te rassurer, j'ai installé un système d'alarme spécial, indiqua-t-elle, éludant ma question. Le moindre mouvement détecté sur ma propriété déclenche une alarme silencieuse. Si quelqu'un approche à moins d'un mètre cinquante d'une porte ou d'une fenêtre avant que je la désactive, des volets métalliques descendent.

— Sérieusement ?

J'allai inspecter les fenêtres. Elle ne mentait pas ; j'apercevais le reflet du métal inséré à l'intérieur du cadre. De telles mesures me paraissaient un brin extrêmes, mais d'après ce qu'elle m'avait dit de son frère, c'était sans doute un bon calcul. Cerise sur le gâteau, ces volets se montreraient bien pratiques en cas d'invasion de zombies.

— En plus, ajouta-t-elle, j'ai une pièce sécurisée accessible depuis mon dressing, avec assez de provisions pour tenir un mois.

— Waouh. Donc, c'est là que je dois me réfugier si l'alarme se déclenche ?

Elle fronça les sourcils.

— Hm… Je suppose.

— Quoi, je ne suis pas la bienvenue dans votre abri ?

C'était plutôt vexant. D'un autre côté, une mort violente et relativement rapide me semblait préférable au fait de passer un mois avec elle dans un espace confiné.

— La question ne se pose pas, parce que personne n'entrera chez moi sans que j'en sois avertie.

— À moins que votre frère soit aussi un petit génie de l'informatique, objectai-je d'un ton lugubre.

— C'est possible. En toute honnêteté, je n'en ai aucune idée. Gunnar est très intelligent. Il est surtout doué pour les langues : il est capable d'en apprendre une nouvelle en seulement quelques semaines. Il est extrêmement sympathique quand il veut, aussi.

— Super. Ce sont pile les qualités que je recherche chez un tueur en série. C'est tellement mieux que de se faire zigouiller par un abruti.

Elle renifla.

— C'est toi qui voulais savoir.

— Je voulais savoir s'il était doué en informatique. Au cas où il pourrait, je ne sais pas… (je fis un geste vague vers les portes et les fenêtres) trafiquer votre système.

— Oh, non, assura-t-elle en riant. Fais-moi confiance. Même la NSA n'arriverait pas à casser mon code.

— Si vous le dites.

Ça me rassurait, en réalité, même si je ne l'aurais jamais admis. Malgré ses (nombreux) défauts, Grace paraissait effectivement exceller en informatique. Je ne savais toujours pas comment elle s'y était prise pour suivre ma piste.

— Alors, sur quoi est-ce que vous travaillez ? redemandai-je.

Elle poussa un gros soupir.

— Je croyais que tu avais besoin de dormir.

— J'aurai tout le temps pour ça, non ? Vu que de toute façon, on n'ira nulle part tant que vous saignerez encore.

Je pointai du doigt les taches de sang frais sur son tee-shirt. En les voyant, elle fit une mine de six pieds de long.

— Mince. Les points n'arrêtent pas de sauter.

— Sans doute parce que vous êtes censée rester au lit.

— Tu as raison, admit-elle d'une voix lasse, à mon grand étonnement. J'ai des bandelettes adhésives dans le placard au-dessus de la cuisinière, tu veux bien aller me les chercher ?

— Pas de problème.

À l'image du frigo, les étagères étaient rangées au carré ; il y avait même un mini placard dans le placard, avec de petits tiroirs amovibles, chacun muni d'une étiquette. J'ouvris celui marqué « SUTURES ADHÉSIVES », et en prélevai quatre.

— Merci, dit Grace quand je les lui donnai.

Elle se renversa contre les coussins du canapé, souleva son tee-shirt et détacha avec une grimace de douleur la grosse compresse collée sur son abdomen.

— Il faudrait refaire le pansement aussi, constatai-je. Les compresses sont au même endroit ?

Elle fit oui de la tête. Je retournai en prendre, ainsi qu'un flacon d'alcool à 70° et des carrés de coton.

— Vous avez besoin d'aide ?

— Non, je gère, dit-elle, s'attelant à nettoyer la plaie.

C'était la première fois que je voyais sa blessure : une vilaine entaille d'au moins cinq centimètres de long, à deux ou trois centimètres du bord de son flanc. Les points de suture étaient moches comme tout, et légèrement de traviole.

— On peut pas dire qu'il ait des doigts de fée, le Dr Aboud, hasardai-je.

— Il était pressé. Ce n'est pas si mal, en fait. J'ai connu pire.

— Pire ? Quand ça ?

— Tu voulais savoir sur quoi je travaillais ? lança-t-elle en fixant la compresse neuve avec du sparadrap. Tout est là-dedans.

Elle partit en clopinant vers ce que je pensais être la porte de la buanderie. Elle posa son poignet contre un petit panneau sur le mur ; un voyant passa au vert et la serrure cliqueta.

— Ne me dites pas que vous venez de déverrouiller avec votre main ! m'exclamai-je en la dévisageant.

Elle me montra son poignet.

— C'est une puce biométrique qui contrôle les serrures.

— OK, on ne joue décidément plus dans la même cour, là, marmonnai-je en lui emboîtant le pas.

Qu'elle se révèle être à moitié robot ne me choquait pas plus que ça, en revanche.

La pièce d'environ vingt mètres carrés était un concentré de folie furieuse. Un des murs accueillait une gigantesque carte des États-Unis, du genre qu'on voit dans les chambres d'enfants. Sauf que celle-ci était parsemée de punaises colorées – aucune en Alaska ni à Hawaï, mais il y en avait dans presque tous les autres États. Face à la carte se trouvait un véritable fantasme d'informaticien : un vaste alignement de moniteurs, tours et claviers. Entre les deux, rangé contre le mur, se dressait un tableau blanc à roulettes gribouillé d'une espèce de code. En lieu et place d'une moquette, le sol était revêtu d'un épais tapis de gym. Il y avait des haltères sur un portant, un mannequin d'entraînement, et d'autres objets non identifiés.

— Waouh, fis-je en me postant devant la carte. Il ne manque plus que les coupures de journaux et la ficelle.

— Oui, c'est à peu près similaire, reconnut-elle, comme si c'était l'unique bizarrerie de la chose. Ça me permet de tout englober d'un seul coup d'œil.

Je m'approchai pour inspecter le Dakota du Nord : trois punaises jaunes y étaient regroupées, en plus d'une bleue près de la frontière nord.

— Qu'est-ce que les couleurs signifient ?

— Le bleu, c'est quand je suis presque sûre que Gunnar n'était pas impliqué, mais que je ne peux pas l'exclure totalement. Le jaune, c'est quand… eh bien, quand c'est lui.

— Non, c'est pas vrai !

Je reculai pour obtenir une meilleure vue d'ensemble.

Un sacré nombre de punaises étaient jaunes, la moitié au moins. J'entrepris de les compter, mais Grace me devança :

— Deux cent cinquante-trois.

Je la fixai avec des yeux ronds, muette de stupeur.

— Deux cent cinquante-trois personnes ? émis-je finalement d'une voix étranglée. Putain de merde ! C'est difficile à croire.

— Impressionnant, je sais. Le seul à s'en rapprocher, c'est Harold Shipman, un médecin britannique soupçonné d'avoir tué plus de deux cents de ses patients. Mais c'était il y a des années, avant les techniques de traçage par ordinateur.

— « Impressionnant » n'est pas le terme que j'aurais employé.

Une fois de plus, je trouvais son attitude dérangeante ; pour un peu, on aurait dit qu'elle l'admirait. Je l'observai en me demandant quelle relation elle avait entretenue avec son frère avant tout ça.

— Deux cent cinquante-trois victimes, à l'heure actuelle… (Elle inclina la tête sur son épaule.) Je ne dis pas que c'est bien, mais quand même, il faut le faire ! Bien sûr, il diversifie ses méthodes, et contrairement à Jessop, il ne cherche pas à en mettre plein la vue. Ça risquerait de trop attirer l'attention.

Je n'appellerais pas ça « en mettre plein la vue », moi, songeai-je en réprimant un frisson.

— Comment vous savez que c'est Gunnar, s'il est si doué pour brouiller les pistes ?

— Les jaunes sont certifiées avec une marge d'erreur de cinq pour cent.

— Certifiées comment ?

— Avec l'algorithme informatique dont je t'ai parlé. Je t'expliquerais bien plus en détail, mais c'est un peu compliqué quand on ne s'y connaît pas.

Je levai les yeux au ciel.

— Ben voyons. Espèce de *nerd*, va !

Ignorant la pique, elle reprit :

— Je pense qu'il s'impose une certaine retenue, pour tout dire. En dix-sept ans, il aurait pu causer beaucoup plus de dégâts.

— Dix-sept ans ? (Je tentai de faire le calcul dans ma tête.) Il ne devait pas être bien vieux quand il a commencé.

— Il a tué ma meilleure amie quand on avait seize ans, confirma-t-elle, le visage impénétrable.

— Oh, c'est… Je suis vraiment désolée, bafouillai-je en essayant d'assimiler la nouvelle que Grace avait un jour eu une amie.

— Sa mort a été classée comme un accident de cheval, c'est pourquoi je m'en suis rendu compte bien plus tard. Autrement, j'aurais peut-être pu l'arrêter à ce moment-là.

Je ne répondis rien, essentiellement parce que je ne savais pas quoi répondre. Mes soupçons se confirmaient : Grace pourchassait son frère par sentiment de culpabilité. Je me penchai en avant pour examiner une grappe de punaises jaunes sur Las Vegas. Il y en avait trois, plus une verte.

— Est-ce que c'est… ?

— Oui. Les meurtres les plus récents.

Une de ces punaises correspondait donc à Lori, l'amie-amante de Marcella. Je déglutis avec difficulté.

— Et le vert, c'est pour quoi ?

— Pour les personnes qu'il n'a pas tuées. (Voyant mon expression hagarde, elle précisa :) C'est-à-dire toi.

— Ah, fis-je d'une voix faible, explorant de nouveau la carte du regard. Et il y en a combien ?

Elle me dévisagea un moment avant de répondre :

— Une seule.

Interlude

La porte s'ouvre

— Fait chier ! pesta BJ.

Pas de bol, la canette de Coca était restée coincée. Ce fichu distributeur du Getaway lui avait déjà mangé trois dollars, et il ne fallait pas compter sur tante Jess pour le rembourser. Il flanqua encore un coup de pied dans la machine, ce qui lui démonta l'orteil sans pour autant déloger la canette.

— Putain !

— Un coup de main ?

Surpris, il se retourna et se trouva nez à nez avec un grand type barbu doté de lunettes d'aviateur, qui le regardait en souriant. *Merde.* Il allait prendre cher si Dot ou tante Jess apprenaient qu'il avait juré devant un client.

— Désolé, monsieur. C'est juste cette pu… (Il se corrigea à temps.) Cette satanée machine qui se bloque tout le temps.

— Je vois ça.

L'homme s'approcha pour examiner le problème. Il leva le poing et BJ se tassa sur lui-même, prêt à recevoir un coup, mais ce fut le côté du distributeur qu'il frappa.

Le Coca se décoinça et tomba dans le tiroir. BJ applaudit.

— Bien joué, mec !

L'intéressé fit un grand sourire.

— Il y en avait un capricieux comme ça à mon ancien boulot. C'est pénible, pas vrai ?

— Carrément.

BJ récupéra sa canette, mais avant qu'il puisse l'ouvrir, l'homme tendit la main pour l'arrêter.

— Il vaut mieux la laisser reposer un peu, non ?

— Ouais. (BJ la posa sur la table.) Euh, désolé. Vous avez besoin d'une chambre ?

Les verres des lunettes de soleil lui renvoyaient son reflet, ce qui était quelque peu perturbant. Il aperçut un bout d'épinard logé entre ses dents et essaya de l'enlever discrètement.

— Non merci.

L'inconnu lui sourit à nouveau. Il y avait chez lui quelque chose d'étrangement familier, mais BJ n'arrivait pas à mettre le doigt dessus. L'homme se courba vers lui :

— En fait, je cherche une fille, une ancienne connaissance. Elle travaillait ici même.

BJ suivit la direction qu'il indiquait : une prostituée en minijupe et résilles fumait une cigarette sur le trottoir.

— Ah, ouais, euh… Je ne connais pas vraiment les filles du coin. Mais je peux vous brancher sur un bon coup dans le quartier de Naked City, par contre. Il y a une certaine Bambi qui est dé-men-tielle.

L'autre gloussa.

— Merci, mais il y a méprise. Il s'agit d'une vieille amie, je voulais seulement la saluer.

— Ah, bien sûr. C'est pas mon genre non plus. Je veux dire, s'il faut payer…

Il ne termina pas sa phrase. L'homme le considérait avec une expression perplexe qu'il connaissait par cœur. Il sentit monter en lui une bouffée de rage. Il avait cru comprendre que ce serait différent à Vegas, que c'était une ville où il pourrait se réinventer. Mais non, où qu'il aille, on le prenait toujours pour un demeuré. Il ferait peut-être mieux de rentrer chez lui.

— Naked City, hein ? dit enfin l'inconnu.

— Euh, ouais. Je fais juste un remplacement ici. En temps normal, je bosse au Mayhem.

— Le Mayhem ? (Il pencha la tête sur le côté.) Jamais entendu parler.

— C'est drôlement plus classe que ce trou à rats. Si je suis là, c'est pour rendre service à une amie de ma tante.

Il se souvint un peu tard de l'injonction mystérieuse de tante Jess de ne pas « raconter sur tous les toits les histoires de Dottie ». Franchement, elle s'attendait à quoi ? Elle et sa bande de mordus d'affaires criminelles, ils se croyaient investis d'une mission capitale, alors que tout le monde s'en foutait royalement. De vrais illuminés, tous autant qu'ils étaient, surtout Dot.

— Vous devriez aller là-bas plutôt.

— D'accord, c'est ce que je ferai. (L'homme lui tendit la main.) Ravi de t'avoir rencontré, BJ.

— Ouais, pareil.

BJ lui serra la main en s'efforçant de ne pas moufter : ce type avait une poigne d'acier.

Ce ne fut qu'après, alors qu'il fumait tranquillement un pétard dans la pièce du fond, qu'il se demanda comment l'inconnu connaissait son nom. Mais au même instant, il ouvrit sa canette et le Coca aspergea non seulement ses vêtements, mais (plus embêtant) la paperasse entassée sur le bureau de Dot.

— Merde ! cria-t-il en épongeant les éclaboussures avec le pan de son tee-shirt.

Bien entendu, c'est le moment que choisit Jess pour débarquer, venue voir comment il se débrouillait. Elle resta campée là, plus terrifiante que jamais avec ses mains sur les hanches, le regard posé sur les papiers trempés et le joint. Et avant la tombée de la nuit, BJ était dans un car à destination de Stockton.

Blessé dans son amour-propre, il se dit que Jess n'avait qu'à aller se faire foutre. Il détestait ce boulot, de toute façon. Bercé par le doux roulis du Greyhound, il s'endormit en espérant que le barbu sympa avait réussi à retrouver son amie.

13

Le mystère de la villa blanche

Dans un film, c'est à ce moment-là qu'il y aurait eu un montage du feu de Dieu avec tout un enchaînement de scènes : Grace et moi nous entraînant aux arts martiaux, construisant une maquette pour notre plan de génie, marchant main dans la main dans le jardin... Je plaisante. La dernière image appartient clairement à un tout autre genre de cinéma.

En réalité, nous adoptâmes assez vite un petit train-train bien à nous. Grace passait le plus clair de son temps dans ce que je surnommais sa « pièce de psychopathe » (PP). Au bout d'une semaine, je commençai à l'entendre régulièrement filer la pâtée au mannequin d'entraînement. Ne la voyant demander aucune assistance médicale, je supposais que sa blessure guérissait bien (même si chaque matin j'écoutais longuement à la porte jusqu'à ce que le bruit des touches du clavier me prouve qu'elle ne s'était pas vidée de son sang durant son sommeil).

Quant à moi, je passais mes journées sur le canapé à m'enfiler toutes les séries possibles à la télévision – si bien que j'aurais pu mériter un doctorat en sitcoms. Cette tentative de distraction n'était que partiellement couronnée de succès ; en plein milieu d'une blague débile, l'image de la punaise verte me revenait soudain à l'esprit et je me mettais à paniquer.

En vérité, j'ignorais comment neutraliser le frère de Grace. Dans la mesure où elle-même le traquait depuis leur adolescence, quelles étaient mes chances ? Surtout si elle persistait à me laisser sur la touche. Et malgré mes fanfaronnades devant elle au Strat, je n'étais pas du tout sûre que mon passé m'avait préparée à ça.

Quand il me prenait l'envie de changer d'air, je m'installais dans son petit jardin, lequel était étonnamment accueillant – il renfermait même un oranger et un citronnier. À part cela, aucune de nous deux ne quittait la maison. Adieu Disneyland ! À ce rythme-là, je ne verrais même jamais les fameuses lettres Hollywood, qui se trouvaient pourtant à moins de deux kilomètres de nous. Cela dit, je préférais éviter la foule ces temps-ci.

Chaque fois que je me sentais péter un plomb, j'allais frapper à la porte de la PP.

— Quoi ? criait Grace, agacée.

— Je peux faire quelque chose pour vous aider ?

— Non, répondait-elle invariablement.

Sur quoi j'adressais un tas de grimaces et de gestes obscènes à la porte avant de retourner bouder sur le canapé.

C'était à se taper la tête contre les murs. Hormis les SMS quotidiens de Dot et de Marcella pour donner de leurs nouvelles (ceux de Dot toujours détaillés et instructifs, alors que Marcella se bornait à copier-coller : « Pas morte »), je n'avais aucune interaction humaine. Au bout de deux semaines, j'en étais arrivée à regarder *Sauvés par le gong* en imaginant une version gay drôlement plus intéressante où Kelly et Jessie passaient aux choses sérieuses.

Et puis un jour, en me levant, je trouvai la maison vide.

Je fis le tour des lieux pour en avoir le cœur net, sachant que Grace ne brillait pas non plus par sa présence. Il n'y avait toutefois aucun bruit dans sa chambre ni dans la PP. Elle n'était pas dans le jardin, et la berline discrète qui occupait habituellement le garage s'était volatilisée.

— J'y crois pas, grommelai-je en grignotant, morose, un des biscuits bien chimiques que j'avais commandés sur Internet.

Mais où diable était-elle passée ? Si d'aventure elle m'avait lâchée pour courir en solo après son frère… Ben, en fait, ce ne serait pas une si mauvaise chose. N'empêche, ça aurait été sympa de me laisser un mot.

Je n'avais pas fini ma deuxième tasse de café que la colère l'avait emporté. Comment osait-elle me traiter comme une simple invitée indésirable ? À cause d'elle, ma vie était en danger, et elle faisait comme si je n'existais pas. Je me retrouvais coincée ici sans personne, et sans plus la moindre série à mater. Elle mériterait que je mette mon nez partout uniquement pour passer l'ennui.

Mon regard tomba sur le panneau électronique près de la porte de la PP. Le voyant était rouge de chez rouge. Je me levai afin d'aller l'inspecter de plus près, puis passai les doigts sur les charnières. Un sourire m'étira les lèvres.

Dix minutes plus tard, grâce au marteau et au tournevis que j'avais dégotés dans le garage (dans des tiroirs soigneusement étiquetés, ça va sans dire), la porte était dégondée et moi à l'intérieur de la PP. Bravo la technologie.

J'enfonçai une touche du clavier et une fenêtre surgit sur le moniteur central, réclamant un mot de passe. Connaissant Grace, j'avais peu de chance de le deviner. J'examinai la carte murale, mais autant que je puisse en juger, aucune punaise justifiant son départ soudain n'avait fait son apparition. Aucune adresse ne traînait non plus sur un bout de papier.

Découragée, je m'assis dans son fauteuil pivotant. Il était aussi confortable qu'il en avait l'air. Je tournai lentement sur moi-même, observant le contenu de la pièce. La partie supérieure du tableau blanc était couverte d'une sorte de code, avec des lettres de l'alphabet et des symboles bizarres au-dessus. La moitié inférieure comportait une liste de fleurs et de plantes, suivie de ce qui ressemblait à des noms de famille. Je me concentrai dessus un moment, puis jetai l'éponge. Peut-être que Grace faisait des mots croisés pendant son temps libre.

Si j'étais elle, où est-ce que je cacherais mes secrets ?

— Je suis chez moi, dis-je à haute voix. Je ne vais donc pas jouer les paranos et tout mettre sous clé. En grosse *nerd* que je suis, je choisirais de stocker un maximum de choses dans mon ordi.

Mais pas tout, songeai-je. Prenant appui sur les accoudoirs, je me levai pour aller inspecter le tableau de plus près, et l'écartai du mur.

Bingo ! L'envers, tapissé de liège, était garni d'articles de journaux soigneusement organisés, un peu comme chez Dot. La plupart ne dataient pas d'hier ; certains étaient sortis vingt-cinq ans plus tôt. Les plus anciens avaient trait à un tueur en série : Gregory Grimes, dit « le barbare ». Je n'étais pas née quand il avait été arrêté, et pourtant j'avais déjà entendu parler de lui. Je me rappelais vaguement avoir regardé un docu-fiction assez gore sur lui durant une de mes insomnies l'année précédente. Il figurait sans conteste au top dix des plus grands tueurs en série avec Bundy, Dahmer et Gacy. Comme ce dernier, il avait conservé ses victimes à proximité en les enterrant dans son jardin pendant que ses enfants dormaient tranquillement dans la maison.

Grace était toutefois très jeune au moment de sa capture, alors pourquoi cet intérêt pour lui ? C'était déroutant. Je parcourus les autres articles, lesquels étaient regroupés par thèmes. Certains portaient sur les victimes de Grimes : quinze femmes, toutes âgées de vingt-cinq à trente ans, essentiellement des prostituées. Après son procès, on l'avait envoyé dans le pire pénitencier des États-Unis, la prison de haute sécurité de Florence, dans le Colorado. Il n'y avait franchement pas grand-chose que le documentaire ne m'ait appris.

Les autres coupures de presse n'avaient à première vue aucun rapport : un entrefilet du *Tennessee Sentinel* annonçant la mort de Rose Abernathy, seize ans, à la suite d'une chute de cheval. Sûrement la meilleure amie dont Grace m'avait parlé, celle que son frère avait tuée. Cela fit tilt dans ma tête : voilà pourquoi elle avait décidé d'enquêter sur les meurtres de Johnson City, c'était juste à côté. Elle avait sans doute cru que son taré de frangin était revenu sur les lieux de son premier crime dans le but de la narguer. Je pouvais donc remercier Rose, c'est grâce à elle si j'étais encore en vie.

Un autre article, rédigé un an plus tard, traitait de la disparition d'un élève d'internat le jour de la remise des diplômes ; s'agissait-il de Gunnar ? Je louchai sur la photo : si c'était lui, je ne décelais aucun air de famille. L'article le plus récent commémorait la mort d'un flic de l'Oregon, tué au cours d'une arrestation dans le parking d'un motel ; l'incident remontait à quatre ans auparavant.

Je reculai, plus troublée que jamais. Quel était le dénominateur commun de toutes ces affaires ? Grace n'était clairement pas une sentimentale ; si elle avait imprimé ces articles et les avait épinglés ici, c'était sûrement pour une raison précise.

Je découvris des éléments de réponse supplémentaires à l'intérieur de son dressing, grâce à ma fidèle technique de forçage de porte au duo marteau-tournevis. Dans une boîte remisée sur l'étagère du haut, je dénichai le genre d'objets personnels qui manquaient ailleurs dans la maison. Je m'en emparai et l'emportai dans ma chambre, carrément flippée à l'idée de sa réaction si elle me surprenait à fouiner dans ses affaires.

Ce fut le jackpot. À côté de la montagne de cochonneries que les gens sont capables d'accumuler, ce n'était pas grand-chose, mais le peu qu'elle avait conservé m'aidait à reconstituer enfin le puzzle. Pièce à conviction numéro un : l'acte de naissance de Grace Cabot Grimes. Père : Gregory Grimes.

Bordel de merde.

Alors comme ça, son père aussi était un tueur en série, et il avait enterré ses victimes dans son jardin quand elle était petite. Il y avait de quoi vous perturber méchamment la cervelle. Voire, selon toute apparence, vous faire marcher sur ses traces. Je frissonnai. Pas étonnant que Grace soit si froide ; ce qui l'était en revanche, c'est qu'elle n'ait pas viré bouchère à son tour.

Cabot était le nom que son frère m'avait donné lorsqu'il s'était fait passer pour un agent du FBI. Je comprenais mieux l'émotion de Grace quand je lui en avais parlé dans la chambre du motel. Je me demandais si elle utilisait encore son identité d'origine ; dire que je l'avais côtoyée tout ce temps sans connaître son patronyme.

Un bruit dehors me fit sursauter. Je me précipitai à la fenêtre ; l'épaisse haie me masquait en partie la vue sur la rue, mais je distinguai un jardinier qui chargeait une tondeuse à l'arrière de son pick-up. Aucun danger à signaler, pour le moment du moins.

Je passai rapidement en revue le reste de la boîte. Une photo de Grace en toge de diplômée, posant toute raide entre deux femmes plus âgées, rangs de perles au cou et expression hautaine sur le visage, et une copie de son diplôme provenant du même lycée que l'élève disparu dont parlait l'article de presse. Elle m'avait dit que Gunnar assassinait les gens dont elle se rapprochait trop ; ça pouvait donc être son jules. Quoique, c'était encore plus inconcevable que l'existence potentielle d'une meilleure amie dans sa vie. En tout cas, ce garçon était probablement important pour elle.

Le diplôme du MIT fut la moins surprenante de mes trouvailles.

Je me rassis et tâchai de démêler ce sac de nœuds. D'après mes découvertes, le fait que le frère de Grace soit devenu tueur en série n'avait rien d'extraordinaire – ça expliquait également sa sociopathie à elle. C'était un sacré traumatisme à encaisser pour un enfant, d'autant plus que les femmes sur la photo avec elle ne me paraissaient pas débordantes de tendresse. Mère et grand-mère, présumai-je.

L'oreille dressée à l'affût du moindre bruit de voiture rentrant au garage, je poursuivis mes investigations. Midi n'avait pas sonné que j'avais déjà peu ou prou mémorisé l'ensemble de mes découvertes, parmi lesquelles des documents financiers au nom de Grace Cabot (elle était héritière d'une petite fortune, forcément, pour avoir les moyens de courir partout après son frère). Qu'elle ait abandonné « Grimes » était compréhensible ; même si son père n'avait pas été un fou dangereux, ce n'était pas un joli nom. Ma recherche Google sur « Grace Cabot » n'avait donné aucun résultat ; elle avait dû se servir de son diplôme du MIT pour effacer sa présence du Web.

Tandis que je remettais la boîte sur son étagère, mon téléphone sonna. Je m'empressai de le sortir de ma poche, manquant le faire voler à travers la pièce dans ma précipitation. J'éprouvai une pointe de déception en reconnaissant le numéro de Dot. Grace était absente depuis des heures ; j'aurais apprécié qu'elle m'envoie un signe de vie. Avec un soupir, je décrochai.

— Salut, cocotte ! J'avais envie de t'entendre, pour changer.

Je percevais la tension dans sa voix derrière son entrain factice.

— Salut, Dot. Comment ça va ?

— Oh, tu me connais. (Un blanc, puis :) Dis-moi, saurais-tu par hasard si j'en ai encore pour longtemps à encombrer Jim ?

Je m'assis par terre, le dos contre le lit de Grace.

— Non, désolée. Plus trop, j'espère.

— D'accord. Comment se porte la reine des glaces ?

Assez bien pour se faire la malle en me laissant en plan.

— Elle est guérie, je pense. Elle ne me tient pas vraiment au courant, en fait.

— Tu m'en diras tant ! s'esclaffa-t-elle.

Une idée me traversa l'esprit.

— Dites-moi, Dot, est-ce que vous pourriez faire une petite enquête pour moi, votre groupe et vous ?

— Bien sûr, ma mignonne. Les Femmes fatales sont à ta disposition. Est-ce que c'est à propos de... « tu sais qui » ?

— Je crois, oui. J'ai besoin de tout ce que vous parviendrez à trouver sur Gregory Grimes. Notamment sur ses enfants. Et d'autres trucs, aussi. Je vous envoie ça par e-mail.

— Cela a-t-il un rapport avec Grace et son frère ?

— Peut-être, éludai-je.

— Que de mystères ! Ça roule, bichette. Pour être franche, je ne suis pas mécontente d'avoir de quoi m'occuper.

— Super. Euh... tout le monde va bien ?

— Oh, plus ou moins. (Elle poussa un soupir.) Ce qui est sûr, c'est que Marcella met les nerfs de Jessie à rude épreuve. Mais on tient bon, ne t'inquiète pas pour nous.

Après avoir raccroché, je pris soin de ranger les choses là où je les avais trouvées et de replacer la porte de la chambre sur ses gonds. Puis je descendis me préparer un casse-croûte bien mérité.

Interlude

Fuite dans la brume

— Je te l'ai déjà dit, Chrissy, ce n'est pas ta faute. C'est entièrement celle de l'espèce de dégénéré que tu as quitté.

Surprenant son reflet dans la vitre, Jessie rajusta son turban. Son front se plissa lorsqu'elle vit la porte de la chambre 18 s'ouvrir. Un type louche habillé d'un survêtement en sortit avant de dévaler les marches en regardant par-dessus son épaule comme s'il était poursuivi.

— Merde ! tonna-t-elle. Quoi ? Non, ça ne s'adressait pas à toi, Chris. Écoute, j'ai déjà accepté d'accorder à BJ une seconde chance. Mais s'il dérape encore une fois, ce sera ton problème, d'accord ?

Elle raccrocha sans attendre la réponse puis se rua à l'étage. En atteignant le haut des marches, elle était légèrement essoufflée. Son médecin avait peut-être raison : l'heure était venue de commencer le Lipitor. Ou alors d'ajouter une leçon de tango à son emploi du temps hebdomadaire.

Elle frappa à la porte.

— Marcella ! Ouvre-moi !

Pas de réaction. Après un long silence, elle aboya :

— Je viens de voir Buddy partir. Je t'avais pourtant dit que je ne voulais pas de ça chez moi, non ?

Toujours rien. Jessie serra les poings. Elle était à moitié tentée de flanquer cette fille dehors par la peau du cou, au risque de se mettre Dot à dos. Sa patience avait des limites. Déjà qu'elle allait devoir se farcir à nouveau son bon à rien de neveu !

— Je suis trop vieille pour ces conneries, soupira-t-elle.

Extrayant un pass des replis de son kimono, elle déverrouilla la porte.

— Oh, non ! fit-elle en avisant Marcella.

La jeune femme était affalée sur le sol près du lit, le bras toujours garrotté et le reste de son matériel éparpillé autour d'elle. La tête ballante, les yeux clos. Jessie courut s'agenouiller auprès d'elle pour tâter son pouls. Elle sortit d'une autre poche un spray nasal de naloxone, inséra l'embout dans la narine de Marcella, et appuya sur le piston. Puis elle s'assit sur ses talons.

— Allez, ma grande.

Elle retint son souffle pendant que s'égrenait une longue minute. Puis les paupières de Marcella s'ouvrirent d'un coup et elle bredouilla :

— Merde.

— Tu m'enlèves le mot de la bouche. (Jessie se remit debout et posa les mains sur les hanches.) Si tu as envie de te tuer, fais-le ailleurs que chez moi.

— D'accord, je m'en vais.

Marcella tenta de se relever. Jessie lui donna un léger coup de pied.

— C'est ça, oui. Et on te retrouvera morte dans une baignoire, et Dot me passera à la broche. (Elle soupira.) Ton amie ne t'a pas écrit ?

— C'est pas mon amie.

— Là n'est pas la question. Elle a dit à Dot que ce serait bientôt fini.

Jessie fit la moue en embrassant du regard l'amoncellement de vêtements sales et de boîtes de plats à emporter qui jonchaient la moquette. Elle allait devoir la faire lessiver par un professionnel.

— Plus de dealeur, pigé ? dit-elle en poussant à nouveau Marcella du bout de sa chaussure.

Pas de réponse. Elle se baissa pour la fixer droit dans les yeux, et attendit.

— Pigé, grogna finalement Marcella.

— Fantastique. (Elle désigna le capharnaüm.) Et nettoie-moi ce bazar avant que ça attire la vermine.

Jessie redescendit au rez-de-chaussée, la main plaquée sur les reins. À la place du tango, pourquoi pas le Pilates ? Ça valait peut-être le coup d'essayer. Son visage se ferma lorsqu'elle vit son neveu émerger d'un taxi, l'air boudeur.

— Toi ! Espèce de bon à rien ! Va ranger tes affaires et file au supermarché, on est à court d'avocats.

Il se mit à protester aussi sec, et sa tante et lui rentrèrent dans le bureau en se volant dans les plumes.

Aucun des deux ne remarqua le SUV garé de l'autre côté de la rue, ni le conducteur qui les observait avec une paire de jumelles. Une fois qu'ils eurent disparu à l'intérieur, il dirigea l'instrument vers la fenêtre de l'étage.

14

Le secret derrière la porte

Le lendemain, peu après le lever du jour, le grincement de la porte du garage me réveilla en sursaut. Je m'étais endormie sur le canapé à une heure tardive et avais passé une nuit agitée, tirée du sommeil par le moindre bruit. Cet inconfort me rappelait mon voyage jusqu'à la côte ouest ; Grace avait beau m'assurer que je ne risquais rien chez elle, je ne me sentais pas en sécurité pour autant. Et ce que j'avais découvert ces dernières vingt-quatre heures n'avait rien fait pour apaiser mes craintes. Je dirais même que ça les avait attisées.

En tout cas, en grande partie grâce à Dot, j'avais enfin obtenu des réponses. Je me grouillai de me glisser dans la PP avant l'arrivée de Grace. Je l'entendis déambuler dans la maison et pousser des exclamations de dégoût (sans doute en voyant la pile de vaisselle sale dans l'évier). Quand elle apparut sur le seuil de la pièce, je m'étais préparée à essuyer ses foudres.

— Qu'est-ce que tu fiches ici ? demanda-t-elle d'une voix encore plus glaciale que d'habitude.

— Je glandouille, répondis-je en étouffant un bâillement.

— Dehors ! ordonna-t-elle, croisant les bras sur sa poitrine.

— Vous savez, ça ne m'a pris que cinq minutes pour entrer. (J'indiquai la serrure d'un signe de tête.) J'ai même pas eu besoin d'un implant ultramoderne. Vous étiez où, au fait ?

Elle ignora ma question. Je vis ses paupières se réduire à deux fentes quand elle remarqua les changements que j'avais réalisés sur son immense carte murale. Elle fonça dessus et je songeai : *C'est parti*. Elle se campa devant, ouvrant et fermant les poings.

— Qu'est-ce que tu as trafiqué ?

— Ah, ça ? dis-je d'un air dégagé.

Elle fit volte-face.

— Tu viens de ruiner des années de travail.

— Allons, ne soyez pas trop dure envers vous-même. Votre approche était la bonne. Mais c'est moi qui ai tiré ça au clair.

— Tiré quoi au clair ?

— Le motif.

Elle me fusilla des yeux. Je croisai les bras à mon tour et lui retournai son regard. Remporter ce genre de duel était une autre de mes spécialités. Elle finit par se détourner, et me chassa du geste.

— Sors d'ici.

— Allez, avouez-le. Vous êtes un peu curieuse, non ?

— Je ne plaisante pas. Cette petite expérimentation est terminée. Je n'ai pas besoin de ton aide.

— Bon, d'accord. Si vous insistez, je vais vous expliquer. (Je la rejoignis devant la carte.) Tout a commencé ici, juste après la fin du lycée, c'est bien ça ? entamai-je en montrant les punaises que j'avais reliées les unes aux autres.

— Est-ce que c'est... du fil dentaire ?

— Oui. Je n'ai trouvé que ça. Faudra vous en racheter, d'ailleurs.

Le fil s'enroulait de punaise en punaise, conférant à l'ensemble l'aspect d'un ouvrage en macramé confectionné par un ivrogne.

— Seigneur, tu es complètement détraquée.

Faisant la sourde oreille, je poursuivis :

— Je comprends pourquoi ce code bizarre vous obnubilait. (Je désignai le tableau blanc.) Ça vient d'où, au fait ?

Un temps, puis :

— Ce n'est pas un code, c'est un alphabet. On l'a inventé, Gunnar et moi, quand on était petits.

— Une sorte de langage propre aux jumeaux. Oui, j'en ai entendu parler.

— Je ne t'ai jamais dit qu'on était jumeaux.

— Pas besoin, j'ai deviné, lançai-je avec légèreté.

En outre, Dot avait écumé la base de données des actes de naissance de l'Ohio et exhumé celui de Gunnar Cabot Grimes, né quatre minutes avant Grace.

— Quoi qu'il en soit, vous aviez compris que les lieux où il semait les cadavres formaient un code, pas vrai ? Dans chaque ville, ils dessinaient un de ces symboles.

Je pointai le tableau du doigt. Grace me dévisagea, impassible. Au bout d'un moment, elle haussa les épaules.

— Oui.

— Et après avoir déchiffré une partie de ces symboles, vous vous êtes rendu compte qu'ils composaient un mot.

Quel pied, cet instant magique où j'avais découvert ce qui était représenté sur le tableau ! Les symboles en haut, les fleurs en dessous. Comme si je venais d'élucider la fameuse démonstration mathématique que personne ne parvenait à résoudre depuis des siècles.

— Les mots étaient des fleurs : rose, tulipe, ce genre de choses. Je me trompe ?

— Certains étaient des plantes, précisa-t-elle du bout des lèvres.

Je pris une profonde inspiration, puis larguai ma bombe.

— Exactement. Les plantes sous lesquelles votre père enterrait ses victimes.

Sa mâchoire se décrocha. Il m'avait fallu une bonne partie de la nuit pour faire le rapprochement, mais quand je m'étais appliquée à rattacher les noms de famille des morts inscrits sur le tableau blanc aux coupures de presse, le déclic avait eu lieu. Gunnar cherchait à provoquer Grace par cette référence au mode opératoire de leur père.

— Comment as-tu… ?

— Oh, je n'ai pas fini, me rengorgeai-je. Parce qu'il y a un truc qui vous a échappé. Vous avez regardé tout ça par le petit bout de la lorgnette. Alors qu'il y a un motif plus vaste. (Je fis un geste vers le fil qui reliait les punaises.) C'est comme dans Google Earth, vous me suivez ?

— Je connais Google Earth, oui, dit-elle sèchement, remise de sa stupéfaction.

— Bien, alors… le motif tracé par les victimes, c'est au niveau de chaque ville. Mais si on dézoome, on remarque un motif à plus grande échelle, que vous avez raté.

— Et que toi, tu as vu.

— Ouaip.

J'aurais probablement dû avoir honte de me sentir aussi fière de ma découverte ; il y avait quand même des centaines de morts dans l'histoire. N'empêche que la veille, quand j'avais discerné l'image qui apparaissait, j'avais poussé un cri de victoire.

Une partie de moi comprenait le plaisir que le frère et la sœur trouvaient à ce petit jeu auquel ils se livraient. Ce qui était assez dérangeant, j'avoue.

— Et donc ?

Je m'approchai de la carte pour lui expliquer.

— Au lieu de s'intéresser aux victimes individuellement, il faut prendre en compte le lieu et la date des meurtres. Ceux-ci sont les premiers, non ?

Dot m'avait aidée, là encore, à raccorder les différents foyers, avec l'appui de son réseau de Femmes fatales.

— Oui, je crois, répondit Grace, intriguée malgré elle.

— D'accord. Il a donc commencé à Tulsa. (Tout en parlant, je suivis du doigt le fil dentaire tendu entre chaque groupe de punaises.) Ensuite il est allé à Shreveport, Wichita, Fort Worth, Fayetteville et Springfield. Vous voyez le motif ?

— Non.

— Après, il a fait un grand saut, et le nouveau tracé débute au nord-est, à Albany précisément. (Je longeai du doigt la deuxième ligne.) Le motif est le même.

— Tu vois des choses qui n'existent pas.

— Non, je vois des choses qui vous ont échappé.

Triomphante, j'allai au tableau et me munis d'un feutre effaçable. En quatre grands traits, je dessinai le symbole que j'avais identifié, puis le lui montrai avec emphase.

♊

— Le symbole des Gémeaux. Et alors ?

D'après sa réaction, elle était clairement déçue. Sans me laisser abattre, je poursuivis :

— Si on se base là-dessus, il en est à peu près à la moitié du parcours.

Grace soupira et se gratta la nuque, tête basse.

— Tu penses qu'avec ça, on serait en mesure de prévoir où Gunnar frappera la prochaine fois, déduisit-elle d'une voix lasse.

— Tout juste. Et du coup, au lieu de rester les bras croisés à attendre qu'il massacre d'autres innocents, on pourrait le prendre de vitesse. (Je brandis le feutre à la manière d'un micro et le laissai tomber.) Allez, reconnaissez-le, vous êtes impressionnée.

— C'est une hypothèse intéressante, admit-elle avec un scepticisme qui crevait les yeux.

— C'est la bonne hypothèse, répliquai-je, désemparée.

Je ne m'étais pas attendue à une fanfare, mais un soupçon d'admiration m'aurait fait plaisir.

— Peut-être. (Elle se passa la main sur la figure.) Écoute, j'ai roulé toute la nuit, et je meurs de faim. Il faut que je mange…

— Vous étiez où ?

Dans mon emballement, j'avais presque oublié qu'elle m'avait faussé compagnie pour partir Dieu savait où.

— Ça ne te regarde pas !

— Ça ne me regarde pas ? (J'élevai le ton comme elle.) Écoutez, ma petite dame, la seule raison de ma présence ici, c'est que vous m'avez collé une cible dans le dos.

— Pas intentionnellement.

— Quelle différence ? Je reste là, à me tourner les pouces, pendant que vous, vous faites quoi ? Vous passez votre temps assise devant un écran d'ordinateur, à essayer de décrypter un code bizarroïde inventé quand vous étiez petite. Et en attendant, vous avez raté ça. (Je désignai le mur.) À Las Vegas, vous m'aviez expliqué que c'était un jeu, ce qui est carrément morbide d'ailleurs, et j'ai un scoop pour vous : vous êtes en train de perdre.

— Je t'emmerde.

— Non, moi je vous emmerde, Grace Cabot Grimes.

L'air furibond, elle s'avança vers moi. Je serrai les dents, prête à recevoir une gifle, une secousse, voire pire…

Au lieu de quoi ses yeux se révulsèrent dans leurs orbites et elle s'écroula par terre.

Interlude

La scène du crime

Hilda grimaça à la vue de l'emballage de préservatif déchiré qui dépassait de sous le lit. C'était le quatrième qu'elle trouvait rien que dans cette chambre. Avec une moue de dégoût, elle se servit d'une serviette en papier pour le ramasser et le jeter dans son seau. Il fallait vraiment qu'elle se cherche un meilleur poste, dans un hôtel digne de ce nom. D'après Odila, le Caesars Palace embauchait des saisonniers pour l'été ; elle pourrait peut-être y faire un tour après son service, histoire de tenter sa chance.

Elle passa un coup d'éponge sommaire sur la baignoire et racla le dentifrice séché dans le lavabo tout en ronchonnant. Comme si elle n'avait pas déjà suffisamment de soucis, elle avait surpris la petite amie de son fils en train de sortir de sa chambre la veille au soir. Elle ne savait plus quoi faire. Leur dispute tournait en boucle dans sa tête : elle qui vociférait, évoquant le risque de grossesse à leur âge, et lui qui hurlait qu'ils prenaient leurs précautions, qu'elle était trop coincée, que comme ses notes étaient excellentes elle n'avait le droit de rien dire… et il n'avait pas tort. Mais depuis le quinzième anniversaire de Joe, le petit garçon adorable qui lui racontait tout s'était mué en cet étranger revêche qui lui parlait à peine. Les larmes lui montèrent aux yeux, et elle les ravala. Elle connaissait plein de gens pour qui la situation était plus grave.

Enfants en prison ou parents dès l'adolescence… Elle avait cru qu'elle n'aurait pas à s'inquiéter de ce genre de choses, pas avec son fils. Il était trop intelligent, trop gentil. Mais c'était avant qu'il rencontre Cassie.

Cassie. Ressassant divers noms d'oiseaux à l'intention de cette morveuse, Hilda brossa avec un peu plus d'ardeur que nécessaire la cuvette des toilettes, puis elle tira la chasse d'eau et se redressa péniblement. Elle avait toujours rêvé que Joe étudie à l'université. Elle avait travaillé trop dur, trop longtemps, pour le voir saboter son avenir. Elle balaya du regard la salle de bains : ça ferait l'affaire. La patronne lui disait en permanence qu'elle était trop minutieuse, de toute façon. Peut-être qu'au Caesars Palace, son zèle serait mieux apprécié.

Bouillonnant toujours, Hilda poussa son chariot jusqu'à la chambre suivante, à laquelle elle toqua en s'annonçant :

— Ménage !

Pas de réponse. Elle ouvrit, entra, et ses épaules s'affaissèrent. Elle avait rarement vu ça. Des papiers d'emballage partout, des seringues… Certaines personnes ne tournaient vraiment pas rond. Elle en aurait au moins pour une demi-heure. Et bien sûr, aucun pourboire laissé.

Résignée, elle commença par le lit, retirant les draps et les fourrant dans sa corbeille. Tandis qu'elle passait l'aspirateur sur la moquette industrielle, sa détermination se renforça. Les chambres du Caesars Palace étaient peut-être aussi sales, mais elles attiraient une clientèle un peu plus cossue, et si Odila disait vrai, ses pourboires allaient tripler. Elle aurait besoin de cet argent sous peu. Joe obtiendrait son permis de conduire dans quelques semaines et il parlait déjà d'acheter une voiture d'occasion.

Quand il fut temps de s'atteler à la salle de bains, l'heure de sa pause était imminente. Conformément au nouveau régime qu'elle suivait, son déjeuner consisterait en une portion de fromage et un œuf dur, mais même ça, ce serait mieux que le smoothie granuleux qu'elle avait ingurgité en guise de petit déjeuner.

La salle de bains d'abord, décida-t-elle. Après avoir traîné son chariot à l'autre bout de la pièce, elle bloqua les roues et rassembla le spray nettoyant et l'éponge. Puis elle se retourna, et poussa un hurlement.

15

L'heure de la revanche

— Oh, bordel !

Je me laissai choir près de Grace, et constatai aux mouvements de sa poitrine qu'elle respirait toujours. N'ayant jamais passé mon brevet de secourisme, j'ignorais quoi d'autre vérifier. D'une main hésitante, je lui tapotai la joue.

— Hé, Grace ? Je ne sais pas quoi faire. Grace ?

Je me mordillai la lèvre. Est-ce qu'il lui était arrivé quelque chose dehors ? Si ça se trouve, Gunnar lui était encore tombé dessus. Elle n'avait pas l'air de saigner, mais... est-ce que je devais appeler une ambulance ?

Je promenai mon regard autour de la pièce. Les secours ne verraient sans doute pas d'un très bon œil ses extravagances murales. Mais si je la tirais jusqu'au salon...

Elle prononça un mot d'une voix gémissante. J'approchai mon oreille pour l'entendre le répéter. Ça ressemblait à « jus ».

Je fonçai à la cuisine et remplis un verre de jus de fruits en en renversant la moitié par terre. Dérapant sur mes chaussettes, je me dépêchai de revenir auprès d'elle. Je lui levai la tête maladroitement.

— Vous pouvez boire ?

Je versai lentement le liquide dans sa bouche. Une partie coula sur les côtés, et l'espace d'un instant j'eus peur qu'elle s'étouffe... Puis elle déglutit un bon coup. Cela prit quelques minutes, mais elle parvint à tout finir. Ses yeux s'ouvrirent enfin et elle les accommoda sur moi.

— Bon retour parmi nous, dis-je. Diabète ?

Elle secoua la tête.

— Juste une hypoglycémie.

Je soufflai.

— Eh ben merde, c'était super flippant ! Vous pouvez vous asseoir ?

Elle opina et je l'aidai à se redresser, l'adossant à un des pieds du bureau. Puis je m'agenouillai face à elle.

— Encore un verre de jus de fruits ?

— Pas tout de suite.

Refermant les paupières, elle renversa la tête en arrière. Je me sentais démunie. C'était curieux ; dans mon esprit, j'avais quasiment fait d'elle une superhéroïne. Mais entre son coup de couteau et ce malaise… sa fragilité me perturbait au plus haut point. Il aurait peut-être été plus malin de ma part de partir toute seule pendant son absence ; après tout, je me trouvais à Los Angeles comme prévu, j'avais des nouveaux papiers et un peu de blé. Pourquoi ne pas tenter ma chance ?

Bizarrement, ça ne m'était même pas venu à l'esprit.

Grace tendit un bras et demanda :

— Tu m'aides ?

Obligeante, je la hissai sur ses pieds et l'installai dans le fauteuil pivotant. Elle avait repris quelques couleurs, mais semblait encore patraque.

— Vous voulez que j'aille vous chercher quelque chose ?

— J'ai besoin de manger.

— Oui, bien sûr. Je m'en occupe.

Sans ouvrir les yeux, elle dit :

— Pardon de t'avoir effrayée. Ça ne m'était pas arrivé depuis un bail.

— Oh, putain !

— Quoi ?

— Vous venez de vous excuser.

— Oui, bon… n'en prends pas trop l'habitude. (Elle esquissa un sourire et tenta de se relever.) Je crois que je peux aller à la cuisine avaler un yaourt.

— Non, mais, ça va pas ? fis-je, horrifiée. Posez vos fesses dans ce fauteuil, je vais nous faire quelque chose à manger.

Étonnamment, malgré la pauvreté du garde-manger de Grace, je trouvai de quoi préparer des pancakes tout à fait corrects.

— Alors, vous en dites quoi ? demandai-je en attaquant mon troisième.

— Je dois regarder ça de plus près. Mais tu as peut-être raison, pour le motif.

Ma fourchette se figea à mi-chemin de ma bouche.

— Je parlais des pancakes.

— Ah. Ils sont bons. (Elle en trempa un morceau dans le sirop d'érable et le porta délicatement à sa bouche. Ses bonnes manières à table me bluffaient ; j'avais l'impression d'être un chimpanzé en comparaison.) J'étudierai les données pour voir si ton hypothèse tient la route. Auquel cas, je pourrais peut-être m'en servir pour développer un nouvel algorithme prédictif.

— Donc, en gros, vous dites que je suis géniale.

Je fis glisser un quatrième pancake dans mon assiette et le tartinai d'une épaisse couche de Nutella. Grace m'observait d'un air écœuré.

— C'est franchement incroyable que tu aies encore toutes tes dents.

— J'ai de bons gènes, lançai-je sans réfléchir, réprimant un rot.

Je me flanquai aussitôt des baffes en pensée. Je n'avais jamais été fière des magouilles de mes parents, mais eux au moins, ils ne provoquaient pas des hécatombes.

— Mes excuses.

— Pour quoi ? interrogea-t-elle, l'air honnêtement perplexe, puis elle éclata de rire. Oui, réflexion faite, je ne bénéficie sans doute pas des meilleurs gènes qui soient. Au fait, comment tu as su, pour mon père ?

— Une recherche Internet. (Après un temps, j'ajoutai :) Je suis désolée. Ça a dû être terrible.

— Oui, en effet. (Elle touilla son café.)

— On ne choisit pas sa famille. Mes parents aussi étaient loin d'être parfaits.

— Ah oui, les célèbres Jamison de Tuscaloosa. (Elle arqua un sourcil.) C'est drôle, tu as beau être une incorrigible pipelette…

— Hé !

— … je ne connais pas grand-chose de ton passé. Paradoxal, non ?

Je la dévisageai. Nous cohabitions depuis suffisamment longtemps pour que je sois capable d'interpréter ses expressions : par exemple, cette petite ride au milieu de son front signifiait que quelque chose la tracassait. Je me sentis coupable d'avoir fouillé dans la boîte rangée dans son dressing ; j'en savais beaucoup plus sur elle qu'elle ne le croyait. Malgré tout, ça ne me paraissait pas être le meilleur moment pour aborder le sujet.

— Ça vous embête, hein ?

Elle haussa les épaules.

— Je n'aime pas être en déficit d'informations.

— Ah oui, le déficit d'informations. Le pire de tous les handicaps.

Son masque refit surface.

— Merci pour les pancakes.

Elle voulut se lever, mais je posai la main sur son bras pour l'arrêter.

— Écoutez, vous avez raison. En réalité, nous avons beaucoup de points communs. (Voyant sa tête, je rectifiai :) Quelques-uns, du moins. Aucune de nous n'aime parler de son passé, pas vrai ?

— Je te l'accorde.

— Mais on est deux, c'est l'avantage. Et peut-être que si on échangeait nos informations, ça nous aiderait à concevoir un plan. Pour mieux comprendre ce qui se passe dans la tête de Gunnar, j'ai besoin d'en savoir plus sur votre enfance. (J'inspirai à fond.) Et en contrepartie, je vous dirai pourquoi je suis devenue Amber Jamison.

Grace me sonda du regard.

— Tu es sincère.

— À mort. Mais il nous faudra une grosse dose d'alcool.

Elle leva les yeux au ciel.

— Il n'est même pas 9 heures du matin.

— Vous avez rendez-vous quelque part ? (Ce fut mon tour d'arquer un sourcil.) Non ? Alors montrez-moi ce que vous avez de mieux en stock.

Grace sortit une bouteille de vodka géante du congélateur de son garage (le seul endroit que je n'avais pas fouillé quand j'étais en quête d'alcool) et en versa une larme dans son jus d'orange. De mon côté, j'amorçai avec deux shots, histoire d'huiler la mécanique.

Alors que je m'en servais un troisième, elle commença à me raconter l'arrestation de son père. Elle gardait une expression parfaitement neutre, comme si le sujet qu'elle abordait était tout à fait banal. J'appris qu'avec son frère, ils avaient regardé une équipe de la police scientifique creuser des trous dans leur jardin et exhumer plus d'une douzaine de sacs poubelle contenant ses victimes. *De quoi faire le miel de n'importe quel psychiatre*, me dis-je.

Le reste de sa vie semblait tiré d'un roman de Danielle Steel. Une semaine plus tard, ils avaient déménagé à Boston chez leur grand-mère, une riche excentrique qui n'aimait pas les enfants. Ils n'avaient plus jamais eu aucun contact avec leur psychopathe de père ; personne dans la famille ne faisait même plus allusion à lui. Leur mère, de plus en plus distante et froide, les avait envoyés dans deux internats chicos distincts (Grace dans un institut équestre en Virginie, Gunnar dans un établissement pour garçons du Connecticut).

— C'était l'horreur pour lui, expliqua-t-elle. C'était la première fois qu'on était séparés, et comme si ce n'était pas déjà assez dur, il avait atterri dans un endroit abominable, à la limite de l'école militaire. Il était très malheureux là-bas.

— Hm, fis-je en sirotant mon jus d'orange (si je ne voulais pas tomber ivre morte et manquer cette chance, il valait mieux ralentir la cadence). Est-ce qu'il y avait eu d'autres signes chez lui ? Genre, est-ce qu'il jouait avec des allumettes ou maltraitait des animaux, des trucs comme ça ?

— Ma foi, il aimait bien arracher les pattes des souris et les regarder ramper sur le ventre.

— Euh, ouais, je dirais que ça compte, concédai-je, soudain nauséeuse.

Grace ajouta un trait de vodka dans son verre (elle le faisait de plus en plus fréquemment au fil de son récit).

— Et on a eu une chienne pendant quelques semaines, Poppy. Elle est morte subitement, et je me suis toujours demandé si… (Elle secoua la tête.) Tu dois comprendre qu'on était très proches, tous les deux ; nos parents étaient de la vieille école, pour eux les enfants devaient jouer sagement dans leur coin. On était tout seuls, en fait. Avec le recul, je me suis rendu compte que Gunnar avait sans doute saboté toutes mes autres relations. Par exemple, en maternelle, je m'étais fait pour la première fois une véritable amie. Et tout à coup, elle s'est mise à m'éviter et à dire à tout le monde que j'avais fait pipi au lit quand j'avais dormi chez elle. (Elle pinça les lèvres.) Gunnar a tenu à me venger. Pendant une semaine, il lui a volé son déjeuner et a pissé dessus. À l'époque, je croyais qu'il voulait juste me protéger. Mais plus tard…

— Vous pensez que c'est lui qui l'a détournée de vous ?

— C'est très probable, oui. Il disait toujours qu'on se suffisait à nous-mêmes, lui et moi, qu'on n'avait besoin de personne. De toute évidence, ce n'était pas des paroles en l'air.

— De toute évidence.

L'archétype du sujet narcissique. Gunnar ne considérait pas Grace comme un individu à part entière, mais comme une extension de lui-même. Tout rapprochement de sa sœur avec quelqu'un d'autre que lui le mettait dans une rage folle et le poussait à des actes de violence.

— Ensuite, une fois en internat, les choses ont changé. Vous vous êtes fait de nouveaux amis.

Grace opina.

— Ma camarade de chambre, Rose. Elle était intelligente, pleine d'humour, et c'était une cavalière accomplie. Je l'adorais. À ce moment-là, j'ai commencé à délaisser Gunnar.

— De quelle manière ?

— Je ne répondais pas à ses e-mails dans la minute. Je passais mes étés avec Rose au lieu de rentrer chez ma grand-mère. Dans le fond, je l'ai abandonné.

— Vous vous sentez encore coupable, constatai-je.

Elle pencha la tête sur son épaule.

— Si tu fais ma psychanalyse, j'arrête tout de suite.

— Non, c'est seulement que… j'ai l'impression que vous vous faites des reproches, mais à moins de lui obéir au doigt et à l'œil tout le reste de votre vie, rien n'aurait pu empêcher ce résultat.

— Peut-être, admit-elle.

— C'est même certain. Ce type est un véritable tyran.

— Oui, on peut dire ça. (Le regard plongé dans son verre, elle en fit tournoyer le contenu.) Bref, quand on avait seize ans, Rose est morte d'une chute de cheval qui a été déclarée accidentelle. J'avais déjà changé d'établissement à l'époque, mais on était encore proches. Ça m'a anéantie.

— J'imagine.

— Après, je suis sortie avec Mike. On est restés ensemble toute la dernière année de lycée. On voulait tous les deux faire nos études à Boston…

— Laissez-moi deviner, à Harvard ?

Elle me jeta un regard.

— Non, au MIT.

Je jouai la surprise.

— Harvard, c'était pas assez intello pour vous, c'est ça ?

— Tu veux entendre la suite ou pas ?

— Pardon. (J'agitai la main.) Je vous écoute.

— Bon, fit-elle, les yeux soudain dans le vague. Le jour de la remise des diplômes, Mike n'est pas venu. C'était l'affolement général. Avec ses parents et ses amis, on l'a cherché partout. (Sa voix se durcit.) Gunnar nous a proposé son aide. Sur le coup, j'ai trouvé ça étrange de sa part, surtout qu'on ne se parlait plus trop. (Elle eut un rire sec.) Je l'ai même remercié avant son départ. À la fin de la journée, quand on a abandonné les recherches, je suis retournée à ma chambre et j'ai découvert la toque de Mike sur mon lit.

Me mettant à sa place, je sentis ma gorge se nouer.

— Je suis vraiment désolée. C'est affreux.

Les pancakes me restaient sur l'estomac ; ces histoires de tueur en série chamboulaient mon appareil digestif.

— Euh… est-ce que… est-ce qu'il a été retrouvé ?

— Oui, par moi.

Le visage de Grace, aussi figé qu'un masque, ne manifestait toujours aucune émotion. Elle versa toutefois de la vodka pure dans son verre et la siffla d'un trait.

— Il y avait une inscription à l'intérieur de la toque de Mike : « Attrape-moi ».

— « Attrape-moi » ?

— C'est un jeu que Gunnar avait inventé quand on était petits. L'un de nous laissait des indices que l'autre devait suivre, une sorte de chasse au trésor. Au fil des ans, notre terrain de jeu s'était agrandi, jusqu'à englober toute la ville.

— Donc, la toque de Mike, c'était une invitation à jouer.

J'étais fascinée malgré moi. Il valait sans doute mieux être fascinée qu'horrifiée, mais quand même. Des centaines de personnes étaient mortes parce que le rejeton perturbé d'un tueur en série voulait inciter sa sœur à jouer avec lui. Freud se serait régalé avec ces deux-là.

Grace repoussa son assiette en soupirant.

— Enfin bon. Quand j'ai vu ça, j'ai tout de suite compris. J'ai sauté dans ma voiture, je suis retournée à la maison de notre enfance dans l'Ohio et j'ai trouvé Mike à l'endroit même où notre père avait enterré sa première victime. (Elle me fixa.) Le symbole des Gémeaux marquait l'emplacement.

— Putain de merde.

— Putain de merde, en effet. Depuis ce jour, je n'ai pas cessé de pourchasser Gunnar.

— Excepté pendant vos études, rectifiai-je.

— Je devais développer mes compétences pour gagner en efficacité. C'était un risque calculé. (Après un instant, elle ajouta :) À ma connaissance, il est resté inactif jusqu'à ce que j'obtienne mon diplôme.

Tout comme au lieu de nous trucider direct sur le parking du Getaway, il a attendu que nous portions secours à Grace, songeai-je avec un frisson.

Je pris le temps d'assimiler cette nouvelle donne.

— Et avant Vegas, vous l'aviez déjà rattrapé ?

— À trois reprises. La dernière, c'était à Portland, dans l'Oregon.

Elle se tut et contempla son verre vide d'un air morne.

Le flic mort en service. L'ultime mystère s'éclaircissait enfin.

— Qu'est-ce qui s'est passé ? Il a réussi à s'échapper ?

Elle acquiesça.

— Je pensais que la police locale serait de taille à s'en charger, mais personne n'a compris à quel point il était dangereux. Alors, oui, il s'est échappé. Après avoir tué l'un des agents.

— C'est pour ça que vous ne voulez plus impliquer les flics.

— Oui.

— Étant petit, quand Gunnar jouait à ce jeu, est-ce qu'il était à fond dedans ? Genre, très investi, voire beaucoup trop ?

— Oui, exactement.

— Et c'est lui qui gagnait, en général ?

Après un long silence, elle répondit :

— Il gagnait à chaque fois.

Voilà qui n'est guère rassurant. Je passai la main dans mes cheveux ; longs de plus d'un centimètre à présent, ils commençaient à broussailler.

— En gros, ça fait dix-sept ans que vous jouez en continu. Il court devant, vous courez derrière.

— En gros, oui. (Elle se frotta les tempes.) Bon, à ton tour.

— Quoi ?

J'en étais encore à méditer ses propos, à les retourner dans ma tête. Dans le style « codépendance malsaine », leur relation figurait en bonne place. Sauf qu'en temps normal, quand des détraqués pareils cherchaient à s'en prendre l'un à l'autre, ils ne laissaient pas des centaines de victimes dans leur sillage.

— Désolée, ça fait beaucoup à intégrer.

— Arrête de tergiverser. (Elle me fixa droit dans les yeux.) Que caches-tu, Amber Jamison ?

— Oh, d'accord.

Je remplis mon verre à ras bord en regrettant d'avoir consenti à cet échange de bons procédés. Je n'avais jamais raconté cette histoire à personne, jamais. J'avais tout fait pour l'oublier. Ce qui n'avait pas vraiment fonctionné, d'ailleurs. Pas un jour ne passait sans que je pense à Stella.

Je relevai les genoux contre ma poitrine, les serrai dans mes bras et me jetai à l'eau.

— Mes parents étaient des escrocs. Des escrocs un peu minables, à vrai dire. J'ai participé à leurs arnaques toute ma vie, jusqu'au jour où ils m'ont laissée tomber, après quoi j'ai fait cavalier seul. Des combines de petite envergure, juste de quoi subsister.

Je priais intérieurement pour que survienne un tremblement de terre, un raz-de-marée, une catastrophe quelconque qui m'éviterait d'avoir à dévoiler la suite. J'avais déjà des flashbacks horribles de coups de feu, de hurlements, d'effusion de sang…

— Amber ?

— Je ne m'appelle pas Amber, avouai-je d'une petite voix. Je m'appelle Emily. Emily Austin.

— D'accord, Emily, dit Grace avec douceur. Tu n'es pas obligée de tout me dire.

— Si, il le faut. (Je pris une longue inspiration frémissante.) Je dois vider mon sac.

Ce que je fis. Je lui parlai du coup magistral qui était une idée de la fille que je fréquentais, et dont le butin devait nous faire vivre pendant des années, voire le restant de nos jours si on la jouait fine. Et qu'est-ce que je me croyais fine à l'époque ! J'en avais marre des petites magouilles de rien du tout, et au fond de moi, j'avais probablement besoin de prouver au monde et à moi-même que je valais mieux que mes parents qui m'avaient abandonnée.

Le plus beau, c'est que son plan s'opérait à deux, sans autre complice à embringuer. Une variante du « chat en poche », une arnaque que je pratiquais depuis que j'étais gamine. Plus Stella me l'expliquait, plus j'étais emballée. Voilà, nous y étions enfin, à cette « der des ders ». Après ça, nous avions prévu de nous retirer sur une île déserte pour passer nos journées à siroter des Mai Tai et nous envoyer en l'air.

— Épargne-moi les détails, m'interrompit Grace.

— Pardon. Je me suis laissée emporter.

Je me raclai la gorge, me demandant si un shot de vodka supplémentaire ferait bon ménage avec les pancakes. Sans doute que non, mais tant pis. Je m'en envoyai un, puis poursuivis :

— Stella enquêtait sur la cible depuis un petit moment déjà. C'était une ordure de première, un type qui construisait des immeubles, vendait les apparts à des gens qui n'en avaient pas les moyens, et augmentait les charges de plus en plus jusqu'à ce qu'ils n'aient plus de quoi rembourser leur emprunt. Alors il les flanquait à la porte et revendait les apparts à d'autres gogos.

— Un arnaqueur aussi, quoi.

— C'est ça. Mais moi, je n'ai jamais volé de gens fauchés, me défendis-je. Et je n'ai jamais mis personne à la rue.

— D'accord. Continue.

— Bon. Ça se passait en Floride, où ses manœuvres étaient parfaitement légales. Le temps que je la rejoigne, Stella avait préparé le terrain. Elle était d'une beauté… (Ma voix s'étrangla au souvenir des étincelles dans ses yeux quand l'excitation la gagnait.) Les gars lui tournaient autour comme des mouches. Elle avait ferré notre proie, qui la prenait pour une de ces pétasses de gosses de riches – sans vouloir vous vexer.

— Pas de problème.

— Bref, elle lui avait raconté qu'à cause de son penchant pour la coke, elle avait dilapidé tout son fric, et que du coup elle revendait l'ensemble de ses biens, y compris son yacht.

Je marquai une pause. L'espace d'un instant, j'eus l'impression d'y être à nouveau, de contempler Stella debout à la proue, ses longs cheveux flottant au vent. Je ne l'avais jamais dit tout haut, je ne me l'étais même pas avoué à l'époque, mais je crois que j'étais amoureuse.

— Elle a proposé de le lui céder pour cinq cent mille dollars. En le prévenant que ses parents ne devaient surtout pas être au courant, parce qu'ils lui en voudraient à mort.

Le front de Grace se plissa.

— Il fallait bien qu'elle prouve que le bateau lui appartenait, non ?

J'agitai vaguement la main.

— On avait fait fabriquer des faux documents, et puis franchement, ce type était une andouille. Il les a à peine regardés.

Je remarquai que la tonsure sur son crâne commençait à rougir sous l'effet du soleil. Son alliance étincela lorsqu'il se pencha sur les papiers pour signer, peinant à détacher ses yeux du décolleté de Stella. Vêtue d'un pantalon blanc et d'une marinière brodée au nom du yacht, je m'efforçais de ne pas loucher sur les sacs en toile posés à quelques mètres, que Stella avait déjà ouverts pour en vérifier le contenu. Dans ma tête, encore et encore la même ritournelle : cinq cent mille dollars, cinq cent mille dollars…

— Merci pour le bateau, ma jolie. Si on descendait fêter ça ? suggéra-t-il, cigare au bec, en la déshabillant du regard.

C'est alors que j'entendis les éclats de voix. Je me tournai vers le quai, et aperçus deux types armés de fusils d'assaut qui fonçaient sur nous. L'un d'eux commença à tirer.

Stella se redressa pour mieux voir, et la première balle la fit virevolter…

— Je ne comprends pas.

— Qu'est-ce que vous ne comprenez pas ? demandai-je, contrariée par cette interruption.

— Comment avez-vous eu accès au bateau ?

— On s'était fait embaucher dans l'équipage une quinzaine de jours plus tôt, expliquai-je, agacée. On a attendu que tous les autres soient descendus à terre pour la journée et on l'a invité à bord. C'est plus clair ?

— Ça me semble quand même un peu tiré par les cheveux.

— C'est une escroquerie ! m'exclamai-je en levant les bras au ciel. La clé, c'est de choisir la bonne cible. Elle doit être assez bête pour tomber dans le panneau.

— Mais ceux qui tiraient, qui étaient-ils ? Ses gardes du corps ?

— Voilà le hic. Ce qu'on ne savait pas, c'est que ce mec menait d'autres combines en parallèle, du recel de drogue et d'armes dans des appartements vides. J'ai découvert plus tard qu'il avait roulé dans la farine certains individus assez peu recommandables.

— Je vois. (Grace me jaugea du regard.) Je présume que ton amie n'a pas survécu.

Une fois n'est pas coutume, sa froideur m'arrangeait bien. Elle m'aidait à rester ancrée dans le présent, à garder du recul vis-à-vis de cette journée abominable.

— Stella se tenait juste derrière lui, elle a tout encaissé de plein fouet.

— Et toi ?

— Moi, j'ai, euh… j'ai sauté à la flotte.

Je me tortillai, gênée. Je n'étais pas fière de cet épisode, mais j'avais agi sans réfléchir, par instinct. La dernière chose que j'avais vue à l'instant où je plongeais par-dessus bord, c'était la main de Stella tendue vers moi et son regard suppliant. Puis, *plouf !*

J'avais nagé sous l'eau comme une dératée. Quand, après avoir parcouru près de cent mètres, j'étais enfin remontée pour respirer, le yacht était en flammes.

Grace paraissait déroutée.

— Je ne comprends toujours pas pourquoi tu as changé d'identité. La mort de ton amie n'était pas de ton fait.

Je fis semblant de décrocher un téléphone.

— Allô, la police ? Alors voilà, ma copine et moi, on essayait d'escroquer un type, et des gros méchants à la solde d'un cartel ont débarqué et nous ont tiré dessus. Ah, et puis comme j'ai tout vu, j'imagine qu'ils sont à mes trousses maintenant.

— Mais…

— J'ai paniqué, d'accord ? explosai-je, me levant de mon siège. J'étais jeune, j'avais peur, et mes relations avec les forces de l'ordre n'avaient jamais vraiment été au beau fixe. Tout ce que je voulais, c'était tourner la page. Alors j'ai changé de nom et je suis repartie de zéro. Je suis même devenue hétéro. Sauf que ça n'a servi à rien, parce que me voilà revenue à la case départ : un connard cherche encore à me faire la peau, c'est juste pas le même.

Ma respiration était saccadée, mes poings serrés. Grace avait l'air surprise par mon accès de colère. Elle leva les paumes en un geste apaisant.

— Calme-toi, Amber… Emily. Je suis désolée. Ça va ?

J'avais l'estomac en vrac ; les pancakes et l'alcool ne sont pas très copains avec la bile. Pivotant sur mes talons, je courus vers les toilettes du rez-de-chaussée. Je m'aspergeai la figure au robinet, luttant contre les haut-le-cœur. Je n'avais aucune envie de dégobiller une nouvelle fois.

Quand j'eus le sentiment d'avoir regagné le contrôle de mon corps, je m'assis par terre, la tête contre le mur. Le pire

– pire que les souvenirs –, c'était la culpabilité. Parce que je n'avais pas tout dit à Grace. J'avais passé sous silence la raison pour laquelle je me détestais chaque fois que j'y repensais, le véritable motif de mon changement de vie radical.

Lorsque l'eau froide m'avait engloutie et que j'avais commencé à nager, ce n'est pas à Stella que j'avais songé. La seule chose qui m'était venue à l'esprit, c'est : *Merde, j'ai oublié le pognon !*

Voilà ce que j'étais tout au fond. Alors certes, j'avais eu une enfance de merde, mais ce n'était pas une excuse. J'étais la salope qui s'inquiétait pour son fric pendant que son amoureuse se vidait de son sang. Et ça, je ne l'avouerais jamais à personne. Ni dans cette vie ni dans la suivante.

Un coup à la porte des toilettes.

— Emily ?

— Appelez-moi Amber, lâchai-je d'une voix lasse.

— D'accord, Amber. (Un blanc, puis :) Tu as besoin de quelque chose ? Un verre d'eau, peut-être ?

Je fermai les yeux. Ce dont j'avais réellement besoin, c'était d'une sieste. Je répondis néanmoins :

— Un verre d'eau, ce serait super.

Pendant que j'attendais, les révélations des dernières heures se télescopaient dans mon cerveau éreinté et alcoolisé. Des symboles du zodiaque, des alphabets secrets, des cadavres à n'en plus finir. Au bout du compte, Grace et son frère n'étaient guère plus que des mômes de riches désœuvrés qui se livraient à un jeu subtil avec des vies humaines en guise de pions. Et si ça se trouve, aucun des deux n'avait envie que le jeu prenne fin.

Je m'éveillai deux ou trois heures plus tard dans la même position. Mon crâne pulsait violemment, j'avais un goût infect dans la bouche et mes jambes étaient engourdies. Je me mis debout avec précaution. Il y avait un verre d'eau sur le rebord du lave-main. Je le vidai en deux gorgées, avant de suivre à l'oreille le cliquetis du clavier jusqu'à la PP. Grace était de nouveau assise à son bureau. Sans lever la tête, elle demanda :

— Tu te sens mieux, Emily ?

— Je vous assure, vous pouvez m'appeler Amber.

Mon estomac gronda, et j'essayai de me souvenir s'il restait ou non de la pâte à pancakes.

— Qu'est-ce que vous faites ?

— J'ai vérifié ton travail, et ton hypothèse paraît plausible. Je suis en train de bûcher sur l'algorithme prédictif dont je t'ai parlé pour localiser la prochaine destination de Gunnar.

Je résistai au désir d'exécuter une petite danse de la victoire ; dans ces circonstances, ça n'aurait pas été du meilleur goût. Mais quelque chose avait changé dans notre relation. Nous n'étions pas amies, pas exactement, mais le ton de Grace ne dégoulinait plus de mépris. Ce qui était déjà un progrès.

— C'est comme vous le disiez : je suis proprement géniale.

Elle ne me regarda pas, mais un sourire tira les commissures de ses lèvres.

— Oui, bon. Tu n'es pas totalement inutile.

— Je m'en contenterai.

Son ordinateur bipa, et elle se rembrunit. Je me penchai par-dessus son épaule pour scruter l'écran : une des lignes clignotait.

— C'est déjà fini ?

— Non. C'est un appel aux services d'urgence.

Mon cœur s'arrêta.

— Vous voulez dire que…

— Rien ne garantit qu'il s'agit de lui.

Elle pressa une touche, et la retranscription d'un dialogue apparut à l'écran. Je le parcourus en diagonale, les mots-clés me sautant aux yeux : « Vegas », « baignoire », « prostituée ».

— Attendez… c'est en direct, là, tout de suite ?

— Pas tout à fait. Il y a un décalage de quelques heures, il faut que la transcription soit complète pour que l'algorithme la récupère. L'appel remonte à… trois heures.

— Ça s'est donc passé cette nuit ?

Marcella ! Mes genoux se mirent à flageoler, menaçant de flancher. Je m'assis par terre tout en composant fiévreusement le numéro de Dot.

Elle décrocha à la première sonnerie.

— Ce n'est pas elle.

Je me remis à respirer, et m'aperçus que j'étais jusque-là en apnée.

— Vous en êtes sûre ?

— À cent pour cent. J'allais t'appeler, bichette, mais je voulais lui parler d'abord. Marcella va très bien.

— Dieu soit loué ! (Je fermai les yeux, astreignant mon estomac au calme.) C'était qui ?

— Une pauvre petite qui travaillait au Super 8, au nord du Strip.

Mon attention se braqua aussitôt sur la carte ; c'était exactement à l'endroit où Grace prévoyait la prochaine victime. Je levai la tête vers elle.

— C'est au Super 8 qu'il vous a attaquée ?

Elle acquiesça lentement, l'air inquiet.

— Oui. Gunnar est toujours à Las Vegas.

— Merde. Écoutez, Dot, je ne veux pas vous effrayer, mais…

— Trop tard pour ça, trésor.

Elle semblait lasse et abattue. Je me sentais affreusement coupable ; dans quoi est-ce que je l'avais embarquée ?

— Bon, restez à l'abri et laissez-moi faire. J'ai un plan.

— Ah oui ?

— Oui, mentis-je. Ce ne sera plus très long.

— Eh bien, ça fait plaisir à entendre.

Elle n'avait pourtant pas l'air plus rassurée. Sa voix était grêle et tendue.

— Vous pourriez me rendre un service ? Cherchez toutes les infos possibles sur ce crime. Mais sans prendre le moindre risque, d'accord ?

— Ça roule. Et ne t'en fais pas, j'obligerai Marcella à se tenir tranquille, elle aussi. Même si je dois la ligoter à une chaise.

Après avoir raccroché, je regardai Grace. Elle était déjà retournée à son ordinateur.

— C'est plutôt une bonne nouvelle, finalement.

— Une femme est morte ! grondai-je.

— Oui, mais maintenant, nous savons qu'il se trouve encore à Las Vegas. Pour le moment, du moins.

Sa voix avait repris sa neutralité coutumière, et j'avais l'impression qu'elle évitait mon regard. Est-ce qu'elle me cachait quelque chose ?

Où diable était-elle partie la veille ? Il était tout à fait possible d'effectuer l'aller-retour Los Angeles-Las Vegas en une journée.

Je fus saisie d'une envie irrépressible de prendre mes jambes à mon cou. J'avais passé des semaines en compagnie de cette femme, et je n'arrivais toujours pas à lui faire confiance.

Il faut dire que je n'étais pas d'un naturel confiant. Et de toute façon, je n'avais pas vraiment le choix. Marcella et Dot avaient besoin de moi, et pour les aider, j'étais forcée de m'en remettre à Grace.

D'un air faussement désinvolte, je demandai :

— Où est-ce que vous êtes allée, au fait ?

— Pardon ?

J'empoignai le dossier de son fauteuil et la fit pivoter face à moi. Puis je me penchai sur elle.

— Où étiez-vous ?

Elle paraissait perplexe.

— Tu veux savoir si je suis allée à Las Vegas commettre un meurtre ?

— Grosso modo, oui.

— La réponse est non.

— Alors vous étiez où ?

— Ça n'avait rien à voir avec Gunnar. (Elle croisa les bras.) C'était personnel.

— Personnel ? pouffai-je.

— Oui. J'ai une vie en dehors de cette affaire, figure-toi.

— Ah bon ? C'est pas flagrant. (Je poussai un soupir.) Écoutez, j'aimerais bien vous faire confiance, mais vous ne me facilitez pas la tâche.

— Eh bien c'est dommage, Amber. Je ne vois pas ce que je peux faire de plus, sincèrement. Je t'ai sauvé la vie…

— Vous l'avez aussi mise en danger.

— Je t'héberge chez moi, et toi, en contrepartie, tu envahis mes espaces privés et tu profères des accusations. (Elle inclina la tête sur le côté.) Soyons honnêtes. Si j'avais voulu te tuer, tu serais déjà morte.

Je n'en menais pas large. Ce qu'elle disait était d'une logique imparable, et pourtant quelque chose clochait.

— Pourquoi est-ce que je suis la seule ?

— La seule quoi ?

Sa voix était redevenue glaciale ; le progrès n'avait pas fait long feu.

— La seule que vous ayez sauvée.

Un long moment passa avant qu'elle réponde.

— C'était la première fois que j'en avais l'occasion.

— Vraiment ? (Je croisai les bras à mon tour.) Vous m'avez dit vous-même que vous teniez Jessop à l'œil depuis des semaines. J'imagine que vous faites ça avec tous les tueurs que vous traquez. Et vous n'avez jamais pu secourir une de leurs victimes ?

Grace remit son fauteuil en place, me tournant le dos.
— Ce n'est pas une science exacte.
— Ce qui veut dire ?
— Ce qui veut dire que non, je n'étais jamais arrivée à temps pour sauver qui que ce soit.
Je ne la croyais pas. J'ouvris la bouche pour le lui signaler, puis la refermai aussi sec. Parce que je pris conscience que j'étais seule, dans sa maison, et qu'elle était physiquement plus forte que moi, problèmes d'hypoglycémie mis à part. Qui plus est, elle m'avait bien tirée d'affaire, non ? Peut-être qu'elle disait la vérité, qu'elle avait débarqué trop tard les fois précédentes. Mes yeux se portèrent à nouveau vers la carte, vers toutes ces punaises jaunes. Je m'éclaircis la voix et déclarai :
— Il faut qu'on l'arrête.
— C'est évident. (Elle repoussa son siège et se leva.) Je vais faire mes bagages.
— Hein ? Tout de suite ?
Les bras m'en tombaient.
— Ma blessure est guérie et nous savons où est Gunnar. Ce meurtre est le tout dernier point.
— Le tout dernier point ? répétai-je bêtement.
Elle compte retourner à Vegas. Là où son frère attend, méditant ma mort.
— Il a achevé le symbole. (Elle alla au tableau blanc et pointa du doigt un K inversé avec la lettre R en dessous.) En général, une fois qu'il en a fini un, il se déplace.
— N'empêche qu'on a quand même besoin d'un plan, protestai-je. Après tout, vous ne savez pas précisément où il est, pas vrai ?
Elle se frictionna la nuque en soupirant ; elle avait l'air épuisée, au bout du rouleau.
— Bon, d'accord. Qu'est-ce que tu suggères ?
Je la dévisageai, ahurie.
— Je rêve ou vous me demandez mon avis ?

— Tu ne rêves pas.

Après un instant d'hésitation, je m'armai de courage et me postai devant la carte murale. Je l'étudiai en songeant : *Il va falloir qu'on ajoute une punaise jaune sur Las Vegas*. J'inspirai à fond pour me recentrer, puis me lançai :

— Donc, ceci est un jeu. Gunnar utilise votre alphabet inventé pour tracer une lettre dans chaque ville, et ces lettres forment un mot qui se rapporte à l'endroit où votre père enterrait ses victimes. Tout en dessinant dans le même temps un symbole des Gémeaux géant sur le pays. Et ça fait des années que ça dure. C'est… incroyablement tordu.

— Eh, oui. Gunnar n'a jamais fait dans la simplicité.

Grace massait la cicatrice sur son ventre d'un air absent. Une idée me traversa l'esprit.

— Avant Vegas, il vous avait déjà blessée ?

Un silence, puis :

— Oui.

— Mais pas aussi grièvement, je me trompe ?

— C'est la deuxième fois qu'il me plante un couteau dans le corps.

— Vraiment ? La première fois, c'était où ?

— Dans la jambe. Il cherchait seulement à me ralentir.

Ben oui, tiens. La routine.

— Donc ce n'était pas aussi grave ?

Elle haussa les épaules.

— Il a lancé son couteau d'une certaine distance, si bien que ce n'était pas très profond.

— Ça montre que sa violence envers vous a tendance à croître. (J'écarquillai les yeux.) C'est vous, la véritable victime !

— Je crois qu'il y a deux cent cinquante-quatre personnes qui ne seraient pas d'accord avec toi, rétorqua-t-elle sèchement.

— Non, je veux dire que pour Gunnar, vous êtes la seule véritable victime. Réfléchissez. Vous avez passé votre vie d'adulte tout entière à faire pile ce qu'il désirait : le pourchasser. Il vous a totalement sous sa coupe. Et vous vous laissez faire depuis le début.

Grace me fixa du regard, impassible. Elle sembla vouloir répondre, puis se ravisa. Elle finit par secouer la tête en marmonnant :

— Je n'ai pas demandé une psychanalyse.

— Eh ben c'est cadeau. Parce que tout ça, c'est du grand délire.

Soudain, je me figeai. *Mais bien sûr !* Je me sentais stupide de ne pas avoir compris plus tôt.

— Quoi ? fit-elle.

Même sa mine assassine ne parvenait pas à doucher mon enthousiasme.

— On s'y est prises comme des manches.

— Merci pour cette remarque judicieuse.

— Je suis sérieuse. Il s'agit d'un jeu, pas vrai ? Et franchement, c'est vous qui perdez jusque-là. Il n'y a qu'un seul moyen de gagner.

— Exactement ! s'écria-t-elle, exaspérée, en levant les bras au ciel. En attrapant Gunnar !

— Non. En changeant les règles.

16

Chasse à l'homme

— Il est nul, ton plan.

Appuyée au chambranle de la porte de ma chambre, Grace me regardait faire mes bagages.

— Je sais ce que vous en pensez. Mais à moins que vous ayez une meilleure idée, on va le suivre.

J'achevai de fourrer mes affaires (dont le Glock que, par bonheur, Dot avait récupéré) dans mon sac en toile.

— Il faudra qu'on s'arrête faire quelques achats sur la route, l'avertis-je.

Grace, forcément, avait déjà bouclé ses valises.

— Gunnar ne se laissera jamais berner.

Avec un soupir, je me redressai.

— Dans tous les cas, on n'a rien à perdre. C'est toujours mieux que de rester là, les mains dans les poches, à attendre qu'il fasse une victime de plus. Au moins, à Vegas, on sera plus près de sa prochaine étape. Ce sera déjà ça.

— Je trouve que tu fais un peu trop confiance à cette gérante de motel.

— Parfaitement, je lui fais confiance. Jusqu'ici, le coup de la louve solitaire qui ne compte sur personne, ça n'a pas si bien marché pour vous, je me trompe ? S'il y a bien une chose à laquelle Gunnar ne s'attendra pas, c'est à la supériorité numérique. Et à Vegas, on l'aura.

— Peut-être.

— C'est même sûr, assénai-je en zippant mon sac.

Les dernières heures avaient été bien remplies – en ce qui me concernait, du moins. Pendant que je m'activais dans tous les sens, Grace rassemblait sans enthousiasme assez de matériel électronique pour ouvrir un magasin.

Ça m'était égal, car le plan que j'avais imaginé était – pour le moins – phénoménal.

Grace n'arrêtait pas de vanter l'intelligence hors du commun de son frère. Mais ils venaient tous les deux d'une famille plutôt aisée, avec leurs internats privés et tout le tralala, ce qui signifiait que, tout au fond, ils étaient fragiles. Grace se faisait laminer à leur jeu parce que leurs cerveaux fonctionnaient de façon trop identique ; eux-mêmes étaient trop identiques. Mais je n'oserais jamais le dire devant elle, bien sûr.

Alors que moi, j'étais une battante. Rien ne m'était jamais tombé du ciel, j'avais tout obtenu à la sueur de mon front. Du coup, j'arrivais dans la partie avec des cartes totalement différentes. Grace et Gunnar étaient incapables de comprendre la façon dont je me débrouillais dans le monde réel.

Et puis, sérieux, toutes ces inepties d'alphabets secrets et de symboles dessinant des motifs dans les motifs… c'était du grand n'importe quoi ! Il n'y avait vraiment que les riches pour inventer des conneries pareilles.

Je jetai mon sac en toile sur mon épaule, parée au départ. Grace toisait le mur d'un sale œil, comme s'il venait de l'insulter. Sans croiser mon regard, elle demanda :

— Et si ça ne marche pas ?

L'inquiétude formait des rides sur son front, ce qui pour elle constituait une véritable déferlante d'émotion.

— Ça marchera, affirmai-je avec une confiance forcée. Il ne fera pas le poids.

— Mais dans le cas contraire ? insista-t-elle.

— Vous surveillerez vos algorithmes, et s'il pointe le bout de son nez quelque part, vous aurez ma permission d'y aller direct avec votre aiguillon électrique et de lui montrer de quel bois vous vous chauffez.

— Ta permission ? (Elle arqua un sourcil.)

— En attendant, poursuivis-je sans relever, on s'attache à suivre le plan. Et pour ça, vous devez garder la tête sur les épaules. Écoutez-moi maintenant, c'est super important : avez-vous pensé à emporter la viande séchée et les mini bretzels ?

Interlude

Panique dans la rue

@Ashley212 OMG ENCORE une prostituée trouvée morte au secours #TueurEnSerieAVegas

@Ladyjanesdomain sérieux si vs doutez encore du #sexismeordinaire faut demander à la police de Vegas pk personne parle des 5 femmes trouvées mortes étranglées dans des motels

@itchyscratchykitty le #feminicide est une réalité qu'est-ce que le FBI attend pour intervenir ah oui ils s'en foutent #prostituees #femmes

@JennyinLA Ptn les mecs je flippe une fille a été trouvée morte dans sa chambre hier DANS L'HÔTEL OÙ JE SUIS #ZeroEtoile #TripAdvisor

@Keri_will Attention surtout n'allez pas au Buggy Suites Motel 2 prostituées y ont été retrouvées mortes dans leur baignoire #BatesMotel #LeavingLasVegas

17

Discrétion assurée

Nous n'allâmes pas jusqu'à nous glisser subrepticement dans la ville à la faveur de la nuit, mais nous parcourûmes tout de même les quinze derniers kilomètres dans un authentique bus touristique mis à notre disposition par Jim. Lequel nous déposa à l'entrée de service de l'hôtel-casino Golden Nugget. J'avais du mal à contenir mon impatience dans l'ascenseur qui nous conduisait au quatrième étage, où Dot nous attendait dans notre suite.

Malheureusement, l'établissement était un cran ou deux en dessous du Strat niveau standing (même si, selon les affichettes publicitaires collées dans la cabine, un toboggan aquatique traversait un bassin peuplé de requins, que de toute façon nous n'aurions pas le plaisir de visiter). Je fis l'effort de masquer ma déception quand Dot nous ouvrit, révélant une chambre sans grand intérêt, décorée dans les tons marron et or. Comme d'habitude, Grace prit moins de gants.

— Bon, j'ai déjà vu pire, lâcha-t-elle.

— C'est parfait, Dot, assurai-je en la serrant dans mes bras, jetant par-dessus son épaule un regard mauvais à Grace. Merci.

La suite au complet était plus petite que la chambre que j'avais partagée avec Marcella au Strat, mais elle était d'une propreté irréprochable et bien assez spacieuse pour notre usage.

— J'ai fait du mieux que je pouvais, dit Dot, visiblement vexée. Vous êtes inscrites sous un faux nom pour éviter qu'on vous retrouve. Je ne compte plus les dettes que j'aurai envers tout le monde après ça.

— Ça en vaudra la peine, je vous le promets.

En quelques semaines, elle avait nettement perdu de sa superbe. Son maquillage impeccable ne parvenait à dissimuler ni les cernes sous ses yeux ni le pli raide de ses lèvres. Même sa chevelure cuivrée paraissait ternie. Malgré tout, elle était radieuse.

— Je suis trop contente de te voir, bichette. Je me suis arrangée pour que tout soit prêt, tu n'as qu'un seul mot à dire.

Grace était déjà devant le bureau, occupée à installer moniteurs et autres appareils sur le modèle de la PP. Ça semblait un brin excessif, mais elle m'avait expliqué que mon plan nécessitait une puissance de calcul supérieure à ce que pouvait fournir un simple cybercafé. Et c'était aussi plus discret.

Je suivis Dot jusqu'au canapé moelleux et ouvris l'application que nous avions choisi d'utiliser. J'avais toujours évité les réseaux sociaux par le passé ; on risquait de m'identifier trop facilement avec des logiciels de reconnaissance faciale. Mais faire le buzz était une composante essentielle de mon plan, et les messages que j'avais créés me paraissaient, en toute modestie, ultra crédibles.

Dot les passa en revue et rigola.

— Ah ! J'adore les hashtags.

— Merci.

— Il y en a combien ?

— J'en ai écrit dans les trois cents. Et Grace a mis au point des bots…

— Des bots sociaux, m'interrompit-elle. Des algorithmes conçus pour imiter les comportements humains.

— Oui, c'est trop cool, comme truc. On les a programmés pour…

— Je les ai programmés, me corrigea Grace.

Dot et moi échangeâmes un regard, puis je repris :

— La magnifique et formidable Grace ici présente les a programmés pour que chaque message soit publié sous un faux compte, puis partagé par un autre faux compte, et ainsi de suite jusqu'à ce que, avec un peu de chance, de vraies personnes se mettent à tweeter dessus.

— Comme pour les élections, mais avec un tueur en série !

— Exactement. Si ça prend suffisamment d'ampleur, la nouvelle de la découverte d'une cinquième victime au Buggy Suites arrivera jusqu'à Gunnar. Et on pourra le pister à partir de là.

— Tu es sûre qu'il mordra à l'hameçon ?

— Aucune chance, répondit Grace.

— Il ne pourra pas résister, affirmai-je en la trucidant à nouveau du regard. Un meurtre qui suit le même mode opératoire que le sien ? Ça voudra dire qu'un autre tueur s'inspire de lui, et il détestera qu'on lui vole la vedette.

Je misais beaucoup sur cette stratégie, peut-être trop, mais j'avais l'intuition très nette qu'elle fonctionnerait. En revanche, il était fort probable qu'il soupçonne sa jumelle d'avoir décidé de passer elle-même à l'attaque ; et ça l'intriguerait au plus haut point.

J'avais préféré ne pas faire part de cette présomption à Grace, pour des raisons évidentes.

— Bon, espérons, dit Dot en lissant sa jupe.

Je fis défiler la colonne des tendances sur mon téléphone. Aucun de nos hashtags n'y figurait pour le moment, mais notre offensive numérique n'avait été lancée qu'une demi-heure auparavant, à notre entrée dans la ville. J'ignorais combien de temps serait nécessaire à la propagation du buzz, mais si ça n'arrivait pas très vite, il faudrait que je réactive un peu les publications.

La police de Vegas allait péter un câble en entendant ces rumeurs d'un prétendu cinquième meurtre ; mais tout démenti jouerait en notre faveur. Et l'invention de cette fausse victime empêcherait peut-être qu'il y en ait une vraie. Du moins, c'est ce que je me disais pour me disculper.

— Merci encore pour votre aide, Dot.

Elle me tapota le genou.

— Franchement, trésor, je ferais n'importe quoi pour arrêter de me ronger les sangs.

— Dites… Est-ce que Marcella va passer ? demandai-je d'un air faussement dégagé.

Elle s'assombrit.

— Elle est sur ma liste noire, je t'avoue. Elle mène la vie dure à Jessie. Trois fois, elle a essayé de rentrer accompagnée dans sa chambre au Mayhem.

Mon ventre se serra. J'essayai de me persuader que ma réaction était due à l'imprudence de Marcella, pas à la jalousie. C'était son boulot, après tout. Mais je ne comprenais pas pourquoi elle travaillait encore, sachant que Grace s'était engagée à compenser les pertes financières subies par Dot, Jessie et Marcella. Nous en avions âprement discuté au début de mon séjour dans sa forteresse de la solitude, et elle avait commencé par ruer dans les brancards. Mais comme je le lui avais fait remarquer (bien lourdement), si ces femmes étaient en danger, c'est parce qu'elles avaient sauvé sa peau. Elles n'allaient quand même pas être pénalisées pour ça !

— Vous n'avez pas reçu l'argent qu'on a envoyé ?

— Que j'ai envoyé, rectifia Grace depuis l'autre bout de la pièce, branchant une multiprise.

— Si, si. Jim était tout content, il avait toujours rêvé d'avoir des bitcoins.

— Alors pourquoi Marcella veut travailler ?

— Va savoir ! Tu la connais. (Elle soupira.) Elle n'a pas trop aimé que tu partes sans lui dire au revoir.

— Oui, dis-je en triturant un fil qui dépassait de mon short en jean. Je m'en doutais un peu.

— En revanche, poursuivit Dot d'un ton enjoué, elle a promis de ne pas faire de vagues quand tu serais là. Et si tu as besoin de quoi que ce soit, tu peux compter sur elle. Elle le fera pour Lori.

— Super.

Même si je ne pouvais m'en prendre qu'à moi-même, ça me faisait mal que Marcella m'évite.

— Si tout le monde fait sa part du boulot, on n'aura rien à craindre, assurai-je.

— N'importe quoi ! s'exclama Grace. On aura tout à craindre.

Je la gratifiai d'un regard exaspéré. Évidemment qu'affronter un tueur en série hyper intelligent et ultra dangereux n'aurait rien d'un séjour à Disneyland – cela dit, les manèges non plus n'étaient pas sûrs à cent pour cent, à quatre-vingt-dix-neuf pour cent, disons.

— Tout se passera bien, Dot. Mais si vous préférez renoncer, je comprendrai.

À vrai dire, sans son appui, notre plan tombait à l'eau.

— Ma foi, je dois dire que quand tu m'en as parlé la première fois, je n'étais pas vraiment emballée. (Elle rajusta ses lunettes et me sourit.) Mais je crois en toi. Tu es une fine mouche.

— Merci, Dot, dis-je, touchée, n'ayant pas l'habitude de telles marques de confiance. Vous avez trouvé quelque chose sur la femme qui a été assassinée au Super 8 ?

Elle fit claquer sa langue.

— Pauvre petite. McKayla Nichols, dix-neuf ans seulement. On envisage enfin de mettre une équipe sur l'affaire.

— Ah, tant mieux. Ça devrait booster nos hashtags.

— Alors, que fait-on maintenant ?

— On attend, répondit Grace en contemplant son installation, l'air sévère. Et on prie pour qu'Amber ne nous fasse pas toutes tuer.

— Ne l'écoutez pas, dis-je du ton le plus rassurant possible.

Je décelai malgré tout une lueur de doute dans les yeux de Dot. J'espérais que ça ne se voyait pas autant dans les miens.

Interlude

Feux croisés

La journée avait été particulièrement chargée, et cinq personnes faisaient encore la queue pour rendre leur véhicule de location. Kim regarda l'heure sur son écran : plus que cinq minutes avant la fin de son service. Elle se força à sourire à la femme qui se tenait devant elle, l'air lessivé, et dont les trois enfants barbouillaient de chocolat la salle d'attente.

— Voilà, madame. Bon voyage !

— Avec ces petits monstres ? Faut pas rêver ! fit la mère avant de traîner sa valise vers la sortie, faisant signe à ses mômes de la suivre.

— Je vous avais pourtant dit que je ne voulais pas de vos assurances à la noix !

Kim tourna la tête vers le guichet d'à côté, où son amie Tess se coltinait un de ces emmerdeurs qui se croyaient autorisés à aboyer sur les employés. Celui-ci était un exemple type : blanc, la cinquantaine, peau cramée par le soleil, tee-shirt tendu sur sa bedaine, plusieurs sacs de golf à côté de lui.

Tess lui offrit un sourire pincé.

— Veuillez m'excuser pour ce malentendu, monsieur. La journée n'a pas été de tout repos.

— Où est votre responsable ? tempêta l'homme en regardant derrière elle, comme si elle cachait son chef dans son dos.

Tess et Kim échangèrent un regard ; quand on était payé au salaire minimum, on n'avait pas à supporter ça. Elle répondit d'une voix suave :

— Je peux aller le chercher, monsieur, si vous voulez bien patienter.

— Oh, pas question ! Déjà que j'ai attendu une demiheure, je risque de louper mon vol.

— Si vous le souhaitez, monsieur, je peux vous fournir le numéro du service client.

Mais il s'en repartait déjà, agitant son récépissé.

— J'en parlerai sur Twitter de votre boîte de merde !

— À ses douze abonnés, glissa Kim tout bas.

— Tu m'étonnes ! pouffa Tess.

— Mesdemoiselles, permettez-moi de vous demander pardon au nom de tous les rustres de la gent masculine.

Kim fit des yeux ronds comme des soucoupes en voyant le client suivant s'avancer : il était grand, blond, et tout bonnement canon. Quand il baissa ses verres miroirs, dévoilant de superbes yeux bleus, elle en tomba presque en pâmoison. Il fourra ses lunettes dans sa poche en lui souriant.

Le coup de pied que Tess lui flanqua sous le comptoir rompit le charme.

— Euh… Bon… bonsoir, monsieur. Avez-vous apprécié votre séjour à Las Vegas ?

— Hélas, il n'a pas été aussi fructueux que je l'espérais, avoua-t-il en haussant légèrement les épaules.

Kim se surprit à opiner du bonnet comme une imbécile.

— Et tout s'est bien passé avec votre véhicule, monsieur… ?

— Keats. Comme le poète.

— C'est un de mes poètes préférés ! s'exclama-t-elle (canon *et* cultivé ; c'était un oiseau rare). J'étudie la littérature anglaise à l'université du Nevada.

— C'est vrai ? (Il s'accouda au guichet.) Eh bien, dommage que je doive partir. Ce n'est pas tous les jours qu'on rencontre une amatrice de poésie romantique.

— Euh… Oui, je…

Elle fut interrompue par une tape sur l'épaule. Elle pivota, et trouva Jordan debout devant elle, ce qui signifiait que son service était terminé.

— Je peux finir pour toi, proposa-t-il en dévorant M. Keats des yeux.

Kim fronça les sourcils.

— Non, c'est bon, je m'en occupe.

— Comme tu voudras.

Il se connecta au terminal à sa gauche en babillant comme à son habitude. Elle l'incita du regard à se taire, mais Jordan n'était pas très doué pour décrypter les messages non verbaux.

— Hé, vous avez entendu ? Une autre fille s'est fait assassiner cette nuit. Ça fait deux en deux jours. Il paraît qu'on a affaire à un tueur en série.

— Sérieux ? s'écria Tess.

Jordan acquiesça.

— Apparemment, il a déjà zigouillé cinq filles, mais le maire a étouffé l'info pour éviter la panique.

— Ça m'étonne pas, dit Tess en secouant la tête.

Kim se retrouva coincée entre ses deux collègues qui jacassaient à qui mieux mieux sur les travailleuses du sexe assassinées dans des motels. Elle adressa à M. Keats un sourire contrit, mais l'homme semblait très intéressé par la conversation.

— Excusez-moi, que s'est-il passé ?

Tess lui montra l'écran de son téléphone.

— C'est partout sur Insta.

Kim se mordit la lèvre, agacée. C'était du Tess tout craché, de se mettre en avant comme ça. Comme la fois où

Michael Jordan s'était pointé avec sa suite et où elle avait quasiment piétiné Kim pour l'attirer à son guichet. Elle était déjà maquée, en plus.

— Pas de quoi s'inquiéter, monsieur. La police publie toujours des alertes en cas de menace sérieuse…

Kim se tut quand elle comprit qu'elle avait totalement perdu son attention. Il s'était emparé du téléphone de Tess et faisait défiler les messages, l'air absorbé.

— Vous pouvez enregistrer votre numéro, tant que vous y êtes, suggéra Tess en battant des cils.

Il lui rendit l'appareil.

— Je vais rester quelques jours de plus, finalement. Ma chance est peut-être en train de tourner.

Trop bizarre, comme réaction. Kim plissa le front.

— Vous êtes sûr, monsieur ?

— Je prendrai la même voiture, si elle est encore disponible.

Kim hésita un instant, puis annula le retour.

— Dites-moi que je rêve ! s'exclama Jordan après le départ du client. Il a décidé de rester précisément parce qu'il y a un tueur en série à Vegas ?

— Faut toujours que ce soit les plus sexy, soupira Tess.

Kim ne répondit rien. Elle se déconnecta, prête à rentrer chez elle et à prendre un long bain chaud. Il était temps qu'elle trouve un job où elle n'aurait pas à croiser tant de mufles et de détraqués.

18

La proie

— Je crois que ça y est ! annonça Dot à 17 h 30, les yeux rivés sur son téléphone.

Je bondis aussitôt du lit sur lequel je m'étais finalement allongée, exténuée, après des heures à m'inquiéter de la réussite de notre combine. Il fallait à tout prix piquer la curiosité de Gunnar, suffisamment pour qu'il s'attarde dans les parages. Tout reposait là-dessus. Si nos publications ne décollaient pas et qu'il partait, le plan était voué à l'échec. Il réapparaîtrait ailleurs, là où nous ne disposions pas des ressources de Dot, et il faudrait repartir de zéro. Ce qui ne serait pas une bonne nouvelle, et c'est un euphémisme !

Grace avait passé des heures devant son ordinateur à peaufiner les messages. Pendant ce temps-là, j'avais épluché les réseaux de manière compulsive, guettant les hashtags les plus populaires, et priant très fort. C'était plus lent que prévu. Apparemment, un tueur en maraude à Las Vegas n'intéressait pas grand monde, surtout le jour où – c'était bien notre veine – une célébrité avait tapé une crise de nerfs en plein milieu d'un aéroport.

Cela dit, vers 14 heures, nos hashtags avaient enfin commencé à se propager. Notre campagne avait pris son envol sous mes yeux, cumulant partages, commentaires, ainsi qu'une flopée d'émojis dont je ne connaissais même pas l'existence (le couteau et la baignoire, par exemple, particulièrement de mauvais goût). En un rien de temps, il y avait eu des centaines de réactions, puis des milliers.

— Ça suffira, à ton avis ? avait demandé Dot, nerveuse.

— Mais oui, avais-je assuré d'un ton que je voulais confiant.

— Seulement si mon frère s'intéresse aux réseaux, avait objecté Grace.

Son humeur ne s'était pas améliorée, comme si la réussite de mon plan lui restait en travers de la gorge.

Qu'importe, la machine semblait enfin lancée.

Dot consultait ses SMS.

— Fred pense qu'il vient de prendre une chambre au Buggy.

— Je le savais ! m'écriai-je, toute fière.

Dot avait demandé aux gérants des motels d'ouvrir l'œil, au cas où un individu correspondant à la description de Gunnar se présenterait. Comme il fallait s'y attendre, nous avions reçu plusieurs fausses alertes dans la journée, de la part de gérants de motels un peu trop enthousiastes (et sans doute morts d'ennui). Mais j'étais persuadée que Gunnar reviendrait au Buggy Suites s'il croyait qu'un autre meurtre y avait eu lieu. Sa curiosité serait trop forte.

— Vous me devez cinquante dollars, dis-je à Grace.

— On ne sait pas si c'est vraiment lui, contra-t-elle.

— Fred m'envoie une image de ses caméras de surveillance, indiqua Dot. Attendez…

Elle brandit son téléphone. Grace et moi nous penchâmes sur la photo, prise de haut et en diagonale.

— Waouh, pas mal la résolution !

— Fred s'y connaît en caméras. J'ai entendu dire qu'il en avait installé dans certaines chambres. Il est un peu voyeur sur les bords.

— Alors, est-ce que c'est lui ? demandai-je à Grace.

Elle avait les yeux rivés sur l'écran. L'homme était grand, coiffé d'une casquette de baseball, la tête inclinée légèrement sur la droite. Son visage était assez net, mais on ne savait pas trop si la barre sur sa joue était une balafre ou une ombre. Grace élargit l'image pour obtenir un gros plan.

— Alors ? fit Dot.

— C'est lui, confirma-t-elle froidement.

— J'attends donc mes cinquante dollars, en liquide ou par virement, au choix, dis-je, jouant les matamores malgré le frisson glacé qui me parcourait soudain la colonne vertébrale.

Gunnar se trouve à moins de deux kilomètres d'ici.

— Je les déduirai de ton ardoise pour le gîte et le couvert.

— Il a pris la chambre 7, signala Dot d'une voix tremblante. Celle où Lori a été tuée.

— Est-ce qu'il a posé des questions sur le nouveau meurtre ?

C'était bizarre ; après tous ces messages que nous avions écrits sur le sujet, je devais faire un effort pour me rappeler que personne d'autre n'était mort.

— Il a demandé pourquoi la chambre 5 était scellée par du ruban de police. Fred lui a dit qu'il y avait eu un accident, mais que tout le monde était sain et sauf.

— C'est exactement ce que le propriétaire d'un motel sordide dirait pour ne pas effrayer la clientèle.

Fred avait collé le ruban sur la porte de la chambre 5 le matin même (motivé par une contribution financière de la part de Grace et une pression monstre de la part de Dot).

— Comment Fred vit ça ? Pas trop flippé ?

— Oh, si. Mais il est toujours un peu à côté de ses pompes. Je ne crois pas qu'on puisse voir la différence.

— Bon, dis-je, claquant dans mes mains. La phase numéro un est un franc succès.

— Il est venu, admit Grace à contrecœur. C'est remarquable.

— Remarquable ? (Je posai la paume sur mon cœur.) Ai-je bien entendu ? M'auriez-vous fait un compliment ?

— L'attirer, ce n'était pas le plus difficile.

— J'adore votre attitude positive. Maintenant, l'heure est venue de passer à la phase numéro deux de l'opération « gauler Gunnar ».

L'opération « gauler Gunnar » était relativement simple, à vrai dire. Elle s'appuyait à la fois sur l'aptitude de Grace à pirater les caméras de vidéosurveillance et sur l'immense réseau de Dot, composé de propriétaires de motels, de prostituées, de toxicos, de tout le milieu interlope de Las Vegas. Plusieurs membres des Femmes fatales avaient également rejoint les rangs, ne pouvant refuser une telle occasion de participer à une authentique chasse à l'homme.

L'objectif premier était de localiser, puis de pister Gunnar. Du fait de ma consommation de séries télé à haute dose, je savais que le FBI mobilisait en règle générale trois véhicules pour ses filatures, lesquels se relayaient derrière la cible pour éviter que celle-ci ait la puce à l'oreille en observant en permanence la même berline dans son rétroviseur.

Mon plan voyait encore plus grand : nous avions carrément des dizaines de volontaires désireux de lui filer le train. Comme je l'avais dit à Grace, avec le concours de Dot, Vegas nous offrait l'avantage du nombre. Ma stratégie n'était pas sans risques, mais tout le monde avait reçu des instructions très claires pour les limiter :

1. Ne pas s'approcher à moins de six mètres de la cible. Il s'agissait purement d'une mission d'espionnage.
2. Envoyer des comptes rendus réguliers sur le téléphone de Dot.
3. Dès que Dot en donnait l'ordre, céder sa place, et s'assurer que la relève était bien arrivée.
4. Si, à tout moment, la cible semblait avoir flairé l'entourloupe, décamper à la vitesse grand V.

Cette partie avait été la plus fastidieuse à mettre au point, mais Dot avait coordonné son réseau pendant que Grace et moi peaufinions nos préparatifs à Los Angeles.

— Je ne leur ai pas dit qui il était exactement, m'avait-elle confié au téléphone. Juste que c'est un vrai salopard qu'il faut garder à l'œil.

Et c'était a priori suffisant, car dès que Gunnar ressortit de ce motel de malheur pour aller se balader, les messages affluèrent.

— D'après Jackie, il se dirige vers West Harmon, annonça Dot en grignotant une frite du room service.

La table près de la fenêtre était recouverte d'assiettes ; nous nous étions peut-être un peu trop lâchées sur la bouffe pour calmer notre anxiété.

— Super. (J'examinai le plan de la ville sur l'un des moniteurs de Grace.) Qu'est-ce qu'il y a dans cette direction ?

Elle haussa les épaules.

— Tout. Le Strip tout entier, en gros.

— Où est-ce qu'il peut bien aller ?

— Tu me respires dessus, se plaignit Grace en me repoussant.

— Écoutez, je sais que vous avez certaines réticences, mais il serait temps que vous y mettiez du vôtre, lui glissai-je tout bas pour que Dot n'entende pas.

— Oh, non ! s'écria cette dernière.

— Quoi ?

Elle fixait l'écran de son téléphone avec ce qui ressemblait à de la terreur pure. Lentement, elle releva les yeux vers moi.

— Il vient d'entrer dans la boutique de perruques.

— Hein, quoi ? Je croyais qu'Aboud avait quitté la ville !

— Il est revenu la semaine dernière. Il a dit qu'il ne pouvait pas fermer la clinique plus longtemps. Mais il a promis de ne pas ouvrir sa boutique aujourd'hui… (Elle se tordait les mains.)

— Merde !

Tout ce que j'avais mangé remontait dans mon œsophage. Si quelque chose arrivait au Dr Aboud, je m'en voudrais toute ma vie.

Grace était déjà debout. L'air résolu, elle alla au placard et en tira un grand sac en toile.

— Il va falloir écourter votre petit plan, dit-elle. Je vais lui mettre la main dessus.

— Attendez ! cria Dot, qui lisait un nouveau compte rendu. Jackie vient de le voir ressortir.

— C'était un message, affirma Grace. Il sait qu'on l'espionne.

— On remplace Jackie ! ordonnai-je en m'efforçant de ne pas céder à la panique. Quelqu'un d'autre est dans le coin ?

— Dougy Deuce, répondit Dot, consultant son application « Find my friends ». Un chic type. (Elle pencha la tête et ajouta :) Il force un peu trop sur la bouteille, cela dit.

— D'accord. Le Dr Aboud vous a contactée ou pas encore ?

Elle me fit signe que non, la mine inquiète.

— Mais bon, il n'est resté à la boutique qu'une minute…

— Ça suffit amplement pour commettre un meurtre, asséna Grace.

— Vous ne nous aidez pas, là, grondai-je en lui faisant les gros yeux, avant de revenir à Dot. Que quelqu'un aille voir si le Dr Aboud va bien !

Pendant que Dot pianotait sur son téléphone, je rejoignis Grace qui triait le contenu de son gigantesque sac.

— Quoi ? fit-elle sans lever le nez.

— Vous vous étiez engagée à suivre le plan.

Elle me fusilla du regard.

— Tu n'imagines pas à quel point c'est dur ! Le savoir si près…

— Croyez-moi, j'imagine. (Je m'accroupis près d'elle.) Mais lui foncer dessus avec un aiguillon électrique en plein milieu du Strip, ça ne résoudra rien. Vous l'avez dit vous-même, il se doute déjà que c'est un piège.

— Exactement ! Alors qu'est-ce qu'on attend, bon sang ?

— À mon avis, il est très intrigué. Vous n'aviez jamais pris les devants auparavant. Il ignore si c'était un vrai meurtre ou pas. Il tâte le terrain en espérant vous faire sortir de votre trou. (Je posai la main sur son bras.) Ne lui donnez pas ce plaisir. C'est nous qui devons mener la danse.

— Le Dr Aboud va bien, signala Dot, clairement soulagée. Gunnar lui a seulement demandé comment se rendre au Circus Circus.

— Tiens. Ça paraît un peu bas de gamme pour lui, non ? (Je me tournai vers Grace.) Ça vous parle ?

— On n'a jamais trop aimé le cirque, même quand on était petits.

Elle s'assit sur ses talons, le regard perdu dans les profondeurs de son sac. Elle avait arrêté de se préparer, ce qui constituait une petite victoire.

— Rien ne nous garantit que c'est réellement sa destination.

— Ça ne l'est pas, confirma Dot. Enfin, pas tout à fait. D'après Dougy, il est entré dans l'aire de camping-cars derrière le Circus Circus.

— Classe, marmonna Grace.

Je me mordis la joue ; ce n'était pas une bonne nouvelle. Nous comptions sur le fait qu'il resterait là où il y avait un maximum de gens et de caméras de surveillance, auxquelles Grace s'était déjà branchée. Nous n'avions pas prévu qu'il visiterait ce genre d'endroit.

— Dites à Dougy de ne pas le suivre. À quoi ça ressemble ?

— L'aire de stationnement ? (Dot haussa les épaules.) C'est grand. Rempli de camping-cars.

— Il y a beaucoup d'issues ?

— Oh, oui. Je peux essayer de poster des sentinelles à toutes les sorties, mais le terrain est très dégagé. Il n'y a pas tellement d'endroits où se cacher, si tu vois ce que je veux dire.

— D'accord.

Je me frictionnai les tempes, activant mes neurones. Je ne m'attendais pas à ce que notre plan se déroule sans la moindre anicroche, mais je ne pensais tout de même pas qu'il s'écroulerait en moins d'une heure. Je regardai Grace.

— Il doit y avoir des caméras. Vous pouvez y accéder ?

— Oui. Ou bien je peux y aller en personne.

— Ce serait mieux de savoir ce qu'il fait là-bas avant de s'y ruer tête baissée, non ?

— Ton « plan » est déjà parti en sucette, indiqua-t-elle.

Elle n'avait pas entièrement tort ; à présent que nous étions passés à l'action, je me rendais compte que c'était plus dangereux et plus effrayant que je l'avais imaginé. Demander à tous ces gens de prendre autant de risques était très dur pour moi. Et Gunnar nous avait déjà mis des bâtons dans les roues en opérant des déplacements que nous n'avions pas anticipés. Le bilan n'était pas formidable, sans compter qu'à partir de maintenant, les choses allaient encore se corser. Je sentais la situation m'échapper ; il ne fallait surtout pas que Grace nous plante, parce que sans elle, nous étions foutus.

— Je vous en prie, restez. Si ça se gâte, on passera direct au plan B, d'accord ?

Grace me considéra un moment, comme pour jauger ma détermination. J'affrontai son regard sans broncher. Elle finit par hocher brièvement la tête.

— Entendu. Mais si jamais il réussit à nous semer…

— Ça n'arrivera pas. Pas si vous prenez possession des caméras.

Avec une moue boudeuse, elle repartit s'asseoir à son bureau. Je me tournai à nouveau vers Dot, perchée au bord du canapé, absorbée par son téléphone.

— Hé, Dot ? Dites à Dougy de refiler Gunnar à quelqu'un d'autre. Je parie qu'il reviendra sur ses pas pour voir s'il est suivi.

— Déjà fait. C'est le coin où travaille Diamond, ça tombe bien. (Son téléphone bipa.) Bon, elle m'informe qu'il est ressorti par le même chemin.

— Dites-lui aussi de ne pas le suivre, conseillai-je en songeant que cette Diamond semblait coller parfaitement au profil de ses victimes. Quelqu'un d'autre peut prendre le relais ?

— Pas de problème. Je demande à Skeeter.

— Fantastique. (Grace se renversa contre le dossier de son siège.) Nous remettons notre sort entre les mains d'un type qui s'appelle Skeeter.

— Pour votre gouverne, Skeeter est non binaire, rétorqua Dot.

Je me rongeai l'ongle. Je m'étais peut-être surestimée, ou alors j'avais sous-estimé Gunnar. Il soupçonnait clairement un piège. Mais il était trop tard pour reculer.

— Dot, demandez à tout le monde de nous prévenir dès qu'il mettra un pied dans un casino.

Jusqu'à 20 heures, Gunnar promena la bande d'espions de Dot, l'un après l'autre, tout le long du Strip ou presque. Ce qui faisait un paquet de kilomètres à pied. Ce mec était en pleine forme, il fallait lui accorder ça. Il entra dans des cafés dont il ressortit sans rien acheter. Il traversa la Fremont Street Experience, une rue piétonne couverte longue de plusieurs centaines de mètres qui se situait quasiment en face de notre chambre d'hôtel. Je frisai la crise cardiaque à l'idée qu'il ait réussi je ne sais comment à nous localiser.

Accessoirement, je fus obligée de faire barrage de mon corps pour empêcher Grace d'aller lui régler son compte. Il passa dix bonnes minutes à contempler l'immense fontaine devant le Bellagio.

— Il regarde encore si on le suit, commenta Grace.

— Pas grave. On s'y attendait.

Dans ce véritable jeu de bonneteau monté par Dot, plus d'une trentaine de complices surveillaient Gunnar à travers toute la ville. Même si certains n'étaient sûrement pas très subtils, leur nombre devait suffire à donner le change. En repérer un, deux, voire trois, c'était une chose, mais trente ?

En revanche, si je me trompais et qu'un ami de Dot venait à être blessé, elle ne me le pardonnerait jamais. Moi-même, je ne me le pardonnerais jamais. Mettre toutes ces personnes en danger était terrifiant. Les enjeux étaient considérables.

Je m'étais remise à faire les cent pas. Au cours des dernières heures, j'avais parcouru des kilomètres moi aussi. De temps en temps, Grace me beuglait de m'asseoir, mais je n'arrivais pas à demeurer immobile. L'idée que Gunnar se trouvait à deux pas d'ici, parfois à quelques rues seulement, me collait la bougeotte.

Dot était restée étonnamment silencieuse toute la journée. Il faut dire qu'elle n'avait guère le temps de parler, vu les messages qu'elle recevait en continu. Quand un de ses contacts lui rapporta que Gunnar était dans un restaurant, attablé devant un copieux repas, elle tapota le canapé à côté d'elle.

— Assieds-toi, ma mignonne.

— Je ne peux pas, dis-je en allant à la fenêtre.

Le soleil se couchait sur le désert, mais la vitre était encore chaude sous mes paumes. Par contraste, notre chambre était un vrai frigo ; le précieux matériel de Grace semblait avoir besoin de températures polaires pour fonctionner correctement.

— Mon amie Jane se charge de le surveiller, elle est serveuse dans cette gargote. Tu me files le tournis. Pose tes fesses tout de suite !

À contrecœur, je m'assis à côté d'elle sur le canapé. Elle avait ôté ses escarpins à talons bobine et replié ses pieds sous elle. La monture de ses lunettes de lecture était du même mauve que ses chaussures, et pour se protéger du froid, elle avait couvert ses épaules d'un gilet en cachemire cousu de boutons de nacre. Pour une raison que je ne m'expliquais pas, plus je stressais, plus elle se montrait calme.

— Pourquoi vous n'avez pas l'air plus affolée que ça ? demandai-je en tressautant du genou.

Rester en mouvement semblait être le seul moyen d'apaiser mes nerfs.

— Eh bien, d'habitude c'est plutôt le week-end que je chasse les tueurs en série, répondit-elle d'un ton enjoué, mais pour toi, j'étais disposée à faire une exception.

Je me fendis d'un rire jaune.

— Et Jessie, elle gère toujours le Getaway ?

— Avec l'aide de cet idiot de BJ, oui. (Elle soupira et épousseta une peluche sur sa robe en évitant mon regard.) Il n'y a pas grand-chose à gérer, de toute manière. Seules deux ou trois chambres sont occupées.

— Ah. Et c'est normal ?

Elle haussa les épaules.

— Les affaires tournent au ralenti en ce moment.

— Je suis désolée, Dot. Vraiment. C'est ma faute.

Cela la fit rire.

— Non, bichette. Ce n'est peut-être pas plus mal. Je me rends compte qu'il est peut-être temps pour moi d'explorer de nouveaux horizons. De partir en voyage avec Jim, pourquoi pas. Je n'ai jamais pris de vraies vacances, tu sais.

— N'empêche, quelque chose me dit que vous regrettez de m'avoir rencontrée.

— Ma foi, j'avoue que je ne m'attendais pas à vivre de telles émotions. (Elle tâta sa coiffure.) D'un autre côté, c'est la chose la plus palpitante qui me soit jamais arrivée.

— La plus dangereuse, aussi.

— Ça, rien n'est moins sûr ! répliqua-t-elle en riant. Je te parlerai un jour de mon numéro au Copa Room.

Je me forçai à sourire.

— J'aurais préféré que ce soit en d'autres circonstances, mais en ce qui me concerne, je suis heureuse de vous avoir rencontrée, Dot. Vous êtes la meilleure amie que j'aie jamais eue.

— Oh, ma mignonne ! Ça me touche beaucoup, avoua-t-elle en me caressant le genou, puis elle jeta un œil en direction du bureau et se pencha à mon oreille : Alors vous ne vous êtes pas beaucoup rapprochées, toutes les deux ?

— Pas trop, non.

— Marcella sera contente de l'apprendre. Elle n'était pas vraiment ravie que tu cohabites avec une blonde sexy.

Je tiquai. Jamais je n'aurais eu l'idée d'associer le terme « sexy » à Grace. Enfin, elle était séduisante, dans son genre. C'est d'ailleurs ce que je m'étais dit la première fois que je l'avais vue. Mais elle était comme ces mammouths laineux découverts encastrés dans un bloc de glace : inaccessible.

Ce qui faisait justement d'elle mon type de femme, en fait. J'eus un léger rictus à cette pensée. Grace surprit mon regard sur elle.

— Quoi ? aboya-t-elle.

— Rien, bredouillai-je en reportant mon attention sur la fenêtre.

Dans le soleil couchant, les tours miroitantes des hôtels semblaient composées d'argent en fusion.

Le téléphone de Dot se fit entendre à nouveau.

— Bon, il est reparti. D'après Jane, il n'a laissé que dix pour cent de pourboire. (Elle secoua la tête.) Quel radin !

Je m'enfonçai dans les coussins du canapé et fermai les paupières. J'avais basé toute ma stratégie sur le fait que Gunnar s'adonnerait à l'activité incontournable de Las Vegas : le jeu. S'il n'entrait dans aucun de ces fichus casinos, alors... nous serions contraintes de passer au plan B. Rien que d'y penser, j'en avais la chair de poule.

Une heure s'écoula. Le room service fit encore quelques allées et venues dans notre chambre. Affalée sur le canapé, Dot nous transmettait d'une voix lasse les informations apportées par les messages qui ne cessaient d'affluer. Je m'étais allongée sur le lit, épuisée, mais trop tendue pour dormir. Grace jouait toujours du clavier ; elle tuait le temps en piratant la moindre caméra de vidéosurveillance à trois kilomètres à la ronde.

— Les casinos, on oublie, annonça-t-elle tandis que je ressortais notre chariot du dîner dans le couloir. Leur système est plus verrouillé que celui de la NSA, je n'arriverai jamais à y accéder à temps.

— Fabuleux...

Être privées d'images à l'intérieur des casinos, ce n'était pas l'idéal, mais d'un autre côté, Gunnar n'en avait pas encore visité un seul. Et nous avions prévu de pallier ce problème grâce au réseau de pisteurs bénévoles de Dot.

Par ailleurs, l'étape suivante de notre plan impliquait que quelqu'un entre en contact avec lui. Autant dire que je ne mourrais pas d'impatience.

— C'est curieux, fit Dot.

Je me redressai.

— Quoi ?

— Il est revenu au Circus Circus.

— À l'aire de camping-cars ?

— Non. (Elle releva la tête, les yeux brillants.) Il est entré dans le casino.

Grace se pétrifia sur place.

— Bon, dis-je, tâchant d'insuffler une petite dose de confiance dans ma voix. Le moment est venu de passer à la phase trois, je suppose.

— La phase trois est une aberration, prévint Grace.

L'écran de son ordinateur montrait une vue de l'allée donnant sur le Circus Circus, où une famille de quatre émergeait d'un minivan et se débattait avec un monceau de bagages.

— Ce n'est pas ça qui va nous arrêter, répliquai-je avec un enthousiasme forcé.

Dot reposa son téléphone et s'étira les bras.

— J'ai une serveuse du bar qui le tient à l'œil. Mais tu ferais mieux de te bouger les fesses. On ne sait pas combien de temps il restera.

Interlude

Le suspect

Liz esquiva avec adresse la main qui se tendait vers ses fesses, pliant le poignet pour maintenir son plateau en équilibre. Tout en se frayant un chemin dans la foule (plutôt dense pour un jeudi), elle gardait un œil sur l'homme assis au bar, dos à elle. Vu la largeur de ses épaules, il ne devait pas mégoter sur les séances de sport. Toujours est-il que d'après Dot, c'était une ordure, et elle n'avait pas besoin d'en savoir plus.

Il buvait une boisson transparente dans un verre droit ; vodka tonic peut-être, ou juste de l'eau gazeuse. Quand bien même Dot ne l'aurait pas rencardée à son sujet, elle aurait perçu chez lui quelque chose de dérangeant. Liz se targuait d'être capable de lire les auras, et ce mec ne dégageait pas une bonne énergie. Les autres clients, d'humeur nerveuse ou triste, émettaient diverses nuances d'orange, de jaune et de bleu, alors que lui, impossible de distinguer clairement sa couleur. Elle fut tentée de se rapprocher. « Reste toujours à six mètres de lui au moins », avait dit Dot, mais ça paraissait absurde. Il y avait des centaines de personnes autour d'eux, que pouvait-il faire ?

— Hé, petite, tu m'apportes une margarita ?

Elle se tourna et se trouva nez à nez avec un vieux type bardé de chaînes en or.

— Avec des glaçons et du sel, précisa-t-il.

— Tout de suite, monsieur.

Il lui tapota le derrière, et avec un sourire pincé, elle nota dans un coin de sa cervelle qu'elle devait demander à Johnny de diluer son cocktail à grande eau. À sa droite, une machine à sous se mit à tinter et carillonner en crachant une gerbe de pièces. Tout à coup, l'homme du bar leva la tête, si vite que Liz sursauta. Elle se rendit compte qu'il réagissait à une annonce diffusée par les haut-parleurs. Elle tendit l'oreille.

« … Grimes, il y a un appel pour vous. Veuillez décrocher n'importe quel téléphone fixe de la salle. Gunnar Grimes… »

Bizarre, comme nom, se dit-elle. *Ce doit être un pseudo.* Entre ses cils, elle le regarda poser un billet de cinq sur le comptoir puis se diriger vers le vieux téléphone accroché au mur près des guichets. L'air désinvolte, il s'empara du combiné. Liz regretta de ne pas entendre ce qu'on lui disait.

— Hé, où est ma commande ?

— J'arrive tout de suite, monsieur ! répéta-t-elle gaiement sans quitter des yeux l'inconnu.

Il écarta le combiné de son oreille, comme si son interlocuteur criait. Puis il le rapprocha de nouveau, écoutant avec attention. Liz était carrément fascinée. *Mais il se passe quoi, bon sang ?* Elle aurait dû demander plus de détails à Dot.

Au bout d'un moment, il raccrocha et fit volte-face, plantant son regard dans celui de Liz. Elle mit une seconde de trop à réagir ; son cœur s'emballa dans sa poitrine. Sans briser le contact visuel, il marcha droit vers elle.

Surprise, elle battit en retraite. Son plateau tangua, et les verres vides commencèrent à glisser. Elle compensa l'inclinaison, mais trop tard ; un verre tomba et se fracassa au sol en projetant des éclats dans tous les sens. Liz s'accroupit pour ramasser les plus gros. Deux pieds s'arrêtèrent dans son champ de vision. Elle leva lentement la tête.

— Besoin d'aide ?

L'homme la dominait de toute sa hauteur. De là où elle se trouvait, il paraissait immense. Elle sentit sa gorge se nouer.

— Non merci, monsieur, ça ira.

— Vous en êtes sûre ?

Elle hocha vivement du chef. Il haussa les épaules, puis passa son chemin.

Liz n'en croyait pas ses yeux. Elle n'avait jamais vu une aura semblable : d'un vert foncé profond, presque noir.

— Mais qu'est-ce que ça peut bien signifier ? murmura-t-elle.

— Ça signifie que tu as intérêt à te remuer vite fait si tu ne veux pas que je te vire, gronda une voix derrière elle.

Liz tressaillit, et se retourna : Karen, sa supérieure, la foudroyait du regard.

— Désolée, je…

— Il y a une centaine de filles qui font la queue pour prendre ta place. John dit qu'une margarita t'attend sur le comptoir. Tu ferais mieux d'aller la chercher.

— Oui, madame.

Tête basse, elle trottina vers le bar. Elle enverrait un message à Dot tout à l'heure, dès que cette peau de vache de Karen ne l'aurait plus dans le collimateur.

19

Voyage au pays de la peur

— Il est reparti, annonça Dot d'une voix fébrile, dans un tel état de nerfs qu'elle faillit en faire tomber son téléphone.

— Quelle sortie ? demandai-je en me ruant vers la rangée d'ordinateurs.

— Ouest, côté parking. (Dot me regarda.) Il a mordu à l'hameçon !

— On dirait bien.

En mon for intérieur, je poussai un soupir de soulagement. Le fait que Gunnar ait décroché le combiné en entendant son nom dans les haut-parleurs représentait déjà une victoire en soi.

Maintenant, restait à espérer qu'il suive nos indices. Selon Grace, ce qu'il préférait autrefois dans « Attrape-moi », c'était la partie de chasse au trésor ; je priais pour que ça n'ait pas changé. Un ami de Dot qui travaillait au standard du Circus Circus lui avait passé *La Marseillaise* au téléphone ; pas la peine d'être un génie pour deviner la référence au casino Paris Las Vegas. Si je ne me fourvoyais pas, il s'y dirigerait tout droit. Je scrutai les images de la vidéosurveillance par-dessus l'épaule de Grace.

— Vous l'avez ?

Elle pointa l'index vers l'écran du central : dans le coin, un homme marchait sur le trottoir, s'éloignant de l'objectif. Il portait des vêtements sombres et une casquette de baseball, comme plus tôt.

— C'est la caméra du Battlefield Vegas, indiqua Grace. Juste à côté d'ici.

L'émotion perçait dans sa voix à elle aussi, mais son expression était plus impassible que jamais.

— OK. (Je m'efforçai de maîtriser mes trémolos.) Alors c'est parti.

— Tu te sens vraiment prête, bichette ? questionna Dot.

— Oui, je gère.

Malgré toute ma bonne volonté, pourtant, mon ton manquait de conviction. La stratégie que j'avais échafaudée à quatre cent cinquante kilomètres d'ici me paraissait tout d'un coup nettement plus risquée. D'autant plus que je m'étais attribué le rôle le plus dangereux.

— Ça se voit, railla Grace.

Je lui lançai un regard noir.

— Vous voulez bien arrêter ça ?

— Je suis convaincue que c'est une mauvaise idée, insista-t-elle sans quitter son écran des yeux. Il y a beaucoup trop d'inconnues.

— Je ne suis pas d'accord. Le plan est tout simple, et c'est justement pour ça qu'il va fonctionner.

Elle se tourna vers moi, croisant les bras.

— Et dans le cas contraire ?

— Alors on essaiera le vôtre.

J'espérais de tout cœur que nous n'en arriverions pas là, car le plan que Grace avait pondu était mille fois plus casse-gueule.

— Attendez, il y a un autre plan ? fit Dot, le front plissé. Lequel ?

— Ça n'a pas d'importance, parce qu'on n'en aura pas besoin.

— À moins d'un tout petit grain de sable, glissa Grace en levant un doigt, qui fera tout capoter.

Dot avait la mine soucieuse.

— Je ne sais pas, Amber, ça commence à sembler affreusement compliqué. Pourquoi ne pas appeler les flics, tout simplement ? Le cousin de Jessie pourrait peut-être nous...

— Pas les flics !

Grace et moi avions réagi à l'unisson.

— Bon, entendu, soupira Dot. Mais sois prudente.

— Toujours. (Après un temps, je demandai :) Pas d'autres nouvelles de Marcella ?

— Pas depuis son texto de ce matin, où elle promettait de rester bien sagement au Mayhem. (Elle vit mon expression.) Ne t'en fais pas, elle est tout à fait capable de se débrouiller.

— J'imagine.

Tâchant de m'ôter cette préoccupation de l'esprit, je m'observai dans le miroir.

— Comment vous me trouvez ?

— Parfaite ! s'exclama Dot.

— Parfaitement ridicule, grommela Grace.

Je fis comme si je n'avais pas entendu. Sans être une virtuose dans l'art du déguisement, avec mes cheveux ras et ma silhouette longiligne (le régime yaourt et soupe m'avait encore délestée de deux ou trois kilos, à mon grand dam), je pouvais passer pour un jeune homme de mon âge. Dans cet esprit, je portais un bermuda en jean baggy qui descendait bas sur les hanches au point d'exposer le haut d'un boxer, et une chemise sur un débardeur blanc. Une grosse chaîne en or, une montre d'homme surdimensionnée, des Vans et des lunettes de soleil aux verres miroirs parachevaient le tableau. Dot avait apporté sa touche personnelle en ombrant légèrement mes joues et ma lèvre supérieure. Je palpai ma poche pour vérifier que l'appareil était bien là, puis effectuai un tour sur moi-même. Je ressemblais en tout point à un quelconque petit crétin du cru. Plus qu'à croiser les doigts pour que Gunnar n'y voie que du feu.

— Il n'y croira pas une seconde, siffla Grace.

— Pourriez-vous fermer votre clapet, s'il vous plaît ? lança Dot d'une voix suave, la vexant très visiblement. Bon, ma mignonne, n'oublie pas : si jamais ça commence à tourner au vinaigre…

— Votre ami Darryl guettera mon signal. Pigé. (Je reportai mon attention sur Grace.) Vous savez ce que vous avez à faire ?

Après un instant, elle acquiesça.

— Super.

Je vérifiai une dernière fois mon reflet, m'efforçant de réprimer la panique qui bouillonnait dans mon ventre ; une fois franchi le seuil de cette chambre, impossible de faire machine arrière. Dot et Grace se tenaient à mes côtés dans le miroir. Elles avaient l'air aussi inquiètes l'une que l'autre.

— Vous bilez pas, je m'en sortirai.

— Je n'en doute pas, dit Dot.

— Ne te fais pas tuer, lâcha Grace.

Et sur ces paroles rassurantes, je carrai les épaules et ouvris la porte, prête à livrer bataille.

Quarante minutes plus tard, je me trouvais au bar du Caesars Palace, un verre de bière dans la main, faisant tout pour ne pas ressembler à une fille morte de trouille. Ce que j'étais pourtant, à cent pour cent. L'adrénaline qui m'avait soutenue toute la journée giclait soudain un cran plus fort dans mes veines – j'avais l'impression de m'être shootée à la caféine (c'était d'ailleurs le cas aussi). Malheureusement, ma tremblote ruinait quelque peu l'image « cool Raoul » que je visais à me donner.

— Respire, murmurai-je.

— Pardon ? fit une femme qui attendait sa commande près de moi.

— Euh, rien.

J'avais essayé de prendre une voix grave, mais on aurait plutôt dit que j'avais du gravier dans la gorge. Elle me lança un drôle de regard et se déplaça un peu plus loin. Je la comprenais.

Je consultai ma montre : presque 22 h 30. C'était plus long que prévu. Je refoulai l'envie d'écrire de nouveau à mes complices ; Grace avait menacé de jeter son téléphone dans la cuvette des chiottes si je la dérangeais encore une fois, et Dot était sûrement trop occupée à traquer Gunnar par SMS. Je lorgnai tous les hommes à proximité, tentant de deviner lequel était Darryl, sans résultat. Il était doué, je ne sentais même pas son regard sur moi.

À moins qu'il ne soit pas là.

J'écartai vite cette pensée. Si les amis de Dot avaient prouvé une chose aujourd'hui, c'est que leur collaboration dépassait largement les limites du simple devoir. Nous n'aurions rien pu faire sans eux. Cela m'amusait beaucoup que Gunnar Grimes, le grand méchant tueur en série, se fasse mener par le bout du nez à travers toute la ville.

À chaque étape, le téléphone sonnait et lui jouait un petit air. Au Paris Las Vegas, Pavarotti l'avait envoyé au Bellagio ; puis *Walk Like an Egyptian* (mon préféré) l'avait catapulté au Luxor, et ainsi de suite. Il était prévu qu'il visite, au total, une demi-douzaine de casinos. Ce qui, avec un peu de chance, produirait l'effet désiré.

D'après mes recherches, les tueurs en série étaient des obsédés du contrôle au dernier degré. Ce n'était pas par caprice qu'ils tenaient à maîtriser le moindre aspect de leur environnement, c'était un besoin vital chez eux. Il s'agissait en général de gros tyrans psychorigides, qui opéraient suivant des rituels bien définis.

Même si Gunnar était assez intelligent pour varier ses méthodes de mise à mort, j'aurais parié que tout ce qui menait à cet instant précis obéissait à une chorégraphie minutieuse. Ajouté à ça le code que sa sœur et lui avaient inventé autrefois, et les lieux des meurtres qui formaient un signe du zodiaque… ce type n'était pas du genre à improviser. Il fallait voir la colère que Grace avait piquée quand j'avais mal replacé la brique de lait de soja dans le frigo ! Mon petit doigt me disait que son frère était pareil, surtout dans le domaine qui nous intéressait. Sachant cela, ce petit jeu de piste devait le rendre fou. Une partie de moi brûlait d'envie de voir la tête qu'il faisait en ce moment.

Mon talon exécutait un staccato sur le repose-pied du tabouret. Selon le dernier message de Dot, il se trouvait au Venetian, la quatrième étape sur les six. Il ne tarderait donc pas à arriver.

Allez, tu peux le faire ! Je hélai le barman et commandai un shot d'alcool en me disant qu'un peu de courage en bouteille ne pourrait pas faire de mal. Histoire de tromper l'attente, je révisai le plan dans ma tête.

Les casinos de Las Vegas sont d'une rare tolérance. Libre à vous de fumer comme un pompier, de vous balader en sous-vêtements, et même de vous trimballer avec un fusil-mitrailleur chargé, tant que vous alignez les biftons. La seule chose qui n'est pas tolérée ? La triche. À la moindre tentative, une armada de gros bras vous escortera aussitôt dans les coulisses pour vous toucher deux mots en privé. Dot m'avait affirmé que ces pratiques d'un autre âge avaient encore cours au Caesars Palace. Un de ses nombreux amis, un employé de casino du nom de Linc, nous avait procuré un objet qu'il avait confisqué quelques semaines auparavant, le tout dernier gadget sur le marché de la triche. Ça ressemblait à un boîtier de clé de contact, mais si on l'actionnait près de certaines machines à sous, elles se mettaient à dégorger des pièces.

Tous les établissements de la ville s'en méfiaient comme de la peste. Aux dires de Linc, être pris en possession d'un de ces appareils exposait à de sévères sanctions.

Voici la tâche qui m'incombait : d'abord, me rapprocher suffisamment de Gunnar pour le glisser en douce dans sa poche, puis alerter le service d'ordre en prétendant que je l'avais entendu se vanter de pouvoir déjouer leur système.

La deuxième partie ne me posait aucun problème. La première, en revanche, me flanquait une frousse bleue.

Ce traquenard n'apporterait pas de solution durable, bien sûr, mais servirait à retenir Gunnar une heure ou deux, le temps de mettre en place le piège final. Cela résolvait un certain nombre de soucis d'un coup : si un casino ne voulait pas vous laisser partir, vous ne partiez pas. Grace et moi tirerions profit de ce sursis pour offrir Gunnar sur un plateau à la police de Las Vegas. À sa sortie, une meute de flics serait là pour le cueillir et l'emmener au poste. Grace avait de sérieux doutes sur ce volet du plan, à cause de ce qui s'était passé à Portland. Je lui avais fait remarquer qu'il y avait une différence notable entre un agent opérant en solo et une équipe d'intervention spécialisée. Et le mieux, là-dedans, c'est que nous n'aurions pas à être impliquées ; nous pourrions reprendre notre petite vie tranquille sitôt qu'il serait arrêté.

Je mordillais ma paille tout en restant aux aguets. Ce ne serait plus très long désormais. Grace était sans doute déjà à l'œuvre de son côté.

Mon téléphone sonna. Je le sortis de ma poche : Dot. Dès l'instant où j'entendis sa voix, je sus que tout était parti en vrille.

— Comment ça, il a disparu ? m'exclamai-je en enfonçant un doigt dans mon oreille pour étouffer le brouhaha ambiant.

J'avais du mal à comprendre ce qu'elle disait, ses paroles jaillissant au même rythme que les battements de mon cœur : cent fois trop vite.

— Corey le surveillait au Venetian. Il l'a vu prendre l'appel qui devait l'envoyer au Rio, mais il n'est pas parti. Alors Corey a demandé qu'on l'appelle encore, et cette fois il est parti tout de suite, mais Corey a tourné le dos une seconde et…

— On l'a perdu ?

J'eus soudain une conscience aiguë de la foule qui m'entourait. Gunnar pouvait se tenir à trois mètres de moi sans que je le voie. Je quittai le bar sur-le-champ et, tout en jetant des regards par-dessus mon épaule, me dirigeai vers le couloir le plus proche afin de mieux entendre.

— Corey est presque certain qu'il a pris un taxi. Hanna l'attend au Rio, mais s'il ne se montre pas, que veux-tu qu'on fasse ?

J'en avais des crampes d'estomac. J'aurais dû me douter que Gunnar finirait par se lasser, et m'en tenir à trois ou quatre casinos, pas plus. J'avais été aveuglée par le désir de le faire tourner en bourrique, et voilà qu'il nous avait glissé entre les doigts ! Je fermai les paupières et me creusai les méninges.

— Amber, tu m'entends ? disait Dot au loin. Je fais quoi ?

Je pris une grande inspiration frémissante.

— On va partir du principe qu'il continue à suivre les indices. Qu'Hanna guette son arrivée au Rio. En combien de temps il devrait y être ?

— À cette heure-ci ? Dix minutes. Quinze, maximum.

— D'accord. Alors s'il ne s'est toujours pas pointé à… (je regardai ma montre) 11 heures et demie, dites à tout le monde d'arrêter les frais.

— Tu veux dire que…

— Oui, on passera au plan B.

Eh merde. C'est Grace qui sera contente.

— Tu n'avais pas l'air de raffoler du plan B, s'inquiéta Dot. Il est dangereux ?

— Euh, non, pas vraiment, mentis-je. C'est seulement que… c'est l'idée de Grace.

— Oh, Seigneur, soupira-t-elle, puis elle demanda : Y a-t-il quelque chose que je puisse faire ?

— Vous en avez déjà beaucoup fait, Dot. Tenez-moi juste au courant s'il se passe quelque chose au Rio, et essayez de vous détendre, OK ?

— D'accord, bichette. (Elle ajouta sans conviction :) Je suis sûre que tout va s'arranger.

Je raccrochai. Une serveuse vêtue d'une toge minimaliste passa près de moi avec un plateau chargé de verres de tequila. J'en raflai un et le sifflai cul sec. La liqueur m'arracha la gorge. J'avais le pressentiment que je ne survivrais pas à cette nuit, donc autant m'étourdir un peu.

Presque aussitôt, mon téléphone sonna de nouveau. Je me renfrognai. *Quoi encore ?*

C'était un message de mon vieux pote Numéro Inconnu. Probablement Grace qui me prévenait qu'elle s'était acquittée de sa part du boulot.

La photo qui surgit à l'écran était minuscule et de piètre qualité, si bien qu'il me fallut un petit moment pour comprendre ce que j'avais sous les yeux. Il s'agissait d'un gros plan, pris d'un angle insolite. Une femme allongée dans une baignoire.

C'était Jessie. Et elle semblait morte.

20

Règlement de comptes

Je plaquai la main sur mes lèvres et faillis en lâcher mon téléphone.

— Oh non !

Le maquillage gothique de Jessie était tout étalé, sa perruque de travers. Elle avait la bouche entrouverte, comme si elle était en train de parler. Mais ses yeux, ternes et sans vie, ne fixaient que le vide.

Les murs autour de moi se mirent à palpiter dangereusement ; je plongeai derrière une plante en pot dans un coin afin de reprendre mon souffle. *Non*, me sermonnai-je, *c'est pas le moment de craquer !* Ça n'avait aucun sens. Jessie et Marcella avaient promis de rester à l'écart, bien en sécurité au Mayhem. Alors qu'est-ce qui s'était passé ? Gunnar les avait-il retrouvées ? Mais comment ?

Avait-il aussi tué Marcella ?

L'enfoiré. Toute la journée, j'avais tremblé de peur ; de terreur, même. À présent, c'est la colère qui prenait le dessus. J'allais écharper ce mec de mes propres mains.

Merde ! Et Dot ? Jessie n'était pas simplement sa meilleure amie, c'était comme sa mère de substitution. La nouvelle risquait de l'anéantir.

Un autre message tomba. D'un doigt tremblant, je l'ouvris.

Pas de cadavre cette fois, juste une photo de l'enseigne du Getaway.

Je n'eus même pas le temps d'éprouver un quelconque soulagement : mon portable tinta encore.

Saisie d'une appréhension atroce, je me laissai glisser au sol, le dos contre le mur, les genoux repliés. Quelques personnes me regardèrent bizarrement, mais ça m'était égal.

Je serrai le téléphone sur mon cœur, tentant de me préparer au pire. *Pitié, pourvu que Marcella ne soit pas morte. Pitié.*

Je la revis me sourire dans la pénombre ; je sentais encore la douceur de sa main sur ma joue. *Pourquoi n'ai-je pas fait plus d'efforts pour la protéger ?*

J'avais envie de retourner au Nugget ventre à terre pour m'effondrer dans les bras de Dot. Envie de filer d'ici, très loin de cet horrible merdier, et de ne plus jamais regarder en arrière. Mais c'est moi qui avais conçu ce stratagème. C'était ma faute si des innocents mouraient. Il fallait désormais que j'aille jusqu'au bout.

Je comptai à rebours dans ma tête de dix à un, puis, les mains tremblantes, je cliquai sur le message.

C'était un autre gros plan, de Marcella cette fois. Son visage occupait tout le cadre : une bande de chatterton collée en travers de la bouche, complètement décoiffée, les yeux écarquillés d'épouvante. Néanmoins, elle était en vie. Je poussai un soupir défaillant, m'en voulant de ressentir un tel soulagement alors que Jessie était morte.

Je rangeai mon portable dans ma poche. Mes mains tremblaient toujours, mais moins de peur que de rage. Cette saloperie de psychopathe la retenait en otage, dans le but de m'attirer au Getaway. J'en aurais hurlé. Grace avait raison : mon plan comportait des failles assez grosses pour y passer un semi-remorque. Tout était parti en sucette, comme elle l'avait prédit.

Je pris appui sur le mur pour me remettre debout. Les jambes en coton, je me dirigeai d'un pas chancelant vers les toilettes au fond du couloir. J'avais l'impression d'être dans un train en marche, qui ballottait et brinquebalait. J'accélérai l'allure en sentant la bile remonter dans ma gorge, et déboulai dans une pièce immense pourvue de dizaines de cabines. J'ouvris la plus proche et, pliée en deux, je rendis toute la bouffe du room service que je m'étais nerveusement enfilée dans la journée.

— Berk ! fit une fille devant le miroir. Trop bu ?

— Sérieux, faut savoir lever le pied, renchérit son amie. Et puis t'es dans les toilettes des dames, mec, je te signale !

Je claquai la porte, poussai le verrou et passai encore un moment au-dessus de la cuvette, à me vider entièrement. Après quoi je tirai la chasse d'eau et m'assis sur le siège, la tête dans les mains, me remémorant la façon dont Jessie m'avait tapoté la main en jurant de prendre soin de Dot et de Marcella.

Nous aurions dû les emmener toutes les deux avec nous dans la suite. J'aurais dû m'assurer qu'elles se trouvaient en sécurité avant de me lancer bille en tête. J'avais péché par excès de confiance, et résultat, une femme formidable avait perdu la vie.

Exactement comme la dernière fois, chuchota la petite voix sous mon crâne.

Le visage paniqué de Stella se rappela à moi. Luttant contre la nausée, je chassai vite cette image. L'heure n'était pas à l'évocation des fantômes de mon passé.

C'était trop tard pour Jessie. Mais j'avais encore une chance de sauver Marcella.

Une toute petite chance.

Les yeux rivés sur l'écran de mon portable, je réfléchis à la marche à suivre.

Valait-il mieux appeler la police ? Demander à Dot de contacter le cousin de Jessie ? Il aurait de quoi être motivé pour coincer le coupable !

Peut-être trop motivé. S'il fallait choisir entre éliminer un tueur chevronné et sauver la peau d'une prostituée, quelle décision prendraient les flics ?

Je connaissais déjà la réponse. Dans un tel cas de figure, Marcella n'avait quasiment aucun espoir. Sa vie était entre mes mains. Et cette fois, je n'avais pas l'intention de m'enfuir.

Je n'étais pas, comme Grace, une froide justicière, pirate informatique à ses heures.

Je n'étais pas un monstre comme son frère.

J'étais juste une fille de la cambrousse marquée par une enfance merdique. Une petite délinquante. Une étudiante en psycho devenue victime. Une décrocheuse de vingt-quatre ans qui n'avait que deux amies au monde.

Je ne payais vraiment pas de mine, en fait.

Mais il était hors de question que je laisse ce connard l'emporter.

— Salaud ! fis-je à haute voix.

— Ouais, bien dit ! approuva ma voisine de cabine. Rentre-lui dans le lard !

— J'y compte bien.

Je pris mon courage à deux mains, ouvris la porte et allai aux lavabos. Ignorant les regards insistants des filles qui retouchaient leur maquillage dans le miroir, je me lavai les mains et me rinçai la bouche. Puis je me redressai, les saluai d'un hochement de tête et chaussai mes lunettes noires.

Gunnar Grimes allait regretter de m'avoir cherchée.

Un SMS de Dot me parvint alors que j'étais à l'arrière d'un taxi. Je me mordis la lèvre.

Tout va bien, bichette ?

Oui. Après une hésitation, j'en expédiai un deuxième : Si vous n'avez pas de nouvelles de moi d'ici une heure, appelez la police.

Ça roule. Je les envoie où ?

Je me tâtai. Si je lui révélais que j'étais en route pour le Getaway, elle allait péter un plomb. Or il fallait absolument qu'elle reste à l'abri au Nugget.

En cas d'échec du plan B, je ne serais sans doute plus de ce monde d'ici une heure. Je répondis : « Je vous dirai », puis programmai un message automatique. À défaut d'une annulation de ma part, elle recevrait une photo du Getaway au bout de soixante minutes.

J'espérais sincèrement que ce message n'aurait pas à partir. J'avais horreur de lui faire des cachotteries, mais je ne supportais pas l'idée de mettre à nouveau quelqu'un en danger. Si un autre malheur arrivait, à Dot, à Jim ou à n'importe quel autre de ses amis, je m'en voudrais tout le reste de ma vie. Elle avait déjà payé chèrement la gentillesse dont elle avait fait preuve à mon égard. Je savais que la mort de Jessie me hanterait à jamais, et je n'avais pas la place pour un fantôme de plus.

« Sois prudente, bichette. »

Je lui envoyai un pouce levé en réponse. Ça paraissait un peu léger, mais mes mains s'étaient remises à trembler et je ne me sentais pas capable de taper de vrais mots. Je fermai les yeux et me laissai aller contre l'appui-tête fendillé. Je me trouvais à une minute du Getaway et n'avais aucune idée de ce qui m'attendait là-bas.

Gunnar s'était replié à l'endroit même où il avait abandonné Grace après l'avoir poignardée. C'était symptomatique de son besoin de contrôler son environnement, et il tirait sans doute en prime un malin plaisir à siéger dans cet endroit qui m'avait servi de refuge.

Quel fumier !

Le taxi fit mine de s'engager sur le parking du Getaway.

— Pas ici ! m'écriai-je en bondissant sur la banquette. Pouvez-vous me déposer dans la rue, un peu plus loin ?

Le chauffeur me jeta un drôle de regard, puis il haussa les épaules et se rangea au bord du trottoir. L'enseigne en néon du motel indiquait « FERMÉ » ; certaines choses au moins se déroulaient selon le plan.

Toutes les chambres étaient éteintes. À l'exception de la numéro 12. Celle que j'avais occupée. La lumière brillait derrière les rideaux et la porte était entrouverte.

— Vous savez, il existe de meilleurs établissements, me glissa le chauffeur, un vieux type aux dents tachées par la nicotine et aux cheveux gras. Le jeudi, ils font des prix super intéressants au Nugget.

Je lâchai un rire jaune, et il me regarda comme si j'étais folle. Sur ce point, il n'avait pas tout à fait tort.

— Merci, mais j'adore ce motel.

Je lui donnai un généreux pourboire ; après tout, cet argent ne me servirait peut-être plus à rien bientôt. Et puis techniquement, c'était celui de Grace.

Je me livrai à un petit inventaire pour m'assurer que je n'oubliais rien. Je regrettais de ne pas avoir pensé à emporter une bouteille d'eau, parce que j'avais la gorge sèche et un goût de vomi dans la bouche. *Trop tard.* De toute manière, la soif était le cadet de mes soucis.

Je consultai une énième fois mon téléphone : toujours aucun signe de Grace. Je lui adressai encore un SMS : « Bien arrivée. Vous êtes où ptn ? »

Puis je fermai à nouveau les yeux et formulai une courte prière.

— Tout va bien, jeune fille ? demanda le chauffeur d'un air inquiet.

Vois les choses comme eux, me dis-je. *Comme si tout ça n'était qu'un jeu.*

— Oui, ça va.

Carrant les épaules, je sortis du taxi et m'engouffrai dans la chaleur de la nuit.

21

L'ombre d'un doute

Veillant à me fondre dans les ombres, je traversai le parking en direction de l'escalier. Les rideaux des chambres du rez-de-chaussée étaient tous fermés. Je passai devant en retenant mon souffle, m'attendant à ce que quelqu'un en surgisse. J'avais abandonné mes lunettes de soleil dans le bac à fleurs de l'entrée. J'étais tentée d'ôter aussi mon bermuda ; la ceinture autour de mes hanches restreignait ma liberté de mouvement. D'un autre côté, je ne prévoyais pas de me battre au corps-à-corps. Et j'avais besoin d'un endroit où ranger mon flingue.

Ah, Las Vegas ! Cette ville où, heureusement pour moi, on pouvait circuler tout à loisir même armé, en rage et rond comme une queue de pelle !

Tenant mon Glock à deux mains, je gravis les marches. Mon cœur cognait dans ma poitrine, la peur hachait mon souffle. J'avais peine à croire que je me jetais tout droit dans la gueule du loup, et de mon propre chef cette fois.

Quant à Marcella, elle était peut-être déjà morte.

Non. Il ne la tuerait pas, au moins jusqu'à mon arrivée. Je le sentais au fond de mes tripes.

Le plan B était du Grace pur jus : il consistait en partie à affronter Gunnar lorsqu'il serait isolé. Mais le fait qu'il détienne à présent un otage vivant (touchons du bois) compliquait passablement les choses. J'avais détesté ce plan d'emblée ; il était mille fois plus risqué que le mien. À la moindre erreur, Gunnar nous liquiderait toutes les deux. Ou pire, rien que moi. Lui se sauverait, Grace s'élancerait à sa poursuite, et ce serait reparti pour un tour. Jessie, Marcella et moi, nous ne serions qu'un dommage collatéral.

Pas question ! pensai-je, envahie par une bouffée de rage. Le poids du flingue dans mes mains me donnait du courage. Si je devais mourir cette nuit, j'emporterais Gunnar avec moi.

Quand j'atteignis le sommet de l'escalier, une voiture de police passa dans la rue, sirène hurlante. Je profitai du bruit pour presser l'allure, me déplaçant à demi accroupie. Les rideaux étaient fermés aussi à l'étage, y compris ceux de mon ancienne chambre. Je fis halte à quelques pas de la porte. Elle était entrebâillée, comme s'il m'attendait.

Ça me faisait tout drôle d'être de retour ici ; des semaines s'étaient écoulées depuis cette nuit cauchemardesque où j'avais découvert Grace à moitié vidée de son sang sur le seuil. Malgré l'obscurité, je discernais encore une grosse tache sombre sur le béton. J'aurais dû prendre le large sitôt arrivée à Los Angeles, rouler sans m'arrêter tout droit jusqu'à l'horizon. Si j'avais fichu le camp, à cette heure-ci Jessie serait toujours en vie, et Marcella en sécurité.

Inutile de gamberger. Concentre-toi !

Je déglutis avec difficulté. Inspirant un grand coup, je bandai mes muscles, prête à me ruer dans la pièce…

Une ombre apparut derrière les rideaux : quelqu'un approchait. Je reculai un peu, l'arme braquée vers l'entrée. La panique enfla dans mes entrailles, et je luttai pour reprendre le contrôle de ma respiration. Le moment était venu.

Une main jaillit et ouvrit la porte en grand. L'individu qui se pencha au-dehors était la copie conforme de Grace, en plus grand et en version masculine : cheveux blonds, yeux bleus, mâchoire carrée rasée de près. À ma vue, il se fendit d'un large sourire.

— C'est toi ! s'écria-t-il, avant de sortir sur la galerie. Eh bien, c'est une belle surprise. Entre donc !

Depuis des semaines, il était pour moi le croque-mitaine ; en l'avisant pour la première fois de si près, en chair et en os, je faillis faire dans mon caleçon. Bien que physiquement moins imposant que Beau Lee Jessop, il se révélait infiniment plus terrifiant sur tous les autres plans. *Il a assassiné pas loin de trois cents personnes !* Je gardai mon Glock pointé sur lui, visant le centre de son torse.

— Non merci, sans façon, répondis-je en m'efforçant de masquer mon angoisse. Où est Marcella ?

— Qui ça ?

Il s'appuya à l'encadrement de la porte et croisa les bras. Il souriait toujours, comme s'il était ravi de me voir. En lieu et place de la combinaison jetable et des gants en caoutchouc auxquels je m'attendais, il portait un jean foncé, un tee-shirt noir et des baskets. Tout bien réfléchi, je l'avais imaginé plus intimidant. Or, mis à part la balafre sur sa joue, il ressemblait à monsieur Tout-le-Monde.

Ce qui expliquait sans doute qu'il ait agi en toute impunité jusque-là.

— Où est-elle ? répétai-je en détachant les mots, le menton en avant.

Je ne voyais aucune arme sur lui, et deux mètres seulement nous séparaient. Même moi, je ne pourrais pas le louper s'il m'attaquait.

— Tu tiens vraiment à discuter dehors ? fit-il en inclinant la tête d'un mouvement étrangement familier.

Malgré le passage des ans, la similarité entre le frère et la sœur, dans leur façon de s'exprimer et de bouger, était dérangeante.

— Ouaip, confirmai-je, les dents serrées.

— Eh bien, d'accord. Nous n'avons pas été présentés. Je suis Gunnar…

— Je sais qui tu es ! Où est Marcella ?

Son front se plissa.

— Je ne comprends pas de quoi tu parles, je t'assure.

— Est-ce que tu l'as tuée ? Comme tu as tué Jessie ?

Il eut le culot d'ouvrir de grands yeux indignés.

— Quoi ? Bien sûr que non ! Est-ce que ça va ? Tu sembles un peu sur les nerfs.

Mes bras étaient tétanisés à force de tenir le pistolet à l'horizontale.

— Couche-toi !

— Ici ? Jamais de la vie ! s'exclama-t-il en fronçant le nez d'un air dégoûté.

— Je suis sérieuse. Je vais tirer !

Gunnar se frotta le front ; son geste me prit par surprise, et mon index se resserra aussitôt sur la détente.

— On dirait bien que ma sœur t'a raconté des mensonges à mon sujet.

— Des mensonges ?

Cette conversation me filait entre les doigts ; ça ne se passait absolument pas comme je l'avais prévu. Je ne m'attendais pas à être encore vivante, déjà.

— Comme le fait que tu sois un tueur en série, par exemple ? Et qu'elle te pourchasse depuis des années pour essayer de t'arrêter ?

Il me dévisagea un instant, bouche bée, puis il éclata de rire. Je fis un nouveau pas en arrière, tâchant de ne pas le lâcher des yeux ; il tentait juste une manœuvre de diversion et se préparait sûrement à me sauter dessus pour me maîtriser.

— Excuse-moi, dit-il en secouant la tête. Il n'y a rien de drôle, je sais, mais… je n'en reviens pas qu'elle t'ait raconté ça. (Ses paupières s'étrécirent.) Et que tu l'aies crue, en plus.

— Pourquoi est-ce que je ne la croirais pas ?

— Parce que, répondit-il avec une expression soudain grave, c'est tout l'inverse, en réalité. C'est Grace, la tueuse.

22

Jour de terreur

— Arrête tes salades ! sifflai-je.

Des éclats de rire résonnèrent. Du coin de l'œil, j'aperçus une bande de filles en talons hauts qui passaient devant l'entrée du parking. Par bonheur, elles ne nous prêtèrent aucune attention.

— On ferait mieux de poursuivre cette discussion à l'intérieur, insista Gunnar. Imagine qu'un témoin appelle les flics et qu'ils te surprennent à menacer un homme avec une arme à feu !

— Ensuite ils fouilleraient la chambre et découvriraient Marcella.

Il poussa le vice jusqu'à prendre un air offensé.

— Si tu penses que je cache quelqu'un là-dedans, je t'en prie, viens vérifier par toi-même. (Me voyant hésiter, il ajouta :) Le temps que je m'empare d'une arme, tu m'auras déjà tiré dessus.

— Pour ce que j'en sais, tu pourrais avoir des flingues planqués partout dans la chambre. Et peut-être sur toi, aussi.

Il tourna lentement sur lui-même en retroussant son tee-shirt, dévoilant (rendons à César ce qui est à César) une magnifique tablette de chocolat. Aucun pistolet, par contre. Et son tee-shirt était près du corps, j'aurais remarqué s'il avait porté un holster.

— Tu vois ? Je ne suis pas armé.

— Remonte tes bas de pantalon, ordonnai-je en agitant le canon de mon pistolet. Doucement, en tirant sur le haut des jambes.

Avec un soupir mélodramatique (là encore, comme sa frangine), Gunnar releva son jean, exposant d'abord une cheville, puis la seconde. Aucune arme ici non plus.

— Satisfaite ?

Je me mordis la lèvre. Entrer dans la chambre était risqué. Mais si quelqu'un ameutait la police et que Marcella n'était pas là, je ne la retrouverais peut-être jamais. Qui plus est, l'intervention des forces de l'ordre n'était prévue que bien plus tard dans le programme. Il fallait seulement que je gagne du temps.

— Parfait. Maintenant, recule lentement. Et quand je dis lentement, c'est vraiment au ralenti, que je te voie à peine bouger… Et pose les mains sur ta tête.

Gunnar obtempéra. À l'intérieur, toutes les lumières étaient allumées. C'était curieux de voir les affaires d'un autre dans une chambre que j'avais occupée. Il y avait une valisette noire dans un coin. Le lit était fait ; il avait ôté l'édredon, comme moi, ce qui était plus prudent. À part ça, la pièce était vide.

— Je ne t'ai pas menti, je suis seul, dit-il en suivant mon regard.

— Cale-toi contre le mur pendant que je vérifie la salle de bains, ordonnai-je en désignant un endroit à côté de la porte d'entrée.

C'était un risque : il pouvait s'enfuir. Après tout, ce ne serait pas si mal ; maintenant que j'étais ici avec lui, je ne savais pas trop quoi faire. Grace était censée m'accompagner. C'était elle, l'experte.

Pourtant, il prétend que c'est Grace, la tueuse… Non, impossible !

Je traversai la pièce tout en gardant Gunnar dans ma ligne de mire, et jetai un coup d'œil dans la salle de bains. Le rideau de douche était ouvert, et la porte collée à la paroi. Il n'y avait personne à l'intérieur. Rien qu'une trousse de toilette accrochée au porte-serviettes.

Merde. Où était Marcella ?

Gunnar se tenait le crâne à deux mains, comme s'il jouait dans une pub pour des cachets contre la migraine.

— Ça t'embête si je baisse les bras ?

— Oui.

— C'est que je fatigue, là. Est-ce que ça irait si je les laissais juste visibles, comme ça ?

Il les croisa sur son torse.

— Hé !

— Allons, détends-toi. Je présume que tu as appris à te servir de ça ? (Il indiqua mon Glock d'un signe de tête.)

— Évidemment, mentis-je.

— Alors qu'est-ce qui t'inquiète ?

— Bon, d'accord, répondis-je après réflexion.

— Formidable. (Il s'adossa au mur et croisa les chevilles, comme si nous papotions à une soirée mondaine.) Donc, laisse-moi deviner. Tu as rencontré Grace quand elle t'a soi-disant « sauvée » de je ne sais quel mauvais pas. Vous n'avez eu ensuite que des contacts sporadiques, par téléphone ou simples textos. Et pile au moment où tu commençais à ne plus penser à elle, elle a débarqué avec une histoire abracadabrante sur moi, en te racontant que j'étais l'incarnation du mal.

Je me gardai de réagir, mais il y avait de quoi vous flanquer la chair de poule. J'avais les biceps en compote – je n'étais pas assez musclée pour tenir un flingue à bout de bras indéfiniment. J'écartai un peu plus les jambes et affirmai :

— J'ai décidé seule de venir t'affronter.

— Vraiment ? Ce n'est pas elle qui t'a envoyée ? Elle peut être très convaincante, quand elle veut.

— Attends, que je comprenne. D'après toi, c'est elle la véritable criminelle. Et toi, alors ? Tu es à sa poursuite ?

— Depuis notre adolescence, oui.

— Hm hm. *(N'importe quoi !)* Elle aurait pu me liquider des dizaines de fois. Elle aurait aussi bien pu me laisser crever la nuit où on s'est rencontrées !

— Ça ne l'aurait pas satisfaite. Tout ceci est un jeu pour elle. C'est son truc. Elle met la main sur une jeune fille impressionnable...

— Je suis une femme, pas une jeune fille. Et je suis loin d'être impressionnable !

— D'accord, une personne jeune, disons. Elle la prend sous son aile et se présente comme une intrépide chasseuse de tueurs en série ; ça fait partie de sa pathologie. Elle massacre des gens – une demi-douzaine d'un coup, parfois – et m'accuse ensuite de ses crimes.

— C'est du délire !

— Non, de la folie. C'est une psychopathe, unique en son genre. J'imagine qu'elle t'a parlé de notre père ?

J'hésitai un instant, puis opinai. Gunnar inclina la tête.

— Cette partie de l'histoire est véridique. Nous en avons tous les deux terriblement souffert. C'est ce qui m'a poussé à devenir psychiatre, spécialisé en criminologie... Grace, elle, est devenue tueuse. Mais donner la mort ne lui suffit pas, elle a besoin d'être prise pour une sauveuse d'abord, pour une authentique héroïne. Et c'est là qu'entrent en jeu des personnes comme toi.

Il me fallait l'admettre, entre sa sœur et lui, c'est lui qui paraissait le plus rationnel. On aurait vraiment dit un psychiatre, en plus, jusqu'à la condescendance dans sa voix.

— Mettons que tu dises la vérité. Qu'est-ce qui leur arrive, à ces jeunes filles impressionnables ?

— Elle finit par se lasser d'elles. (Il baissa les yeux.) En général, j'interviens trop tard.

Apparemment, l'un comme l'autre avaient la sale manie de se pointer après la bataille. Je réfléchis à sa version des faits.

— Pourquoi tu es venu à mon appartement, dans le Tennessee ?

— Ton appartement ? Intéressant. J'interrogeais le maximum de personnes correspondant au profil des victimes du Pikachu tueur, parce que d'après ce que j'avais vu dans sa cave, je savais que l'une d'elles s'était échappée. Le téléphone portable de M. Jessop indiquait qu'il était passé dans ce quartier peu avant, j'en ai donc déduit que c'est là qu'il avait enlevé sa dernière victime. J'ai dû parler à des dizaines de filles comme toi avant que les autorités décident de clore le dossier.

Je fis la grimace. Son explication me semblait très boiteuse.

— Tu prétendais travailler pour le FBI…

— Je ne prétends rien, je suis consultant pour eux. J'étais déjà sur place, à Johnson City, à travailler sur l'affaire. La situation dans laquelle nous avons trouvé Beau Lee Jessop m'a laissé penser que Grace était mêlée à sa mort. La scène du crime était typique : elle avait été nettoyée de fond en comble. Après, ma sœur m'a envoyé une photo de toi dans le parking de ce motel. C'est le genre de choses qu'elle fait pour me narguer. À ses yeux, c'est…

— Un simple jeu ?

— Exactement ! fit-il en hochant la tête avec vigueur. Je suis venu dans l'espoir que cette fois, je pourrai enfin l'arrêter avant que, eh bien…

— Avant qu'elle me tue, selon toi.

Mes bras tremblaient d'épuisement. Je sentis le doute me gagner. Et si j'avais mal interprété les choses ? Se pouvait-il que Grace me mène en bateau depuis le début ? Sûrement pas. Je n'étais quand même pas si naïve.

— Une minute, fit-il. Comment tu savais que j'étais ici ?

Il avait l'air réellement troublé ; c'était déconcertant.

— Tu m'as envoyé des photos de mes amies. Dont une que tu as tuée.

Ses yeux s'écarquillèrent, son corps se raidit. Il se déplaça pour regarder par la porte. Surprise par son mouvement soudain, je fis un bond en arrière et manquai m'étaler sur le lit.

— Pas un geste ! criai-je en brandissant mon flingue avec frénésie. Je suis sérieuse, je vais tirer !

Gunnar leva les mains et se dépêcha de retourner à sa place, contre le mur près de la commode.

— S'il te plaît, écoute-moi, dit-il d'un air grave. C'est extrêmement important. Je ne t'ai rien envoyé.

Ben voyons ! Je n'en revenais pas qu'il me pense crédule à ce point.

— Dans ce cas, pourquoi est-ce que ta porte était ouverte ?

— J'attendais le livreur de pizzas ! Et puis ça sent mauvais dans cette chambre.

Je le sondai du regard.

— Tu mens.

Pas au sujet de l'odeur, cela dit, ça cognait sévère.

— Crois ce que tu veux. Mais on devrait verrouiller cette porte.

Il paraissait très nerveux.

— Ça t'arrangerait bien, hein ?

Pour autant, j'étais rongée par l'incertitude. L'adrénaline qui courait dans mes veines brouillait mes capacités de raisonnement. Quelque chose m'échappait, je le sentais ; j'avais besoin de temps pour faire le tri dans tout ce qu'il m'avait raconté. Parce qu'il me fallait bien l'avouer, une partie de son discours sonnait juste. Je repensai à la façon dont Grace me regardait parfois, à cette lueur dans ses prunelles quand elle parlait des meurtres. À la manière dont elle s'était laissée aller aux confidences, chez elle à Los Angeles… Ce qui, avec le recul, ne lui ressemblait pas du tout.

Quand elle avait su que je me trouvais à Vegas, pourquoi avait-elle pris la peine de me contacter ? Il lui aurait suffi de se faire discrète, et je n'aurais jamais remarqué sa présence. J'aurais récupéré mes nouveaux papiers et je serais repartie tranquille, ni vu ni connu. Si je ne l'avais pas découverte à moitié morte sur le pas de ma porte, je serais sans doute en Californie à l'heure qu'il est, en train de me prélasser sur une plage. Se pouvait-il qu'elle se soit infligé elle-même cette blessure ? Ça ne m'aurait pas étonné d'elle.

Et où était-elle allée, l'autre jour ? Elle ne me l'avait toujours pas dit. Une femme avait été assassinée pendant ce laps de temps ; drôle de coïncidence, non ?

« Gunnar est d'une rare intelligence », fit la voix de Grace dans ma tête.

Possible. Mais sa jumelle l'était tout autant. Était-elle aussi dangereuse ?

— Tu n'as pas eu peur ce soir quand tu m'as vue arriver. Pourquoi ? J'aurais pu vouloir te racketter.

— Ça fait des semaines que j'étudie la photo que Grace m'a envoyée. Je t'ai reconnue tout de suite, malgré la… (Il montra du doigt son menton. Traduction : ma fausse barbe.) Je n'arrivais pas à te retrouver. J'ai fini par jeter l'éponge et prendre une chambre ici en me disant que ça ferait peut-être sortir Grace de sa tanière. Que ce soit toi qui m'aies débusqué, c'est inespéré !

— Tu mens, répétai-je d'un ton hésitant.

— J'ai des preuves. (Il désigna la table de chevet.) La photo est dans mon téléphone. Je peux te montrer ses messages, aussi.

— Ne bouge pas !

— C'est toi qui vois.

Si Gunnar racontait des bobards, il était vraiment très doué : l'alarme de mon pipeaumètre restait muette. Et il avait l'air rudement stressé ; il n'arrêtait pas de jeter des coups d'œil vers la porte ouverte comme si le diable en personne risquait de débarquer.

— Pourquoi tu as choisi ma chambre ?

Il leva un sourcil.

— Ta chambre ?

— C'est ici que je logeais.

— Sincèrement, je n'en avais aucune idée. J'ai glissé un billet de vingt au réceptionniste pour avoir la meilleure chambre. Il m'a donné celle-ci.

Ce détail en tout cas était vrai ; ça collait avec ce que Dot m'avait dit.

— Cette chambre n'est jamais attribuée en temps normal.

— Oui, c'est ce que le jeune homme m'a expliqué. Je pense que c'est pour ça qu'elle m'a coûté le double du tarif affiché.

Il avait réponse à tout. Et à première vue, la plupart de ces réponses paraissaient cohérentes.

— Pourtant, on t'a vu descendre au Buggy Suites, non ?

— Au quoi ?

— Un autre motel, plus bas dans la rue. Je t'ai vu sur les caméras de surveillance.

— Ah, d'accord. Mais tu ignorais à quoi je ressemblais précisément, n'est-ce pas ?

Il n'avait pas tort : je découvrais seulement son visage.

C'est Grace qui l'avait identifié jusqu'ici. Et je l'avais crue sur parole.

En fait, tout ce que je savais venait d'elle. Dès lors qu'elle s'était invitée à Vegas, mes projets avaient changé du tout au tout. Elle m'avait dit que son frère n'avait qu'une obsession, me tuer, et qu'il n'arrêterait pas tant que je ne serais pas morte. Et après m'avoir raconté une histoire tordue sur sa vie passée à pourchasser Gunnar, elle s'était cloîtrée dans la PP pour planifier… quoi, au juste ?

Ça ?

Pourtant, elle ne voulait pas de mon aide ; c'est moi qui l'avais tannée pour qu'elle l'accepte, du moins, c'est ce que je pensais. Elle avait râlé, avait traîné les pieds tout du long. J'avais mis ça sur le compte de son entêtement, mais il y avait peut-être une autre raison… Après tout, on avait là un grand classique de l'escroquerie : convaincre la proie que l'idée venait d'elle.

J'en avais le vertige. Tout à coup, les événements des dernières semaines – jusqu'à mon enlèvement par Jessop – m'apparaissaient sous un tout nouveau jour. Quant au traceur GPS et aux prospectus, elle avait très bien pu les placer elle-même. *Et si je m'étais trompée sur toute la ligne ?*

— Il ne faut pas t'en vouloir, dit-il d'une voix débordant de compassion. Ma sœur est une experte dans l'art de la manipulation. Elle affine sa technique depuis des années. Ce qui aurait été étonnant, c'est que tu ne te fasses pas avoir.

J'avais une boule coincée dans la gorge.

— Pourquoi je devrais te croire ? Tu ne peux rien prouver !

— Et elle, elle avait des preuves ?

— Non, reconnus-je.

— C'est curieux, tu ne trouves pas ? Vu le temps que vous avez passé ensemble ? Plusieurs semaines, je dirais… Ça correspondrait à son mode opératoire.

Je songeai à la carte constellée de punaises jaunes. Et s'il s'agissait en réalité de ses victimes à elles ? Une sorte de salle des trophées ?

— Oh, non ! fit Gunnar.

— Quoi ?

Mais j'avais surpris le mouvement du coin de l'œil, moi aussi.

— Bonsoir, Gunnar, dit Grace depuis le seuil.

23

La femme à abattre

Merde !

Grace se tenait à la porte, tout de noir vêtue. Elle avait apporté un flingue et le braquait sur son jumeau, lequel était blotti contre le mur. Il avait l'air terrifié. S'il faisait semblant, son jeu d'acteur était bluffant.

Tout en gardant Gunnar en joue, je reculai vers la salle de bains afin de les avoir tous les deux dans mon champ de vision.

— Bonsoir, Grace, répondit-il, puis il se racla la gorge. Ça fait un bail.

— La ferme, Gunnar !

L'expression de Grace était difficile à déchiffrer. Tout ce que son frère m'avait raconté défilait dans ma tête. Impossible de pointer mon Glock sur les deux en même temps. Mais si je choisissais la mauvaise cible ?

— Je croyais que tu n'aimais pas les armes à feu.

— J'ai fait une exception, répondit Grace.

— Amber, tu dois me faire confiance, implora-t-il, l'air affolé. Elle va nous tuer tous les deux.

— Ne l'écoute pas, m'ordonna-t-elle sans tourner les yeux vers moi.

Toute son attention était polarisée sur lui, et elle tenait son pistolet d'une main ferme. Moi, en revanche, je tremblais de fatigue et le doute me torturait. Je m'éclaircis la voix et déclarai :

— Marcella n'est pas ici. Il faut qu'il nous dise où elle se trouve.

— Elle est déjà morte, affirma Grace froidement.

— Quoi ? (Mon ventre se serra.) Qu'est-ce qui vous fait dire ça ?

— Il n'aurait aucune raison de la garder en vie.

Quelque chose avait changé en elle ; ça me rappelait le moment où je l'avais vue débouler dans la salle des tortures de Jessop. Elle semblait dans son élément. Limite si elle ne s'amusait pas.

J'avais le tournis. Et si Grace avait tout fait pour que mon plan échoue ? Elle pouvait très bien avoir embauché un type quelconque pour jouer le rôle de Gunnar et nous balader dans tout Vegas. Elle pouvait m'avoir envoyé ces messages.

Elle était restée à l'hôtel avec nous toute la journée, mais ça ne prouvait rien. Selon Dot, elle avait quitté la chambre juste après moi, et j'avais passé une heure au bar du Caesars Palace. Aurait-elle pu assassiner Jessie et kidnapper Marcella pendant ce laps de temps ? Elle connaissait leur cachette. Cela faisait-il partie de sa stratégie dès le départ ?

Gunnar leva les paumes vers elle en un geste apaisant.

— Je t'en prie, Grace, laisse-la partir. C'est entre toi et moi que ça se passe.

— Ça suffit, Gunnar. (Elle entra dans la pièce.) Amber, ferme la porte.

Elle ne m'avait toujours pas regardée. J'hésitais. L'idée de me retrouver coincée en compagnie des jumeaux ne me disait rien qui vaille. Ils formaient peut-être un duo de tueurs, après tout, allez savoir ! Au point où j'en étais, j'étais prête à croire n'importe quoi.

— Je devrais peut-être, euh, vous laisser régler ça entre vous ? suggérai-je en avançant vers la sortie. Moi, je pars à la recherche de Marcella.

Grace posa enfin ses yeux sur moi, les sourcils froncés.

— Qu'est-ce qui ne va pas ?

— Rien, c'est seulement que… eh bien, on dirait que vous avez la situation en main.

Je lorgnai la porte. Grace me barrait le passage ; y avait-il moyen de me faufiler ?

— C'est intéressant qu'elle ne veuille pas te laisser sortir, tu ne trouves pas ? me lança Gunnar.

Grace plissa les paupières.

— Qu'est-ce que tu lui as raconté ?

— La vérité, Grace.

— Elle ne goberait jamais tes mensonges. (Ne me voyant pas répondre, elle me regarda de travers.) Pas vrai ?

— Euh…

Je me situais désormais à un mètre du seuil, tout près d'elle. J'avais légèrement baissé le bras pour reposer mes muscles, le canon pointé vers le vide entre les jumeaux.

— Tu te fiches de moi ! s'écria Grace, excédée. C'est quand même pas possible que tu sois aussi bête !

— Ben, on peut pas dire que votre amabilité m'ait rangée à votre cause. Et il avait de bons arguments.

— Seigneur ! (Elle secoua la tête.) Très bien. Si tu veux partir, libre à toi.

Et voilà. L'heure de vérité, tout ça. L'un d'eux (ou les deux) avait un intérêt personnel à me garder dans cette pièce.

Restait à découvrir lequel.

Je serrai les dents, agrippai le Glock à deux mains et me déplaçai en crabe vers la sortie.

— Prends tout ton temps, s'impatienta Grace. Ce n'est pas comme s'il y avait urgence.

Je surveillais Gunnar jusque-là, mais sa remarque me fit tourner la tête pour la foudroyer du regard.

— Sérieux, vous êtes vraiment qu'une sale…

Plusieurs trucs s'enchaînèrent alors avant que je puisse terminer ma phrase :

1. On tira sur le dos de mon tee-shirt, assez fort pour me faire décoller du sol. *Merde*, pensai-je en m'élevant dans les airs. *C'est donc lui !*
2. Les yeux de Grace s'écarquillèrent et sa bouche s'ouvrit. Elle réorienta sa visée, mais je m'étais mise (comme une andouille) pile dans sa ligne de mire.
3. Quand je me sentis partir en arrière, mes mains se levèrent par réflexe.
4. L'atterrissage fut si brutal qu'une douleur me transperça le coccyx, et tout mon corps se contracta en réaction.
5. Y compris mon index sur la détente.
6. La balle partit avec un gros *bang !*

Grace recula en chancelant, la main serrée contre sa poitrine. Je la fixai, hébétée. Sous le choc, il me fallut un petit moment pour comprendre que je lui avais tiré dessus. Elle baissa les yeux sur le trou dans son pull, l'air abasourdi. Puis elle releva la tête vers moi et souffla d'une voix rauque :

— Salope !

Comme au ralenti, elle tomba à la renverse et s'effondra sur la galerie à l'extérieur.

L'espace d'un instant, le monde s'arrêta de tourner.

Puis je me remis debout tant bien que mal, le regard rivé sur Grace. Elle gisait au sol, immobile. Sa tête avait basculé sur le côté, ses mains pendaient mollement. Son flingue traînait près d'elle.

Gunnar se trouvait sur ma gauche. Il était penché en avant, le souffle court, les poings crispés.

Sa tête pivota vers moi. Son masque se fissura, et je me recroquevillai devant la rage qui déformait ses traits. On l'aurait dit possédé.

— Tu l'as tuée.

— Je... j'ai pas fait exprès, protestai-je d'une voix faible. Je le jure.

Mon Glock était par terre – comme une imbécile, je l'avais lâché quand Grace était tombée. Gunnar suivit mon regard. Alors que je plongeais pour le ramasser, il l'envoya d'un coup de pied glisser sous le lit.

J'allai le chercher à plat ventre en tâtonnant fiévreusement. (Bon sang ce que c'était crade là-dessous, et noir ! Impossible de le retrouver, je n'y voyais rien du tout.)

Une traction sur ma cheville me fit pousser un cri.

Gunnar m'extirpa de sous le lit. Je lui décochai des ruades en hurlant. Je plantai mes ongles dans la moquette, arrachant des touffes de poils, mais je n'avais rien à quoi m'accrocher...

— Au secours ! beuglai-je. À l'aide ! Au feu !

C'était comme la dernière fois, le même sentiment d'impuissance oppressant. Cette étrange impression de décalage : tout se déroulait à la fois très vite et avec une lenteur extrême.

Un autre *bang !* me fit tourner la tête. Ce n'était pas un coup de feu cette fois ; Gunnar avait shooté dans la porte qui menait à la chambre attenante. « Pour les familles. Tu serais étonnée. » Il me remorqua à l'intérieur, actionnant l'interrupteur au passage. La pièce fut inondée de lumière.

Avec une force qui paraissait surhumaine, Gunnar me souleva par la cheville et me projeta contre la commode. Ma hanche percuta le meuble et l'arrière de mon crâne cogna contre la poignée du bas, me tirant un cri de douleur. Alors que je cherchais mon souffle, il fondit sur moi et vint placer son visage à quelques centimètres du mien. Il n'était plus le même ; il montrait les dents, roulant des yeux fous.

— Silence ! cracha-t-il, avant de pointer l'index vers l'autre bout de la pièce. Ou je te promets que je la réduis en charpie.

Je suivis la direction de son doigt. Marcella était étendue au sol près de la salle de bains. Elle était pieds nus, habillée d'un bustier et d'une minijupe déchirée. Son visage était rouge et bouffi, comme si elle avait pleuré. Il y avait un hématome sombre sur sa joue et ses cheveux partaient dans tous les sens. Elle avait les bras derrière le dos, les chevilles et les genoux ligotés avec le même ruban adhésif qui couvrait sa bouche.

Nos regards se croisèrent. Je n'aurais su dire si elle était soulagée de me voir ou déçue que je me sois fait attraper.

Je ne pouvais guère lui en vouloir.

Gunnar faisait les cent pas entre la porte et la commode. Il était agité, se tirait les cheveux comme un aliéné. Disparu le « psychiatre » à l'attitude calme et posée. À le voir dans cet état, j'avais du mal à croire que j'aie pu mettre en doute la parole de Grace.

Mais quelle cruche ! Quelle cruche !

Gunnar s'arrêta brusquement et me considéra avec une expression de haine absolue.

— Tu as tué ma sœur.

Je farfouillai à toute vitesse dans mon sac à malice – j'avais affaire à un psychopathe, à un être narcissique, il existait sûrement un moyen d'exploiter ça –, mais j'avais le crâne en feu et la peur m'empêchait de réfléchir.

— C'est… c'est toi qui m'as dit que c'était elle, la coupable, bredouillai-je. C'est ta faute.

J'aurais clairement mieux fait de la boucler, parce que Gunnar se rua sur moi et m'empoigna par le cou. Il me souleva jusqu'à ce que nos yeux soient à la même hauteur. Si près qu'il m'arrosait de ses postillons, il siffla :

— Sale petite pétasse. Le sort que je te réserve sera bien pire que tu l'imagines. Je vais te démantibuler morceau par morceau. Ça prendra des jours. Des semaines. Tu me supplieras de t'achever.

Je voulus crier, mais il me comprimait la trachée, me coupant la respiration. Par-dessus son épaule, je vis Marcella qui essayait de se relever, mais ses liens l'entravaient trop.

— Tu... ne...

Il inclina la tête sur le côté et relâcha légèrement la pression sur mon larynx.

— Pauvre fille ! Tu crois avoir ton mot à dire ? (Il me balança sur le lit comme si je ne pesais pas plus lourd qu'une plume.) Tu es morte dès l'instant où Grace est entrée dans cette cave. Tu n'en avais pas conscience, c'est tout.

Son ton froid et clinique aurait dû me déclencher illico une nouvelle crise de panique. Car il y avait une part de vérité dans ses paroles ; ma vie était en sursis depuis longtemps, depuis Stella sans doute. Sauf qu'à partir du moment où on accepte qu'on va mourir, on n'a plus rien à craindre. Et avec un peu de chance, titiller ses nerfs pourrait accélérer les choses, parce que cette histoire de démantibulation, ça semblait douloureux.

— Grace te détestait, croassai-je en me palpant la gorge.

Il plissa le front.

— N'importe quoi ! On ne peut pas détester quelqu'un qui fait partie de soi.

— Elle espérait ta mort. Elle m'a dit qu'elle désirait te tuer de ses propres mains.

Il parut m'oublier un instant.

— Grace était la seule qui comprenait, déclara-t-il comme frappé par une révélation soudaine. Sans elle, le jeu est terminé.

Je bougeai discrètement pour observer Marcella. Elle avait l'air exténuée et terrifiée. Elle tenta de parler, mais ses mots furent étouffés par le chatterton. Je me redressai sur les coudes avec précaution. D'une voix éraillée, comme si je fumais un paquet de clopes par jour depuis ma naissance, je lançai :

— Alors, on voulait faire comme papa ?

Ses yeux étincelèrent.

— Mon père était un amateur.

— Grace trouvait ça pitoyable, cette façon que tu as de le copier.

— Tu mens ! rugit-il en s'élançant vers moi.

— Pas du tout, répliquai-je, luttant contre le chevrotement dans ma voix.

Il était à quelques centimètres de moi, rouge de colère.

— Elle… elle disait qu'elle avait honte pour toi, que tu t'y prenais comme un manche. Que tu bâclais le travail.

Il se redressa net et se passa la main dans les cheveux, les hérissant sur sa tête.

— Foutaises ! Elle n'aurait jamais dit ça.

Enhardie, je poursuivis :

— Elle affirmait que la seule raison pour laquelle tu n'étais pas encore derrière les barreaux, c'était la chance.

— La chance ? Personne ne m'arrive à la cheville !

Il se pencha vers moi.

— Tu sais combien j'ai de meurtres à mon actif ?

Je haussai les épaules.

— Une douzaine ?

— Pff ! Ça, c'était avant mes vingt ans ! J'ai éliminé des centaines de bons à rien, de fardeaux pour la société. Comme celle-là, fit-il en montrant Marcella d'un geste méprisant. Des drogués, des putains, des sans-papiers. Ils ne servent à rien, ils ne manqueront à personne.

Marcella émit un grognement indigné. Je la fis taire d'un regard, puis revins à Gunnar.

— Si tu le dis.

— Tu ne me crois pas ?

— Ben, ça paraît pas très vraisemblable, de tuer autant de gens sans jamais se faire arrêter. (Je pris une inspiration hachée, puis ajoutai :) Ça rime à rien, en plus, si Grace n'était pas au courant.

— Elle savait. C'est obligé. (Sa mine s'allongea.) Tu as tout gâché. Maintenant, il ne me restera plus qu'à jouer contre moi-même. Si seulement...

Des sirènes dans le lointain. Il tendit l'oreille, puis déclara :

— Il faut y aller. Ils mettent du temps à réagir, mais ils finissent par se rendre sur place quand on leur signale des coups de feu.

— Garde-moi, mais laisse Marcella ! suppliai-je. Je t'en prie ! Je ferai tout ce que tu voudras, je te le promets !

Mais il se dirigeait déjà vers elle. Il contourna le lit, ouvrit le tiroir de la table de chevet et en sortit un énorme couteau de chasse. Puis il s'agenouilla pour couper les liens au niveau de ses jambes.

— Tu avais raison, au fait, me dit-il. J'ai bien pris une chambre au Buggy Suites. C'est là qu'on va aller, en vitesse et en silence. Si l'une de vous tente de se sauver, elle le regrettera.

Des larmes coulaient sur les joues de Marcella. Du regard, j'essayai de l'exhorter à fuir – il ne pourrait jamais nous rattraper toutes les deux et si l'une de nous devait survivre, c'était elle –, mais ça faisait beaucoup à communiquer dans un seul regard, et elle parut simplement perplexe.

Il la hissa sur ses pieds et, serrant son bras droit d'une main ferme, il se tourna vers moi.

— Debout.

J'entrepris de descendre du lit, la mort dans l'âme. Marcella me fixait, et nos yeux se trouvèrent. Devinant ce qu'elle s'apprêtait à faire, j'opinai.

Elle enfonça sa tête dans le sternum de Gunnar et lui écrabouilla les orteils. Il la lâcha avec un grognement, et elle se rua vers la porte ouverte. Au moment où elle passait devant moi, et alors même que je pensais : *il est trop rapide, ça ne marchera jamais*, je la poussai de toutes mes forces vers la chambre principale en criant :

— Cours !

Elle franchit le seuil à la volée, les mains toujours attachées dans le dos, le buste en avant telle une sprinteuse coupant la ligne d'arrivée.

Au même instant, je lançai mon pied en arrière, en plein sur la hanche de Gunnar. Il tituba sur le côté, trancha l'air avec son couteau, me manqua d'un cheveu et s'effondra contre la commode. Le miroir qui la surmontait bascula et explosa en mille morceaux. Je battis en retraite à quatre pattes, comme un singe, et atterris sur le sol près de la salle de bains, là où Marcella se trouvait quelques secondes plus tôt.

Je soupirai, rassurée. Elle était hors de danger. Je ne serais pas responsable de la mort d'une autre personne.

Juste de la mienne.

Le visage de Gunnar s'assombrit. Il traversa la pièce en deux grandes enjambées et vint placer son couteau contre ma gorge. Je sentis couler un filet de sang lorsque la pointe m'entama la peau.

— Ça, c'était complètement stupide, murmura-t-il. Tu aurais dû fuir, espèce d'idiote.

— Oui, on me dit souvent que je fais des trucs stupides.

— C'est même sa spécialité, fit une voix sur le pas de la porte.

Gunnar se retourna d'un bond. Grace se tenait là, dans toute sa splendeur, campée dans une posture de superhéroïne.

— Adieu, Gunnar, dit-elle d'un ton presque mélancolique.

Puis elle lui tira dessus à trois reprises.

24

Confession

Bon, je n'ai pas été tout à fait honnête avec vous. L'habitude.

L'idée du plan B ne venait pas à cent pour cent de Grace. Je ne suis pas complètement débile, non plus.

Je savais depuis le début qu'un homme comme Gunnar, affligé d'un besoin de contrôle compulsif, risquait de ne pas suivre indéfiniment notre petite chasse au dahu. S'il avait tenu jusqu'au bout, tant mieux ; le plan A l'aurait conduit tout droit en cellule. Car pendant qu'il faisait le pied de grue, retenu dans un casino, Grace serait allée semer quelques faux indices au Buggy Suites. Il se trouve qu'au fil des ans, elle avait collecté divers objets sur les lieux des crimes de son frère ; elle en avait une pleine valise. (J'avais jugé ça super malsain quand elle me l'avait montrée. Comme si elle avait amassé des trophées personnels.)

Après ça, il aurait suffi d'un coup de fil anonyme à la police et de la collaboration d'autres amis de Dot (dont une prostituée prête à affirmer que Gunnar avait attenté à ses jours), et le tour était joué. Les flics seraient tombés sur une chambre bourrée de souvenirs macabres et d'indices qui les auraient catapultés direct sur sa piste au Caesars Palace, où il était prétendument parti tenter sa chance.

Ce n'était pas un stratagème infaillible, mais même le plus incompétent des agents de police devait être capable de rassembler les pièces du puzzle.

Bon, vous savez aussi bien que moi ce qu'il en est advenu. Le plan B, lui, combinait la fameuse technique de Grace consistant à foncer dans le tas, et ma longue expérience des comportements humains et de l'escroquerie.

Je me doutais que Gunnar essaierait de nous attirer au Getaway (Grace et moi avions également parié cinquante dollars là-dessus). Après tout, c'est là qu'il avait déposé sa sœur blessée. Et il n'ignorait pas que certaines d'entre nous y possédaient des attaches. Par conséquent, si les événements prenaient cette tournure, tout ce que j'avais à faire était d'aller à sa rencontre et de lui soutirer des aveux. Grâce à la caméra planquée dans ma grosse chaîne clinquante, tout serait enregistré. Grace débarquerait en renfort, et au cas où il faudrait le pousser un peu dans ses retranchements pour qu'il crache le morceau, nous mettrions en scène le coup de la balle perdue. J'avais prévu que la mort de sa sœur le ferait basculer dans un état d'agitation extrême. (Cette partie était la plus risquée pour moi, et je n'avais pas été ravie de la voir se concrétiser.) J'utiliserais alors cette agitation pour obtenir ses aveux, après quoi Grace réapparaîtrait, son flingue braqué sur lui. Le résultat serait le même : Gunnar serait livré à la police sur un plateau.

Personne ne devait être blessé, normalement.

Mais il s'en était pris à Jessie et à Marcella, ce qui ne figurait pas au programme. J'avais été forcée d'improviser. Hélas, sur un point au moins, j'avais misérablement échoué.

— Qu'est-ce que vous fichez ici ? gémis-je en contemplant Jessie. Vous étiez censée rester au Mayhem !

Elle gisait dans la baignoire de la chambre numéro 11, ses longues jambes pendillant sans grâce par-dessus le rebord.

Le câble noir dont Gunnar s'était servi pour l'étrangler était encore enroulé autour de son cou.

Marcella, debout à côté de moi, se grattait le bras (je faisais semblant de ne pas voir les traces de piqûre fraîches sur sa peau). Elle avait une mine de déterrée, les pieds toujours nus, les joues zébrées de larmes. Elle avait à peine atteint la sortie du parking quand je lui avais crié de revenir (attirant les regards intrigués des passants). Elle avait réintégré la chambre à contrecœur.

J'avais délicatement détaché ses poignets et frictionné ses bras pour rétablir la circulation. Elle m'avait écoutée d'une oreille distraite lui raconter ce qui s'était passé ; j'avais mis son apathie sur le compte du choc. C'est elle qui m'avait montré où se trouvait Jessie.

— Je suis contente que tu ailles bien, lui confiai-je. Quand il m'a envoyé cette photo de toi…

— C'est ma faute.

— Quoi ?

Elle secouait la tête avec énergie, comme pour en déloger quelque chose.

— Jessie avait deviné que j'étais ici. Elle était venue me chercher.

— Mais… pourquoi ? Tu savais que l'opération était pour aujourd'hui. Tu devais rester au Mayhem.

Elle éclata en pleurs.

— J'étais stressée, j'avais juste besoin d'un petit fix, expliqua-t-elle d'une voix plaintive.

Je la dévisageai, bouche bée.

— Et tu pouvais pas te le procurer au Mayhem ?

— Mon dealeur bosse ici. Je me disais que ce serait l'affaire de quelques minutes, pas plus. Mais tout d'un coup, ce type s'est pointé, et Jessie aussi, et il…

Elle cacha sa figure dans ses mains et se détourna.

— Jessie voulait te ramener au Mayhem.

Elle hocha du chef, et mon ventre se noua. J'imaginais bien comment Jessie, trouvant la chambre de Marcella vide, avait compris où elle était allée. Elle avait couru à sa rescousse, avec le même dévouement dont elle avait fait preuve envers nous toutes.

Et elle l'avait payé de sa vie. Tout ça parce que Marcella voulait sa dose.

Une vague de dégoût m'envahit. Je ne pouvais même plus poser les yeux sur elle. Elle me saisit le bras.

— Je suis désolée. Mon Dieu, Amber, je suis tellement désolée !

Sa voix tremblait. J'aurais aimé lui témoigner de la compassion, mais je me sentais vide. Essorée. Elle sanglotait sur mon épaule, la respiration saccadée.

Devant le corps de Jessie, la colère enfla en moi. Comment osait-elle pleurer ? Ce devrait être à elle d'annoncer l'horrible nouvelle à Dot. De demander pardon à genoux.

Tu n'es pas vraiment la mieux placée pour la juger, me raisonnai-je. Après tout, moi aussi j'avais une mort sur la conscience. Et ce n'est pas comme si Marcella avait eu l'intention de tuer Jessie. Les yeux fixés sur le mur au-dessus de la baignoire, je me forçai à lui parler :

— Ça ira. Tout le monde fait des erreurs.

Elle poussa un gémissement. Je passai le bras autour de ses épaules et nous ne dîmes plus rien pendant un moment.

— Je ferais mieux d'aller voir Dot, déclara-t-elle enfin.

J'opinai, rechignant toujours à la regarder en face. Elle m'effleura la joue de ses lèvres.

— Merci de m'avoir sauvée, chuchota-t-elle.

— J'aurais dû vous sauver toutes les deux.

— Ce n'est pas ta faute non plus.

Je ne répondis rien. J'en étais incapable. Je nageais de toutes mes forces, les poumons prêts à éclater, les balles trouant la mer autour de moi. Des cris assourdis, des détonations de tous les côtés. Quoi que je dise, je savais que Marcella porterait ce fardeau tout le reste de sa vie.

Elle s'écarta, et mon bras retomba. J'entendis le bruit feutré de ses pas sur la moquette. Grace qui murmurait quelques mots. Une porte qui se fermait.

Quand je me retournai, Marcella n'était plus là.

Grace se tenait debout au-dessus de son jumeau. Gunnar était étalé par terre, les bras en croix, son sang maculant le sol autour de lui. Sa bouche et ses paupières étaient encore ouvertes.

Le pistolet de Grace avait regagné sa place dans son étui d'épaule.

— Vous allez bien ? demandai-je en m'approchant.

Elle leva vers moi un regard plus indéchiffrable que jamais.

— Il est mort.

— Oui.

L'abattre ne faisait pas partie du plan. Même si, pour être tout à fait honnête, j'avais toujours su au fond de moi que ça se terminerait comme ça. Je ne pouvais pas dire que j'en étais catastrophée ; sans Gunnar Grimes, le monde se porterait mieux. Quant aux discours du genre : « il méritait un procès en bonne et due forme », je n'étais pas spécialement à cheval là-dessus, ayant plus souvent qu'à mon tour été témoin des défaillances de la justice.

N'empêche que voir une personne mourir sous mes yeux m'avait causé un choc.

— J'ai super mal au thorax, grogna Grace d'un ton accusateur.

— Normal, je vous ai tiré dessus. (Je m'assis avec précaution sur le lit, mon coccyx contusionné m'arrachant une grimace de douleur.) Qu'est-ce qui vous a pris si longtemps ? Pour un peu, il m'étripait !

— J'ai eu la respiration à moitié coupée pendant cinq bonnes minutes.

Je haussai les épaules.

— C'était une cartouche d'entraînement. Le vendeur de l'armurerie nous a assuré que ça ne ferait aucun dégât.

— Eh bien, il se trompait.

— Vous êtes vivante, non ?

Elle râlait uniquement pour se changer les idées, je le savais.

— Je devrais m'estimer heureuse que tu n'aies pas touché ma cicatrice. (Elle me scruta, la tête penchée sur le côté.) Pendant un moment, j'ai eu l'impression que tu le croyais.

Je me tortillai, mal à l'aise.

— Quand il disait que c'était vous la tueuse ?

— Oui.

— Je le faisais marcher, c'est tout. Comme on avait prévu.

Apparemment satisfaite de ma réponse, elle reporta son attention sur son frère.

Je me massai délicatement la gorge, ravie qu'elle n'insiste pas. Car j'avais bel et bien failli me laisser convaincre. Sur le coup, je n'aurais pas été surprise que Grace se révèle être la vraie coupable.

— Ça fait dix minutes, dis-je en consultant ma montre. Il vaut mieux filer. (Je balayai la pièce du regard.) Il faudrait effacer nos empreintes, non ?

— Tu as toujours tes gants ?

Je baissai les yeux vers mes mains. Elles étaient désagréablement moites, encloses dans le latex couleur chair, lequel ne présentait toutefois aucune déchirure.

— Ouaip.

— Alors pas besoin. (Elle plissa le nez.) Ces chambres sont de vrais nids à bactéries, il y a sans doute des centaines d'empreintes différentes ici.

Pour quelqu'un qui venait de tuer son frère après avoir passé sa vie entière à le traquer, elle paraissait étonnamment sereine. Si elle éprouvait une émotion quelconque – chagrin, ou soulagement –, elle le cachait hyper bien. Mais bon, c'était Grace.

Ma colère vis-à-vis de Marcella était vite retombée. Je ne ressentais plus rien maintenant, pas même du soulagement. *Tu es peut-être une sociopathe, toi aussi.* Je chassai cette idée de ma tête et examinai à nouveau les lieux.

— Y a-t-il autre chose à faire ?

— Non.

Elle ne bougeait pas, pourtant, les yeux toujours posés sur la dépouille de son jumeau.

— Grace, dis-je doucement. Il faut y aller.

— Oui, bien sûr. (Un silence, puis :) Un dernier détail.

Elle se pencha pour parler à l'oreille de Gunnar, si bas que je l'entendis à peine.

— J'ai gagné, dit-elle.

Interlude

Bas les masques

Las Vegas Sun Tribune

Flash info :
L'homme assassiné dans un motel
serait un tueur en série

Stupéfiant rebondissement dans l'affaire des meurtres du motel Getaway.

À la suite d'un renseignement anonyme, Gunnar Cabot Grimes et Jessie Lee Whitton avaient été retrouvés sans vie au petit matin du 5 mai dans cet établissement situé au sud du Las Vegas Boulevard.

L'hypothèse d'un cambriolage qui aurait mal tourné avait d'abord été envisagée, mais il apparaît à présent que c'est Grimes lui-même qui a assassiné Mme Whitton, propriétaire du motel Mayhem. Cet homme se révèle être le fils du célèbre tueur en série Gregory Grimes, lequel purge actuellement une peine de réclusion à perpétuité pour le meurtre de quinze femmes. Il est détenu dans le centre de haute sécurité de Florence, dans le Colorado, que le Bureau fédéral des prisons réserve aux terroristes, tueurs en série et barons de la drogue.

Le FBI a mis au jour des preuves attestant qu'à l'instar de son père, Gunnar Grimes était aussi un tueur en série ;

peut-être même le plus prolifique de l'histoire des États-Unis, sinon du monde entier.

Victor Martinez, chef de la police de Las Vegas, a indiqué aujourd'hui en conférence de presse qu'un lien avait été établi entre M. Grimes et les meurtres de quatre prostituées survenus ces derniers mois. « Tout porte à croire que M. Grimes est responsable de la mort de Mme Whitton, personnalité estimée de notre ville, que nous regretterons terriblement », a-t-il déclaré. Les faits ont été confirmés par un témoin, survivant du drame, dont l'identité n'a pas été révélée. Selon Victor Martinez, le FBI enquête désormais sur de possibles connexions entre M. Grimes et plusieurs autres homicides perpétrés dans le pays ces vingt dernières années. Il n'a pas souhaité en dire plus, passant la parole à Jane Patrick, agente du FBI en charge du dossier. Celle-ci s'est engagée à nous donner plus de détails aussitôt que certains éléments auront été vérifiés.

D'après le témoignage de la propriétaire du motel Getaway, Dorothy Roux, dite « Dot », l'établissement était fermé cette nuit-là pour de menus travaux de rénovation. « Il a dû entrer par effraction, a-t-elle avancé. Je tiens un petit motel familial sur le thème du cinéma noir, un des meilleurs de tout Las Vegas. Je suis choquée, vraiment choquée qu'une tragédie pareille se soit déroulée ici. »

Mme Roux a également fait part de sa tristesse face à la perte de Mme Whitton, une de ses amies proches. « Jessie avait un cœur gros comme ça, a-t-elle confié, visiblement bouleversée. Elle était comme une mère pour moi. »

Selon Frederick Hall, gérant du motel Buggy Suites situé à quelques centaines de mètres du Getaway, M. Grimes avait loué une de ses chambres l'après-midi du 4 mai. Interrogé par téléphone hier soir, M. Hall a déclaré : « Il y avait un sacré paquet de pièces à conviction dans la chambre de ce c… » Il a également exprimé son désarroi en ajoutant : « Je n'en reviens pas d'avoir parlé à un p… de tueur en série ! »

Victor Martinez a promis de fournir de nouvelles informations lors de la conférence de presse de demain.

Une réception à la mémoire de Mme Whitton aura lieu au bar le Tiki Hut le dimanche 21 mai. Plutôt que des fleurs, la famille souhaite le versement de dons à la fondation Project Garbo.

25

Nous avons gagné ce soir

Le FBI ne sut jamais qui avait envoyé la vidéo anonyme dans laquelle Gunnar Grimes avouait avoir commis plus de trois cents homicides. Malgré une image instable, la majeure partie de ces aveux restait parfaitement audible, à l'exception de quelques phrases brouillées par des parasites ; les techniciens attribuèrent cette anomalie à la piètre qualité du matériel. Par ailleurs, le visage de la personne qui avait tiré avait été flouté avec soin.

Il était clair que la vidéo avait été trafiquée ; elle n'aurait jamais pu être utilisée dans un tribunal. Mais la quantité de preuves accumulées aurait suffi à envoyer Gunnar derrière les barreaux pour le restant de ses jours.

Vu qu'il était mort, de toute manière, la question ne se posait plus. Une fois achevé l'inventaire de tous les bijoux, vêtements et autres objets trouvés dans sa chambre de motel, le FBI put contacter les familles de dizaines de victimes, dont certaines étaient simplement portées disparues, et leur apporter enfin une réponse.

Une poignée d'informaticiens du FBI organisèrent une cagnotte et parièrent sur le nom des hackeurs capables d'accomplir un travail aussi léché sur la vidéo (et de l'avoir fait transiter par des dizaines de serveurs). La plupart soupçonnaient un groupe étranger comme les Fancy Bear en Russie.

Quelques-uns parvinrent à retracer en partie l'itinéraire du fichier, avant de baisser les bras. Personne ne raflerait la mise.

Interrogée par le FBI, Dot expliqua que son amie Jessie assurait l'intérim au Getaway pendant qu'elle-même était en congé (ce qui était plus ou moins vrai). Elle affirma n'avoir aucune idée de la façon dont Gunnar Grimes s'était introduit dans la chambre 12 (vrai aussi), ni de l'identité du tireur ou de la tireuse (gros bobard).

Je ne doutai pas un instant de la qualité de sa performance ; elle avait eu des étoiles plein les yeux à la perspective de répondre aux questions des enquêteurs.

À présent, elle me regardait charger mon coffre. Jim m'avait mis de côté ma vieille guimbarde, en fin de compte, et j'avoue que ça m'ôtait une épine du pied. Je n'avais pas de quoi m'en payer une nouvelle, et le minivan délabré était resté à Los Angeles.

Nous nous trouvions sur le parking du Mayhem. Jessie avait légué le motel à Dot par testament, ce qui avait scandalisé le pauvre BJ. Il était reparti à Stockton juste après les obsèques, vexé comme un pou.

Cet héritage inspirait à Dot quelques réticences, mais Jim et moi l'avions persuadée de reprendre le flambeau, afin qu'un peu de positif ressorte de toute cette affaire. Dot le méritait, en tout cas.

J'avais établi mes quartiers au Mayhem le temps que la situation soit réglée (j'avais trop de mauvais souvenirs au Getaway). Dot n'avait pas tort, cela dit : le raffut constant des hipsters et des milléniaux ruinait un poil l'ambiance du motel. Tous les matins au buffet du petit déjeuner, assise à une table dans un coin, je les écoutais bavarder en grinçant des dents. J'avais envie de les secouer, de leur dire de se réveiller. De leur crier que le monde était un endroit froid et cruel qui n'abritait que tragédie, souffrance et danger.

Eh oui, j'étais devenue ce genre d'énergumène. La vieille râleuse aigrie.

— Je ne peux vraiment pas te convaincre de rester ? insista Dot une nouvelle fois.

Les épreuves des dernières semaines avaient marqué ses traits ; la perte de son amie était un coup dur. Le chagrin avait toutefois reflué un instant quand Jim lui avait fait sa demande en mariage. Il avait posé un genou à terre devant la décapotable de Dot au Drive-In Las Vegas, avec l'affiche du *Dahlia bleu* en arrière-plan. La bague était ornée d'une superbe émeraude dans une monture vintage ; elle était si récente à son doigt que Dot n'arrêtait pas de jouer avec machinalement. Je souris en la voyant tourner encore une fois le bijou autour de son annulaire.

Contre toute attente, j'avais été tentée de rester. Je n'avais pas un seul ami à rejoindre ailleurs, et il y avait sûrement plein de gens à Las Vegas qui auraient besoin d'un psy. Puisque je n'étais finalement pas recherchée par le FBI, j'avais recontacté mes anciens professeurs, lesquels avaient accepté que je termine mes études en distanciel ; j'obtiendrais mon diplôme à la fin de l'été. J'aurais donc pu m'installer n'importe où. (Je gardai tout de même les faux papiers que Jessie m'avait fabriqués ; avoir une identité de secours pouvait toujours servir, même si j'espérais ne jamais en avoir l'utilité.)

Le problème, c'est que chaque fois que j'envisageais de faire ma vie à Las Vegas, j'avais soudain des fourmis dans les pattes.

— Désolée, dis-je tristement. Je dois trouver un endroit où je me sentirai chez moi.

Dot hocha la tête.

— Je comprends, bichette. Dans ce cas, reviens nous voir quand tu veux. Je te donnerai ma meilleure chambre, gratis.

Aucune de nous ne parla de l'autre motif de mon départ. Dot avait attribué à Marcella la gérance temporaire du

Getaway, et l'idée de la croiser régulièrement me mettait mal à l'aise. J'éprouvais envers elle, envers notre relation, des sentiments ambivalents.

— Ne t'en fais pas pour Marcella, dit Dot comme si elle lisait dans mes pensées.

Je refermai le coffre.

— Mouais. Vous êtes sûre que c'est judicieux de lui confier une si grosse responsabilité ?

— De demander au chat de surveiller le canari, tu veux dire ? (Elle avait un air amusé.) Tu crois qu'elle en abusera ?

— C'est juste que... je ne sais pas si elle pourra s'en empêcher.

Elle soupira.

— Trésor, je connais les toxicos. Ma mère en était une, c'est dire. Mais ce qui est arrivé à Jessie l'a drôlement secouée. Elle a tout arrêté, et elle ne manque aucune réunion de son groupe d'entraide.

— Tant mieux, dis-je, incapable de dissimuler le doute dans ma voix.

Avec un sourire, Dot posa la main sur mon bras.

— Tout le monde a droit à une seconde chance. C'est ce que Jessie aurait voulu. Et puis, c'est un principe qui te parle, non ?

— Comment ça ?

Merde ! Est-ce que Grace lui a raconté quelque chose ?

— Oh, ma mignonne. (Elle me prit dans ses bras.) Ça se voit comme le nez au milieu de la figure que tu n'en es pas à ta première vie !

Je la serrai contre moi, tâchant de graver dans ma mémoire son odeur rassurante. Après m'avoir relâchée, elle m'embrassa sur les deux joues.

— Tu ferais mieux de déguerpir avant qu'il y ait trop de monde sur la route.

— D'accord. Remerciez encore tous les autres de ma part. Surtout les Femmes fatales.

— Je n'y manquerai pas. Tiens-moi au courant, si jamais tu reçois des nouvelles de Grace.

— Il ne faut pas trop y compter.

— On ne sait jamais. Les gens vous surprennent, parfois.

— Elle a toujours eu le chic pour ça, grommelai-je.

Dans le fond, pourtant, j'étais certaine de ne jamais la revoir. Après avoir regagné notre suite au Nugget, j'avais dormi jusqu'à près de 13 heures. À mon réveil, ses affaires avaient disparu. Fidèle à elle-même, elle n'avait même pas laissé de mot. Ni les cent dollars qu'elle me devait pour avoir perdu nos paris.

Pour être franche, ça ne m'embêtait pas tant que ça. J'avais largement eu mon compte de sa compagnie. Dot, en revanche, avait développé une étrange affection à son égard ; je pense qu'elle la considérait comme une espèce de membre honoraire des Femmes fatales.

Je me tournai pour partir, puis m'immobilisai.

— Euh… Vous pourrez dire au revoir à Marcella pour moi ? Et dites-lui aussi que, eh bien…

— Je crois qu'elle le sait, assura Dot, tout sourire. Mais je lui dirai, oui. Allez, fais attention à toi. Et n'oublie pas que tu auras toujours des amis ici.

J'avais une boule dans la gorge en m'asseyant derrière le volant. Je sortis en marche arrière et manœuvrai avec prudence parmi les voitures électriques qui encombraient le parking. Puis, après un dernier salut à Dot, je mis le cap vers l'ouest en direction de la Californie. J'avais une longue route à faire, et j'espérais arriver avant la nuit.

Los Angeles avait perdu de son attrait à mes yeux ; je décidai donc de me rendre d'abord à San Francisco. J'imaginais pas mal de brouillard et de pluie, mais j'ignorais à quoi m'attendre en réalité. Disons que ça pimentait les choses.

Au bout de quelques heures, je m'arrêtai pour faire le plein dans une station-service paumée au milieu de nulle part et dotée d'une supérette vétuste. Alors que je grignotais des Doritos le temps que le réservoir se remplisse, appuyée contre la voiture, mon téléphone me signala l'arrivée d'un message. Je plissai le front, déroutée ; il s'agissait d'un appareil prépayé tout neuf, et à ma connaissance, seule Dot possédait mon numéro.

Je le sortis de ma poche et faillis faire tomber mon paquet de chips en voyant marqué : NUMÉRO INCONNU.

— Mais comment elle fait ?

Un grand sourire aux lèvres, je cliquai dessus.

Je commençais à croire que tu ne quitterais jamais ce trou à rats.

— Mais quelle teigne, celle-là ! m'exclamai-je, non sans tendresse.

Le client à la pompe voisine me regarda de travers. Je l'ignorai et écrivis : C'est gentil à vous de me dire au revoir.

Pendant que j'attendais sa réponse, un déclic m'annonça que le plein était fait. J'époussetai mes mains couvertes de miettes et allai décrocher le pistolet. Après quoi je remontai à bord, impatiente d'avoir des nouvelles de Grace. *Je lui donne encore cinq minutes*, décidai-je en regardant l'heure sur mon téléphone.

Je poireautai en pianotant du doigt sur ma cuisse. Rien. J'allais démarrer quand un autre message tomba. Poussant un soupir, je remis le frein à main.

Tu as eu mon cadeau ?

— Un cadeau ? Quel cadeau ?

La notion même qu'elle m'offre quelque chose me semblait surréaliste.

J'envoyai : Vous vous foutez de moi ?

Je la vis d'ici lever les yeux au ciel quand je reçus son : Regarde dans ton coffre.

On klaxonna derrière moi. Je jetai un coup d'œil dans le rétroviseur : un type en pick-up qui attendait son tour s'impatientait. Je lui adressai un petit signe d'excuse et allai me garer sur un emplacement près d'une vieille cabine téléphonique.

Un brin agacée, je sortis ouvrir le coffre. Mes sacs avaient été sacrément mis à mal par leurs multiples péripéties. Ayant fait mes bagages moi-même ce matin après avoir passé à la machine toutes mes fringues dans la laverie attenante au Mayhem, je savais qu'ils ne contenaient que des vêtements. Je farfouillai malgré tout à l'intérieur sans grand enthousiasme, me demandant ce que Grace pouvait bien appeler un cadeau. Un nouvel aiguillon électrique, peut-être ? Non, je l'aurais remarqué. J'ignorais totalement ce que je cherchais.

Rien trouvé, écrivis-je. Je me doutais que c'était une blague.

Regarde là où tu avais mis mon arme.

Je tâtonnai en ronchonnant dans le logement de la roue de secours. (Il faut dire que mon coffre, comme le reste de ma voiture, était passablement plus sale que celui de Grace. Et plus poisseux aussi.) Mes doigts rencontrèrent du papier. J'extirpai une enveloppe que je levai à la lumière : il y avait quelque chose de solide dedans. Je la déchirai à l'aide d'un ongle et renversai son contenu dans ma paume. Il s'agissait d'un petit instrument noir de marque TREZOR qui ressemblait à une clé de voiture.

Si elle m'avait acheté une bagnole, j'aurais préféré qu'elle me l'offre avant mon départ de Las Vegas, ça aurait été plus commode. J'essuyai mon front moite d'un revers de main. Je venais de traverser la Vallée de la Mort sans climatisation. J'avais chaud, j'étais crevée, et j'avais encore pas mal de kilomètres devant moi. Je n'étais franchement pas d'humeur à jouer à un des petits jeux de Grace. J'avais presque envie de bazarder l'objet mystère dans la poubelle à côté.

C'est quoi ? demandai-je finalement.

Environ trois millions de dollars.

— Putain de merde !

Mon téléphone m'en tomba des mains. Je le rattrapai de justesse en lâchant la clé dans l'opération. Je jonglai avec les deux un instant, comme une espèce de fêlée.

Le portable sonna. Je pris soin de ranger la clé dans ma poche et décrochai.

— Mais vous êtes malade !

— Il n'y a pas de quoi.

La voix sèche de Grace, si familière, me déclencha un sourire involontaire (et inattendu). Je la visualisais sur son fauteuil dans la PP. Avait-elle retiré les punaises de la carte ? J'aurais parié que le mur avait déjà été repeint en blanc. *Concentre-toi, Amber !*

— Je suis sérieuse. C'est quoi ce machin ?

— Un portefeuille crypto.

— Mouais… C'est-à-dire ?

Un soupir d'exaspération me parvint.

— J'ai pris la liberté de fouiller dans les affaires de mon frère quand je suis allée placer les pièces à conviction. Je voulais savoir comment il s'y prenait pour accéder à ses fonds, et… c'est un peu compliqué à expliquer…

Ben tiens, songeai-je. *C'est dingue, elle me traite encore comme si j'avais deux de Q.I. !*

— Mais j'ai fini par découvrir où il déposait son argent et j'ai tout converti en cryptomonnaie. Je t'enverrai le code d'accès en plusieurs fois, naturellement, pour des questions de sécurité. Il ne faudra pas le perdre, sinon le portefeuille ne te servira plus à rien.

— D'accord… (L'objet pesait anormalement lourd dans ma poche tout d'un coup ; je vérifiai qu'il n'y avait pas de trou par lequel il pourrait s'échapper.) Je ne sais pas trop quoi penser, là.

— Ça ne m'étonne pas.

— Parce que, continuai-je, irritée par son ton, on ne peut pas dire que vous soyez folle de moi. Vous me donnez tout ce fric, juste comme ça ?

J'avisai le conducteur du pick-up qui retournait à son véhicule après être passé à la supérette ; je me rendis soudain compte qu'il aurait mieux valu que cette conversation se déroule dans un endroit plus privé.

— Pourquoi est-ce que vous ne le gardez pas ? demandai-je en baissant la voix.

— Je suis loin d'en manquer, et tu en as plus besoin que moi. Pour t'acheter de nouvelles tenues et t'offrir une coupe de cheveux correcte, à tout le moins. (Après un long moment, elle ajouta :) Je sais que ce n'est pas flagrant, mais je te suis reconnaissante.

J'attendis la suite, mais il n'y eut que du silence à l'autre bout de la ligne. Toujours est-il que venant de Grace, ça avait été un gros débordement d'émotion.

— Donc, je suis riche ?

— Tout est relatif, mais oui.

Je commençais doucement à percuter. *Oh la vache !* Je pourrais rembourser mon prêt étudiant, sans même avoir à travailler. Je pourrais dédommager Dot pour tout ce qu'elle avait fait pour moi. Je pourrais aussi envoyer de l'argent à Marcella – ou peut-être le confier à Dot pour qu'elle le lui donne quand elle la jugerait prête à gérer une manne pareille. Je pourrais…

— Amber ?

— Oui ? fis-je, hébétée.

— Sois prudente sur la route. Et trouve une serviette en papier, tu as des miettes de Doritos sur la joue.

Je tournai la tête dans tous les sens, inspectant les lieux. J'aperçus une caméra de surveillance braquée sur moi à l'angle de la supérette. J'adressai un grand sourire à l'objectif.

— Je savais que vous m'aimiez bien.

— Ne t'emballe pas trop. Ça ne veut pas dire qu'on est amies.

— Non, bien sûr. On est carrément des âmes sœurs, pas vrai ?

Possible que je me trompe, mais j'avais l'impression qu'elle souriait.

— En contrepartie, je te demanderai de me laisser tranquille, d'accord ?

— Évidemment. On se verra à Thanksgiving !

La communication fut coupée. Je saluai la caméra, puis lui fis un doigt d'honneur et mis les voiles.

REMERCIEMENTS

Tout est la faute de Jandy Nelson.

J'ai bien cru devoir tirer un trait sur l'écriture. Je n'avais jamais vraiment pris au sérieux le syndrome de la page blanche ; pour moi, c'était un problème de dilettantes. En tant qu'écrivaine professionnelle, je ne pouvais pas me permettre de tourner en rond en me lamentant sur mes pannes d'inspiration. J'avais des factures à payer.

Et puis ça m'est tombé dessus. Aucune idée de départ, aucun élément d'intrigue, aucun personnage qui murmurait à mon oreille, rien. L'horreur absolue.

Si bien que, après avoir longuement tourné en rond en me lamentant, j'ai décidé de changer de métier et je me suis inscrite à une formation en psychologie clinique. Mon travail en centre d'accueil pour la jeunesse LGBTQ+ m'avait donné l'envie d'en savoir plus sur les traumatismes du développement, afin d'être un jour capable d'aider plus efficacement ces merveilleux jeunes gens. J'ai donc entamé un cursus de psychologie à la fac (l'un des rares côtés positifs de la pandémie ayant été la possibilité de tout effectuer en ligne). Et pour me changer un peu les idées de ce cauchemar mondial, je me baladais régulièrement sur Twitter, où mon amie Jandy avait institué les « midis magiques », heure à laquelle elle incitait tout le monde à s'asseoir à son bureau et à écrire.

La première fois que j'ai lu ça, j'ai trouvé le principe sympa, mais pas très pratique. Qui pouvait écrire en étant soumis à de telles contraintes ? Je suis aussitôt retournée à mes tentatives (ratées) pour faire mon propre pain.

La huitième fois, ça m'a agacée. Ceux qui réussissaient à créer dans de telles conditions étaient forcément meilleurs que moi, et c'était très énervant.

La vingtième fois, je me suis lancée. J'avais cogité sur l'étonnante similitude entre romanciers, psychologues et escrocs, en ce sens que les trois gagnent leur vie grâce à leur faculté de lire dans la tête des gens. Je me suis donc mise à écrire l'histoire d'une étudiante en psycho, ex-arnaqueuse, enfermée dans la camionnette d'un tueur en série.

J'ai eu envie dès le départ d'une aventure piquante et pleine d'humour, avec un clin d'œil aux films et romans noirs que j'adore (chapeau bas pour les titres formidables que j'ai empruntés pour les chapitres). Je voulais un récit porté par des femmes, dont les héroïnes exploiteraient des qualités traditionnellement vues comme « féminines » : ingéniosité, intuition, aptitudes relationnelles. Ces héroïnes, je les souhaitais complexes, imparfaites, mais pas irrécupérables.

Et l'humour, j'en ai parlé ou pas ? Je tenais vraiment à que ce roman soit drôle (oui, j'ai conscience que c'est une ambition étrange pour un bouquin sur des tueurs en série). Nous avions mérité de rire un bon coup et de faire le plein de paillettes et d'arcs-en-ciel après ces deux années de souffrance.

Bref, tout ça pour dire : merci, Jandy. Sans ton coup de pouce, je serais probablement en train d'acheter toute la panoplie de la psy parfaite : gilets en laine, lunettes en écaille et larges étoles. (Un look que je ne renie pas, parce qu'il est toujours d'actualité pour moi !)

Merci à mon agente fabuleuse, Stephanie Kip Rostan. J'ai une chance folle d'avoir mis le grappin sur elle. C'est la meilleure dans son domaine, je m'en rends compte chaque fois qu'elle me renvoie ce que je pensais être la mouture définitive de mes textes bourrée de notes en m'expliquant pourquoi « il y a encore un peu de boulot ». Et elle a toujours raison. On répète après moi : « Steph a toujours raison. » La version finale de ce livre est le résultat de son flair infaillible pour repérer immédiatement ce qu'il y a de bon et de mauvais.

J'ai eu aussi beaucoup de chance que mon manuscrit attire l'œil de la très talentueuse Danielle Dieterich, de chez Putnam. Ça fait maintenant un bail que suis dans le métier (je ne donnerai aucune date, je préfère ne pas avoir à faire le calcul), et c'est un vrai plaisir de travailler avec quelqu'un d'aussi compétent, intelligent et motivé que Danielle. C'est la meilleure expérience que j'aie eue avec un éditeur, ce qui n'est pas peu dire. En plus, elle a fait ses études à la Wesleyan University, comme moi. Nous étions faites l'une pour l'autre !

Et quelle fantastique maison d'édition ! Merci du fond du cœur à toutes les personnes de chez Putnam ayant contribué à faire de ce livre ce qu'il est. Depuis la réalisation de la couverture jusqu'au service marketing, en passant par la correction (si méticuleuse que j'en ai été sincèrement époustouflée), j'ai eu affaire à une véritable équipe de choc. On monte une arnaque quand vous voulez !

Je suis également ravie de travailler avec l'exceptionnelle Jasmine Lake et son équipe de la United Talent Agency. Je sais combien il est rare et précieux qu'un livre recueille un tel soutien, et j'en éprouve une immense gratitude.

Merci aussi à tous les participants du MAP de l'Antioch University à Los Angeles, pour m'avoir aidée à préserver ma santé mentale dans ce monde de fous. Vous seuls pouviez me faire rire pendant une discussion sur la classification des troubles psychologiques. Les gens capables de rayonner par

Zoom sont forcément éblouissants dans la vraie vie. Je vous embrasse tous.

Je suis parvenue, à force de persuasion, à décrocher le meilleur stage professionnel qui existe. La fine équipe du centre LGBT de Los Angeles accomplit un travail remarquable, salutaire et militant, et ce malgré des obstacles considérables. Merci de l'applaudir bien fort. L'amour reste l'amour. Les droits de l'Homme s'appliquent à tous les êtres humains. Il faut soutenir les jeunes trans, car quoi de plus juste que la protection des enfants ? Bon, je redescends de ma tribune… Non, sérieusement, des vies sont en jeu. Participez à la lutte, pour eux.

J'ai le bonheur d'avoir tant d'amis extraordinaires que je ne les compte plus. Leslie Margolis, Madeleine Roux, Erin Austin, Colin Dangel, Caroline Egan, Mindy McGinnis, Diem Ha, Bonnie Zane, Jasa McCall, Betsy Brandt, Kate Stoia, Jessica Postigo, Lisa Brown, Joe Loya, etc. Je lève un verre de vin virtuel à votre santé. Ce sera un vrai la prochaine fois que nous nous reverrons.

Et bien sûr, merci à toi, cher lecteur ! Merci d'avoir rejoint cette aventure. J'ai une chance incroyable que des lecteurs, libraires et bibliothécaires défendent chacun de mes livres. Je leur en serai éternellement reconnaissante. Si vous voulez des dédicaces, il suffit de demander.

Enfin, merci naturellement à ma famille. À mes formidables parents, à qui je dois mon amour pour l'écriture, et qui ont traversé cette tempête avec classe, courage et stoïcisme. À mes sœurs, qui supportent depuis toujours mes jérémiades et mes scènes, et qui restent pourtant mes plus proches confidentes. Gardez-moi une place au Bodhi Spa !

Comme toujours, j'ai conservé le meilleur pour la fin. J'étais une grosse germophobe qui ne sortait jamais sans son flacon de gel hydroalcoolique avant même l'apparition de cet étrange nouveau virus. Mes pires craintes se sont donc réalisées. Je n'aurais jamais pu survivre à la pandémie sans les membres de ma famille. Ils m'ont soutenue dans cette période de peur et d'angoisse, et ont même réussi à me faire rire quand j'avais envie de pleurer. Grâce aux soirées poker, aux balades dans la nature et à nos marathons de séries télé (pas que les séries, d'ailleurs, tout ce qui passait), ils ont été pour moi un véritable refuge.

Il faut remercier aussi mon brillant fils pour un des plus gros rebondissements du roman. Alors que nous nous promenions (masqués), et que je me plaignais d'être bloquée, il m'a dit : « Et si on croyait que c'était Grace, la tueuse ? » *Boum !* Ce gamin, je vous jure, il est stupéfiant. Je suis curieuse de voir où la vie l'emmènera, parce que le monde a de la chance qu'il soit né.

Et, bien entendu, merci à Kirk, mon meilleur et plus fidèle complice. Nos retrouvailles après des dizaines d'années d'éloignement seront toujours pour moi l'un des plus grands miracles de ma vie. Qui sait ce qui serait advenu si le destin ne nous avait pas séparés lorsque nous étions jeunes ? En tout cas, j'ai conscience de ma chance de t'avoir à mes côtés pour le reste de ce voyage palpitant. Je t'aime, mon chéri.

Oh, zut ! Je me promets chaque fois que ça ne tournera pas à l'équivalent littéraire d'un discours des Oscars : une succession interminable de noms dont, soyons honnêtes, vous vous moquez éperdument à moins que le vôtre y figure. Tant pis. Je vous présenterais bien mes excuses, mais si vous m'avez lue jusque-là, c'est que ça ne doit pas tant vous déranger. Alors merci encore de vous être joints à moi. Rendez-vous pour la suite !

Michelle

Composition et mise en pages
Nord Compo à Villeneuve-d'Ascq

Pour plus d'information :

#lisez! engagé

www.lisez.com

Imprimé sur du papier issu de forêts gérées durablement.

CET OUVRAGE
A ÉTÉ ACHEVÉ D'IMPRIMER
SUR ROTO-PAGE
PAR L'IMPRIMERIE FLOCH
À MAYENNE EN MAI 2024

N° d'impression : 104908
R15728/01
Imprimé en France